A BALADA DO FELIZES PARA NUNCA

Da mesma autora de:

Era uma vez um coração partido
Caraval
Lendário
Finale

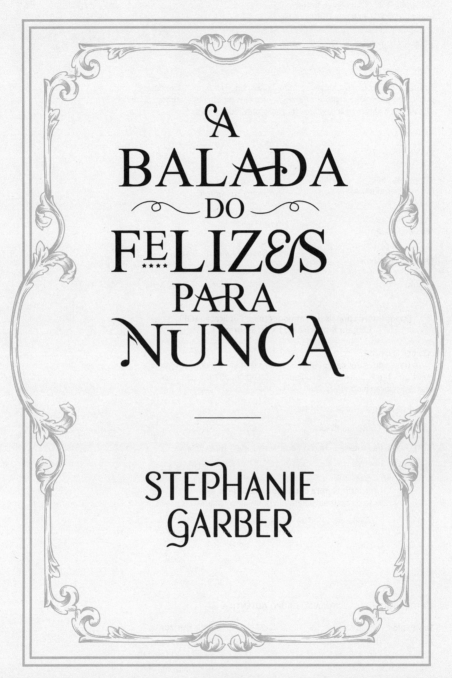

A BALADA DO FELIZES PARA NUNCA

STEPHANIE GARBER

5ª reimpressão

TRADUÇÃO: Lavínia Fávero

GUTENBERG

Copyright © 2022 Stephanie Garber
Copyright © 2023 Editora Gutenberg

Título original: *The Ballad of Never After*

Todos os direitos reservados pela Editora Gutenberg. Nenhuma parte desta publicação poderá ser reproduzida, seja por meios mecânicos, eletrônicos, seja via cópia xerográfica, sem a autorização prévia da Editora.

EDITORA RESPONSÁVEL
Flavia Lago

EDITORAS ASSISTENTES
Natália Chagas Máximo
Samira Vilela

PREPARAÇÃO DE TEXTO
Fernanda Marão

REVISÃO
Claudia Vilas Gomes

ILUSTRAÇÃO DE CAPA
Lisa Perrin

PROJETO GRÁFICO DE CAPA
Hodder & Stoughton

ADAPTAÇÃO DE CAPA
Juliana Sarti

DIAGRAMAÇÃO
Christiane Morais de Oliveira

Dados Internacionais de Catalogação na Publicação (CIP)
Câmara Brasileira do Livro, SP, Brasil

Garber, Stephanie
  A balada do felizes para nunca / Stephanie Garber ; tradução Lavínia Fávero. -- 1. ed.; 5. reimp. -- São Paulo : Gutenberg, 2024. -- (Era uma vez um coração partido ; 2)

  Título original: The Ballad of Never After

  ISBN 978-85-8235-687-6

  1. Ficção de fantasia 2. Ficção norte-americana I. Título II. Série.

23-146677   CDD-813.5

Índices para catálogo sistemático:
1. Ficção de fantasia : Literatura norte-americana 813.5

Henrique Ribeiro Soares - Bibliotecário - CRB-8/9314

A **GUTENBERG** É UMA EDITORA DO **GRUPO AUTÊNTICA**

São Paulo
Av. Paulista, 2.073 . Conjunto Nacional
Horsa I . Salas 404-406 . Bela Vista
01311-940 . São Paulo . SP
Tel.: (55 11) 3034 4468

Belo Horizonte
Rua Carlos Turner, 420
Silveira . 31140-520
Belo Horizonte . MG
Tel.: (55 31) 3465 4500

www.editoragutenberg.com.br
SAC: atendimentoleitor@grupoautentica.com.br

*Para todos os que já tiveram medo
de não encontrar o verdadeiro amor.*

Algumas palavras de alerta

Cara Evangeline,

Uma hora ou outra, você o verá novamente. E, quando isso acontecer, não se deixe enganar por ele. Não se deixe iludir pelas covinhas encantadoras, os olhos azuis sobrenaturais nem pelas reviravoltas que seu estômago poderá dar quando ele te chamar de "Raposinha" — não é um apelido carinhoso, é apenas mais uma forma de manipulação.

O coração de Jacks pode até bater, mas não sente nada. Se ficar tentada a confiar nele de novo, lembre-se de tudo o que o Arcano já fez.

Lembre-se de que foi ele que envenenou Apollo, para poder incriminá-la pelo assassinato e assim concretizar uma profecia há muito esquecida — uma profecia que transformará você na chave que pode abrir o Arco da Valorosa. É só isso que Jacks quer, abrir o Arco da Valorosa.

Provavelmente, ele será gentil com você em algum momento do futuro, para tentar te influenciar a destrancar o arco. Não faça isso.

Lembre-se do que Jacks te disse naquele dia, dentro da carruagem: ele é um Arcano, e você não passa de uma ferramenta para ele. Não se permita esquecer do que Jacks é nem sinta compaixão por ele novamente.

Se precisar confiar em alguém, confie em Apollo, quando ele despertar. Porque ele vai despertar. Você encontrará uma maneira de curá-lo e, quando encontrar, acredite: vocês dois darão um jeito de serem felizes para sempre, e Jacks terá o que merece.

Boa sorte,
Evangeline

Terminou de escrever a carta para si mesma e soltou um suspiro profundo. Em seguida, selou a mensagem com uma boa dose de cera dourada e escreveu: "Caso você se esqueça do que o Príncipe de Copas fez e fique tentada a confiar nele novamente".

Só fazia um dia desde que descobrira a traição mais recente de Jacks: envenenar Apollo, o príncipe com quem Evangeline acabara de se casar, na noite do casamento. A ferida causada por todo aquele jogo duplo ainda estava tão em carne viva que, para Evangeline, parecia impossível voltar a acreditar em Jacks um dia. Mas a jovem sabia que seu coração ansiava por ter esperança de que o melhor aconteceria. Acreditava que as pessoas podem mudar, acreditava que a vida é uma espécie de história cujo final ainda não foi escrito e, por conseguinte, o futuro está cheio de infinitas possibilidades.

Mas Evangeline não podia se permitir ter esperanças em relação a Jacks ou perdoá-lo pelo que fizera com ela e com Apollo.

E não poderia jamais ajudar o Príncipe de Copas a abrir o Arco da Valorosa. Os Valor, a primeira família real do Magnífico Norte, tinham construído o arco para servir de passagem para um lugar chamado "A Valorosa". Ninguém sabia o que havia lá, já que as histórias do Norte não eram completamente confiáveis, graças à maldição lançada sobre elas. Algumas dessas lendas não podiam ser escritas sem que começassem a pegar fogo; outras não podiam sair do Norte, e muitas mudavam a cada vez que eram contadas, tornando-se menos confiáveis a cada reconto.

No caso d'A Valorosa, eram dois os relatos conflitantes. De acordo com um deles, a Valorosa era um baú do tesouro que guardava as maiores dádivas mágicas da família Valor. O outro alegava que a Valorosa era uma prisão encantada onde estavam trancafiados seres mágicos de toda espécie, incluindo uma aberração criada pelos Valor.

Evangeline não sabia em qual dos dois relatos acreditava, mas não pretendia permitir que Jacks colocasse suas mãos geladas nem nas dádivas mágicas nem nos monstros mágicos.

O Príncipe de Copas já era perigoso demais. E estava furiosa com ele. No dia anterior, depois de suspeitar que fora Jacks quem havia envenenado Apollo, Evangeline pensou em seis palavras: "Eu sei o que você fez".

Os guardas, então, o expulsaram do Paço dos Lobos. Para surpresa de Evangeline, o Arcano foi embora sem resistir nem dizer uma palavra. Mas sabia que Jacks voltaria. Ainda queria algo dela. Só que ela não queria nada com Jacks.

Pegou a carta que acabara de escrever para si mesma, foi até o outro lado da suíte real e colocou a missiva em cima da cornija da lareira, com a parte encerada para cima – para garantir que veria aquelas palavras de alerta caso, um dia, precisasse delas novamente.

PARTE I

*Uma enxurrada
cruel de maldições*

1

Nos recônditos da biblioteca real do Paço dos Lobos, há uma porta que ninguém abre há séculos. Já tentaram atear fogo a ela, arrebentá-la com machados e arrombar o cadeado com chaves mágicas. Mas ninguém conseguiu sequer causar um arranhão nessa porta teimosa. Há quem diga que a porta debocha das pessoas. No meio da porta, que é de madeira, tem um brasão em forma de cabeça de lobo. O lobo usa uma coroa, e todos juram que ele sorri cheio de sarcasmo ao ver essas tentativas frustradas. Ou mostra os dentes afiados quando alguém chega perto de abrir tal porta impossível de abrir.

Evangeline Raposa tentou, certa vez. Puxou, forçou e girou a maçaneta de ferro, mas a porta nem se mexeu. Não naquele momento. Nem antes. Mas a jovem tinha esperança de que, agora, seria diferente.

Evangeline se saía muito bem quando o assunto era ter esperança.

E também se saía muito bem abrindo portas. Com uma gota de sangue, oferecido de livre e espontânea vontade, era capaz de destrancar qualquer fechadura.

Antes de qualquer coisa, precisava se certificar de que não estava sendo observada, de que não fora seguida ou espionada por aquele comedor de maçã canalha e enganador, em cujo nome não queria nem pensar.

A jovem olhou disfarçadamente para trás. A luz ocre do lampião que trazia consigo expulsou as sombras mais próximas, mas as estantes da biblioteca real do Paço dos Lobos continuaram nebulosas, já que era noite.

Estava nervosa, não conseguia parar quieta, e a luz do lampião bruxuleou. Até então, Evangeline nunca tivera medo do escuro. A escuridão era das estrelas, dos sonhos e da magia que se instaurava entre um dia e outro. Antes de perder os pais, observava as constelações com o pai e ouvia a mãe contar histórias à luz de velas. E nunca teve medo.

Mas, na verdade, não era do escuro nem da noite que sentia medo. Era do formigamento quase imperceptível que se alastrava entre seus ombros. E marcava presença desde o instante em que Evangeline pôs o pé para fora de sua suíte real para cumprir a missão de abrir aquela porta, na esperança de que, quando aberta, levasse a um remédio que salvaria a vida de seu marido, Apollo.

A sensação insólita era tão sutil que, de início, ela se permitiu pensar que não passava de paranoia.

Não estava sendo seguida.

Não ouvira nenhum passo.

Até que...

Evangeline perscrutou a escuridão da biblioteca, e um par de olhos sobre-humanos a encarou. Olhos azuis prateados, brilhantes e luminosos, feito uma estrela partida. Imaginou que esses olhos brilhavam só para provocá-la. Mas sabia que, apesar de estarem brilhando, apesar de esses olhos iluminarem a escuridão e a deixarem tentada a baixar o lampião, não podia confiar neles. E não podia confiar nele.

Jacks. A jovem tentou não pensar no nome dele, embora fosse impossível não fazer isso ao vê-lo sair da penumbra, indolente, confiante – e belo como sempre. O Príncipe de Copas se movimentava como se a noite precisasse ter medo dele.

O formigamento nos ombros de Evangeline desceu pelos braços, uma carícia inquietante que foi até a última cicatriz de coração partido que lhe restava. A ferida ardeu, depois latejou, como se Jacks a tivesse mordido de novo.

A jovem brandiu o lampião como se fosse uma espada.

– Vá embora, Jacks. – Apenas dois dias haviam se passado desde que pedira para os guardas expulsarem o Arcano do Paço dos Lobos, e ela torcera para que Jacks ficasse longe dali por mais tempo: para sempre seria o ideal. – Sei o que você fez e não quero te ver.

Jacks enfiou as mãos nos bolsos da calça. A camisa cinza-fumaça estava para dentro da calça meio de qualquer jeito. As mangas arregaçadas deixavam os braços finos à mostra e faltavam alguns botões no colarinho. Com aquele cabelo rebelde, agora dourado em vez do sedutor tom de azul-noite, o Príncipe de Copas parecia mais um cavalariço impulsivo do que um Arcano calculista. Mas Evangeline sabia que jamais poderia se permitir esquecer o que Jacks realmente era. O Príncipe de Copas era obcecado, determinado e completamente desprovido de moral e de consciência.

As lendas diziam que seu beijo era mortal para todos, menos para seu único e verdadeiro amor. E que, ao procurar por esse amor, o Arcano deixava um rastro de cadáveres. Evangeline já fora ingênua ao ponto de acreditar que isso significava que o Príncipe de Copas compreendia o que era ter o coração partido, porque seu coração de Arcano fora partido inúmeras vezes enquanto procurava pelo seu amor. Mas agora estava claro como o dia: era ele quem partia corações, porque não sabia amar.

Jacks falou baixinho:

— Entendo se estiver chateada...

— *Se?* – interrompeu Evangeline. – Você envenenou meu marido!

O Príncipe de Copas ergueu os ombros, demonstrando que isso não lhe causava nenhuma preocupação.

— Mas não o matei.

— Você não ganha pontos por isso.

Ela teve dificuldade de evitar que a voz tremesse.

Até então, Evangeline não havia se dado conta de que, em parte, ainda se segurava a um fio de esperança de que Jacks fosse inocente. Mas o Arcano nem sequer estava tentando negar. Não se importava com o fato de que Apollo era pouco mais do que um cadáver, assim como não havia se importado quando Evangeline foi transformada em pedra.

— Você precisa parar de me julgar por parâmetros humanos – disse Jacks, com seu sotaque arrastado. – Sou um Arcano.

— É exatamente por isso que não quero te ver. Desde o dia em que te conheci, meu primeiro amor foi transformado em pedra, *eu* fui transformada em pedra, depois fui transformada em fugitiva, diversas pessoas tentaram me matar, e você envenenou meu marido...

— Isso você já falou.

Evangeline ficou possessa.

O Príncipe de Copas soltou um suspiro e se encostou na estante mais próxima, como se os sentimentos da jovem fossem o equivalente emocional de um espirro – algo do qual a gente se recupera logo ou que pode ser evitado simplesmente saindo da frente da pessoa.

— Não vou me desculpar por ser quem sou. E você está se esquecendo, convenientemente, de que, antes de nos conhecermos, você era uma órfã triste, de coração partido, que tinha uma irmã postiça malvada. Depois que eu entrei na jogada, você se tornou a Queridinha Salvadora de Valenda, casou-se com um príncipe e se tornou princesa.

— Tudo isso aconteceu apenas porque servia aos seus interesses escusos – esbravejou Evangeline. O Príncipe de Copas fizera tudo aquilo por ela, mas só para poder usá-la como ferramenta para abrir o Arco da Valorosa. — As crianças tratam seus brinquedos melhor do que você tem me tratado.

Jacks espremeu os olhos.

— Então por que você não me apunhalou, Raposinha? Naquela noite, lá na cripta, eu te atirei uma adaga, e estava bem perto de você, daria para fazer isso.

Os olhos dele brilharam, achando graça novamente, e se fixaram no pescoço da jovem. No ponto exato em que seus lábios haviam pairado, há três noites.

Evangeline ficou corada com a memória indesejada dos dentes e da língua do Arcano em sua pele. Na ocasião, Jacks fora infectado pelo veneno de vampiro, e ela fora infectada pela estupidez.

Fizera companhia ao Arcano naquela noite para distraí-lo, para que Jacks não bebesse sangue humano e se tornasse vampiro também. Ele não bebeu sangue humano, mas bebeu da compaixão de Evangeline. O Príncipe de Copas lhe contou a história da jovem que fizera seu coração voltar a bater: a princesa Donatella, que deveria ser seu único e verdadeiro amor. Mas, em vez de desempenhar tal papel, a princesa Donatella resolveu ficar com outro e apunhalou Jacks no peito.

Depois de ouvir essa história, Evangeline começou a ver Jacks como o compassivo Príncipe de Copas a quem fora pedir ajuda.

Mas Jacks não tinha coração e era todo problemático. E ela precisava parar de ter esperança de que, um dia, o Arcano pudesse ser mais do que isso.

— Cometi um erro na noite que passamos na cripta. — Evangeline expulsou o rubor das bochechas e olhou bem nos olhos sobre-humanos de Jacks. — Mas, se me der outra oportunidade, não vou titubear antes de te dar uma facada.

O Príncipe de Copas deu um sorriso irônico, mostrando aquelas covinhas que não merecia ter.

— Fico quase tentado a testar essa ameaça. Mas você teria que fazer algo além de simplesmente me ferir, caso queira se livrar de mim. — Nessa hora, Jacks tirou uma maçã de um branco intenso do bolso e começou a brincar com ela. — Se você *realmente* quer que eu saia de sua vida para sempre, me ajude a encontrar as pedras que faltam e abra o Arco da Valorosa. Depois disso, prometo que nunca mais irá me ver.

— Por mais que eu adore a ideia de nunca mais te ver, jamais vou abrir esse arco para você.

— E por Apollo?

Evangeline sentiu uma pontada aguda de dor pelo príncipe e mais uma onda de raiva por Jacks.

— Não ouse pronunciar o nome dele.

O Arcano abriu um sorriso que deu a ele uma expressão estranha, de quem sentia prazer com a raiva dela.

— Se você se dispuser a me ajudar, irei despertar o príncipe de seu estado suspenso.

— Se acredita mesmo que eu faria isso, está delirando. — O primeiro trato que Evangeline fizera com Jacks dera início a toda aquela confusão. Chega de tratos com ele, de parcerias, chega de tudo isso. — Não preciso que você salve a vida de Apollo. Já descobri outra maneira.

A jovem ergueu o queixo, sinalizando a porta lacrada da biblioteca, que ainda estava meio encoberta por sombras. Mesmo assim, Evangeline podia jurar que a cabeça de lobo coroada sorriu, como se soubesse que ela era a pessoa que finalmente abriria sua fechadura.

Jacks lançou um olhar para a porta e deu uma risadinha discreta e debochada.

— Você acha que encontrará a cura para Apollo aí dentro?

— Sei que vou encontrar.

O Príncipe de Copas riu de novo; desta vez, a risada foi mais sinistra. Em seguida, mordeu a maçã, todo alegre.

— Me avise quando mudar de ideia, Raposinha.

— Não vou mudar de...

O Arcano sumiu antes que a jovem pudesse terminar a frase, deixando para trás somente o eco de sua gargalhada nefasta.

Mas Evangeline não se deixaria irritar. Um bibliotecário idoso lhe contara que aquela porta levava a todos os livros e a todas as histórias a respeito da família Valor, que haviam desaparecido. Apesar de a primeira família real do Norte ser humana, havia um consenso de que todos os seus integrantes possuíam poderes impressionantes. Diziam que Honora Valor, a primeira rainha do Norte, foi a maior curandeira de todos os tempos. E Evangeline tinha ótimos motivos para acreditar que, em meio às histórias que ficavam do outro lado daquela porta, haveria lendas sobre as curas realizadas por Honora. O que, com sorte, incluiria uma maneira de despertar alguém de um estado de sono suspenso.

Evangeline pegou a adaga, uma arma que tinha pedras preciosas no cabo, algumas delas faltando. A adaga, na verdade, era de Jacks: a mesma que o Arcano lançara para ela na noite em que passaram na cripta. O Príncipe de Copas deixara a faca para trás na manhã seguinte, e Evangeline ainda não sabia ao certo por que a pegara. Não queria ficar com a arma — não mais —, mas ainda não tivera tempo de substituí-la, e aquele era o objeto mais afiado que possuía.

Foi só furar o dedo com a adaga que o sangue brotou, vermelho. A jovem pressionou o dedo na porta e sussurrou as palavras "Abra, por favor".

A fechadura fez *clique* na mesma hora. A maçaneta girou com facilidade.

Pela primeira vez, em séculos, a porta se escancarou.

E Evangeline entendeu por que Jacks tinha rido da cara dela.

2

Evangeline passou pela porta, e o chão abaixo de seus pés se esmigalhou, parecia que seus sapatinhos estavam pisando em biscoitos e não em pedras. Lembrava um pouco a esperança da jovem: desintegrava-se rapidamente.

Aquele recinto deveria conter estantes de livros sobre a família Valor, respostas para suas perguntas, a cura para o príncipe Apollo. Mas ali só havia um suspiro de ar enevoado, que formava espirais em volta de um arco de mármore com relevos dramáticos.

Ela fechou os olhos e os abriu novamente, como se, piscando, pudesse fazer o arco desaparecer e os preciosos livros aparecerem em seu lugar. Infelizmente, as piscadelas de Evangeline não continham magia.

Mas, mesmo assim, não desistiria.

No Império Meridiano, sua terra natal, o arco seria apenas uma curva decorativa de pedra entalhada, com tamanho suficiente para emoldurar uma porta dupla. Mas ali era o Magnífico Norte, onde os arcos eram coisas completamente diferentes. Ali, os arcos eram portais mágicos construídos pelos Valor.

Aquele arco tinha anjos poderosos, de armadura, esculpidos em suas colunas – pareciam guerreiros em lados opostos de uma batalha eterna. Um dos anjos estava de cabeça baixa e tinha uma asa quebrada: quase parecia triste, ao passo que o outro parecia bravo. Ambos brandiam suas espadas, cruzadas no meio do arco, desencorajando qualquer um que tivesse o desejo de entrar.

Só que Evangeline não era qualquer uma. E mais: a natureza proibida do arco lhe dava ainda mais vontade de olhar lá dentro.

Talvez o arco fosse um portão de acesso aos livros e ao remédio de que precisava para salvar a vida de Apollo. Se o bibliotecário idoso tivesse razão, e aquele recinto contivesse todas as lendas a respeito dos Valor, talvez os anjos protegessem os livros da maldição das histórias, para que não fossem corrompidas. Talvez Evangeline só precisasse encostar seu sangue em uma das espadas, para que os anjos dessem um passo para o lado, educadamente, e permitissem sua entrada.

Ela deu mais um passo, com uma sensação de emoção e esperança, furou o dedo novamente com a adaga e encostou o sangue que se acumulou na espada de um dos anjos.

A espada se acendeu feito uma vela. Veios de ouro reluzente formaram uma espécie de teia de aranha pelas espadas de pedra, pelos anjos, por todo o arco. Era algo brilhante, cintilante e mágico. A pele da jovem formigou porque a poeira do arco se ergueu no ar e reluziu em volta dela, feito minúsculas estrelas incandescentes. O ar que, até então, estava gelado, ficou aquecido. Evangeline já sabia que estava predestinada a entrar naquele recinto, encontrar aquele arco, abrir...

De repente, o ar foi expulso de seus pulmões, porque esse pensamento disparou o alerta dado por Tiberius, irmão mais novo de Apollo: "Você nasceu para abri-lo. As coisas mágicas sempre fazem aquilo para o qual foram criadas".

E Tiberius acreditava que Evangeline fora criada para destravar o Arco da Valorosa.

A jovem foi cambaleando para trás, ouvindo, em sua lembrança, a risada de Jacks. Desta vez, não lhe pareceu nem um pouco sinistra. A gargalhada lhe pareceu de prazer, de divertimento, *alegre*.

– Não – sussurrou ela.

As pedras ainda reluziam, graças aos fios de ouro que se entrelaçavam em volta das colunas. Evangeline ficou observando os fios se alastrarem pelo topo do arco, iluminando uma série de palavras em letra rebuscada que, até aquele momento, não eram visíveis.

"Concebida no Norte e nascida no Sul, a chave será reconhecida porque estará coroada de ouro rosê.

"Ela será tanto plebeia quanto princesa, uma fugitiva acusada injustamente. E apenas seu sangue, dado de livre e espontânea vontade, abrirá o arco."

O sangue de Evangeline gelou.

Não eram meras palavras. Eram... Ela não queria nem pensar. Mas fingir não apagaria nem mudaria nada. Aquela era a profecia do Arco da Valorosa, a mesma que lhe rendera a manipulação de Jacks para que Evangeline concretizasse a profecia. Ou seja: aquele não era um arco qualquer. Era o *próprio* Arco da Valorosa.

O pânico substituiu todos os demais sentimentos.

Aquilo era impossível. Teoricamente, o arco estava despedaçado. Apesar de haver duas lendas conflitantes a respeito dos conteúdos mágicos da Valorosa, ambas tinham um ponto em comum: o Arco da Valorosa tinha sido fragmentado e seus pedaços estavam escondidos por todo o Norte, para impedir que alguém soubesse qual era a profecia e evitar que fosse reconstituído.

— Não, não, não, não, não...

Evangeline tentou limpar o próprio sangue das pedras com movimentos frenéticos antes que Jacks ou outra pessoa descobrisse o que ela havia feito. Os anjos não tinham mudado de postura, mas ela temia que, a qualquer instante, uma porta aparecesse atrás das estátuas ou que os anjos lhe dessem passagem. Cuspiu e esfregou o sangue com a manga da túnica. Mas o brilho do arco iluminado não diminuiu.

— Sabia que Vossa Alteza conseguiria abrir a porta.

A voz rouca que ouviu era velha demais para ser de Jacks. Mas seu som fez o coração de Evangeline parar de bater mesmo assim.

— Mil perdões, Vossa Alteza. Percebo que a assustei novamente.

— Novamente?

Evangeline se virou para trás.

O homem parado perto da porta era pequeno, quase do tamanho de uma criança, apesar de ser bem mais velho do que ela, e tinha uma barba longa e grisalha, com fios de ouro envelhecido, no mesmo tom da barra de suas vestes brancas.

— Você... — Por um instante, ela ficou abalada demais para pronunciar as palavras. — Você é o bibliotecário... a primeira pessoa a me mostrar a porta deste cômodo.

— Vossa Alteza se lembra. — Apesar de o homem estar visivelmente satisfeito, o sorriso do ancião não ajudou a tranquilizá-la. Como o arco, ele parecia quase reluzente; a barba, antes de um grisalho normal, mudara para um prateado iridescente. — Gostaria de ter mais tempo para conversar, mas a senhorita precisa se apressar e encontrar as pedras que faltam.

O bibliotecário, então, olhou para cima, para o topo do arco, onde faltavam quatro pedras. Os buracos pareciam menores do que a palma da mão de Evangeline — não eram os grandes pedaços de pedra quebrada que ela havia imaginado. Mas a jovem teve certeza, na mesma hora, de que *aqueles* eram os pedaços quebrados que precisavam ser encontrados para de fato destrancar o Arco da Valorosa.

Usar o próprio sangue não era suficiente. Ela sentiu uma onda de alívio.

— Vossa Alteza precisa encontrar as pedras — repetiu o bibliotecário. — Uma da sorte. Uma da verdade. Uma do contentamento. Uma da juventude. Mas deve tomar cuidado. As pedras são poderosas e enganadoras. E a tradução...

— Não! — interrompeu Evangeline. — Não vou procurar essas pedras. *Nunca* vou abrir este arco. Encostar meu sangue nele foi um erro.

O ancião franziu o cenho cansado.

— Não foi um erro, é o seu destino...

A voz dele sumiu, porque, de sua boca, saiu fumaça em vez de som.

O homem fez careta e tentou falar novamente, mas só saíram lufadas de cinza e branco. A fumaça formou as palavras "Ai, droga", como se aquele tipo de coisa acontecesse o tempo todo.

Então a barba do bibliotecário também se transformou em fumaça, igualzinho ao que acontecera com suas palavras. Suas mãos, de repente, ficaram translúcidas, assim como as vestes e o rosto enrugado, que tinha ficado transparente, feito cortinas de voal.

— O que você é? — sussurrou Evangeline, tentando entender o que estava vendo.

Já tinha se deparado com vampiros e Arcanos, e sua irmã postiça era bruxa, mas não sabia o que era aquele ser.

– Sou bibliotecário – finalmente conseguiu dizer, mas as palavras saíram feito algo conduzido por uma lufada de vento, um som rouco e distante. – Sei que isso me faz parecer um tanto suspeito, mas posso lhe garantir que, ah, se a senhorita soubesse da verdade... se eu conseguisse lhe contar...

O ancião desapareceu completamente antes de conseguir terminar a frase, deixando Evangeline apenas com aquelas ramificações de fumaça insistentes e com a sensação perturbadora de que, talvez, o Príncipe de Copas não fosse a única força sobrenatural da qual precisava desconfiar.

3

Dias depois, o coração de Evangeline ainda batia acelerado. Ela não queria pensar no conteúdo do Arco da Valorosa. Não queria imaginar seus segredos. Não queria se lembrar do desespero do velho bibliotecário, quando falou "ah, se a senhorita soubesse da verdade".

– Nosso prazo está chegando ao fim – disse Havelock, com a voz rouca, enquanto a carruagem onde estavam sacolejava por mais uma rua de paralelepípedos coberta de neve branco-azulada.

Havelock era o guarda pessoal de Apollo, mas estava fazendo as vezes de acompanhante de Evangeline enquanto ambos procuravam, em segredo, por um remédio caseiro para a condição de Apollo. Ao longo da última semana, tinham consultado místicos e boticários, doutores da medicina e médicos da cabeça. Abriram portas até então trancadas e entraram em bibliotecas cheias de lendas, mas não encontraram ajuda em nenhuma delas. "Ninguém fica em estado suspenso desde a época de Honora Valor", era a resposta costumeira, seguida de olhares curiosos que ensejavam saídas de fininho.

Ninguém sabia que o príncipe Apollo ainda estava vivo, e essa informação não podia vazar. O príncipe estava demasiado vulnerável em seu estado de saúde. No que dependia do público, tinha sido o príncipe Tiberius, irmão mais novo de Apollo, quem o assassinara. Evangeline sentiu uma pontada de culpa, já que sabia que isso era mentira. Mas, desde que Tiberius havia tentado matá-la, não sentia mais tanta culpa assim.

– Essa pode ser nossa última chance de salvar a vida do príncipe – declarou Havelock.

Mas Evangeline sabia que o guarda não tinha tanta razão assim. Sempre havia a possibilidade de ela se dispor a abrir o Arco da Valorosa para Jacks – mas não comentou isso com Havelock. Ainda tinha esperanças de que houvesse outra maneira de salvar a vida de Apollo.

– Vossa Alteza viu o último tabloide? – perguntou o guarda.

– Estou evitando essas leituras – respondeu a jovem.

Mesmo assim pegou o papel enrolado que Havelock, que estava sentado de frente para ela na carruagem gelada, ofereceu.

O Boato Diário

TODOS LOUVAM LUCIEN JARETH ACADIAN

Por Kristof Knightlinger

O mais recente herdeiro do trono, Lucien Jareth, da Casa Acadian, deve chegar a Valorfell amanhã, e já circulam tantos boatos a respeito dele que perdi a conta. Ouvi dizer que, quando não está construindo casas para os pobres ou procurando famílias para adotar cachorros e gatinhos de rua, o herdeiro do trono ensina órfãos a ler.

Nosso contato real no Paço dos Lobos também confirmou que os preparativos para o próximo Sarau Sem Fim já estão em andamento.

Evangeline parou de ler, não tinha mais estômago para aquilo. Assim que fora inocentada do assassinato de Apollo, os jornais pararam de publicar matérias a seu respeito e passaram a falar do novo herdeiro do trono, Lucien Jareth Acadian, primo distante do príncipe. Os relatos eram sempre piegas, fazendo o tal de Lucien parecer mais santo do que homem.

– O quanto disso será verdade de fato? – ponderou.

— Não sei – disse Havelock. – Acho que só podemos ter certeza de que ele chegará amanhã.

Amanhã.

De repente, essa palavra lhe pareceu tão ameaçadora. Mesmo que o tal de Lucien realmente fosse um exemplo de virtude que amava órfãos e passava o tempo salvando a vida de cachorrinhos, ainda assim iria tomar posse do trono de Apollo no dia seguinte. A menos que Evangeline curasse seu príncipe naquele mesmo dia.

— Não precisa se preocupar – comentou ela, com uma segurança que não sentia. – LaLa vai nos ajudar.

A carruagem parou quando chegou aos pináculos. Para Evangeline, as torres em caracol cheias de casas e estabelecimentos comerciais mais pareciam uma cidadezinha de conto de fadas salpicada de neve.

Era ali que Ariel Lágrimas, mais conhecida como LaLa, morava. Também conhecida como a Noiva Abandonada, LaLa era um Arcano, como Jacks – só que era amiga de Evangeline. Quando a jovem foi envenenada por Tiberius, foi LaLa quem a salvou, e Evangeline tinha esperanças, em seu desespero, de que a amiga pudesse fazer a mesma coisa por Apollo.

Na verdade, LaLa foi a primeira pessoa que Evangeline procurou, mas na ocasião encontrou um aviso do lado de fora do apartamento dela escrito "Saí para me aventurar!". Evangeline não sabia onde sua amiga fora se aventurar, mas enviara soldados reais para ficar de guarda, esperando-a voltar – o que, de acordo com os guardas, acontecera naquela manhã.

Enquanto subia os degraus até a casa de LaLa, o ar saía de suas narinas em nuvens brancas e fofas. Até então Evangeline não havia reparado, mas o corrimão tinha versos de lendas gravadas neles. Coisas do tipo:

"Era uma vez uma garota de rabo peludo, que sempre se arrepiava quando ia nevar."

Ou: "Era uma vez uma casa onde, constantemente, saíam risadas da chaminé, em vez de fumaça".

O apartamento de LaLa realmente parecia o tipo de lar onde risadas espontâneas poderiam sair pela chaminé. A fachada era de um amarelo alegre e sarapintado, com uma porta branca e redonda, que tinha uma aldrava em forma de cabeça de dragão.

— Ah, minha amiga preciosa! — LaLa abriu a porta antes de dar tempo de Evangeline bater, um borrão de sorrisos e afetuosidade que a enlaçou em um abraço que deu a impressão de que as duas se conheciam há uma vida e não há apenas poucas semanas. — Você escolheu o momento perfeito para fazer uma visita. Tenho tanto para te contar.

Havelock ficou de guarda do lado de fora, e, com passos quase esfuziantes de alegria, LaLa fez Evangeline entrar no apartamento, apesar do aposento causar a impressão contrária. Assim que passaram pela soleira, Evangeline percebeu que aquele não era o mesmo recinto quente e acolhedor de antes. A lareira estava vazia. A mobília alegre permanecia, mas não havia nada pendurado nas paredes, e não havia nada em cima das mesas. Até os lampiõezinhos em forma de gaiola tinham sumido, com exceção de um, apoiado no topo de uma pilha de baús repletos, que aguardavam ao lado da porta.

— Você está de partida?

Evangeline sentiu uma grande pontada de decepção. Torceu para que sua suposição estivesse errada, mas até as roupas que LaLa trajava pareciam confirmá-la. Normalmente, a amiga usava vestidos de lantejoulas, penas ou saias de sereia cintilantes. Mas estava usando um vestido da cor pálida de creme fresco, com mangas tão compridas que escondiam as chamas de dragão tatuadas em seus braços negros. A saia ia até o chão, seguindo o costume do Magnífico Norte. Mas, quando LaLa se dirigiu ao sofá, Evangeline reparou que ela calçava botas de viagem de salto, que apareciam por baixo da bainha.

— Eu estava louca para te contar: estou noiva! — LaLa esticou o braço, exibindo um grosso bracelete de noivado. Reluzente, de ouro, lindo como o sorriso arrebatado que se esboçava nos lábios da garota. — Ele se chama lorde Robin Massacre do Arvoredo. É um sobrenome meio macabro, eu sei. Mas nem vou mudar meu nome de fato. Como você sabe...

LaLa deixou a frase no ar, dando uma risada que surpreendeu Evangeline.

A amiga, certa vez, lhe confessara que os Arcanos estão sempre lutando contra o ímpeto de ser o que foram criados para ser. Como LaLa era a Noiva Abandonada, seu desejo mais primário era o de encontrar alguém que a amasse, mesmo sabendo que estava predestinada a sempre ser abandonada no altar e acabar vertendo lágrimas tão poderosas que, se ingeridas por um ser humano, ele morreria da dor de um coração partido. E, mesmo assim, ali estava LaLa, com um bracelete de noivado novinho em folha e com os belos olhos cheios de esperança.

— Estou tão feliz por você! — disse Evangeline.

E ficou um tanto surpresa ao perceber que estava sendo sincera. Se estivesse naquela mesma situação meses atrás, poderia ter perguntado para LaLa se ela achava mesmo que aquela felicidade fugaz valia a dor inevitável de ter o coração partido. As pessoas chamam essa dor de "ter o coração partido", mas Evangeline achava que perder alguém que se ama não machuca apenas o coração. Quando perdeu seu primeiro amor, a dor estraçalhou todo o seu mundo. E, apesar disso, apesar de toda aquela dor, ali estava ela, torcendo não apenas para conseguir salvar a vida de Apollo, mas para ter, com o príncipe, outra chance de amar.

— Espero que o Castelo de Massacre do Arvoredo seja perto daqui — comentou Evangeline. — Eu adoraria poder te visitar.

— Eu ia amar — disse LaLa, radiante. — O Castelo de Massacre do Arvoredo fica a apenas um dia de viagem, e pedi que o noivado seja longo. Então, espero poder dar muitas festas.

O salto das botas de LaLa fez barulho no chão de madeira, porque ela foi até um dos baús e tirou de dentro dele um bolo de mel em forma de colmeia — porque é claro que tinha um bolo em sua bagagem —, além de talheres e pratos de ouro em formato de coração.

Evangeline sabia que precisava perguntar a respeito de uma possível cura para Apollo. Como Havelock havia lembrado, não havia muito tempo. Mas comemorar a alegria de outra pessoa era importante, e LaLa era a única amiga que a jovem tinha no Norte.

Ela se permitiu desfrutar do bolo e da felicidade da amiga por alguns minutos, enquanto LaLa contava a história de como conhecera Robin e ficara noiva em questão de dias.

— Se você um dia quiser se casar novamente, finja-se de donzela em perigo. Sempre funcionou para mim aqui no Norte.

Evangeline deu risada, mas a risada não deve ter sido muito convincente.

A expressão de LaLa se anuviou imediatamente. Ela dirigiu o olhar para o vestido de Evangeline, que havia tirado a capa, deixando à mostra um traje de luto à moda do Norte: de seda do mais puro branco, coberta com um elaborado bordado feito de tiras de veludo preto.

— Ai, amiga. Mil desculpas. Esqueci que você ainda está de luto por Apollo. Foi muito insensível da minha parte tudo isso, não foi?

Sendo um Arcano, LaLa não sentia a mesma variedade de emoções dos seres humanos. Mas isso, na verdade, era uma das coisas de que Evangeline gostava em sua amiga. A falta de humanidade de Jacks o tornava alguém de sangue frio, sem remorso, uma desgraça na existência de Evangeline, ao passo que a falta de humanidade de LaLa, ao que tudo indicava, a tornava mais franca e autêntica.

— Não se sinta mal, por favor. Não estou verdadeiramente de luto — admitiu Evangeline. E teve a sensação de que as palavras seguintes saíram aos borbotões. — Apollo está vivo. As histórias que você ouviu, dizendo que o irmão dele o envenenou, não são completamente verídicas. A culpa toda é de Jacks. Ele colocou Apollo em estado de sono suspenso para me manipular. — A jovem não sabia ao certo quais eram as informações que a amiga tinha a respeito do Arco da Valorosa. Apollo, certa vez, lhe dissera que os nativos do Norte acreditavam que essa história era mais um conto de fadas do que um fato, e pouquíssimas pessoas sabiam o que a profecia significava. E, sendo assim, Evangeline explicou quase tudo. — Jacks acredita que sou a única chave que pode abrir o arco, como reza a profecia, e falou que só irá curar Apollo se eu encontrar as pedras que faltam e abrir o arco para ele.

— Ai, céus.

LaLa ficou pálida, sua pele se acinzentou, e seu olhar ficou assustado como o de um cervo.

Foi a primeira vez que Evangeline viu a amiga chegar tão perto de ficar amedrontada.

– Não se preocupe – foi logo dizendo. – Não pretendo abrir o arco para Jacks. Vim aqui para ver se você poderia curar Apollo.

– Sinto muito, amiga. Apesar de eu conhecer, sim, algumas poções e feitiços, as que já usei, em geral, não foram para o bem e nunca coloquei ninguém em um estado suspenso. É uma magia muito antiga. Creio que Honora Valor a usava em tempos de guerra, quando precisava tratar várias pessoas ao mesmo tempo. Honora suspendia os feridos que ela e seus outros curandeiros não conseguiam atender imediatamente.

Evangeline tentou não ficar decepcionada. Era mais ou menos isso que os outros curandeiros haviam lhe dito.

– Tem certeza de que não sabe mais nada? Qualquer outra informação? O novo herdeiro do trono chega amanhã e...

– É melhor você abrir o arco para Jacks – interrompeu LaLa.

– Como?

A jovem achou que, talvez, tivesse ouvido errado. Poderia jurar que, há poucos instantes, a amiga ficara com uma expressão assombrada. Mas agora seu olhar estava límpido.

Será que Evangeline havia interpretado LaLa mal antes ou estava interpretando mal agora?

– Você não quer salvar a vida de Apollo? – perguntou LaLa.

Evangeline estremeceu de culpa. Havia momentos em que também se fazia a mesma pergunta. Queria salvar a vida do príncipe, mas às vezes temia não querer o suficiente. Não podia dizer que Apollo e ela estavam apaixonados. Mas sentia, sim, uma ligação com o marido. Estavam conectados. Não sabia ao certo se era um resquício do feitiço do amor lançado por Jacks, se era por causa dos votos de matrimônio que trocaram ou se o Destino simplesmente havia entrelaçado o caminho dos dois. Mas sabia que seu futuro estava ligado ao do príncipe.

Pensou na carta que guardara no bolso, a carta que havia decorado de tanto ler.

Querida Evangeline,

Gostaria que você tivesse conhecido meus pais. Acho que os dois teriam te adorado e imagino que teriam dito que não te mereço.

Nós dois não nos conhecemos bem. Sei disso. Mas quero te conhecer. Quero te fazer feliz.

Talvez, nesta semana, eu tenha forçado um pouco a barra. Mas nunca fiz isso antes e não quero fazer burrada. Tenho certeza de que farei isso em algum momento de nosso futuro. Mas te prometo o seguinte, Evangeline Raposa: aconteça o que acontecer, sempre irei tentar. Só peço que você também tente.

Minha mãe sempre dizia: "O segredo de permanecer apaixonado é ter alguém que fique ao seu lado quando você começar a se desapaixonar", e prometo que sempre estarei ao seu lado.

Para sempre seu, fielmente,
Apollo

Evangeline encontrara a carta nos aposentos de Apollo, depois de ter sido inocentada do assassinato do príncipe. De início, essas palavras a fizeram chorar. Depois, as palavras a fizeram ter esperança.

Durante todo o tempo em que estiveram noivos, Apollo ficou sob efeito de um feitiço do amor, mas a jovem jurava que alguns dos instantes de carinho entre os dois foram reais. A carta lhe parecia confirmar isso. Parecia *real* e a fazia acreditar ainda mais que o marido realmente ficara livre dos efeitos do feitiço em alguns momentos. Aquela carta não lhe parecia escrita por um jovem enfeitiçado, lhe parecia um lampejo genuíno do príncipe – um príncipe que sentia a mesma coisa que ela.

– Estou disposta a fazer qualquer coisa para salvar a vida de Apollo, menos abrir o arco para Jacks. Você não pode pensar de verdade que devo fazer isso.

LaLa apertou os lábios, parecendo dividida por alguns instantes. Mas, quando tornou a falar, seu tom de voz foi resoluto, claro e perfeitamente perturbador:

– A Valorosa não contém o que você acha que contém. Se eu fosse você, abriria o arco.

– Você sabe o que tem lá dentro? – perguntou Evangeline.

– Das duas, uma: ou a Valorosa é um baú do tesouro, que protege as maiores dádivas mágicas da família Valor, ou é uma porta para uma prisão encantada, onde estão trancafiados seres mágicos de todo tipo, entre elas uma aberração criada pelos Valor... – LaLa deixou a frase no ar, fazendo careta. – Odeio essa tal maldição da história.

Em seguida, atirou o prato com a fatia de bolo pela metade na mesa, causando um ruído alto, segurou as mãos de Evangeline e ficou com uma expressão de absoluta concentração. Só que, quando tentou contar para Evangeline o que ela acreditava que tinha no arco, só saíram de sua boca palavras incompreensíveis.

4

Liana, a mãe de Evangeline, tinha o costume de acordar antes do sol raiar. Então vestia um lindo robe florido, o que Evangeline sempre achou romântico. Depois, cheia de delicadeza, descia as escadas na ponta dos pés e entrava sem fazer barulho, de fininho, no gabinete. Ali, sentava-se ao lado da lareira crepitante e lia.

Liana Raposa acreditava que devia começar o dia com uma história.

Quando Evangeline era pequena, não raro acordava cedo também. Não queria perder nenhum pingo daquela magia que, pelo jeito, sempre rodeava a mãe. Ia atrás dela até o gabinete, depois se aninhava em seu colo e caía de novo no sono imediatamente.

Uma hora, Evangeline ficou crescida demais para ganhar colo, mas também melhorou no quesito ficar acordada. E foi aí que sua mãe começou a ler as histórias em voz alta. Algumas eram breves, outras demoravam dias ou semanas para terminar. Um dos livros – um volume grande, gravado a ouro, que viera lá das Ilhas do Sul – levou seis meses para ser lido. E, quando Liana chegava à última página de cada história, nunca falava "Fim". Ela sempre se virava para a filha e perguntava "O que você acha que vai acontecer agora?".

"Eles viverão felizes para sempre", Evangeline costumava declarar. Acreditava que a maioria dos personagens merecia isso depois de terem passado por tantas dificuldades.

A mãe, contudo, tinha outra opinião. Acreditava que a maioria dos personagens ficaria feliz por um tempo, mas não para sempre. Em seguida, elencava coisas que certamente poderiam arruinar o futuro deles – o aprendiz do vilão que continuava vivo; a irmã postiça malvada, que fora perdoada, mas continuava em algum lugar, esperando para tornar a atacar; o desejo que se tornara realidade, mas não fora devidamente pago; a semente que fora plantada e que ainda estava por crescer.

"Então, a senhora acha que todos eles estão condenados a se dar mal?", perguntava a garota.

E aí a mãe sorria, um sorriso caloroso e doce, feito uma torta açucarada recém-assada.

"Nem um pouco, minha preciosa menina. Acho que existe um final feliz para todo mundo. Mas não acho que esses finais sempre se seguem à última página do livro nem que ninguém tem garantias de que vai encontrar seu 'felizes para sempre'. Finais felizes podem ser alcançados, mas são difíceis de segurar. São sonhos que querem fugir pela noite. São tesouros com asas. São selvagens e ferozes; precisam ser caçados o tempo todo, senão certamente fugirão".

Na ocasião, Evangeline não quis acreditar na mãe, mas agora acreditava.

A jovem jurou que, quando saiu do apartamento de LaLa, deu para ouvir o ruído moroso de seu final feliz afastando-se ainda mais dela.

Sentiu vontade de correr atrás dele, mas, por um instante, apenas ficou ali parada, respirando o ar gelado do Norte e desejando poder se aninhar mais uma vez no colo da mãe. Ainda sentia uma incrível falta dela. Ficou imaginando o que a mãe teria dito que ela deveria fazer.

Evangeline havia jurado que jamais abriria o Arco da Valorosa para Jacks, mas o que LaLa disse a fazia se questionar. "A Valorosa não contém o que você acha que contém. Se eu fosse você, abriria o arco."

Parecia claro para Evangeline que a amiga devia acreditar na versão da história segundo a qual a Valorosa era um baú do tesouro mágico. Só que até os tesouros podem ser perigosos.

E se LaLa estivesse enganada? Outras pessoas – Tiberius, irmão de Apollo, por exemplo – estavam tão determinadas a manter o Arco da Valorosa trancado que tentaram matar Evangeline. Na verdade, Tiberius tentou duas vezes! Mas será que ele sabia o que estava escondido do outro lado do arco ou apenas temia que ele fosse aberto porque escolhera acreditar na versão da história que dizia que o local continha uma aberração?

Evangeline, provavelmente, também deveria temer. Mas, sendo sincera consigo mesma, não era mais o conteúdo desconhecido da Valorosa o que mais a assustava. Era a ideia de fazer uma parceria com Jacks para salvar a vida de Apollo.

Não podia e não queria fazer isso novamente.

Ela nunca havia beijado o Príncipe de Copas, mas descobrira que fazer tratos com ele era bem parecido com o beijo fatal do Arcano – algo mágico e absolutamente destrutivo. Faria tratos com quase qualquer pessoa antes de estabelecer outra parceria com Jacks.

– Alguma sorte? – perguntou Havelock, quando já estavam na segurança da carruagem.

Evangeline fez que não e respondeu:

– Talvez devêssemos mudar de ideia a respeito de contar para o novo herdeiro sobre a condição de Apollo, assim ganhamos tempo para procurar a cura. Se metade das histórias que contam a respeito de Lucien forem verdadeiras, ele pode esperar para assumir o lugar de Apollo como príncipe.

Havelock soltou uma risada debochada e falou:

– Ninguém é assim tão bom quanto dão a entender que esse tal de Lucien é. Se contarmos a verdade para ele, irá trancafiar Apollo, em nome da própria *segurança* e você jamais o verá de novo, na melhor das hipóteses. Na pior, que é muito mais provável, o novo herdeiro mandará matar Apollo discretamente, depois fará a mesma coisa com Vossa Alteza.

Evangeline teve vontade de argumentar. Mas temia que Havelock tivesse razão. A única maneira garantida de salvar a vida de Apollo era encontrar um jeito de acordá-lo antes do dia seguinte.

Tique. Taque. Tique. Taque. Não havia nenhum relógio na carruagem, mas Evangeline conseguia ouvir o tempo se esgotando. Ou, quem sabe, o Tempo fosse amigo de Jacks e também a estivesse provocando.

O Paço dos Lobos, o famoso castelo real do Magnífico Norte, tinha uma aparência meio de conto de fadas, meio de fortaleza. Pelo jeito, o primeiro rei e a primeira rainha do Norte não haviam chegado a um consenso de como ele deveria ser.

Havia uma grande quantidade de pedras pesadas e protetoras, mas também pinturas decorativas que alegravam os batentes das portas. Algumas das pedras próximas ao chão tinham relevos intrincados de plantas e flores, além de placas informando para que serviam:

Trevo-de-pégaso – esquecimento
Arnica-dos-anjos – boa noite de sono
Potentilha-cinzenta – sofrimento
Hibisco-das-almas – luto
Azevinho-de-unicórnio – comemoração
Frutinhos-invernais – boas-vindas

Quando Evangeline saiu do castelo naquela manhã, viu ramos de potentilha-cinzenta e buquês de hibisco-das-almas por toda parte. Só que, agora, haviam sido substituídos por guirlandas de azevinho-de-unicórnio de um vermelho vivo.

Ao ver as guirlandas, sentiu um aperto no estômago. No Magnífico Norte, o luto termina assim que um novo herdeiro é oficialmente nomeado, o que deveria acontecer no dia seguinte. Mas, pelo estado alterado do Paço dos Lobos, quase parecia que o novo herdeiro já havia assumido o lugar de Apollo.

Evangeline ouviu menestréis cantando as façanhas de "Lucien, o Grande", e os criados tinham trocado os uniformes pretos de luto, substituindo-os por aventais brancos impecáveis. Algumas criadas, mais ou menos da idade de Evangeline, usavam raminhos festivos de frutinhos-invernais nas tranças e ruge nas bochechas e nos lábios. E todos pareciam cochichar:

– Ouvi dizer que ele é jovem...

– Ouvi dizer que ele é alto...

– Ouvi dizer que ele é mais bonito do que o príncipe Apollo!

O estômago de Evangeline se revoltava mais a cada palavra. Ela sabia que não podia recriminar aqueles rapazes e moças – o povo precisava de motivos para comemorar. O luto era importante, mas não podia continuar para sempre.

Só queria ter mais tempo. Pelo menos, ainda faltava um dia para Lucien chegar de fato, mesmo que tivesse a sensação de que isso estava longe de ser tempo suficiente.

Respirou fundo e estremeceu, porque o corredor que Havelock e ela percorriam foi se tornando mais escuro e mais frio. Instantes depois, chegaram à porta de alçapão lascada que os levaria até Apollo.

Evangeline sempre ficava inquieta com o fato de essa porta não ser diretamente vigiada por um guarda, mas deixar um soldado sozinho no meio de um corredor vazio lhe parecia suspeito demais. Sendo assim, um integrante de confiança da guarda real ficava esperando no quarto que havia no pé da escada.

O cubículo pequeno e escondido lhe pareceu mais agradável do que da primeira vez que estivera ali. Evangeline não sabia se Apollo tinha consciência de onde estava. Mas, caso tivesse, por garantia, pedira para os guardas do príncipe dar um pouco de vida ao cômodo exíguo. O piso gelado foi coberto por grossos tapetes cor de vinho, as paredes de pedra receberam quadros vibrantes de cenas da floresta, e uma cama de dossel alta com cortinas de veludo completava o espaço.

Ela preferia que o marido estivesse em seus próprios aposentos, onde a lareira poderia afugentar o frio, e janelas poderiam ser entreabertas quando o ar ficasse parado. Mas, como Havelock lembrara, era arriscado demais.

O guarda que estava de vigia no pé da escada cumprimentou Evangeline fazendo uma reverência e, em seguida, falou com Havelock, baixinho, deixando a jovem ter privacidade quando se aproximou do príncipe.

Borboletas bateram asas em seu peito. Tinha esperança de que as coisas estariam diferentes. Mas, até ali, o príncipe parecia estar exatamente igual.

Apollo estava deitado, imóvel, mais parecendo o final de uma trágica balada do Norte. O coração dele batia tão devagar... E, quando encostou nele, Evangeline sentiu que a pele de tom oliva do príncipe estava gelada. Os olhos castanhos estavam abertos, mas seu olhar, que já fora ardente e sedutor, estava completamente desprovido de vida: vago e vazio, raso como pedaços de vidro marinho.

A jovem se aproximou e tirou os cachos de cabelo escuro caídos na testa do príncipe, torcendo, do fundo do coração, para que ele se mexesse, piscasse ou respirasse. Queria apenas um pequeno sinal de que Apollo voltaria à vida.

— Na carta que me escreveu, você prometeu que sempre irá tentar. Por favor, tente voltar para mim — sussurrou, inclinando a cabeça para Apollo.

Não gostava de acariciar o príncipe daquele jeito que ele estava, tão sem vida. Mas Evangeline recordou que, enquanto permaneceu transformada em pedra, ansiava desesperadamente que alguém lhe acariciasse. E isso era algo que podia fazer por Apollo.

Ela segurou o rosto pálido do príncipe com as duas mãos e deu um beijo em seus lábios imóveis. A boca do príncipe era macia, mas tinha um gosto estranho, de finais infelizes e de bruxaria. E, como sempre, Apollo não se mexeu.

— Não entendo por que você faz isso todos os dias. — A voz indolente de Jacks ecoou do outro lado do cômodo.

Evangeline sentiu a voz do Príncipe de Copas queimar sua pele, um fogo brando que fez a cicatriz em forma de coração partido que havia em seu pulso arder feito uma marca a ferro e fogo. Tentou ignorar tanto a cicatriz quanto Jacks. Tentou não virar para trás, não olhar nem dar sinal de que percebera que ele estava ali. Mas isso, provavelmente, levantaria mais suspeitas do que se continuasse a beijar os lábios imóveis de Apollo.

Quando Jacks se aproximou, indolente, a jovem foi se empertigando lentamente, fingindo que cada centímetro de sua pele não estava ardendo, como a cicatriz.

O Príncipe de Copas estava mais bem-arrumado do que de costume. Diversos elos prateados prendiam a capa azul-noite nos ombros. O gibão de veludo era do mesmo tom de azul-escuro, com exceção do bordado cinza-fumaça, que combinava com as calças justas, colocadas com capricho por dentro das botas de couro engraxadas.

Evangeline lançou um olhar na direção de Havelock e do outro guarda que estava ao pé da escada, mas os dois não fizeram nada. Provavelmente Jacks os enfeitiçara. Boa parte das pessoas acredita que o único poder do Príncipe de Copas é o beijo mortal, mas ele também tem a habilidade de transformar seres humanos em marionetes, fazendo-os obedecer a todas as suas vontades. Seu poder de Arcano era mais limitado no Norte, mas ele ainda tinha o poder de controlar as emoções e os corações de diversos seres humanos ao mesmo tempo.

Ainda bem que tais poderes não lhe permitiam controlar Evangeline. O Príncipe de Copas já havia tentado, mas a jovem simplesmente ouvira os pensamentos dele. Jacks também conseguia ouvir os pensamentos de Evangeline, se ela os projetasse. Mas conversar com Jacks em pensamento não era algo que Evangeline desejava fazer naquele exato momento.

— Você beija o príncipe porque gosta mesmo? Ou porque você realmente acha que irá trazê-lo de volta à vida, por magia?

— Talvez eu faça isso porque sei que vai te irritar — respondeu Evangeline, meio ríspida.

Jacks deu um sorriso que era muito mais maligno do que convidativo.

— Fico feliz em saber que você está pensando em mim quando beija seu marido.

Um calor corou as bochechas de Evangeline.

— Não estou pensando *nada* de bom.

— Melhor ainda.

Os olhos do Arcano brilharam, um azul cor de pedra preciosa, com veios prateados, belos demais para serem de tamanho monstro. Monstros deviam ter aparência de... monstros, não a de Jacks.

— Você veio aqui só para me irritar?

O Príncipe de Copas soltou um suspiro lento e dramático.

— Não sou seu inimigo, Raposinha. Sei que ainda está brava comigo, mas você sempre soube quem eu sou. Nunca tentei me passar por outra coisa, foi você que simplesmente se permitiu acreditar que sou algo que não sou. — Os olhos do Arcano se tornaram metálicos e absolutamente desprovidos de sentimento. — Não sou seu amigo. Não sou um garoto humano qualquer que irá te contar belas mentiras, te trazer flores nem te dar joias de presente.

— Nunca pensei que fosse — retrucou Evangeline.

Mas, talvez, lá no fundo, tivesse pensado. Evangeline nunca imaginou que Jacks lhe daria flores oú presentes, mas tinha chegado ao ponto de pensar nele como um amigo. Um erro que jamais cometeria de novo.

— Por que você está aqui?

— Para te recordar que você pode salvar a vida dele com a maior facilidade.

O Arcano enfiou as mãos nos bolsos, como quem não quer nada, como se fazer mais um trato com ele fosse uma coisa simples, como dar umas poucas moedas ao padeiro em troca de um pouco de pão.

Talvez, à primeira vista, parecesse mesmo fácil. Se Evangeline falasse para o Príncipe de Copas que abriria o Arco da Valorosa, Apollo acordaria naquela mesma noite. Ninguém precisaria mais se preocupar com o tal novo herdeiro. Mas Jacks permaneceria ali – permaneceria ali até encontrar as pedras perdidas do arco. E Evangeline precisava que ele fosse embora, talvez tanto quanto precisava acordar Apollo. Enquanto o Arcano continuasse fazendo parte da vida da jovem, continuaria a arruiná-la.

Ela vinha tentando encontrar uma cura para o marido. Mas, talvez, o que *realmente* precisava era encontrar uma maneira de se livrar de Jacks.

— A resposta é "não" e sempre será "não".

O Príncipe de Copas cruzou os braços, apoiou-se no pilar da cama e falou:

— Se você realmente acha isso, não tem imaginação.

Evangeline perdeu a paciência.

— Imaginação não me falta. Eu simplesmente tenho determinação.

— Eu também. — Nessa hora, os olhos de Jacks ficaram com um brilho maligno. — Esta é a sua última chance de mudar de ideia.

— Senão o quê? — perguntou Evangeline.

— Você vai realmente começar a me odiar.

— Talvez eu mal possa esperar para começar a te odiar.

O canto da boca venenosa de Jacks se retorceu, como se achasse, vagamente, graça dessa ideia. Em seguida, em algum ponto acima deles, um relógio bateu as horas. Sete badaladas altas.

– Tique-taque, Raposinha. Eu estava tentando ser gentil, te dando tempo para considerar a oferta que fiz lá na biblioteca, mas cansei de esperar. A noite de hoje é o prazo máximo para mudar de ideia.

Evangeline tentou ignorar o embrulho que sentiu no estômago. Se colocar Apollo naquele estado de sono suspenso era o jeito que Jacks tinha de tentar persuadi-la, ela morria de medo do que o Arcano poderia fazer depois daquela noite. E, mesmo assim, ainda era impossível imaginar que concordar em fazer novamente uma parceria com o Príncipe de Copas lhe deixaria em situação melhor.

Ela deu as costas e já ia embora.

Uma mão a segurou pelo pulso.

– Jacks...

Mas a mão que segurava seu pulso não era de Jacks. A pele dele era gelada e lisa feito mármore.

A mão que segurava seu pulso queimava.

Apollo?

Evangeline se virou para o príncipe, a empolgação se avolumando dentro dela. Ele estava...

Estranho.

Há poucos instantes, os olhos de Apollo estavam opacos feito vidro marinho, mas agora brilhavam, vermelhos, feito rubis amaldiçoados e incandescentes.

Evangeline se virou para Jacks – ou, pelo menos, tentou. Ficava difícil se movimentar com a mão de ferro do marido apertando seu pulso.

A jovem olhou feio para o Arcano e falou:

– Achei que você ia me dar o resto da noite para pensar.

– Não fui eu que fiz isso.

O olhar do Príncipe de Copas foi dos olhos vermelhos e ardentes do príncipe para o pulso preso de Evangeline.

Ela tentou se desvencilhar, mas os dedos de Apollo apertaram com mais intensidade.

Ela puxou a mão com mais força.

Apollo apertou mais, tanto que doeu, fazendo-a soltar um gemido de dor enquanto puxava a mão para se desvencilhar do príncipe.

Os olhos de Apollo ainda brilhavam com aquele vermelho terrível, mas o príncipe não parecia estar acordado – parecia possuído ou, quem sabe, desesperado, tentando acordar.

Evangeline sentiu um aperto de pânico no peito.

– Apollo...

– Ele não pode te ouvir.

Jacks tirou uma adaga com uma lâmina preta e reluzente.

– O que...

– Ele vai quebrar seus ossos!

Jacks fez um corte na mão de Apollo com a faca.

O sangue manchou as saias da jovem, o príncipe soltou o pulso dela, e o vermelho sumiu de seus olhos.

Evangeline segurou a mão machucada – Apollo deixara uma pulseira de hematomas azuis e roxos nela.

Ping.

Ping.

Ping.

Evangeline também estava sangrando. Só que o sangue não saía da mão que o príncipe segurara. Vinha da outra. Gotas vermelhas se acumularam em um corte diagonal no dorso da mão dela, espelhando o ferimento que Jacks acabara de infligir em Apollo. Como se ela também tivesse sofrido um corte. Tentou limpar o sangue, torcendo para que fossem apenas respingos da mão de Apollo. Mas sua mão continuou a sangrar.

Jacks ficou observando o sangue se acumular no ferimento, e seus olhos estavam com uma escuridão de tempestade. Soltando palavrões, ele tirou um lenço do bolso e o enrolou em volta do corte, apressadamente.

– Fique longe daqui e não o beije de novo.

– Por quê? O que está acontecendo? – perguntou Evangeline.

O Príncipe de Copas respondeu, com os dentes cerrados:

– Alguém acabou de lançar mais uma maldição em você e no seu príncipe.

5

Mais uma maldição.

— Está com cara de maldição espelhada — declarou Jacks.

Evangeline tentou não entrar em pânico novamente, mas seus nervos estavam por um fio. Se fosse um livro, teria a sensação de que suas páginas estavam sendo arrancadas, lentamente. Estava ferida, estava sangrando, o marido estava amaldiçoado. E agora, pelo jeito, ela também estava amaldiçoada. E Jacks continuava segurando sua mão.

A jovem se desvencilhou dos dedos gelados do Príncipe de Copas, mas não se sentiu melhor com isso. Pelo contrário: sentiu um gelo renovado cobrir toda a sua pele.

O Arcano falou, com uma voz assustadoramente calma e calculada.

— Enquanto essa maldição espelhada estiver ativa, Apollo sofrerá qualquer ferimento que infligirem em você, e você terá qualquer ferimento que infligirem nele. Mas, na verdade, você precisa se preocupar é com a morte dele. Se Apollo morrer, você morre.

Jacks, então, dirigiu o olhar para o lenço com o qual havia enfaixado a mão de Evangeline. Por um segundo, ficou com uma expressão completamente desumana. A calma se esvaiu de seu rosto, tornando-o vingativo e profano.

Se fosse qualquer outro dia, ela teria ficado satisfeita de ver o Príncipe de Copas tão abalado. Mas não sabia se realmente acreditava na reação do Arcano. Ainda mais que Jacks havia acabado de ameaçá-la, dizendo que Evangeline só tinha mais aquela noite para decidir se faria ou não um trato com ele. Senão...

– Foi você que fez isso? – perguntou a jovem.

Jacks olhou feio para ela.

– Não finja que nunca me feriu para me manipular. Você acabou de dizer que, se eu não me dispuser a abrir seu tal de Arco da Valorosa, eu realmente vou começar a te odiar.

– Eu acabo ferindo todo mundo, Raposinha. Mas você precisa estar viva para me odiar. – Nessa hora, os olhos do Príncipe de Copas ficaram cobertos de gelo. – Não quero que você morra e vou matar qualquer um que tentar fazer isso.

Dito isso, ele saiu do aposento.

Os guardas ao pé da escada voltaram a se movimentar na mesma hora: estavam livres do controle do Arcano. Um turbilhão de palavras e movimentações se seguiram, quando ambos se deram conta da cena alterada.

– O que está acontecendo? Por acaso isso é... sangue?

Os soldados se reuniram rapidamente em volta de Evangeline; tinham recobrado os sentidos e o senso de obrigação bem a tempo de impedir que ela subisse correndo as escadas para ir atrás de Jacks, exigir mais explicações.

Evangeline ergueu a mão, mostrando para os dois guardas o curativo do ferimento, e rapidamente inventou uma mentira.

– Eu tentei uma outra maneira de acordar Apollo, mas não deu certo. Explico melhor depois, mas agora preciso ir embora.

Ela precisava ir atrás de Jacks. O modo como o Arcano saiu correndo do quarto a fez suspeitar de que o Príncipe de Copas sabia quem havia lançado aquela nova maldição nela e em Apollo – ou que achava que sabia.

– Vocês dois, por favor, fiquem com o príncipe. E façam um curativo na mão ferida dele. Apollo precisa mais de proteção do que eu.

Havelock fez cara de quem queria discutir, mas Evangeline não lhe deu oportunidade. Subiu correndo as escadas, com a rapidez de um coelho.

Já estava na metade quando: *tá-tá-tá-tatááá!*

Trombetas, todo um naipe de trombetas, tocando alto e de forma comemorativa, inundaram o castelo de música.

Evangeline tropeçou. Por que estavam soando trombetas? Ela deveria ter ignorado isso, não tinha muito tempo se quisesse ir ao encalço de Jacks. Mas então ouviu risadinhas. Mais adiante, no corredor, a poucos metros, uma dupla de jovens criadas caminhava meio de braços dados.

– Por acaso vocês sabem por que está tocando essa música?

A mais alta delas olhou para Evangeline de esguelha, mas a mais baixinha foi mais educada.

– Acho que faz parte da cerimônia de boas-vindas para o príncipe Lucien, que surpreendeu a todos chegando antes do combinado – respondeu, com um sorriso constrangido.

O corredor começou a girar. Por que ninguém contou para Evangeline que o príncipe Lucien havia chegado antes da hora? Ela estava ocupada, mas alguém deveria tê-la avisado.

– Tinha certeza de que alguém teria lhe informado – foi logo dizendo a criada baixinha, como se tivesse lido os pensamentos de Evangeline. – Mas ouvi dizer que o príncipe Lucien ficou com medo de ser insensível se obrigasse a senhorita a assistir ao evento onde ele tomaria o lugar de seu amado como herdeiro do trono. Foi por isso que o príncipe adiantou a cerimônia.

– Que atencioso – disse a criada mais alta, com ar sonhador.

– Eu já gosto dele – concordou a criada baixinha.

Eu quero dar um soco nele, pensou Evangeline.

Não bastava o novo herdeiro do trono ter chegado antes da hora. Fizera isso de forma melíflua, ainda por cima. Evangeline deveria ter sido convidada para a cerimônia.

Por que Lucien a deixara de fora? A jovem não acreditou, nem por um segundo, que a motivação dele era poupar seus sentimentos. É claro que não tinha tempo para se preocupar com isso naquele momento. Precisava ir atrás de Jacks.

– Princesa Evangeline – declarou uma voz vinda de trás dela.

Era tentador não virar para trás, mas aí dois soldados apareceram ao lado da jovem. Ambos estavam usando o uniforme com as cores reais da família Acadian – bronze, dourado e vinho –, mas ela não reconheceu nenhum dos dois.

– A senhorita foi convocada a comparecer ao solário de estar – disse o da direita. – O príncipe Lucien requer sua presença, imediatamente.

Evangeline tentou reunir todo o seu otimismo enquanto seguia aqueles guardas desconhecidos. Mas só sentia um buraco crescente no peito. Era inquietante o fato de não ter sido convidada para a coroação de Lucien, mas agora estava sendo praticamente arrastada ao encontro do novo herdeiro do trono.

À medida que se aproximava de seu destino, o ar ia ficando mais quente e adocicado, com um aroma de vinho quente e comemorações de última hora. O solário raramente era usado para reuniões noturnas. Com suas paredes de janelões que convidavam a luz a entrar, era feito para as horas do dia ou para ocasionais saraus ao pôr do sol. Mas o novo herdeiro do trono não tinha como saber disso. Naquela noite, o saguão de espera do lado de fora do recinto estava cheio de vida e de luz, velas pingando cera dos lustres, convidados com as bochechas pintadas conversando, e gargalhadas altas que beiravam a bebedeira.

Ao que parecia, Evangeline não fora a única a ser convidada para se encontrar com Lucien. Só que, aparentemente, seria a primeira a ser recebida. Os soldados a fizeram passar na frente de todos, levando-a até outra dupla de guardas, que abriram imediatamente as portas em arco do solário.

A jovem estampou um sorriso no rosto, escondeu a mão enfaixada atrás das saias e foi adiante, com determinação. Não esperava encontrar o santo descrito pelos jornais, mas estava preparada para fingir o devido prazer de conhecer o jovem que tomaria o lugar de Apollo no trono.

Lucien pediu que deixassem o solário na penumbra, ao contrário do saguão externo cheio de vida. A lua espiava através das janelas altíssimas, um quarto minguante que contribuía para dar todo um clima no ambiente, mas não para a iluminá-lo. Velas ardiam nas arandelas, mas traziam mais fumaça do que luz, tingindo o recinto em uma bruma que poderia ter deixado outras pessoas intrigadas, mas fez Evangeline diminuir o passo. Tudo estava mal iluminado, com exceção da área bem na frente da lareira ardente, onde o herdeiro do trono estava sentado, esparramado em uma cadeira com um espaldar alto que lembrava asas, girando uma coroa de ouro entre as mãos.

— Boa noite — Evangeline se obrigou a dizer com um tom alegre, dando mais um passo na direção da luz âmbar da lareira. Mas, assim que chegou perto dela, suas pernas travaram.

O jovem não era o herdeiro do trono — nem sequer era um jovem de fato, não mais. Tinha uma beleza sobrenatural, os olhos eram luminosos demais, o maxilar tão afilado que seria capaz de cortar um diamante, e a pele negra realmente brilhava.

Era um vampiro.

E era o primeiro garoto que Evangeline amara na vida.

6

Luc deu um sorriso amarelo para Evangeline, ainda girando a coroa de ouro nas mãos, como se fosse um brinquedo.
– Oi, Eva.

A jovem cerrou os punhos.

No passado, talvez tivesse corrido para os braços dele. No passado, talvez tivesse chorado por ele. Agora, queria atirar coisas nele. Coisas afiadas, que ferem.

Luc, no passado, foi o garoto com o qual Evangeline achou que iria se casar.

Mas, da última vez que o vira, estava trancafiado em uma jaula, parte de uma cerimônia para se transformar em vampiro. Jacks avisara para não salvar a vida do rapaz –, mas ela dera ouvidos ao próprio coração e não ao Príncipe de Copas. Ajudara Luc a se libertar, e ele agradeceu tentando arrancar a garganta de Evangeline com os dentes.

– O que você está fazendo aqui? – indagou ela.

Luc fez beicinho e perguntou:

– Você ainda está brava por causa do que aconteceu naquela noite?

– Por acaso você está se referindo à noite em que tentou me comer?

– Não era bem isso. Bom, talvez tenha sido, um pouco.

O garoto-vampiro sorriu, mostrando as presas, como se fossem o equivalente a um relógio de bolso novinho em folha, um acessório que combinava com o gibão, que era de veludo preto e tinha um bordado escuro, vermelho-sangue.

– Isso não tem graça, Luc. O que você está fazendo aqui?

– Ah, pare. Você é inteligente, pelo menos era. Achei que você já teria entendido tudo.

Ele voltou a brincar com a coroa, girando a peça entre os dedos. Era apenas um diadema simples, mas era de ouro e brilhava através do miasma, tornando meio óbvio o que deveria ter ficado claro no instante em que Evangeline entrou ali: *Luc* era *Luc*ien.

– Foi *você* que espalhou aqueles boatos ridículos a respeito de Lucien Acadian?

Chegara mesmo a pensar que aquele tal de Lucien era bom demais para ser verdade, mas nunca imaginou que o jovem que ensinava crianças a ler e encontrava lares para bichinhos de rua poderia ser Luc. Luc era muita coisa, mas não era ardiloso o suficiente para governar um reino, que dirá roubar um.

Como será que conseguira fazer aquilo? Evangeline sabia que vampiros possuem *encantos*, uma habilidade que lhes permite enfeitiçar humanos, caso o ser humano olhe nos olhos deles. Mas Luc precisaria mais do que isso para se transformar em herdeiro do trono. Nem sequer *nascera* no Magnífico Norte.

Ah, se ao menos ela tivesse encontrado uma maneira de acordar Apollo, aquilo jamais teria acontecido.

– Pensei que você ficaria mais impressionada. Agora sou príncipe!

Luc jogou a coroa para o ar, todo garboso, e a pegou com a cabeça.

Evangeline se encolheu toda.

O garoto-vampiro fez careta, e essa expressão desfigurou seus belos traços.

– Não entendo como e nem por que você está fazendo isso, Luc. Mas não vai funcionar. Você não pode simplesmente inventar um nome e se apossar do trono.

– Não se preocupe tanto, Eva. Só o nome é mentira. – Ele, então, começou a brincar com a coroa de novo, deixou-a resvalar da cabeça e cair nos dedos. – Caos disse que, mudando de nome, seria mais fácil as pessoas aceitarem a verdade: acontece que realmente sou um parente distante, há muito esquecido, do príncipe morto.

Evangeline se encolheu toda ao ouvir as palavras "príncipe morto" e resistiu ao ímpeto de sacudir a cabeça. Não acreditava, nem por um segundo, que Luc fosse parente distante de Apollo. Mas Luc com certeza acreditava. Sempre foi um pouco convencido e mimado. Era um pequeno defeito que a jovem havia ignorado no passado. Só que, de repente, não lhe parecia algo tão inofensivo. Quando era humano, Luc achava que merecia tudo do bom e do melhor. E, agora que era vampiro, ficara óbvio que achava que merecia muito mais.

A questão era: por que Caos entregaria o trono para Luc? Evangeline o encontrara diversas vezes. As primeiras duas ocasiões em que seus caminhos se cruzaram, ele fingiu ser da guarda real, mas se revelou ser o Vampiro Senhor dos Espiões e dos Assassinos.

Caos, decerto, havia colocado Luc no trono porque supôs que, sendo um vampiro recém-transformado, ele seria mais fácil de controlar. Só que Evangeline também tinha dificuldade de acreditar nisso. Luc era impulsivo demais. Mesmo que fizesse o que Caos mandasse em termos de leis e políticas, conseguia imaginá-lo perdendo o controle de seus ímpetos de vampiro. Se tinha atacado Evangeline – alguém de quem, supostamente, gostava –, não dava para imaginá-lo se segurando para não atacar outras pessoas.

A jovem, de repente, teve uma súbita visão do Paço dos Lobos cheio de pessoas da corte e criados sangrando, mortos ou transformados em vampiros.

Isso seria um desastre. Evangeline teve vontade de dizer isso, mas tinha dúvidas de que Luc encararia numa boa. Em vez de falar, ficou se perguntando por que o garoto-vampiro a convocara para ir até ali, reunir-se a sós com ele. Jamais teria medo de Luc enquanto ser humano – Evangeline o amara –, mas aquele garoto havia desaparecido assim que Luc fora infectado com veneno de vampiro.

– Por que você não se aproxima um pouquinho mais? – perguntou o falso herdeiro do trono.

Em seguida, inclinou a cabeça para Evangeline, e ela sentiu o calor beliscar o lóbulo de sua orelha e, em seguida, sentiu o olhar ardente de Luc pairando em sua garganta.

– Pare com isso, Luc.

– Parar com o quê?

Mais um sorriso, que não se refletiu em seus olhos – sombrios, castanhos e *famintos*.

Evangeline precisava sair dali – mais do que nunca, precisava encontrar a cura para Apollo, para expulsar Luc do trono de seu marido –, mas, se deixasse o falso herdeiro do trono sozinho, temia pelo que mais ele pudesse fazer. *Temia por quem mais ele pudesse morder.*

– Por favor, Luc... – Evangeline não terminou a frase, porque ouviu som de passos que vinham logo do outro lado da porta e eram suaves como a voz feminina e abafada que se ouviu em seguida.

– O príncipe Lucien me convocou para jantar com ele.

Evangeline ficou tensa ao ouvir a palavra "jantar".

– Diga que ela está falando de comida de verdade.

– Tenho certeza de que é disso que *ela* está falando.

Evangeline sentiu uma queimação no estômago.

– Se está com ciúme, posso perfeitamente jantar *você* em vez dela.

Luc deu um sorriso que, provavelmente, tinha a intenção de ser brincalhão, mas deixava dentes demais à mostra.

O sangue da jovem disparou, fervendo de um modo incômodo.

– Isso não tem graça.

– Não era para ter.

As narinas de Luc se dilataram.

As portas do solário se abriram.

Evangeline se preparou para ver a garota que viera "jantar". Só que não era uma garota. Era Havelock.

– Quem é você? – indagou Luc, retorcendo os lábios, em uma careta.

Havelock o ignorou e ficou olhando apenas para Evangeline.

– Princesa, há algo que a senhorita precisa ver imediatamente.

– Não sei se este é o momento mais oportuno.

A jovem, então, lançou um olhar preocupado, meio na direção de Luc. Não podia deixá-lo sozinho e permitir que ele transformasse uma pobre garota em alimento. Mas é claro que Havelock não sabia o que Luc realmente era. Evangeline nem sequer sabia se o guarda tinha ciência de que vampiros existiam e, naquele momento, poderia nem ligar para isso.

O rosto de Havelock se resumia a uma série de rugas de preocupação e, quando tornou a falar, sua voz saiu rouca, beirando um tom amedrontado.

– É urgente – insistiu ele.

E foi aí que ela sentiu: uma umidade nas costas da mão. Uma gota de sangue empapou a faixa que protegia a ferida, a ferida que Apollo e Evangeline tinham em comum.

Luc inspirou do outro lado do recinto mal iluminado. Um som que parecia um rosnado saiu de sua garganta. E então, em um piscar de olhos, o garoto-vampiro começou a se movimentar.

Evangeline havia esquecido que vampiros conseguem se movimentar com tamanha rapidez. O rapaz atravessou o recinto às escuras como um borrão poderoso e a segurou com as duas mãos brutais. Antes que desse tempo de sair correndo, uma mão se agarrou à sua cintura, apertando, e a outra se entrelaçou em seus cabelos e puxou o pescoço dela, aproximando-o dos lábios entreabertos de Luc.

Evangeline gritou.

Só que os lábios de Luc não chegaram a encostar em sua pele. Em um segundo, ele estava ali, tão perto, com os dentes afiados e a fome primal. Em seguida, o garoto-vampiro estava sendo puxado, e alguém a segurava. Mãos delicadas e não aquelas outras, brutas, a abraçaram, de forma protetora, puxando-a para um peito rígido e gelado. O dono das mãos cheirava a maçã e a crueldade, mas Evangeline tremia demais para dar um empurrão em Jacks, que a levou para o outro lado do solário mal iluminado.

– Vou matar aquele garoto – declarou o Príncipe de Copas, soltando fogo pelas ventas.

Ao redor deles, as luzes que vinham do corredor eram cegantes e tontearam Evangeline, que já estava se sentindo meio zonza. Luc não conseguira mordê-la, mas o ferimento em sua mão estava pingando de novo, e sua cabeça girava.

– Havelock...

– Ele está bem – disse Jacks.

E aí o guarda apareceu, poucos metros mais para o lado, com uma expressão atônita – provavelmente, estava sendo controlado pelo Arcano. Mas ainda bem que não aparentava estar sangrando ou ferido.

— Mas Luc...

— Está sob controle.

Jacks a abraçou com mais força, trazendo-a mais para o corredor iluminado demais, afastando-a do solário.

— Espere aí... — Evangeline fincou os pés no chão e se desvencilhou do Arcano. — Quem está controlando Luc?

— Alguém que não vai segurar o garoto para sempre.

O Príncipe de Copas apertou os lábios. Tentou arrastar Evangeline para longe dali novamente, mas ela fez o movimento contrário.

A jovem estava agradecida por Jacks ter impedido que ela se tornasse o próximo lanchinho de Luc, mas salvar sua vida uma única vez não fazia de Jacks um salvador. O Arcano ainda era o vilão da história de Evangeline, não o herói.

— Não vou a lugar nenhum com você.

— Você não está segura aqui – disse o Príncipe de Copas, calmamente, como se a jovem fosse um gatinho de rua que ele estava tentando dominar. E, apesar disso, Evangeline reparou que os punhos de Jacks estavam cerrados, e um músculo pulsava furiosamente no pescoço do Arcano.

— Com licença. — A voz diminuta chegou às portas do solário, vinda do corredor. — O príncipe Lucien já está pronto para me receber para o jantar?

Evangeline se virou para trás, novamente alarmada, enquanto seu olhar percorria a garota pequenina, a poucos metros de distância. O rosto era delicado; o vestido, rosa-pétala. E, ao vê-la, Evangeline sentiu uma nova onda de pavor. Era Marisol. Sua irmã postiça.

Ela não a via desde a manhã em que Marisol mandara prendê-la pelo assassinato de Apollo. Marisol sabia que a irmã postiça era inocente. Mas, debaixo de sua fachada açucarada, morava um coração corroído pela inveja, que instigou Marisol a denunciar Evangeline por um crime que ela não cometera.

Ao vê-la ali, linda como uma princesa, Evangeline teve a sensação de que haviam enfiado uma faca em suas lembranças, reabrindo todas as feridas que a irmã postiça lhe infligira quando traiu sua confiança.

As maldades de Marisol, em princípio, doeram tanto que Evangeline chegou a pensar em se aproveitar de sua posição na realeza para banir a irmã postiça do Paço dos Lobos – talvez até de todo o Magnífico Norte. Mas, por mais que quisesse que Marisol sumisse, não foi capaz de expulsá-la. Os sentimentos que nutria por ela eram complicados. Queria perdoar Marisol. Queria ser melhor com a irmã postiça do que Marisol fora com ela. Mas, talvez, Evangeline não fosse melhor. Porque, por mais que odiasse admitir, estava preparada para permitir que Marisol atravessasse as portas do solário, ficasse cara a cara com Luc e colhesse a dor que ela mesma havia plantado.

7

Seria fácil para Evangeline ficar simplesmente parada ali. Deixar Marisol entrar no solário desavisada. A história de Marisol com Luc era culpa da própria Marisol: ela havia lançado um feitiço do amor no rapaz, para roubá-lo de Evangeline. Depois, quando Luc ficou desfigurado porque foi atacado por um lobo, Marisol o rejeitou e ignorou as cartas dele. Luc merecia a oportunidade de confrontá-la.

Mas Evangeline sabia que não era isso que o garoto-vampiro queria com sua irmã postiça.

Sentiu um nó nas entranhas.

– Sei o que você está pensando – declarou Jacks –, mas certas pessoas se dão mal porque merecem se dar mal.

A jovem sabia que o Príncipe de Copas tinha razão. Marisol não era nenhuma inocente. Fizera coisas terríveis. Mas, nem por isso, podia simplesmente permitir que Luc a matasse.

Antes que mudasse de ideia, Evangeline foi se dirigindo ao saguão real. Marisol empalideceu quando a irmã postiça se aproximou. Depois os olhos dela se arregalaram, quando Jacks apareceu ao lado de Evangeline. Foi absorvendo, lentamente, cada centímetro do Príncipe de Copas, das botas engraxadas à meia capa garbosa, passando pela linha cruel formada por seus lábios.

Marisol conhecera Jacks no Sarau Sem Fim e ficou imediatamente arrebatada por ele. Na ocasião, o Príncipe de Copas tinha cabelo azul-escuro, nada comparado à cabeleira dourada e reluzente de agora, mas ficou óbvio que o reconheceu. Ficou com a respiração rasa, empolgada. E aí seu olhar se endureceu, e ela olhou feio para

Evangeline, provavelmente se recordando que a irmã postiça havia dito para ficar longe do Arcano.

— Você é tão hipócrita.

Falei que ela merece, pensou Jacks, comunicando-se com Evangeline.

Ela o ignorou, desprezando suas palavras, assim como o tom de alfinetada da voz da irmã postiça. Só precisava alertá-la. E aí, tomara, se livraria da garota de uma vez por todas.

— Você precisa ir embora daqui. Saia do Paço dos Lobos e do Norte.

Marisol soltou uma risada debochada:

— Você não pode me obrigar a ir a lugar nenhum. Você não passa de uma viuvinha arruinada, cujo marido morreu. A criadagem pode até te chamar de "princesa", mas a maioria ainda acha que você assassinou o príncipe.

Evangeline se encolheu toda.

Jacks cerrou os dentes e comentou:

— Você é uma figurinha perversa

— Estou apenas dizendo a verdade.

— Eu também — retrucou o Príncipe de Copas.

As bochechas de Marisol ficaram de um vermelho vivo, mas ela ergueu o queixo e deu uma bufada presunçosa.

— Vou encontrar o príncipe Lucien agora.

— Se passar por essa porta, jamais tornará a sair — alertou Evangeline.

Marisol revirou os olhos e declarou:

— Sério mesmo que isso é o melhor que você consegue fazer?

— É verdade.

O príncipe Lucien, na verdade, é Luc, e Luc é um vampiro!

Evangeline teve vontade de gritar, mas temia que pronunciar a palavra "vampiro" só a prejudicaria. Jacks, certa vez, havia lhe dito que todas as histórias sobre vampiros eram amaldiçoadas. Mas em vez de distorcer a verdade, como as demais lendas amaldiçoadas do Norte, as histórias de vampiros manipulavam os sentimentos das pessoas. Não importava o que alguém ouvia a respeito deles, sempre ficaria intrigado e não horrorizado.

Marisol deu meia-volta e foi se dirigindo às portas do solário.

Evangeline sentiu um breve laivo de indecisão e se virou para Jacks.

Sempre achou que os sentimentos que nutria por Marisol eram complicados. Mas, na verdade, eram bem simples. Queria apenas que a irmã postiça lhe pedisse desculpas. Queria que ela sentisse alguma espécie de arrependimento ou remorso pelas atitudes egoístas que tivera. Não queria que Marisol morresse.

E, contudo, a única maneira de salvar a irmã postiça agora seria pedir a ajuda de Jacks.

Evangeline engoliu em seco. Sentia um gosto metálico na boca. Gosto de um preço que não estava disposta a pagar. Recordou-se que não podia confiar no Príncipe de Copas. Não podia se iludir e acreditar que ele era seu amigo nem criar o hábito de recorrer à ajuda dele. Faria isso apenas desta única vez.

– Por favor – sussurrou para o Arcano. – Use seus poderes, não deixe ela ir.

Jacks ergueu uma das sobrancelhas, com um ar imperioso, e perguntou:

– Por acaso você está me pedindo um favor?

– Estou pedindo para você demonstrar um pouco de humanidade.

O que, na verdade, parecia quase tão perigoso quanto. Se Jacks fizesse aquilo sem pedir nada em troca, seria mais fácil Evangeline voltar a pensar que ele era diferente. Mas, pela cara insensível do Arcano, isso obviamente não seria um problema.

– Você está pedindo a coisa errada – declarou o Príncipe de Copas.

Os guardas puseram a mão na maçaneta das portas do solário.

O nó que Evangeline sentia nas entranhas ficou ainda mais apertado. Já que Jacks não ia impedir Marisol de entrar, ela teria que tentar novamente. Não sabia o que iria fazer, mas começou a se movimentar para ir atrás da irmã postiça, que entrou no solário.

– Não faça isso – declarou Jacks.

E segurou a mão da jovem com seus dedos gelados e fortes.

Evangeline fez que ia se desvencilhar.

Mas, aí, viu Marisol. Assim que a irmã postiça se colocou diante da porta, começou a andar para trás, debatendo-se feito um passarinho assustado, com o cabelo castanho ralo se sacudindo em volta do rosto. Tropeçou na bainha das saias, perdeu o equilíbrio por alguns instantes e quase caiu no chão de pedra. Em seguida, começou a correr para o lado oposto do saguão do castelo.

Jacks usara seus poderes para salvar a vida de Marisol, no final das contas.

O peso nos ombros de Evangeline diminuiu, mas o aperto no peito aumentou. Esperou o Príncipe de Copas dizer que agora ela lhe devia um favor. O Arcano já soltara sua mão, mas seu olhar estava fixo na última cicatriz em forma de coração partido que restava no pulso de Evangeline. Era um aviso de que a jovem ainda não terminara de pagar sua outra dívida: o último beijo que devia ao Príncipe de Copas.

Fazia tempo que Jacks não mencionava a dívida, mas Evangeline sentiu um nervosismo renovado e repentino ao pensar que o Príncipe de Copas logo a cobraria – que o Arcano poderia estar falando desse último beijo quando prometera, há pouco, que ela realmente começaria a odiá-lo.

Havelock pigarreou e falou:

– Com licença, Vossa Alteza.

Evangeline levou um susto e pulou, afastando-se ainda mais de Jacks. Não sabia quando o guarda se aproximara sem ser notado. Mas, só de olhar para a expressão abismada de Havelock, teve certeza de que não queria ouvir o que ele tinha a dizer.

Não naquele momento.

Ela achava que não tinha forças para suportar mais adversidades. Não sabia nem se estava conseguindo lidar direito com o que acabara de presenciar. Se não fosse por Jacks, Marisol agora estaria morta. Evangeline não se arrependia de ter pedido para o Príncipe de Copas salvar a vida da irmã postiça, mas não podia pedir mais nada para ele. Precisava fugir do Arcano e de tudo o mais. Estava se esforçando para ter a atitude correta, tomar a decisão nobre, ser uma heroína. E estava exausta.

Jacks sempre dizia para Evangeline que os heróis não têm direito a finais felizes. Mas, naquele momento, a jovem não estava buscando felicidade. Só queria um tempo. Um instante de paz antes de ser confrontada com mais uma catástrofe. Será que era pedir demais?

Olhou, então, para a mão enfaixada. A ferida que ela e Apollo tinham em comum tinha parado de sangrar, e o restante de seu corpo – com exceção do coração esgotado – estava em ordem. O príncipe, portanto, não corria nenhum perigo iminente. O que Havelock queria poderia esperar.

– Vou sair – anunciou. – E não quero que ninguém venha atrás de mim.

Evangeline ainda não sabia ao certo aonde iria, mas poderia descobrir isso depois. Talvez fosse visitar LaLa e o novo noivo da amiga, comer bolo até que o mundo voltasse a ser doce. Ou, quem sabe, simplesmente montaria em um cavalo para cavalgar a esmo até chegar a uma outra história. Só sabia que tinha que sair do Paço dos Lobos.

Ela sempre achou que o grandioso castelo do Norte era mágico, e era –, mas estava repleto do tipo errado de magia. Quase todas as lembranças que tinha de dentro daquelas paredes de pedra eram manchadas por alguma espécie de maldição ou de traição.

As saias preto e branco farfalharam em volta de seus tornozelos enquanto se afastava de Havelock e de Jacks.

– Vossa Alteza... – Havelock veio marchando atrás dela. – A senhorita não pode simplesmente sair dessa maneira.

– Lamento – interrompeu Evangeline. – Sou muito grata a você, Havelock, mas não posso lidar com mais notícias ruins neste exato momento. Se o que você tem a me dizer não tem a ver com a chegada de unicórnios que realizam desejos, preciso de um instante, provavelmente vários instantes, sozinha.

A jovem apressou o passo, quase correndo. As saias eram pesadas, mas as botas eram abençoadamente firmes e facilitaram que ela descesse a escada correndo e depois percorresse o corredor bem rápido, até chegar à porta. Ela saiu apressada do castelo e encarou o ar gelado da noite do Norte, protegida pela abóbada daquele céu de constelações desconhecidas, cujos nomes ainda precisava aprender.

Talvez pudesse simplesmente voltar para o Sul, para a própria casa, no Império Meridiano. Poderia deixar o Norte e todas as suas maldições para trás. Mas, no mesmo instante em que essa ideia lhe ocorreu, Evangeline teve certeza de que não era isso que queria. Não queria outra história, queria consertar *aquela* história. Queria salvar a vida de Apollo. Queria ter uma chance de conhecê-lo sem que o príncipe estivesse sob o efeito de um feitiço. Queria acreditar que a história dos dois não tinha terminado. Queria o tal "felizes para sempre" que fora buscar ali.

Adentrou nos jardins e pisou em pétalas de flores congeladas, que crepitaram em contato com suas botas. Então ouviu outro par de passos, mais leves que os seus, se aproximando.

A cicatriz em forma de coração partido no pulso começou a arder. Às vezes, conseguia ignorar essa sensação. Mas, naquele exato momento, estava mais forte do que o normal, parecia que Jacks queria que Evangeline soubesse que era impossível fugir dele.

Apressou o passo, torcendo para despistá-lo nas sombras do jardim mal iluminado. Mas o Príncipe de Copas não parou de segui-la, e a jovem teve a sensação de que ele jamais pararia.

Quase deu risada ao pensar que se iludira achando que conseguiria fugir do Arcano. Que o Príncipe de Copas simplesmente abriria mão dela.

Evangeline se obrigou a parar no jardim, sob o brilho cor de âmbar de um lampião em forma de ramalhete. O frio fustigou seu rosto e lambeu suas mãos, mas Jacks nem sequer tremia enquanto corria na direção dela, indiferente ao ar gelado que congelava as pontas de seus cabelos e cílios. Deslizou pela noite gélida feito uma estrela cadente que caía lentamente, com aqueles olhos sobrenaturais e movimentos graciosos.

Ela cruzou os braços em cima do peito, gesto que, provavelmente, não deu a impressão enérgica que gostaria de ter transmitido, já que ainda estava com o lenço de Jacks enrolado em volta da mão: mais uma maneira de lembrar que o Príncipe de Copas a *ajudara*, ainda que fosse para resolver mais um problema que talvez tivesse sido criado pelo próprio Arcano.

– Me deixe em paz, Jacks.

Ele deu mais um passo lento.

– Você está um tanto assustadora neste exato momento, sabia disso?

Evangeline olhou feio para o Arcano.

– Foi um elogio, Raposinha.

O Príncipe de Copas esticou o braço e, com um toque leve como uma pluma, colocou uma mecha do cabelo de Evangeline atrás da orelha dela.

Evangeline sentiu um frio no estômago. Um frio diferente do que sentia sempre que via Apollo. *Porque Apollo não a assustava.*

– O que você está fazendo? – perguntou, com a voz esganiçada.

Jacks soltou uma risadinha.

– Se eu soubesse que, para te assustar, só precisava encostar em você de leve, teria tentado isso antes.

O Príncipe de Copas ficou passando a ponta dos dedos no lóbulo da orelha da jovem.

Evangeline se afastou e quase tropeçou no chão congelado. Odiava o fato de suas pernas estarem tão instáveis. Que aquele mínimo toque pudesse afetá-la tanto.

Mesmo depois de vários segundos, o chão ainda estremecia. Não era a sensação exata de um verdadeiro tremor de terra, era mais um estremecer que avançava pelo jardim. E, de repente, Evangeline temeu que não fosse devido apenas às suas pernas trêmulas.

Do lado de fora do círculo que os lampiões do jardim formavam ao redor dos dois, o mundo estava mais escuro. Uma névoa que se retorcia tomava o lugar dos arbustos e árvores. Ao olhar para fora do círculo, Evangeline teve o mesmo pressentimento que tivera há quase uma semana, quando Jacks foi atrás dela na biblioteca.

Alguém os observava.

– Acho que tem mais alguém aqui – sussurrou, apertando os olhos até conseguir enxergar um vulto, que apareceu ao longe. Estava a tal distância que poderia ser apenas as sombras enganando seus olhos, mas Evangeline achou que era um homem montado em um cavalo.

Jacks fez uma careta e declarou:

– Deve ser aquele fofoqueiro profissional dos tabloides.

Mas Evangeline não achou que era ele. Aquela pessoa a cavalo parecia ser mais forte, mais corpulenta e *conhecida*.

Ela deu um passo em direção às sombras.

– O que você acha que está fazendo? – perguntou Jacks.

– Não se preocupe. Tenho certeza de que, seja lá quem for, não deve ser mais perigoso do que você.

Mas a verdade era que algo naquela pessoa a cavalo a atraía. A única outra pessoa que a fez sentir algo parecido com aquilo foi Jacks. A cicatriz em forma de coração partido no pulso ligava Evangeline ao Arcano, formigando, ardendo, fazendo-a lembrar que era impossível escapar dele. A sensação que tinha com aquela pessoa a cavalo era diferente. Não havia formigamento. Era algo mais parecido com uma corrente que, por um fio invisível, a puxava na direção daquele homem. A neve foi se acumulando nos ombros de Evangeline, e ela continuou andando pela trilha iluminada pelo luar.

Folhas farfalharam, o cavalo relinchou, e um pedaço de luar iluminou o cavaleiro. O suficiente para Evangeline enxergar claramente os contornos do belo rosto dele. *Apollo.*

8

O tempo parou. Ou pode ter sido apenas o coração de Evangeline. Apollo estava acordado. Completamente acordado. Talvez fosse essa notícia que Havelock estava tentando lhe contar.

Ela sentiu uma explosão absurda de esperança.

Quando olhou nos olhos do príncipe, percebeu que não estavam mais vermelhos.

Ao contrário da última vez que o vira, Apollo aparentava ter total controle de si mesmo.

Parado ao lado de Evangeline, Jacks ficou tenso feito um pesadelo, e ela não pôde deixar de sorrir. Com Apollo acordado, não havia mais como o Príncipe de Copas chantageá-la. A jovem não precisava mais abrir o Arco da Valorosa. O horror chegara ao fim. Pelo menos, era nisso que Evangeline queria acreditar.

A imobilidade de Apollo, montado no cavalo, era absolutamente indecifrável. Não se afastava, mas tampouco se aproximava. E, de repente, outra lembrança veio à tona – uma lembrança que Evangeline adoraria enterrar para sempre. Logo depois de o feitiço do amor lançado por Jacks ter sido interrompido, antes de o veneno preparado pelo Príncipe de Copas surtir efeito, o príncipe estava furioso e arrasado. Talvez ainda não a tivesse perdoado.

Raposinha, pensou Jacks. *Acho melhor sairmos daqui.*

Ainda não, respondeu ela, em pensamento. *Mas você pode ir.*

O Príncipe de Copas cerrou os dentes. Em seguida, a jovem ouviu novamente a voz do Arcano dentro de sua cabeça, mais baixa, dando a impressão de que Jacks estava tentando usar seus poderes para coagi-la.

É uma péssima ideia. Uma ideia perigosa. Você precisa sair deste jardim agora mesmo.

Evangeline o silenciou. Estava determinada a torcer pelo melhor – Apollo talvez não a tivesse perdoado pelo feitiço do amor, mas o fato de estar ali a fez pensar que, quem sabe, quisesse perdoá-la.

– Estou tão feliz por você estar acordado.

O príncipe respirou fundo e soltou uma pequena nuvem branca.

– Pelos deuses, você é linda.

Cinco palavras nunca foram tão poderosas. Evangeline deu um passo ressabiado na direção de Apollo.

– Pare! – disse, ríspido.

Evangeline sentiu um aperto no coração.

Apollo passou a mão nos cabelos castanho-escuros.

– Desculpe. Eu... Eu não quero mesmo te ferir. Eu só...

Ele deixou a frase no ar e, através de um raio de luar, a jovem pôde ver a dor que desfigurava a expressão do príncipe. Era uma expressão ferida, em carne viva, diferente de todas as expressões que já vira no rosto de Apollo.

Aquele não era o mesmo príncipe com o qual Evangeline tinha se casado. Aquele príncipe tinha uma existência enfeitiçada. Era protegido por guardas, bajulado pelos súditos e bastante apaixonado por si mesmo. Quando se conheceram, Evangeline o teria descrito como galante e de aparência perfeita. Mas agora Apollo tinha um passado: um feitiço do amor havia virado o mundo dele de pernas para o ar, outra maldição quase roubara sua vida. Sabe-se lá como, lutara contra a segunda maldição e triunfara. Mas, pela expressão de Apollo, o feitiço ainda o assombrava.

O príncipe respirou fundo, com um ar dividido, e falou:

– Não sei quanto tempo ainda me resta, mas quero que você saiba que eu te ouvi. Todos os dias que você entrou em meus aposentos, em meio a toda aquela névoa rodeando meus pensamentos, ouvi sua voz me pedindo para *tentar.*

O cavalo de Apollo trotou e deu um passo à frente.

Evangeline sentiu mais uma faísca de esperança. Foi aí que se deu conta de que o príncipe estava igual à noite em que a pedira em casamento. Na ocasião, também estava a cavalo e trajado de modo bem parecido, um pouco maltrapilho, com exceção das elegantes flechas douradas que levava presas às costas. Naquela noite, Apollo era o Arqueiro, e Evangeline, sua raposa – de "A balada do Arqueiro e da Raposa", a história preferida da infância da garota –, e Evangeline ousou imaginar que esse poderia ser o caso, novamente. Que Apollo estava fazendo mais um gesto grandioso, uma tentativa de recomeçar do zero.

– Isso quer dizer que você me perdoou? – perguntou a jovem.

– Eu quero – respondeu o príncipe, mas disse isso com um tom estranhamente seco.

Raposinha, urrou Jacks, dentro da cabeça de Evangeline, mas ela não ouviu o que o Arcano falou em seguida, porque a voz de Apollo o interrompeu.

– Eu gostaria que pudéssemos tentar de novo... mas acho que você deveria ir embora.

– O quê?

– Vá embora, Evangeline. – Um raio de dor atravessou a expressão de Apollo, encovando seu rosto e formando rugas em sua testa. – Não quero te ferir.

– O que foi?

Ela deu mais um passo na direção do príncipe.

– Pare! – berrou Apollo. – Você precisa ir embora.

Ele, então, tirou uma flecha dourada da aljava presa às suas costas. O luar reluziu na ponta da flecha, que Apollo segurava com o punho cerrado.

Evangeline ficou imóvel.

– O que você vai fazer?

– Raposinha... vá lá para dentro! – gritou Jacks.

Dito isso, o Arcano a puxou para trás dele, de um jeito bruto.

Os olhos de Apollo ficaram vermelhos, do mesmo tom aterrorizante que assumiram quando ele segurou o pulso de Evangeline.

E aí Jacks berrou:

– Corra!

A jovem ainda não entendia o que estava acontecendo, mas levantou as saias e começou a correr, só que não correu rápido o suficiente.

Uma flecha voou pelos ares e acertou sua coxa. Ela gritou e cambaleou, porque a ponta da flecha atravessou seu músculo. Era uma dor dos demônios, que embaçava tudo, menos a própria dor, enquanto tentava voltar para a segurança do castelo.

O sangue empapou rapidamente suas saias à medida que ela avançava cambaleando para frente.

Outra flecha voou, mas passou longe. Não atingiu o braço de Evangeline e acertou um arbusto florido. Ela, contudo, sentiu uma ardência terrível no ombro, como se a flecha a tivesse acertado.

Sem saber muito bem como, Evangeline chegou à porta do Paço dos Lobos. O sangue pingava de um corte fundo no ombro e escorria pelo braço até a palma de sua mão. Um sangue úmido e grudento, que deixou uma mancha vermelha na maçaneta quando Evangeline a girou. Em seguida, ela entrou se arrastando no saguão aquecido.

Pontinhos de luz dançavam diante de seus olhos. Sua visão ficou borrada quando olhou para a flecha dourada que saía de um rasgo ensanguentado em suas saias.

Evangeline não viu uma flecha no ombro, mas o ferimento doía tanto quanto o outro. E saía tanto sangue que empapou o corpete branco do vestido.

Os pensamentos começaram a se esfacelar, pulando do pânico para a dor e a confusão. Ela caiu em um banco de madeira e sangrou por todo o estofamento bordado com capricho. Era cor de creme com pontinhos de pequenas flores vermelhas, mas o sangue de Evangeline os transformou em botões maiores e mais escuros.

Precisava pedir ajuda.

Tentou levantar do banco.

A perna atingida pela flecha falseou, e a jovem caiu de volta no banco, sangrando cada vez mais.

Socorro. A palavra saiu tão baixinho que ela nem sabia se havia mesmo falado em voz alta. Talvez tivesse apenas pensado. Ao seu redor, o castelo estava ficando enevoado. As pálpebras estavam pesadas e Evangeline via mais e mais pontinhos de luz piscantes em sua visão periférica enevoada.

Fechou os olhos, só por um instante. Só para descansar por um segundo.

– Evangeline...

Parecia a voz de Jacks. Mas ele a chamou pelo nome, não de "Raposinha". O Príncipe de Copas nunca a chamava pelo nome. E aí o Arcano murmurou outra coisa. Uma palavra que Evangeline jamais ouvira ele dizer.

– Desculpe – disse Jacks, poucos instantes antes de tudo ficar realmente escuro.

9

Evangeline se esforçou para abrir os olhos, mas as pálpebras estavam absurdamente pesadas. Não sabia se estava acordada ou adormecida. Achava que Jacks tinha estado com ela antes de tudo ficar escuro. Mas os braços que agora a seguravam transmitiam um calor escaldante – ou talvez fosse ela que estivesse ardendo.

Conseguia escutar a conversa, mas era quase inaudível. Em boa parte, vozes baixas e urros de duas vozes que discutiam, com algumas poucas palavras perdidas.

– Ela... veneno.

– ... humano... risco...

– ... quer... morra...

– Não...

A pessoa que a sequestrara a apertou ainda mais, pressionando-a contra um peito coberto de couro, que tinha cheiro de metal e fumaça. Definitivamente, não era Jacks.

Evangeline sentiu uma súbita onda de alarme.

– Me... solte – conseguiu dizer.

– Relaxe – disse uma voz que ela não reconheceu. – Não vou te fazer mal.

– Não.

Ela tentou arranhar o sequestrador, mas não conseguia mexer os dedos. Seu corpo estava enfraquecido. Era feita de braços e pernas inúteis e pálpebras quebradas. A pele era puro sangue que secava, e os pensamentos estavam se tornando cinzentos.

Mas havia um pensamento mais claro e mais assustador do que todos os demais. Se ela estava ferida, Apollo também estava. Deveria estar sangrando em algum outro lugar, provavelmente lá fora, no jardim escuro.

– Apollo – finalmente conseguiu dizer. – O príncipe Apollo... precisa... de ajuda.

O sequestrador ficou tenso. Em seguida, Evangeline ouviu outra voz, tão baixa que soube que era dentro de sua cabeça.

Sinto muito, Raposinha. Não é com Apollo que você precisa se preocupar. Ele...

Ela começou a perder a consciência novamente antes de conseguir entender o restante dos pensamentos de Jacks. Sabia, contudo, o que o Arcano iria dizer. O príncipe Apollo era a causa de seus ferimentos.

Segundos se passaram como se fossem horas. Evangeline não conseguia ficar acordada por muito tempo. Mas, quando ficava, a dor fazia cada instante se expandir e virar um século, uma vida inteira de dor em troca de um único momento de consciência.

Desta vez Evangeline recobrara a consciência ao ponto de sentir braços gelados em volta dela. *Os braços de Jacks.* Tudo era enevoado e distante, mas sabia, de alguma maneira, que esses braços a seguravam mais apertado do que aqueles outros braços, os quentes, jamais seguraram.

E apesar disso...

Evangeline percebeu que estava se afastando dos braços e entrando em um sonho que mais parecia as páginas de uma história amareladas pelo tempo: "A balada do Arqueiro e da Raposa".

Sempre amou essa história. Entretanto, ao revê-la agora, estava manchada por uma tristeza que ela não conseguia recordar de já ter sentido.

A lenda começava como sempre começara, com o mais talentoso arqueiro do Magnífico Norte. Que era jovem, belo e admirado, e fora contratado para caçar uma raposa.

Era a raposa mais ardilosa com a qual o Arqueiro já deparara, e ele a caçou por semanas. A Raposa o atacava durante o sono – mordia suas orelhas, mastigava seus sapatos e infernizava sua vida –, mas o Arqueiro nunca conseguiu capturá-la.

A única alegria que o Arqueiro tinha enquanto caçava a Raposa era nos dias em que via a garota. No início, não sabia seu nome – era apenas uma bela plebeia que vivia na floresta –, mas, uma hora, se deu conta de que queria ir atrás dela e não da Raposa.

A garota falava com o Arqueiro por meio de charadas e, quando ele acertava a resposta, ela o presenteava com pequenos mimos.

O Arqueiro retardou a caça da Raposa, porque queria um motivo para ficar na floresta com aquela garota plebeia. Ela era inteligente, meiga e o fazia rir.

Mas a garota plebeia tinha um segredo. Era capaz de se transformar em raposa – a mesmíssima Raposa que o Arqueiro fora contratado para caçar.

Depois de descobrir isso, o Arqueiro passou a acreditar que as pessoas que o contrataram tinham cometido um engano. Devolveu as moedas que havia recebido em pagamento e contou que a Raposa, na verdade, era uma garota.

Só que as pessoas que o contrataram já sabiam disso, e não ficaram nem um pouco felizes com o fato de o Arqueiro se recusar a caçá-la. Sendo assim, lançaram uma maldição sobre ele, uma maldição que o compelia a caçar a garota que agora amava.

O coração de Evangeline começou a bater acelerado. Sempre que a mãe lhe contava aquela lenda, a jovem esquecia as palavras de Liana pouco antes de terminar a história. Agora Evangeline estava começando a chegar ao fim.

Ela sentia a mistura de segurança e medo do Arqueiro, que estava sentado na floresta, do lado de fora da choupana da amada.

O Arqueiro sempre fora muito seguro de si e do que era capaz de fazer. Jamais recebera uma tarefa que não conseguisse cumprir. Não existia um animal que não pudesse localizar, nem um alvo que não pudesse acertar. Conseguia atirar em uma maçã na mão de um amigo a mil passos de distância – enquanto a maçã era jogada no ar! Ele era uma lenda, ele era o Arqueiro, e teria sacrificado tudo isso para salvar a vida da garota.

Contudo, no mesmo instante em que pensava essas palavras, o Arqueiro olhou para baixo e viu que já estava pondo uma flecha no arco, preparando-se para atirar na garota que amava assim que ela saísse da choupana.

O Arqueiro jogou o arco no chão e quebrou a flecha com o joelho, desejando que aquela maldição rancorosa pudesse ser quebrada com a mesma facilidade. Tinha sido informado que a maldição só seria quebrada quando matasse a garota. A única maneira de salvar a vida da amada seria ficar longe dela. Mas o Arqueiro não conseguia acreditar que não eram feitos um para o outro. Devia haver uma... ou... tra...

O sonho se dissolveu, como se fossem palavras escritas a giz na calçada por algum ambulante, que as gotas da chuva levam embora. Evangeline se esforçou para se ater ao sonho. Queria saber como a história terminava. Mas, quanto mais tentava permanecer no sonho, mais o sonho se dissipava, até ela não conseguir lembrar de nada do que estava sonhando.

Quando acordou, tudo doía. Não havia mais braços quentes em volta de seu corpo nem braços frios nem braço nenhum. Estava deitada de costas, com cada centímetro de seu corpo ardendo e doendo, apesar da maciez da cama onde fora colocada. Seus olhos foram se abrindo lentamente, ajustando-se à claridade, que era apenas suficiente para conseguir enxergar barras de ferro pesadas, de jaula, penduradas acima da cama.

Evangeline se sentou em um pulo.

O ombro ferido gritou de dor, e Evangeline caiu de costas no colchão, toda desengonçada.

– Seja bem-vinda de volta, princesa.

A voz era aveludada e não demorou muito para a jovem identificar de quem era.

Caos, o Vampiro Senhor dos Espiões e dos Assassinos, estava encostado, como quem não quer nada, em um dos pilares escuros da cama, com a tranquilidade de um ser que não tem nada a temer.

Evangeline tentou reunir um pouco de bravata, mas se sentiu instantaneamente imobilizada. Agora sabia por que havia grades acima da cama. Estava no castelo subterrâneo de Caos.

Até então, só estivera naquele local uma única vez, mas lembrava vivamente das jaulas do tamanho de um ser humano penduradas em meio a elegantes corredores dos velhos tempos. Estremeceu só de pensar o possível motivo para estar ali.

Freneticamente, tentou repassar suas lembranças. As últimas horas eram um borrão, até que chegou ao instante pouco antes de desmaiar. Estava dentro do Paço dos Lobos, sangrando por todos os lados. Jacks a chamou pelo nome, "Evangeline", não de "Raposinha". Em seguida, pediu desculpas. Será que era por isso? Por que ele a entregara de bandeja para Caos?

— Por acaso sou prisioneira? — perguntou.

— Você pode ir embora quando bem entender — respondeu Caos. — Mas duvido que irá muito longe com essa perna machucada.

O vampiro, então, balançou a cabeça, sinalizando a perna ferida da jovem.

Era impossível interpretar a expressão dele por causa do elmo de bronze amaldiçoado que usava. A peça tapava a testa e o maxilar do vampiro, cobrindo a boca, para que não conseguisse mordê-la. E, mesmo assim, Evangeline não se sentia segura no castelo de Caos, longe disso.

Cerrou os dentes e inspecionou o quarto, procurando uma saída. O recinto tinha mais ou menos o mesmo tamanho de sua suíte no Paço dos Lobos. Ao redor, viu uma lareira cheia de velas, divãs de veludo escuro e uma cômoda para guardar roupas e joias. Também viu uma porta grande e arredondada, mas ela ficava do outro lado, a uma distância que, com aquela perna ferida, parecia intransponível. Só que Evangeline não podia permanecer naquela cama. Precisava sair dali. Precisava descobrir por que Apollo a atacara.

Não acreditava que o príncipe quisesse feri-la. Estava claro para ela. Apollo parecia estar sofrendo, angustiado. Falou para Evangeline fugir. Tentou salvar sua vida antes de tentar matá-la. A jovem precisava descobrir por quê.

Evangeline começou a levantar os lençóis, mas parou porque se deu conta de que alguém havia tirado sua roupa. Estava praticamente nua. Por instinto, segurou os lençóis com mais força. Não queria sequer pensar em quem poderia tê-la despido. A única peça de roupa que vestia era uma combinação curta e fina de seda, e as faixas de tecido que envolviam o ombro e a coxa feridos.

Não podia sair da cama daquele jeito. Caos podia até não conseguir mordê-la, mas, se estavam em seu antro, outros vampiros poderiam – e, provavelmente, morderiam. Teve a sensação de que andar por aí em um trapo de seda era um convite para que todos fizessem isso.

– Se posso mesmo ir embora, então gostaria que me trouxesse roupas e sapatos – declarou Evangeline.

Caos riu baixinho, e o som de sua risada era enganadoramente jovem. O vampiro parecia ser apenas poucos anos mais velho do que ela, mas Jacks já lhe dissera que Caos era tão antigo quanto o Norte.

– Posso ter exagerado quando falei que você pode ir embora quando bem entender.

A porta arredondada se abriu com um guincho que revelou o quanto era antiga. Então, em silêncio, Jacks entrou.

Os olhares dos dois colidiram, um de cada lado do quarto. O Arcano foi baixando lentamente os olhos até chegar aos lençóis que a jovem segurava por cima da sua combinação ínfima. Mas aí, antes que sequer desse tempo de Evangeline ficar corada, o Príncipe de Copas desviou o olhar.

Evangeline sentiu uma estranha pontada de decepção porque Jacks voltou a jogar para cima a maçã preta e cintilante que segurava.

Não estava mais com a capa que usava antes. Ela lembrou que o Arcano a carregara no colo, mas não havia rastros de sangue em seu gibão cinza-claro.

– Você já deu a boa notícia para ela? – perguntou Jacks, com um tom alegre.

– Ainda não – respondeu Caos.

A jovem olhou para um, depois para o outro. "Confusa" nem sequer começava a descrever como estava se sentindo. Jacks tinha aversão a vampiros – ou, pelo menos, era isso que Evangeline achava. Da última vez que estivera ali com o Príncipe de Copas, o Arcano deu a impressão de odiar cada segundo. Agora, parecia estar completamente à vontade, e a intimidade com a qual ele e Caos conversavam quase fazia parecer que os dois eram amigos.

– O que está acontecendo? – perguntou Evangeline.

Mas, enquanto pronunciava essa pergunta, as peças se encaixaram. Jacks havia dito que, se ela não se dispusesse a abrir o arco dentro de um dia, realmente o odiaria.

E devia ser por causa disso. Jacks estava mancomunado com Caos.

Evangeline lembrou de súbito da conversa que teve com Luc, que revelou que foi Caos quem o ajudara a roubar o trono. Era bizarro imaginar que Jacks também estava envolvido naquela farsa. Mas, depois de descobrir que Luc era o herdeiro do trono, o primeiro pensamento que ocorreu a Evangeline foi que, mais do que nunca, precisava acordar Apollo. Talvez, se tivesse mais tempo, teria recorrido ao Príncipe de Copas.

Ainda parecia uma medida desesperada, mas Jacks estava disposto a mover céus e terras para conseguir o que queria.

– Ela me parece confusa – comentou Caos.

Jacks parou de jogar a maçã para cima e se virou para Evangeline.

– Seu marido quase te matou. Por causa dele, você está com o ombro arruinado e tem um ferimento grave na perna. Se depender dos métodos humanos, levará semanas para seu ombro cicatrizar. A perna vai demorar mais e, provavelmente, nunca mais será a mesma. Também há o risco de morrer de infecção. Mas Caos fez a gentileza de se oferecer para ajudar no processo de cura.

Uma vampira de cabelo castanho-escuro e lábios vermelhos entrou no cômodo e se aproximou da cama onde Evangeline estava deitada.

– Não!

A jovem se agarrou aos lençóis, porque, quando a vampira mostrou as presas, começou a entender.

Existem dois tipos de mordidas de vampiro: as que permitem que eles meramente se alimentem, e as que infectam a caça com veneno de vampiro. O veneno de vampiro tem tremendas propriedades curativas, mas também tem o potencial de transformar a pessoa infectada em vampiro. Ser mordido não significa que a pessoa é obrigada a se transformar – seres humanos infectados com o veneno precisam beber sangue humano antes do amanhecer para se transformarem em vampiros.

Só que Evangeline já vira o que o veneno de vampiro pode fazer com os seres humanos, vira que os deixa desesperados ao ponto de estraçalhar jaulas e cadeados só para dar uma mordida em alguém. Ela não tinha o menor desejo de ser vampira, mas e se isso mudasse quando fosse infectada?

– É melhor começarmos – disse Caos. – Não será fácil, mas temos algemas para te prender. – Nessa hora, ele apontou para uma parede. Entre o par de cortinas de veludo, Evangeline viu dois conjuntos de correntes com manoplas. – Ou, se preferir, podemos te colocar dentro de uma jaula.

– Não! – ela sacudiu a cabeça com veemência. – Não quero fazer isso de jeito nenhum. Quero sarar sozinha.

Evangeline lançou um olhar de súplica para Jacks.

Ele mordeu a maçã, na maior indiferença, e se dirigiu a Caos.

– Acho que você deveria usar a jaula.

Assim que o Príncipe de Copas pronunciou essas palavras, o vampiro pôs a mão em uma alavanca instalada na parede. Instantaneamente, grades desceram em volta da cama, prendendo-a lá dentro.

– Não!

Tudo aconteceu tão rápido que Evangeline nem sequer se deu conta de que estava gritando, até que ouviu a própria voz ecoar pelo recinto.

Tentou segurar as barras de aço, mas foi um erro. Caos segurou seu pulso através das grades.

– Estou te fazendo um favor – disse ele.

Segurando-a com força, ofereceu o braço da jovem para a vampira.

Evangeline se debateu e gritou de novo.

Dentes reluziram e, em seguida, ela os sentiu afundando dolorosamente em seu pulso.

10

Por um instante, tudo ardeu, de um jeito agudo. Evangeline caiu de volta na cama.

Em seguida... a dor se dissolveu. Não só a dor da mordida, mas a dos ferimentos, que cicatrizaram quase instantaneamente.

Ela piscou e teve a impressão de que um véu fora tirado da frente de seus olhos.

Na primeira vez que acordou ali, o cômodo estava na penumbra – uma sinfonia de fumaça e sombras. Mas agora brilhava, à luz cintilante de velas. Era o brilho mais lindo que a jovem já vira na vida. Tudo dentro do quarto parecia reluzir – as molduras douradas dos retratos, as pernas lustrosas da mesa, até as horrorosas manoplas penduradas na parede.

E ainda tinha a cama, que aparentava ser ainda mais luxuriosa. O travesseiro, o colchão, os lençóis enrolados em seu corpo eram muito mais macios do que antes. Eram brancos e sedosos, e Evangeline jurou que dava para sentir o cheiro da cor – fresca, limpa e luminosa, feito raios de sol que atravessam uma janela aberta depois de uma garoa.

Nhac.

Jacks deu uma mordida na maçã, o que fez Evangeline olhar para o pé da cama, onde o Arcano estava parado, com aquela eterna cara de coração partido. A pele branca do Príncipe de Copas brilhava sutilmente, os olhos reluziam feito estrelas roubadas, o cabelo era de fios de ouro, e os traços cruéis do rosto a fizeram sentir um desejo tão profundo que era mais uma sensação de dor.

Evangeline ficou em dúvida: Jacks sempre teve aquela aparência e os olhos humanos dela não tinham percebido? Ou será que, sabe-se lá como, o Príncipe de Copas havia atenuado sua aparência? Mas, agora que o veneno se avolumava, correndo em suas veias, ela conseguia ver o que o Arcano realmente era, apesar dos esforços que Jacks pudesse ter feito para esconder. Um único olhar ateou fogo no sangue de Evangeline, e ela gostou dessa ardência. Tentou respirar fundo. Mas, quando inspirou, só conseguiu sentir o cheiro doce e sinistro de Jacks, e imaginou que gosto ele teria. Será que, se Evangeline encostasse a língua na pele do Príncipe de Copas, a sensação seria gelada? Será que roçar os lábios no pescoço do Arcano faria o sangue dela parar de arder, e o coração parar de bater acelerado?

Jacks deu mais uma mordida na maçã.

Os incisivos de Evangeline cresceram imediatamente. Ela passou a língua nesses dentes, tentando fazer as pontas afiadas voltarem para o lugar e parar o latejar súbito que sentiu na boca. Não queria mesmo mordê-lo – o sangue do Arcano era um tanto humano e, se mordesse Jacks, seria transformada em vampira. Mas, só de pensar nas palavras "morder" e "Jacks", sentiu um arrepio no corpo inteiro, o que não foi de todo desagradável.

– Cuidado – disse o Príncipe de Copas, com seu jeito arrastado. – Você não está com cara de quem me odeia neste exato momento.

– Odeio – falou a jovem.

Mas a declaração saiu toda errada, rouca, ofegante – e *faminta*.

As presas afundaram no lábio inferior com força suficiente para fazê-los sangrar.

Os olhos de Jacks se fixaram no sangue.

Uma expressão indecifrável surgiu no rosto perfeito do Arcano. E aí a voz dele soou na cabeça de Evangeline.

Não se esqueça o que vai acontecer se tudo der errado hoje à noite. Você não quer se tornar um deles.

Os pensamentos de Jacks eram repletos de desdém. Podia até ter sido amigo de Caos. Mas, pelo jeito, o Príncipe de Copas continuava não gostando de vampiros.

Ele jogou a maçã preta no chão e se dirigiu à porta arredondada.

– Não vá embora! – rosnou Evangeline, e as palavras saíram de sua boca antes que pudesse impedi-las. Sabia que seria melhor se o Arcano fosse embora – sem sangue, não poderia se transformar em vampira. Mas não conseguia acreditar que o Príncipe de Copas estava simplesmente saindo porta afora.

Quando Jacks foi infectado com veneno de vampiro, Evangeline passou a noite inteira com ele, para garantir que o Arcano não mordesse um ser humano e não se transformasse em vampiro. Mas, naquele momento, quando chegou a vez da jovem, Jacks lhe dedicou apenas uns poucos instantes.

Ela se agarrou às grades da jaula com tanta força que chegou a entortá-las. E aí, horrorizada, se afastou. Não havia sequer percebido que tinha se movimentado. Mesmo depois de ter soltado as grades, seus punhos ainda estavam cerrados com força, tanto que as juntas dos dedos estavam brancas, como se o corpo continuasse querendo se libertar da prisão.

Em um piscar de olhos, Caos surgiu bem na frente dela, encostado nas grades que as mãos de Evangeline ainda queriam segurar.

— Para os vampiros, o controle exige tempo — declarou Caos. — Parte do motivo para nos movimentarmos tão rápido é porque nossa forma física é guiada por instintos que os humanos não possuem.

Como Jacks, o vampiro aparentava ser mais perigosamente imortal. Até então, Evangeline não havia reparado nas roupas que ele usava, mas agora via que, pela primeira vez, Caos não estava com traje de soldado. Usava uma calça preta sob medida, uma camisa preta requintada e o elmo de bronze amaldiçoado, que tinha relevos mais detalhados do que ela já havia reparado. As peças de metal pontudas, que saíam na parte das bochechas, eram cobertas por minúsculos espinhos que apontavam para seus olhos hipnóticos.

Normalmente, evitava olhar para os olhos de Caos – vampiros encaram o gesto de olhar diretamente nos olhos deles como um convite para morder ou um meio de controlar a pessoa. Mas, naquele exato momento, Evangeline não tinha completo controle de si mesma. Era exatamente como Caos havia falado: qualquer pensamento que lhe viesse à cabeça era transformado em movimento. A jovem pensara nos olhos do vampiro e, de repente, o olhar dos dois se cruzou.

Só que os olhos de Caos não eram os mesmos olhos que Evangeline recordava. Poderia jurar que eram verde-esmeralda, mas agora eram pura sombra. Eram escuros, infinitos e devoradores. Ela não tinha a sensação de estar olhando para um par de olhos imortais, tinha a sensação de fitar a própria morte nos olhos.

"Caos é um assassino", dissera LaLa, certa vez. E Evangeline agora conseguia enxergar isso no olhar dele. O elmo poderia até impedi-lo de morder, mas não o impedia de matar. Tentou se afastar e, na mesma hora, sentiu as costas bateram no outro lado da jaula.

Caos deu risada, uma risada mais grave e aveludada do que Evangeline recordava.

– Não represento nenhum perigo a você, Princesa. Na verdade, estou aqui para garantir que nada lhe aconteça ao longo da noite de hoje.

E foi nesse momento que ela sentiu um leve aroma de maçã – adocicado, vigoroso e gelado. Vinha da fruta que Jacks atirara no chão. O Arcano tinha saído do recinto, mas só de pensar nele sentiu uma dor nova e refinada na boca, uma ardência que – disso ela sabia, no fundo da alma – uma única coisa era capaz de aliviar...

– Você está rosnando – avisou Caos.

Evangeline agarrou-se às grades da jaula, as grades bem diante de Caos. Mais uma vez, nem sequer se lembrava de ter ido para a frente da cama. Mas, desta vez, não soltou as grades. Apertar o metal com as mãos – senti-lo entortar com sua força – ajudou a desviar a cabeça da dor latejante na boca e da dor nas gengivas, porque suas presas cresceram novamente.

– Cuidado aí.

As mãos de Caos se fecharam sobre as de Evangeline. O vampiro poderia ter quebrado os dedos da jovem de tão forte que apertou, se não fosse o veneno que se avolumava dentro dela. Mas isso não queria dizer que não doeu.

– Me solte!

Evangeline tentou puxar as mãos, lutando para se libertar do vampiro, até que começou a respirar com dificuldade.

Caos, por sua vez, não estava nem um pouco ofegante. Pelo contrário: seu olhar sombrio estava ardente, algo que lembrava a excitação, e apertou os dedos dela com mais força ainda.

– Posso passar a noite inteira assim, princesa.

Nessa hora, os instintos de Evangeline tomaram conta. Caos podia até ser mais forte, mas isso não queria dizer que ele possuía todo o poder.

Os lábios da jovem tinham parado de sangrar. Mas, depois de mais uma rápida pressão dos dentes, o sangue voltara a correr. Evangeline se inclinou para a frente, encostou os lábios na jaula e disse:

– Por favor, abram.

As grades se levantaram imediatamente.

Um laivo de surpresa iluminou os olhos mortos de Caos.

Evangeline sentiu uma descarga de triunfo, pouco antes de o vampiro a atirar na cama com toda a força de seu corpo.

O ar foi expulso de seus pulmões, que lutava em vão contra o vampiro. Caos era tão pesado e tão quente, ali, em cima dela. E a jovem jurou que o Arcano ficava ainda mais quente à medida que ela lutava. Só que não conseguia criar forças para parar de lutar. Não sabia se era por causa do veneno ou apenas porque seus instintos humanos reagiam ao fato de estar deitada na cama, presa pela morte encarnada.

Tentou arrancar o elmo de Caos, mas o vampiro segurou os pulsos de Evangeline sem o menor esforço e prendeu os braços da jovem acima da cabeça dela.

– Por que você está fazendo isso? – perguntou ela, quase em um sussurro.

– Jacks me pediu para garantir que você continue humana.

– Não preciso de você para continuar humana! Não tenho a menor vontade de me transformar em vampira.

– Mas você não tem controle do próprio corpo.

– Porque você está em cima dele.

Caos tirou parte do peso do corpo de cima de Evangeline, mas as mãos continuaram segurando os pulsos dela, e as pernas ainda pressionavam firmemente as pernas da jovem.

Vagamente, Evangeline sabia que era para o bem dela. Caos tinha razão: não tinha controle completo de si mesma, mas nunca havia se sentido tão encurralada na vida. Pensou ter se sentido incomodada dentro da jaula, mas aquilo era ainda pior. Com Caos pressionando seu corpo, não era só a boca que ardia, o corpo inteiro estava ardendo em chamas. A pele estava corada, o coração batia acelerado, e o calor que emanava do vampiro só piorava a situação.

Ela pensou em Jacks e que a pele gelada do Príncipe de Copas aliviaria instantaneamente aquele calor. Recordou das carícias do Arcano, quando passaram a noite na cripta: a sensação de ter a boca de Jacks em seu pescoço, do peito dele junto ao seu. Jacks não a mordera, apenas a acariciara. E era só isso que Evangeline queria.

– Jacks não vai se importar se você me soltar – insistiu. – Desde que eu continue sendo uma chave, ele não se importa com mais nada.

– Você está enganada, Princesa. Jacks não quer que você tenha essa vida.

Dito isso, Caos a olhou nos olhos de novo: em seu olhar mortífero, as chamas se misturavam às sombras.

Evangeline parou de se debater. Por um instante, teve vontade de acreditar no vampiro. Gostava da ideia de que Jacks se importava com o que pudesse acontecer com ela. Mas era bem mais provável que o Arcano apenas quisesse que a jovem *pensasse* que ele se preocupava com ela; mais uma forma sórdida de manipulação.

– Foi Jacks quem mandou você dizer isso?

– Jacks não manda em mim.

– Mas ele mandou você garantir que eu continue humana.

Nessa hora, Evangeline tentou dar mais um chute no vampiro.

Caos pressionou novamente o corpo contra o dela, com toda a força.

– Estou fazendo isso para Jacks por lealdade. Mas esse não é o único motivo.

– E qual é o outro motivo para você estar aqui? – alfinetou a jovem.

– Fico decepcionado por você ter que perguntar.

Caos inclinou a cabeça. O maxilar, coberto pelo bronze do elmo, roçou no rosto dela, queimando sua pele rapidamente.

O suor se acumulou na testa de Evangeline porque as palavras nas quais reparara há pouco, as palavras inscritas no elmo, começaram a brilhar. A língua era uma língua antiga que ela já vira, uma língua que Evangeline reconheceu, mas não sabia decifrar: *a língua da família Valor.*

— O que está escrito? — perguntou.

— É a maldição que me impede de tirar o elmo.

E Caos quer tirar o elmo. Não era para menos que o corpo do vampiro estava tão quente em contato com o dela — tão ávido e faminto. Evangeline não sabia há quanto tempo o elmo impedia que ele se alimentasse, mas imaginou que deveria ser um sofrimento para o vampiro viver sem sangue. Só fora infectada com o veneno há pouco tempo e já se sentia um tanto enlouquecida.

— Então é isso: você quer que eu destrave o seu elmo com meu sangue.

Caos soltou um ruído desacorçoado demais para ser chamado de risada.

— Infelizmente, seu sangue não pode quebrar esta maldição. Mas... toda maldição tem... uma porta dos fundos.

Caos disse as últimas palavras fazendo interrupções, parecia que queria dizer outra coisa, mas as palavras se distorceram magicamente.

Isso fez Evangeline se lembrar de quando LaLa tentou lhe contar o que, em sua opinião, o Arco da Valorosa continha, mas foi impedida pela maldição das histórias.

De súbito, Evangeline entendeu o que Caos queria. O vampiro queria a mesma coisa que Jacks. E era por isso que os dois estavam mancomunados.

— Você quer que eu abra o arco. Você acha que a Valorosa abriga a chave capaz de abrir seu elmo amaldiçoado?

— Não acho. Sei que contém — respondeu Caos, com um leve toque de dor na voz.

O vampiro respirou fundo, e seu peito se movimentou contra o da jovem, causando um calor violento na pele dela, mais uma vez.

— O que você pensa que está fazendo? — vociferou Jacks.

Evangeline se virou na direção de onde vinha a voz do Príncipe de Copas, com o rosto escorrendo de suor, e deu de cara com ele parado perto da porta. Uma veia pulsava furiosamente na lateral de seu pescoço liso feito mármore. A pele do Arcano parecia tão gelada, e ela estava com tanto calor... Só queria encostar a boca na garganta dele e, talvez, dar uma lambida, uma só. Só de pensar, o sangue correu mais rápido nas veias de Evangeline, e as presas começaram a crescer de novo.

— Saia daqui, Jacks! — ordenou Caos. — A menos que tenha mudado de ideia e queira que ela se torne vampira.

Caos apertou ainda mais os pulsos de Evangeline, segurando-os — junto com o corpo dela — com mais firmeza na cama. A jovem se debateu, tentando se desvencilhar: o vampiro tinha voltado a esmagá-la com todo o peso de seu corpo.

Algo rachou, fazendo um barulho alto, perto da porta.

Ela dirigiu o olhar para Jacks novamente, que estava meio agarrado à beirada da porta, agora quebrada. *Será que ele fez isso com as próprias mãos?*

Com certeza, estava com uma cara furiosa ao ponto de fazer isso. Os olhos azul-prateados ficaram azul-noite enquanto observava Evangeline se debatendo contra Caos.

Ela sabia, vagamente, que devia parar de se debater. Se conseguisse se desvencilhar de Caos e morder Jacks, a vida que tinha — a vida que queria continuar a ter — chegaria ao fim. Mas também queria aquilo. Queria que Jacks a fizesse parar de se debater. Queria que o Príncipe de Copas arrancasse Caos de cima dela e a prendesse na cama, no lugar do vampiro.

Evangeline suspirou, meio rouca, e seu olhar cruzou com o de Jacks mais uma vez.

O Príncipe de Copas passou a mão no queixo. Por causa dos cinco sentidos aprimorados, Evangeline pôde ouvir que, por baixo da mão que cobria a boca, Jacks cerrou os dentes. Então ouviu o raspar das botas do Arcano, que lhe deu as costas de repente e sumiu corredor afora.

11

Evangeline sentiu o alvorecer no instante em que o sol raiou. Os braços e as pernas que, até então, estavam fortes demais, de repente ficaram fracos demais, impossíveis de movimentar. Ela voltou a ser uma garota, com cinco sentidos comuns e incisivos normais, e uma profunda sensação de constrangimento por estar deitada ali, debaixo de Caos, com uma consciência excruciante de que a combinação subira muito acima das coxas, passando bastante dos quadris.

Uma onda de mortificação se apossou dela quando se deu conta de que passara a noite inteira naquela situação – e que Jacks também a vira daquele jeito.

Sentira tanto calor que não percebera o quanto estava exposta. Com o amanhecer, conseguia sentir o ar frio deslizando por sua pele, e por fim Caos soltou seus pulsos e levantou da cama.

Evangeline continuou com os olhos bem fechados e tentou acalmar a respiração. Era uma atitude infantil fingir que estava dormindo, mas não queria encarar o vampiro – nem ninguém, para falar a verdade. Na noite anterior, estava fora de si.

Sentiu Caos parado de pé perto dela, observando-a por algum motivo que Evangeline não sabia ao certo se queria saber ou não. Então sentiu a mão do vampiro baixando a combinação, até voltar para o lugar, na altura dos joelhos.

A jovem ficou com a pele toda arrepiada. Permaneceu bem imóvel até finalmente sentir que Caos tinha ido embora. Tentou abrir os olhos, mas não tinha forças para fazer mais do que piscar de leve. Já que o veneno estava eliminado, não apenas havia voltado a ser humana – estava completamente exaurida.

Recordou que Jacks ficara no mesmo estado depois de ter sido infectado com veneno de vampiro.

Na ocasião, Evangeline achou que o Príncipe de Copas estava fazendo drama quando se agarrou nas lápides e desmaiou na frente de várias portas. Mas agora ficou impressionada com o fato de o Arcano possuir a força de vontade necessária para fazer qualquer movimento.

Evangeline não sabia por quanto tempo ficara dormindo. Mas, enquanto esfregava os olhos para expulsar o sono e criar coragem de sair da cama, apoiando-se nas pernas trêmulas, imaginou que poderia ter sido um dia inteiro.

O estômago roncava, a garganta estava seca. Ficou agradecida ao descobrir que alguém havia deixado algumas coisas para ela: uma bandeja cheia de comida, um vestido e uma tina de cobre, para tomar banho. A água estava fria, mas ela ficou feliz pela oportunidade de esfregar o sangue e aquela sujeira toda do corpo e do cabelo.

Depois que se banhou, comeu o máximo que conseguiu. Na bandeja, havia pão substancioso, queijo gorduroso, carne fatiada e fria e sua geleia de figo favorita. Mas, com tantos pensamentos girando em sua cabeça, teve dificuldade de apreciar a refeição.

Assim que foi infectada com o veneno, Evangeline parou de pensar em Apollo. Mas, agora, gostaria de saber se as feridas do príncipe haviam cicatrizado quando as suas cicatrizaram ou se ele ainda estava ferido. Torceu para que Apollo estivesse curado e em algum lugar seguro. Ainda não achava que seus ferimentos eram de fato culpa do príncipe. Provavelmente alguém o havia coagido.

Precisava descobrir quem tinha sido e por quê. Começaria voltando ao Paço dos Lobos e interrogando Havelock. Da última vez que o vira, o guarda tinha uma notícia para dar. Imaginou que queria contar que Apollo estava acordado, mas Havelock estava com uma cara alarmada e não aliviada. Decerto porque sabia de alguma coisa.

Evangeline ficou um pouco nervosa de voltar sozinha para o Paço dos Lobos. Mas não ficaria ali, com Jacks e Caos, de livre e espontânea vontade, de jeito nenhum.

Pensou mais uma vez que poderia ter sido Jacks quem obrigara Apollo a atirar nela. Mas o Príncipe de Copas precisava de Evangeline com vida. Não teria feito aquilo... pelo menos, achava que não. Era difícil ter total certeza de qualquer coisa quando se tratava do Arcano. Com exceção do fato de Jacks não ser digno de confiança – mais um motivo para ela sair dali o mais rápido possível.

A jovem pegou o vestido que haviam deixado para ela. Um modelito florido cheio de babados, belo como o nascer do sol, mas mais próximo de uma camisola do que de um traje propriamente dito, mais justo e leve, com mangas esvoaçantes, ombro a ombro, e um decote tão acentuado que ela ficou com a sensação de que estava praticamente implorando para os vampiros que estivessem ali a mordessem.

Não ficou surpresa ao dar de cara com uma vampira de guarda do outro lado da porta de seus aposentos – a vampira de lábios vermelhos que a mordera na noite anterior.

– Você pode me dizer onde fica a saída? – perguntou, educadamente.

A vampira olhou para Evangeline como se ela fosse uma criança e ela própria não fosse muito fã de tais criaturas.

– Você não tem permissão para...

– Não me diga – interrompeu Evangeline. Ela sabia que aquela vampira, provavelmente, seria capaz de quebrar seu pescoço apenas com os dedos, mas também sabia que Caos não apenas precisava dela viva, mas precisava de seu sangue, *dado de livre e espontânea vontade*, para abrir o Arco da Valorosa. E, sendo assim, duvidava que qualquer vigia tivesse permissão para quebrar alguma parte de seu corpo. – Se você me disser que não posso ir embora, vou ficar muito brava com Caos e, aí, ele vai ficar muito bravo com você. Então, vamos evitar toda essa braveza. Apenas me deixe ir embora e, por favor, me diga onde fica a saída.

A vampira foi para o lado dando um sorriso amarelo, deixando bem claro que permitiria que Evangeline fosse embora, mas não lhe explicaria como sair dali.

O que estava ótimo. A jovem já estivera naquele local. Tinha certeza de que conseguiria encontrar a saída sozinha. Da última vez que esteve naquele antro com Jacks, os dois fugiram seguindo uma escadaria que subia e levava ao cemitério, logo acima do castelo.

Com determinação, Evangeline subiu todas as escadas que encontrou. Viu um monte de jaulas vazias e correntes e, mais de uma vez, precisou se apressar, porque ouviu som de passos. Estava sem fôlego e um tanto sobressaltada quando chegou ao corredor que ela imaginou ser o mais alto de todos.

Ali não havia correntes nem jaulas, apenas objetos decorativos enganosamente requintados – castiçais de ouro, sofazinhos de veludo, cortinas delicadas. E, por fim, havia uma porta: pesada, de metal e trancada.

A jovem foi pegar a adaga, mas é claro que não estava com ela. Não estava com o vestido que trajava quando entrou ali. Devia tê-la perdido naquela noite, no jardim, o que era bom. Teria odiado se Jacks tivesse encontrado a faca com ela e percebido que todo aquele tempo ela andava por aí com a velha faca do Arcano.

Ainda bem que Caos acreditava que uma boa decoração incluía armas, e foi bem fácil encontrar outra faca para furar o dedo.

Bem depressa, antes que qualquer vampiro pudesse sentir o cheiro de seu sangue, Evangeline ofereceu algumas gotas à porta. Ainda não estava disposta a ser uma chave nem a fazer parte de uma profecia, mas não podia negar que estava gostando da única vantagem que acompanhava tal posição. Sentiu-se poderosa quando disse "Por favor, abra" e a porta obedeceu imediatamente.

A liberdade tinha um gosto gelado.

O mundo tinha a escuridão dos segredos guardados, e ela se arrependeu de não ter tentado arrebanhar uma capa antes de sair do subterrâneo. Quando acordou naquele quarto sem janelas, supôs que era dia. Mas, na verdade, era noite. E não era o tipo de noite feita para vestidos leves como um sussurro e delicados sapatinhos de seda. A neve devia ter derretido durante o período que Evangeline passou no subterrâneo, porque só havia gravetos e terra debaixo de seus pés quando saiu e percorreu o cemitério que ficava acima do reino subterrâneo de Caos.

Ela não se lembrava de que o cemitério tinha tantas árvores – suas copas desfolhadas refreavam a luz do luar e deixavam tudo mais obscuro. A jovem ficou tentando recordar qual era o caminho que levava para Valorfell.

Por um instante, titubeou. Agora que estava fora do castelo e se sentindo um pouco perdida na noite, ficava mais fácil temer que aquilo, talvez, tivesse sido um erro. Talvez, voltar para o Paço dos Lobos não fosse a coisa mais sensata a fazer. Mas a outra opção era voltar para a companhia de Jacks e de Caos.

Inspirando um ar tão gelado que queimou seus pulmões, Evangeline seguiu adiante. Pensou ter visto o mausoléu onde passara a noite com Jacks. Por um instante, ao lembrar, sentiu um formigamento entre os ombros. Como a sensação foi descendo até o pulso e a cicatriz em forma de coração partido, ficou com receio de que esse formigamento quisesse dizer que Jacks estava por perto. Mas, quando olhou em volta rapidamente, a floresta estava deserta, com exceção das árvores. Tantas árvores.

Evangeline não lembrava que a floresta era assim, tão densa. As árvores ficavam próximas feito fósforos dentro da caixa. Virou para trás, mas devia ter tomado o caminho errado de novo, porque, quando deu por si, estava na beira de um precipício, olhando para a espuma do mar.

Abraçou o próprio peito e voltou por onde tinha vindo. O ar estava ficando cada vez mais gelado, e ela tentou se aquecer apertando o passo. Seu caminhar fazia mais barulho do que gostaria. Era tão ruidoso que Evangeline levou um minuto para perceber que havia outro som na floresta.

Pocotó. Pocotó. Pocotó.

O ruído decidido era mais animal do que humano. Parecia que havia um cavalo perdido em meio aos túmulos.

Evangeline gelou, recordando da última vez que ouvira ruído de cascos.

Com todo o cuidado, deu um passo para trás e ficou sob a sombra das árvores.

Depois deu mais um passo. Jurou que não fizera ruído nenhum, mas, apenas um segundo depois, o cavalo apareceu em seu campo de visão, junto de seu cavaleiro. O homem tinha ombros largos e costas retas. Apesar de não conseguir ver bem o rosto, ela teve certeza de que era Apollo.

Ele também parecia estar completamente curado. Estava com uma aparência forte e saudável, e a jovem sentiu uma estranha e absurda atração por ele, uma atração a qual precisou resistir, enquanto o observava em meio às sombras.

O galopar do cavalo foi avançando lentamente, deixando claro que o príncipe não estava só de passagem. Estava procurando alguma coisa.

Procurando por Evangeline.

A jovem sabia disso no fundo da alma. Mas como Apollo sabia que ela estava ali?

– Evangeline... – Apollo disse o nome dela com um tom de súplica, uma súplica que ficou tentada a atender, mas se obrigou a ficar parada no mesmo lugar.

– Se você estiver aqui, precisa correr – continuou o príncipe, com um tom mais ofegante. – Se for embora neste minuto, não irei atrás de você. Estou conseguindo me controlar neste exato momento. Mas não sei quanto tempo isso vai durar. – Apollo, então, respirou fundo, trêmulo. – Não quero te ferir, mas algo se apossou de mim. Encontrar você... – Nessa hora, o príncipe engasgou. – Só consigo pensar em caçar você.

Nuvens saíram da frente da lua, e Evangeline viu novamente, de relance, o rosto de Apollo através das árvores. A expressão do príncipe como um todo estava marcada por algo que parecia mágoa, algo tão à flor da pele que teve a sensação de que era uma ferida de verdade. Ela queria ser otimista e se convencer de que tudo ficaria bem – se conseguira acordar do feitiço lançado por Jacks, era capaz de resistir ao que estava se apossando dele naquele momento –, mas não sabia o que estava acontecendo. E a história dos dois estava começando a parecer condenada ao fracasso.

Evangeline tentou segurar a respiração, mas viu que o ar saía de fininho, em lufadas brancas e fracas, e torceu para que essas lufadas não denunciassem sua presença.

– Não sei ao certo se você está aí. Se o que sinto neste exato momento é a tal atração. Mas, se estiver me ouvindo, *me ajude*, Evangeline. – A voz do príncipe pronunciou o nome dela com um tom suave, mas logo ficou com aquele tom dividido novamente. –

Encontre uma maneira de quebrar esse feitiço que me compele a caçar você, e prometo que não farei nada além de te proteger.

Apollo, então, pôs a mão na aljava que levava às costas e tirou dela uma flecha de ouro. Ela brilhou sob a luz do luar, bruxuleando, porque a mão dele tremia. Evangeline tentou ficar bem parada. Apollo, claramente, estava resistindo ao que quer que fosse que estava tentando controlá-lo.

Ou quem quer que fosse.

Pouco antes, Evangeline tinha descartado a hipótese de que Jacks é que havia feito aquilo com Apollo. Só que não descartara essa hipótese por completo e, agora, enquanto estremecia na floresta às escuras, voltou a considerar a possibilidade de o Príncipe de Copas ter orquestrado aquilo para garantir que ela não pudesse contar com mais ninguém a não ser...

Uma mão tapou sua boca, e um braço poderoso segurou seus braços e seu peito.

Não faça barulho, Raposinha.

12

Jacks segurou Evangeline, levantando seus pés do chão, e a levou de volta para o meio da floresta, afastando-a de Apollo.

Me solte!, pensou a jovem, brava. Só porque corria perigo na presença do príncipe, não queria dizer que estava segura na companhia do Príncipe de Copas. Os sapatinhos caíram no chão de terra de tanto que ela se debatia nos braços do Arcano.

Perdeu o interesse em me morder?, provocou Jacks, dentro da cabeça da jovem.

As bochechas de Evangeline de súbito ficaram quentes, mas ela não permitiu que isso a distraísse nem a impedisse de bater a parte de trás da cabeça no rosto do Príncipe de Copas. Ele a segurou com menos força por alguns instantes, mas logo tornou a apertar novamente, prendendo-a com mais firmeza contra o próprio peito.

Pare de tentar se desvencilhar de mim ou ele vai te matar, projetou Jacks nos pensamentos da jovem. Com a mão que tapava a boca de Evangeline, virou a cabeça dela, enquanto Apollo cavalgava por um trecho de luar distante. O príncipe mais parecia um conto de fadas que ganhou vida, uma silhueta galante – até que Evangeline viu, de relance, a luz dos olhos de Apollo, que ostentavam um brilho vermelho. Da mesma cor terrível que ficaram da última vez que ele a atacou.

Ela parou de se debater. Sabia que não estava segura nos braços de Jacks. Mas, naquele momento, o Arcano parecia ser o menor de dois males terríveis.

O que você fez com ele?

Você acha que eu fiz isso?, pensou Jacks.

Evangeline conseguia sentir as batidas aceleradas do coração do Príncipe de Copas em suas costas, uma sinfonia furiosa.

Não fique tão ofendido, respondeu ela, em pensamento. *Você me disse, repetidas vezes, que é um monstro. E avisou que, se eu não fizesse o que você queria, eu passaria a te odiar.*

Jacks a estreitou com mais força contra o próprio peito e, desta vez, não falou com ela apenas em pensamento.

— Já te disse que você precisa estar viva para me odiar. Não amaldiçoei seu marido para que ele tenha o ímpeto de te caçar e te matar. Admito — falou, um tanto tenso —, que um de seus ferimentos foi, em parte, culpa minha. Atirei uma faca no ombro de Apollo para impedi-lo de acertar você com a flecha. Eu poderia mentir e dizer que não estava pensando na maldição espelhada, mas eu sabia muito bem que qualquer ferimento infligido ao príncipe também machucaria você. Só pensei que uma facada seria preferível a ser assassinada.

Jacks a soltou, abruptamente.

Evangeline foi cambaleando para a frente. O Príncipe de Copas a segurou pelo braço, para que ela recuperasse o equilíbrio, mas soltou logo em seguida.

— Esta maldição não é culpa minha, mas sei que maldição é essa — urrou Jacks. — E acho que você também deve saber.

A jovem dirigiu o olhar para Apollo e, desta vez, não viu apenas os olhos vermelhos do príncipe, o viu como um todo — montado no cavalo, de arco na mão, aljava nas costas, e queixo erguido, com determinação. Estava novamente vestido como o Arqueiro de sua história preferida da infância.

Evangeline sempre adorou "A balada do Arqueiro e da Raposa" porque ela também era uma raposa, apesar de uma espécie muito diferente de raposa da garota da lenda. Mas nem por isso deixava de ser uma raposa e, de repente, sabia por que o marido queria caçá-la.

— Apollo é o Arqueiro — sussurrou.

— Não — disse Jacks, curto e grosso. — Apollo não é o Arqueiro. Mas, pelo jeito, alguém ressuscitou a maldição do Arqueiro e a lançou sobre ele. É por isso que o príncipe está tentando te matar, e vai continuar tentando até conseguir. Alguém quer que você morra. Eu juro, Raposinha, que esse alguém não sou eu. Mas, se não acredita em mim, por obséquio, continue andando pela floresta e fazendo barulho.

Evangeline sentiu uma onda de sangue nos ouvidos, mas ainda conseguia ouvir uma vozinha bem baixa dizendo que ela estava prestes a cometer um erro. Mas qual seria o erro: confiar em Jacks ou fugir dele?

Você sabe que tenho razão, Raposinha.

Mas será que ela sabia mesmo?

Era tão tentador acreditar em Jacks. Sabia que o Príncipe de Copas não queria que ela morresse. Mas recordou que o Arcano já a enganara outras vezes. E, mesmo que Jacks não tivesse arquitetado aquilo, Evangeline tinha jurado que jamais confiaria em Jacks de novo, depois de tudo que ele havia feito.

Evangeline deu um passo, embrenhando-se nas árvores, afastando-se tanto de Apollo quanto de Jacks.

Os olhos do Príncipe de Copas brilharam. O Arcano estava com cara de quem queria impedi-la de se afastar. Mas só ficou parado ali, com os punhos cerrados.

Doía andar sem sapatos. Mas seguiu em frente, afastando-se dos dois. Continuou andando pela parte do cemitério em que a floresta era densa, onde havia apenas gravetos e dragões adormecidos e...

Créc.

Algo se partiu debaixo de seus pés, fazendo mais ruído do que um graveto.

E aí, tudo aconteceu ao mesmo tempo. Evangeline não viu Apollo se virar na direção dela, apenas ouviu o ruído do cavalo galopando ferozmente em sua direção.

Corra, Raposinha!

Só que ela já estava correndo, o mais rápido que seus pobres pés machucados podiam correr, o que não era rápido o suficiente. Ela ouvia Apollo se aproximando.

– Evangeline!

A voz do príncipe era grave e retumbante, só que parecia mais uma súplica do que uma ameaça.

Evangeline pensou que Apollo poderia não saber que, se a matasse, morreria também.

Parou de correr por uma fração de segundo e olhou de relance para trás, apenas o tempo suficiente para ver o príncipe lhe lançar um olhar torturado e mirar uma flecha bem no seu coração.

Correu ainda mais rápido.

A flecha passou raspando pela jovem, mas ela sentiu que feriu seu rosto.

E ela estava indo na pior das direções – direto para o precipício iminente e as ondas furiosas que se quebravam abaixo dele.

– Pule! – gritou Jacks.

De repente, do nada, o Arcano surgiu bem ao lado dela.

– Não sei nadar – berrou ela.

– Então, segure firme.

Jacks abraçou a cintura de Evangeline com força. E, juntos, os dois pularam.

13

Evangeline não conseguia respirar.

O impacto na água gelada foi tão forte quanto seria se tivesse caído em terra. Ela se debateu, por instinto, mas Jacks a segurou bem apertado. Os braços do Arcano foram inflexíveis e a puxaram para cima, através das ondas que arrebentavam. A água salgada entrou serpenteando no nariz da jovem, e o frio preencheu suas veias. Evangeline estava tossindo e cuspindo, mal conseguindo puxar o ar enquanto Jacks nadava até a praia, com ela a reboque.

O Príncipe de Copas a abraçava bem junto de si e a carregou mar afora como se sua própria vida dependesse disso – não a dela.

– *Não* vou deixar que você morra.

Uma única gota d'água pingou dos cílios de Jacks nos lábios de Evangeline.

Era leve como uma gota de chuva, mas o olhar do Arcano continha a força de uma tempestade.

Deveria estar escuro demais para ver a expressão dele, mas a lua crescente reluzia com mais força a cada segundo, destacando os contornos do rosto de Jacks, que olhava para Evangeline cheio de intensidade.

O mar revolto, de repente, parecia calmo em comparação ao coração da jovem, que batia forte. Ou talvez fosse o coração do Arcano.

O peito do Príncipe de Copas arfava, as roupas estavam ensopadas, o cabelo, bagunçado, caído no rosto. Apesar disso, naquele momento, Evangeline teve certeza de que ele a carregaria e não seria apenas por águas congelantes. Jacks a tiraria de um incêndio se fosse necessário, a arrastaria, a arrancaria das garras da guerra, de cidades desmoronadas e mundos caindo aos pedaços. E, por um frágil piscar de olhos, Evangeline compreendeu por que tantas garotas haviam morrido pelos lábios de Jacks. Se o Príncipe de Copas não tivesse traído sua confiança, se não a tivesse incriminado por um assassinato que não cometeu, ela poderia ter ficado um tanto enfeitiçada pelo Arcano.

— Me solte!

Evangeline se debateu para se desvencilhar daqueles braços que a seguravam, recusando-se a cair no feitiço de Jacks.

— Não estou te sequestrando — resmungou ele. — As pedras da praia vão cortar seus pés, e acho melhor você não estar sangrando quando voltarmos para o território dos vampiros.

— Não quero voltar para lá — chiou a jovem, ainda sem ar por causa da água.

— Ninguém quer voltar para lá. Mas Apollo só vai parar de te caçar quando você morrer.

Ela puxou um pouco mais de ar, com dificuldade.

— Se não foi você mesmo quem fez isso, não pode usar seus poderes para detê-lo?

— Não. — Nessa hora, o peito molhado de Jacks pressionou o corpo de Evangeline, enquanto penosamente ia avançando pela praia. — A maldição só será quebrada quando o Arqueiro matar sua caça. Mas... — Ele titubeou, e a água ficou pingando de seu cabelo dourado. — Toda maldição tem... uma porta dos fundos. Se você abrir o Arco da Valorosa, o feitiço lançado em Apollo pode ser desfeito.

Evangeline espremeu os olhos. Jacks estava dizendo algo semelhante ao que Caos havia dito e, ainda assim...

— Isso me parece bem conveniente.

— Então você, claramente, ainda não entendeu direito a situação. — O tom de voz de Jacks ficou acalorado. — O Arco da Valorosa permaneceu trancado por milhares de anos porque é quase impossível destrancá-lo. Se houvesse outra maneira de quebrar a maldição de Apollo e garantir que você não morra, eu faria isso. Porque, mesmo que se disponha a abrir o arco, é bem mais provável que o príncipe a mate antes disso. A maldição do Arqueiro não permitirá que ele tenha paz, a não ser que você morra.

Evangeline queria continuar discutindo. Odiava concordar com Jacks em relação a qualquer coisa que fosse. Mas também estava ficando mais difícil acreditar que o Príncipe de Copas a faria correr *tanto* perigo, principalmente porque ainda conseguia sentir o coração do Arcano batendo com a mesma fúria que o próprio coração.

Só que, se Jacks estava dizendo a verdade, se não foi ele quem amaldiçoou Apollo desta vez, outra pessoa tinha amaldiçoado.

Pensar nisso a despertou para a realidade.

Evangeline recordou da última pessoa que havia tentado matá-la antes de Apollo: Tiberius. Até onde sabia, o irmão do príncipe estava trancafiado na Torre, e não fazia ideia de que Apollo estava vivo. Sendo assim, duvidava que o cunhado tivesse feito isso. Mas, talvez, outra pessoa do Protetorado pudesse ter feito.

Ela não sabia muita coisa a respeito do Protetorado: era uma sociedade secreta, que boa parte das pessoas considerava um mito. Só tinha ciência de que o grupo existia porque seu objetivo principal era garantir que o Arco da Valorosa jamais seria aberto, e era por isso que Tiberius tentara matá-la.

Evangeline não sabia quantos integrantes ainda restavam do Protetorado. Era possível que existissem mais deles espalhados pelo Magnífico Norte que sabiam que ela era a chave. Contudo, se realmente quisessem que a jovem morresse, precisariam apenas ter matado Apollo depois de lançar a maldição espelhada no príncipe. Não fazia muito sentido que tivessem feito isso. A menos que outra pessoa tivesse lançado a maldição espelhada, o que também lhe parecia pouco provável.

— Precisamos interrogar os guardas que estavam vigiando Apollo.

— Isso já foi feito enquanto você dormia — retrucou Jacks. — Disseram que não apareceu ninguém lá, a não ser eu e você.

— Será que alguém apagou a memória deles?

A primeira pessoa que veio à cabeça de Evangeline foi Marisol: sabia que a irmã postiça era bruxa. Mas Marisol não sabia que Apollo estava vivo.

— Duvido que tenham apagado a memória de alguém — respondeu o Príncipe de Copas. — Até onde sabemos, essa maldição poderia ter sido lançada antes de o príncipe ter sido envenenado. Muitas garotas ficaram com inveja, e a esperança de diversos pais foi destroçada depois daquele baile.

— É isso que você acha que aconteceu?

Nessa hora, Evangeline olhou para Jacks.

O cabelo dourado do Príncipe de Copas pingava de tão encharcado, as gotas refletindo o luar que se derramava. Mesmo depois de ter pulado de um precipício e caído no mar, o Arcano ainda parecia ter saído de um conto de fadas impiedoso – um príncipe caído que se recusava a desmoronar.

— Acho que isso não tem importância. Descobrir quem fez isso é uma perda de tempo, porque não vai desfazer a maldição. Não existe uma cura conhecida para ela. A única maneira de salvar a sua vida e a de Apollo é abrir o Arco da Valorosa.

Evangeline examinou a expressão implacável de Jacks por mais um instante. Por mais que relutasse em confiar nele, não conseguia acreditar que Jacks havia feito aquilo.

— Foi Caos quem lançou a maldição?

— Não. Caos não faria nada que colocasse você em um perigo real. Não correria o risco de perder mais uma chave.

— Você acabou de dizer "mais uma" chave?

A boca perfeita de Jacks se contorceu em uma sinistra expressão de provocação.

— Por acaso você acha que é a única chave?

Evangeline não respondeu. Ela havia, na verdade, acreditado nisso.

— De acordo com Caos, a última chave foi a que viveu por mais tempo – explicou Jacks. – Ela conseguiu reaver uma das quatro pedras perdidas do arco antes de o Protetorado cortar sua cabeça.

A jovem já estava com frio e trêmula por causa daquele mergulho em plena madrugada. Mas, de repente, sentiu-se muito mortal. Ficou com a impressão de que alguém a transmutara – de ferro, transformara-se em uma fina placa de vidro.

14

Naquela noite, Luc apareceu na cama de Evangeline. O rapaz deitou de lado, com o cabelo castanho caindo por cima de um dos olhos, sorrindo feito um menino levado que havia entrado escondido no quarto de outra pessoa pela primeira vez.

— Oi, Eva.

A jovem tentou se afastar, mas seus braços e suas pernas estavam cansados demais.

Luc mostrou as presas, brancas e afiadas. E, em seguida, essas presas furaram o pescoço de Evangeline, rasgando sua pele enquanto o garoto-vampiro bebia o sangue dela. Bebeu, bebeu e bebeu mais, gemendo de prazer enquanto Evangeline gritava de dor... Até que ela piscou e entrou em outro sonho.

Estava de volta à floresta, esmigalhando folhas com os dedos dos pés descalços e com os ombros nus cobertos pela neblina. O pescoço não sangrava mais, mas, ao ver Apollo montado em uma égua branca, o sangue correu mais rápido nas veias.

— Eu queria não precisar fazer isso.

A voz grave do príncipe ficou embargada. Ele mirou a flecha e lançou no peito da jovem.

Evangeline sentiu a ponta da flecha atravessar seu coração, rasgando-o ao meio. O corpo ficou inerte, nos braços de alguém que não estava ali até então.

Braços de Jacks. Eram gelados, e ele a segurava no colo.

— Te peguei — disse o Príncipe de Copas.

Jacks falava de um jeito tão delicado, tão fora do comum para ele, que Evangeline se recordou, mais uma vez, que tudo não passava de um sonho. O que a surpreendeu foi o fato de, de repente, aquilo ser tão agradável. E a imensa segurança que sentiu por estar tão perto do Arcano.

A garota viera para o Magnífico Norte em busca de amor. Mas, talvez, apenas não quisesse ficar sozinha, não quisesse ficar sem ligação com nenhuma outra pessoa. Não queria que ninguém se desse conta caso ela desaparecesse. Queria ser importante para alguém. Se seu coração parasse de bater, queria que alguém o sentisse parar – assim como ela conseguia sentir o coração de Jacks naquele momento, já que se permitira pousar a cabeça no peito dele.

O Príncipe de Copas sorriu de um jeito que era ao mesmo tempo belo e depravado.

— Estou decepcionado por você ter esquecido o que sou com tamanha facilidade.

Em seguida, ele a soltou, deixando-a cair de seus braços.

Evangeline acordou sobressaltada.

Os olhos se abriram de repente.

Jacks olhou para ela, empoleirado na escura mesinha de cabeceira. As pernas compridas estavam relaxadas de modo negligente na beirada do móvel, e as mãos faziam malabarismos com uma maçã e uma faca.

— Você fala enquanto dorme — declarou o Príncipe de Copas, com seu jeito arrastado. — Disse meu nome... várias vezes.

A jovem sentiu uma onda de calor subir pelo pescoço.

— Obviamente, eu estava tendo um pesadelo — retrucou.

— Não foi isso que me pareceu, Raposinha, e olhe que fiquei aqui a noite inteira.

O coração dela se sobressaltou ao pensar que o Arcano havia passado a noite vigiando seu sono. *Será que isso a tinha feito sonhar com ele?*

— Não tema, não vou contar para seu marido que você é obcecada por mim.

Jacks jogou a maçã branca para cima e pegou a fruta com a ponta da adaga. Uma adaga que Evangeline reconheceu, o que fez mais uma onda de mortificação passar por ela. Era a faca com as pedras preciosas azuis e roxas. A que ela havia roubado do Arcano e depois perdido.

– Peguei minha adaga de volta, espero que não se importe. – Nessa hora, Jacks virou a faca até as pedras preciosas refletirem a luz das velas. – E não se preocupe: tampouco vou contar para Apollo que peguei você andando por aí com minha faca. O príncipe e eu somos amigos, você sabe como é, e eu odiaria que o príncipe ficasse com ciúme.

Evangeline soltou uma risada debochada e perguntou:

– Como você tem coragem de dizer que vocês dois ainda são amigos depois de tudo que fez?

– O que fiz de tão ruim? – retrucou Jacks.

– Ah, sei lá... Talvez você tenha jogado umas maldições sobre ele, tipo diversas vezes.

– Todo príncipe acaba amaldiçoado. Príncipes sem maldição são esquecidos pela história. E pode acreditar quando digo que Apollo quer que se lembrem dele. Agora... – O Príncipe de Copas inclinou a cabeça, sinalizando um vestido esticado na beirada da cama, a mesma cama onde Evangeline ficara enjaulada na noite anterior. – É melhor você se vestir.

A jovem fez careta para o vestido, apesar de o traje, na verdade, ser um sonho. Tinha o tipo de mangas compridas e vazadas que ela sempre achou românticas, e eram transparentes, de um tom muito claro de cor-de-rosa. O corpete tinha um tom levemente mais escuro e era coberto com uma intrincada série de cordões ouro rosê trançados, que iam até os quadris, onde camadas de um tecido absurdamente fino, salpicado de brilhos, fluíam, formando a saia.

Só porque Jacks havia ajudado Evangeline a sair de outra enrascada na noite anterior não queria dizer que os dois eram aliados. O sonho que ela tivera, de estar em segurança nos braços dele, fora obviamente um delírio.

Evangeline cruzou os braços em cima do peito e declarou:

– Você precisa parar de mandar em mim.

Jacks ignorou o comentário.

– Assim que você se vestir, podemos começar a procurar as pedras perdidas do arco.

O Arcano saiu de cima da mesinha de cabeceira, foi até o vestido e o atirou na cara da jovem.

– Jacks! – Evangeline pegou o traje. Era maravilhosamente macio e estava muito mais limpo do que ela se sentia. Mas não estava disposta a permitir que o Príncipe de Copas a coagisse. Soltou o vestido em cima da cama. – Eu ainda não me dispus a ajudar você a abrir o arco.

O Arcano lhe lançou um olhar que dava a entender que achava a piada dela sem graça.

Só que Evangeline não estava brincando.

– Quero saber por que você quer tanto abrir o arco.

Jacks sorriu de um jeito encantador, um sorriso largo, perfeito e absolutamente cruel.

– Fico lisonjeado por você demonstrar tamanho interesse pelo que eu quero ou deixo de querer. Mas realmente deveria começar a pensar mais em seu marido do que em mim. – Nessa hora, os olhos do Príncipe de Copas se tornaram fulminantes. – Caso você tenha esquecido, Raposinha, Apollo está sob o efeito da maldição do Arqueiro. Se você não se dispuser a abrir o Arco da Valorosa para quebrar a maldição, o príncipe vai te matar. Assim como o Arqueiro assassinou a raposa dele.

Jacks tirou a maçã da faca e a jogou para cima de um jeito perverso de tão alegre.

Evangeline cerrou os dentes, sabia que era inútil discutir com o Príncipe de Copas. Mas o Arcano já tinha estragado tantas coisas, que ela não iria permitir que Jacks também destruísse seu conto de fadas preferido.

– Você não sabe se isso aconteceu – falou. – Ninguém sabe ao certo se o Arqueiro matou a Raposa.

– Ah... – Jacks, então, deu risada, uma risada dura e cruel, como seu sorriso. – O Arqueiro definitivamente matou a Raposa.

– Não é nisso que eu acredito. Pode ser que ele tenha resistido! Ou que a Raposa tenha encontrado uma maneira de quebrar a maldição. Ninguém sabe como a história termina. E, sendo assim, pode ter acontecido qualquer coisa.

– Mas não aconteceu – retrucou Jacks. – Baladas nunca têm final feliz, todo mundo sabe disso. Ninguém precisa ler a história inteira para saber que o Arqueiro está com as mãos sujas de sangue. Abra o arco, Evangeline. Se não fizer isso, vai morrer, igual à Raposa.

O Príncipe de Copas parou de jogar a maçã para cima e a apunhalou com a adaga.

A jovem fez careta quando o sumo escuro da fruta pingou no chão.

Realmente não queria ceder às vontades do Arcano. Mas estava começando a ter a sensação de que se recusar a abrir o arco era teimosia e não bom senso. Depois do que LaLa disse, Evangeline não tinha mais tanto medo de que a Valorosa contivesse algo terrível, mas ainda não queria entregar o que pudesse haver lá dentro para Jacks. Não queria se aliar ao Príncipe de Copas nem ter nada a ver com o Arcano. Mas queria, sim, quebrar a maldição do Arqueiro – precisava quebrá-la, senão passaria o resto da vida fugindo de Apollo, e o príncipe passaria o resto da vida tentando caçá-la.

Evangeline supunha que, de certa forma, aquilo era uma espécie de "para sempre". As maldições conectavam os dois de modo inextricável, prometendo que a vida deles seria interligada para sempre. Mas não era desse jeito que ela queria que os dois ficassem juntos.

– Tudo bem – respondeu Evangeline.

– Isso quer dizer que você vai abrir o arco?

Jacks ergueu de leve uma das sobrancelhas. Um gesto minúsculo e, mesmo assim, a jovem pôde ver que o Arcano estava realmente satisfeito.

Ela ficou tentada, por breves instantes, a continuar resistindo. Mas, agora que havia se decidido, estava preparada para acabar logo com aquilo. Quanto antes encontrassem as pedras que abririam o arco, mais rápido se livraria do Arcano.

– Sim, vou te ajudar a abrir o arco. Mas não vou me vestir enquanto você estiver aqui.

– Que pena – murmurou Jacks.

Em seguida, sumiu.

E Evangeline ficou agradecida pelo fato de o Arcano não estar lá para ver que ficou corada de repente.

15

Jacks assoviava alegremente enquanto atravessava o corredor mal iluminado com Evangeline, indo ao encontro de Caos. Até então, a jovem nunca ouvira o Príncipe de Copas assoviar. Supôs que o Arcano estava fazendo isso agora porque ela finalmente se dispusera a abrir o Arco da Valorosa. Mas, por algum motivo, não esperava que esse fato o deixasse tão desavergonhadamente feliz.

Jacks era todo covinhas e assovios, e a curiosidade que essa felicidade despertava em Evangeline era inquietante.

O que será que tem dentro do Arco que Jacks quer tanto assim?

O Arcano encontrara mais uma maçã enquanto Evangeline se vestia – não estava mordida, era azul, e ele a atirava para cima no compasso de sua canção alegre.

– Você não para de olhar para mim.

– Só estava imaginando por que você sempre está com uma maçã.

Jacks deu uma risadinha disfarçada e respondeu:

– Pode acreditar em mim, Raposinha, é melhor você não saber.

Ele deu uma mordida lenta na fruta e seu olhar ficou sombrio. Lentamente seus olhos foram saindo dos lábios e se dirigindo ao pescoço de Evangeline, seguindo a pele à mostra até as clavículas, depois até os seios. Ela começou a sentir a respiração pesar enquanto o olhar de Jacks nos cordões intrincados que cobriam seu peito foi seguindo as linhas douradas de um jeito que a fez ter a sensação de que alguém puxava aquelas cordas trançadas. Parecia que os dedos gelados do Arcano as apertavam, ajustando-as ainda mais no seu corpo, até que ela ficasse quase sem fôlego.

– Foi você quem começou, olhando para mim desse jeito – murmurou ele.

O comentário estava mais parecido com o Jacks que a jovem conhecia: provocativo e um pouco cruel.

– Você teve notícias de Apollo? – perguntou ela, friamente.

– Não. Caos mandou vampiros procurarem pelo príncipe ontem à noite, assim como uns poucos seres humanos que podem ficar ao relento até depois de o sol raiar, mas ninguém o viu, e os tabloides não comentaram nada a respeito dele. Se Apollo for esperto, está tentando se distanciar um pouco de você, para que seja mais fácil resistir à maldição. Mas... – completou Jacks, de um jeito sinistro – ... isso não vai durar para sempre.

– E Havelock? – indagou Evangeline.

– O que tem ele?

– Por acaso alguém o interrogou para ver se ele sabe quem lançou a maldição do Arqueiro em Apollo?

O Príncipe de Copas olhou para a jovem de soslaio e retrucou:

– Eu já te disse que descobrir quem lançou essa maldição não nos ajudará em nada.

– Mas eu gostaria de saber, mesmo assim. Talvez você esteja acostumado a ter gente tentando te matar, mas eu não.

– Que azar, porque Havelock também sumiu. Tentamos falar com ele depois de interrogar os guardas que estavam vigiando Apollo, mas ninguém no Paço dos Lobos sabe onde ele está. Meu palpite é que Havelock deve estar onde o príncipe está.

Jacks parou diante da porta de madeira antiquíssima do gabinete de Caos. Girou a maçaneta de ferro, mas a porta não se mexeu.

Ele bateu. Mas o vampiro não atendeu. Pelo jeito, ainda não havia chegado.

– Destranque a porta – ordenou Jacks.

Evangeline ficou irritada.

– Você podia, pelo menos, dizer "por favor".

– É verdade, mas aí você ia pensar que estou sendo gentil, e eu odiaria que ficasse confusa.

Rápido como um raio, Jacks pegou a adaga, furou o dedo dela e sorriu ao vê-la sangrar.

– É melhor abrir logo, antes que os vampiros cheguem.

A jovem olhou feio para o Arcano. Mas abriu a porta de imediato, apesar de duvidar que algum vampiro fosse atacá-la – não enquanto Caos precisasse dela para abrir o Arco da Valorosa e conseguir tirar o elmo. Caos até podia ser um vampiro, e Jacks, um Arcano. Mas, pelo jeito, ambos precisavam de Evangeline e estavam meio desesperados.

Essa constatação a fez criar coragem para bisbilhotar um pouco o gabinete assim que entraram e não havia ninguém. Se não fossem as correntes e grilhões presos nas cadeiras, seria fácil imaginar que estavam no Paço dos Lobos. O chão era de uma pedra lustrosa e antiquíssima; as cadeiras eram revestidas de couro de qualidade, e o tabuleiro de xadrez de mármore em cima da escrivaninha de Caos era uma obra de arte. As peças eram maiores do que o normal, era fácil perceber que não eram reis, rainhas, bispos, cavalos, torres e peões comuns. Eram esculpidos à semelhança dos Valor e, assim como as enormes estátuas do porto na entrada de Valorfell, todas as peças estavam sem cabeça.

Jacks deu mais uma mordida na maçã, empesteando o recinto às escuras de doçura, e ficou observando Evangeline, que estava perto da escrivaninha.

– Não sei se você deveria bisbilhotar – disse o Arcano.

– Não sei se ligo para sua opinião – retrucou a jovem. – O vampiro precisa tanto de mim que não vai me fazer mal.

Evangeline contornou a mesa com passos um tanto mais confiantes.

Não sabia ao certo o que estava procurando, apenas sabia que aquela era sua única oportunidade de olhar sem sofrer consequências. Desde que chegara ao Norte, sempre fora a pessoa com menos poder em qualquer recinto, mas esse não era mais o caso. Ela era a garota da profecia. Era a chave – uma coisa mágica, capaz de coisas mágicas! Não precisava ficar parada na soleira da porta, feito um gatinho assustado, nem ficar sentada educadamente em uma cadeira, apenas esperando.

Estava abrindo a gaveta da escrivaninha quando viu, em um canto da mesa, uma pedra preciosa brilhante sob um domo de vidro.

Levantou o domo, e a pedra preciosa brilhou ainda mais, lançando faíscas cor-de-rosa e douradas pelo recinto. Parecia um desejo feito para ser usado em volta do pescoço. Talvez alguma feiticeira tivesse colocado, sabe-se lá como, um punhado de maravilhamento dentro daquele colar. Aliás, ela achou que "colar" era uma palavra comum demais para descrever aquele tesouro.

Seus dedos formigaram quando encostou na corrente.

— Você acha que Caos adquiriu essa pedra preciosa para mim?

— Não.

O vampiro surgiu em um sombrio piscar de olhos e arrancou o colar da mão da jovem.

— Devolva! — Por instinto, Evangeline tentou agarrar a joia, mas Caos segurou seu pulso.

— Não é para você — declarou ele.

Caos estava enganado. Evangeline sabia que estava enganado. Aquela pedra não brilhava tanto na mão enluvada do vampiro. Tinha que ser dela.

Tentou acertá-lo com o outro braço. Não importava o fato de Caos ser mais forte nem maior do que ela. Nem que, provavelmente, o golpe que conseguiu acertar no peito do vampiro tenha doído mais na jovem do que nele. Precisava daquele colar.

— Isso não te pertence! — exclamou, indo para cima de Caos.

— Essa não é uma boa ideia, Raposinha.

As mãos de Jacks se uniram em volta dela, arrastando-a com severidade para longe do vampiro e da preciosa joia.

— Me solte, seu monstro...

Evangeline tentou acertar o Príncipe de Copas com a cabeça.

Jacks tirou uma das mãos da cintura da jovem e a colocou em volta do pescoço dela, mantendo-a imóvel enquanto Caos foi até a escrivaninha e trancafiou a gema dentro de uma caixa de ferro.

Imediatamente, Evangeline teve a sensação de que havia mergulhado em água gelada. Assim que a tampa se fechou sobre a pedra, aquela ousadia, aquela autoconfiança extrema, aquele desejo de arrancar os olhos de Caos com as próprias unhas sumiu em um piscar de olhos.

Ela se encolheu nos braços de Jacks.

– O que acabou de acontecer? – perguntou.

Sentia a pele quente e a respiração descompassada. As mãos do Príncipe de Copas ainda estavam em cima dela.

– Você vai conseguir se controlar se eu te soltar? – perguntou o Arcano. – Ou vamos precisar te acorrentar a uma das cadeiras?

Pelo tom de voz, parecia que Jacks estava rindo de novo – porque é claro que Jacks acharia graça se Evangeline ficasse mortificada.

– Estou bem.

Ela se debateu para se desvencilhar do Príncipe de Copas, que começou a abrir os dedos lentamente. Só que, antes de se soltarem por completo, sentiu os nós desses dedos roçarem suavemente na parte de baixo do seio.

Sentiu um frio na barriga. Mas a expressão do Arcano era tão impassível que Evangeline achou que Jacks a acariciara sem querer.

Sacudiu a cabeça e se afastou, cambaleante, do Príncipe de Copas e do colar que Caos trancafiara.

– O que é aquela coisa? – perguntou.

– Aquela *coisa* é a pedra da sorte – respondeu Caos. – É uma das quatro pedras mágicas perdidas do arco.

Evangeline se recordou do que Jacks havia dito a respeito da chave anterior, que havia morrido depois de encontrar uma das pedras perdidas. A gema naquele colar talvez fosse a pedra que a chave encontrara.

Caos se afastou da escrivaninha, mas seus movimentos pareciam mais tensos do que o normal. O vampiro cerrava e abria os punhos como se tivesse acabado de dar fim a uma tarefa difícil.

– A pedra também te afetou? – indagou Evangeline.

– A pedra afeta qualquer um – respondeu Caos.

– Não me causou nada – vangloriou-se Jacks.

– Só porque a pedra da sorte faz as pessoas serem impulsivas, e você sempre é impulsivo – retrucou Caos.

O Príncipe de Copas deu de ombros e comentou:

– Que sentido faz ser imortal se for para viver feito ser humano?

– Eu achei que você podia morrer – comentou Evangeline.

– Por quê? Está planejando me assassinar? – Os olhos de Jacks brilharam.

Caos o fuzilou com o olhar.

– Não provoque a garota.

– Relaxe. – O Arcano, então, ficou mexendo na corrente pendurada no braço de uma das cadeiras. – Eu já dei oportunidade para Evangeline me apunhalar, certa vez, mas nem assim ela quis.

– E vou me arrepender disso para sempre – falou a jovem.

Mas, para seu horror, não sentiu o gosto de verdade que deveria ter sentido quando pronunciou essas palavras. Fez questão de se lembrar de que Jacks não era digno de confiança. Era o motivo para ela estar naquela enrascada. Só que, mais uma vez, não teve a sensação de que essas palavras eram verdadeiras. Desta vez, não havia sido Jacks quem tinha amaldiçoado Apollo.

Evangeline se recordou da sensação das batidas do coração do Arcano, furiosas em comparação com as dela, quando o Príncipe de Copas a puxou para fora do mar depois de terem escapado de Apollo. Aquela foi a primeira vez que Jacks não deu a impressão de estar no controle da situação. A impressão era a de que ele era um guerreiro feroz de contos de fadas, determinado a fazer o que fosse preciso para salvar a vida da jovem. Evangeline sabia que os motivos do Arcano para querer mantê-la viva não eram nada nobres. Mas, às vezes, a razão não é páreo para o sentimento. Racionalmente, sabia que era muito melhor odiá-lo, mas não conseguia mais manter esse sentimento.

Caos pigarreou.

Evangeline ergueu os olhos e deu de cara com o vampiro, parado na frente da escrivaninha, os braços cruzados sobre o peito largo, olhando para ela com algo que parecia preocupação. Era difícil ter certeza, já que o elmo escondia seu rosto, mas Caos não tinha com o que se preocupar. Evangeline podia até não odiar Jacks, mas ainda sabia que não podia confiar nele.

– Ainda faltam encontrar três pedras – explicou Caos. – Cada pedra tem um poder diferente. Evangeline, como você é a chave, é quem mais vai sentir a magia de cada pedra, o que facilitará que você as identifique. Entretanto, como bem deve saber a partir de sua experiência com a pedra da sorte, o poder das pedras as torna perigosas.

– Quais são os poderes das outras pedras? – indagou a jovem.

Recordou que o bibliotecário que havia virado fumaça comentara o nome delas, mas não conseguia lembrar quais eram.

Jacks se empoleirou no braço de uma das cadeiras e contou nos dedos, com um tom debochado.

– Uma da sorte. Uma da verdade. Uma do contentamento. Uma da juventude.

– Não me parece tão ruim assim – comentou Evangeline.

O Príncipe de Copas lhe lançou um olhar sugestivo e respondeu:

– A do contentamento tem um potencial ainda maior de fazer você perder a cabeça do que a pedra da sorte. Tem gente capaz de matar para não perder a juventude. E também pode trazer inveja e imaturidade, então essa será difícil de roubar. E a verdade... – Jacks, nessa hora, deu um sorrisinho irônico e completou: – A verdade nunca é o que a gente quer que seja, Raposinha.

16

Evangeline deveria ter prestado atenção à passagem secreta. Caos a levava, junto com Jacks, para um lugar onde, segundo o vampiro, ela conseguiria começar a procurar as pedras que faltavam. Mas, em vez de prestar atenção aos próprios passos ou ler as palavras escritas nas paredes sombrias, só conseguia repassar, em pensamento, a provocação de Jacks: "A verdade nunca é o que a gente quer que seja".

O Príncipe de Copas disse isso em tom de alerta, como se a verdade dele fosse tão destrutiva quanto seus beijos. Entretanto, as palavras do Arcano só conseguiram fazer Evangeline se perguntar: qual era a verdade de Jacks? O que queria da Valorosa e por que não queria que ela soubesse?

É claro que Jacks dava a impressão de gostar de atormentá-la e, sendo assim, talvez fosse esse seu motivo para guardar segredo. Mas Evangeline não tinha lá muita certeza de que estava convencida dessa explicação. Pelo menos, sua esperança de poder descobrir tudo a respeito de Jacks tinha sido renovada: descobriria tudo assim que encontrasse a pedra da verdade.

— Chegamos. — Caos parou diante de uma porta que tinha um brasão de cabeça de lobo e fora arranhada bem no meio por algum animal ou por uma mão com garras bem grandes. Em seguida, entregou uma chave de ferro presa com uma fita de veludo para a jovem e aconselhou: — Sei que você pode destrancar qualquer porta, Evangeline. Mas talvez seja melhor evitar derramar sangue enquanto estiver aqui.

Evangeline sabia que deveria ter sentido alguma espécie de medo. Mas, das duas, uma: ou o efeito da maldição das histórias sobre lendas de vampiros impedia isso ou ela estava apenas sendo cabeça-dura.

Em um mundo de imortais, ela possuía um único poder e não queria que lhe dissessem para não usá-lo.

É claro que não falou isso quando girou a chave que Caos havia lhe dado.

Do outro lado da porta havia estantes, grossas e robustas, repletas de tomos antiquíssimos, que se esparramavam ao longo de todas as paredes arredondadas, até chegar a um teto tão alto que seria preciso várias escadas para alcançá-lo. Ainda bem que havia, sim, múltiplas escadas de jacarandá envelhecido, assim como uma série de pequenas sacadas, que salpicavam as prateleiras mais de cima, feito estrelas de ferro.

O ar mudou quando Evangeline entrou, se enchendo de um aroma de folhas de papel antigas, que a chamavam feito um canto de sereia. Como todos os admiradores de contos de fadas, a jovem sempre amou cheiro de livros. Adorava a poeira de papel no ar, o fato de brilhar na luz feito minúsculas faíscas de magia. E, mais do que tudo, amava como os contos de fadas sempre a faziam pensar na mãe e em infinitas possibilidades. O chão debaixo de suas sapatilhas estava coberto por uma tapeçaria bordada com a imagem de um arco ladeado por dois cavaleiros de armadura, um deles sem cabeça. Em cima dessa tapeçaria, havia uma mesa redonda onde repousavam um lampião e alguns jornais, tudo isso rodeado por duas poltronas de veludo de cor escura que, felizmente, não tinham algemas nem correntes.

— Por mais encantador que tudo isso seja, como vai me ajudar a encontrar as pedras que faltam? — perguntou a jovem. — Achei que nenhum livro era confiável, por causa da maldição das histórias.

É claro que isso não a impedira de procurar respostas em bibliotecas antes, apesar de nunca a terem levado a nenhum lugar útil. Quando procurou na biblioteca real, estava atrás de informações sobre os Valor, mas não havia nenhum livro sobre eles. Evangeline supôs que era por causa da maldição das histórias. Mas, pelo jeito, não foi a maldição que deu fim aos livros — foi Caos. O vampiro, pelo jeito, escondia todos os livros a respeito dos Valor em sua biblioteca.

Nas lombadas, estavam escritas coisas do tipo:

Como o Norte se tornou magnífico: uma história gloriosa
O rei-lobo
A corte de maravilhas dos Valor
Lobric e Honora: a primeira história de amor épica do Norte

Também havia títulos a respeito das Grandes Casas, mas a maioria dos livros era sobre a misteriosa família Valor.

— Você foi reunindo todos esses livros só para encontrar as pedras do arco?

— Achei que guardá-los em minha biblioteca seria a melhor maneira de garantir a segurança deles. Por causa da maldição das histórias, as palavras na maioria desses volumes mudam um pouco a cada vez que são lidas. — Caos passou os dedos enluvados em uma lombada antiga de couro, e Evangeline ficou observando o título mudar de *Castor Valor: um príncipe entre príncipes* para *Castor Valor: uma praga entre os príncipes*. — Entretanto, como raramente permito que alguém os leia, a maioria das histórias que contêm foi preservada.

Evangeline sacudiu a cabeça e ficou olhando para cima, para todas as incontáveis lombadas encadernadas em couro, e algumas das palavras piscaram diante de seus olhos, apenas porque ousou olhar de relance para elas.

Ela nem sabia por onde começar.

— Talvez pudéssemos tirar a pedra da sorte da caixa só...

— Não — responderam Caos e Jacks, ao mesmo tempo.

— E se a usarmos apenas para encontrar o livro certo?

Pela cara, o Príncipe de Copas estava considerando essa possibilidade, mas o vampiro fez que não.

— A última chave usou a pedra da sorte no pescoço depois que a encontrou. Acreditava que a pedra traria boa sorte, e até trouxe. Mas também a fez agir de forma demasiado impulsiva e acabou causando a morte dela.

— E se Jacks usasse a pedra? — Nessa hora, a jovem se virou para o Arcano. — Você disse que não foi afetado por ela.

— E não fui. Mas a pedra tampouco vai me ajudar. Apenas a chave profetizada pode encontrar e reunir as quatro pedras perdidas.

Evangeline queria acreditar que Jacks estava exagerando – ou que, talvez, apenas quisesse se livrar de ter que passar um bom tempo dentro de uma biblioteca. Mas aí se lembrou da visita que fizeram aos cofres da família Sucesso, quando ele ficou só olhando para ela, observando suas reações, enquanto passavam por todos aqueles tesouros. E também supôs, dado o motivo deveras convincente para Caos querer abrir o arco, que o vampiro já tinha passado um bom tempo procurando pelas pedras perdidas – e, dados os anos de vida de Caos, ele teve muito tempo para isso. Mas apenas uma das pedras estava em seu poder e fora encontrada pela chave anterior.

Agora, Evangeline precisava localizar as outras três. Duvidava que os dois Arcanos realmente acreditassem que ela poderia fazer isso... ou se apenas queriam ver quantas pedras conseguia encontrar antes que ela morresse, como a chave anterior.

No dia seguinte, quando Evangeline acordou no quarto de hóspedes, esperava encontrar Jacks na beirada da cama, pronto para atirar um vestido em sua cara, dizendo que já estava na hora de ir trabalhar e encontrar as pedras.

Em vez disso, só havia um cartão, que fora deixado perto do bule de chá, na bandeja de café da manhã.

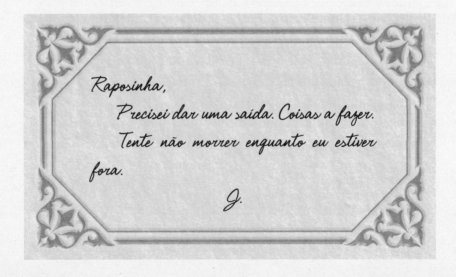

Raposinha,
*   Precisei dar uma saída. Coisas a fazer.*
*   Tente não morrer enquanto eu estiver fora.*

*   J.*

– Tente não morrer – resmungou a jovem.

Evangeline não sabia por que ficara surpresa, tanto pelas palavras insensíveis de Jacks como com o fato de o Príncipe de Copas ter sumido quase na mesma hora em que ela se dispôs a fazer a única coisa que o Arcano queria. Mas *ficara* surpresa – e, talvez, um tantinho magoada.

O que será que Jacks tinha a fazer de tão importante? A garota sabia que o Arcano não tinha como ajudá-la a encontrar as pedras perdidas, mas também sabia que estava desesperado para obtê-las. E também queria muito que ela continuasse viva. Mas simplesmente a abandonara ali, sozinha, em um castelo cheio de vampiros.

Talvez tivesse razão quando, no dia anterior, concluiu que Jacks e Caos só queriam que ela conseguisse o máximo de pedras possível antes que a busca pusesse fim à vida dela.

Depois de colocar um dos muitos vestidos que lhe foram trazidos de seus aposentos no Paço dos Lobos, Evangeline percorreu os túneis escondidos que levavam à biblioteca secreta de Caos. Apesar do bilhete que Jacks havia deixado, continuou esperando que o Príncipe de Copas a acompanhasse, com passos delicados, ou que surgisse por uma porta secreta na parede. Mas o Arcano não apareceu.

A biblioteca estava em silêncio, já que não se ouviam as provocações, os risos nem o barulho de maçãs sendo jogadas para cima pelo Arcano. Os únicos ruídos eram os do bruxuleio ocasional dos lampiões acesos, que lançavam uma luz quente, cor de caramelo, na biblioteca escondida.

Evangeline tentou buscar consolo nos livros. Sempre teve a sensação de que as histórias eram suas amigas. Mas sentia que todas aquelas histórias eram parentes distantes das lendas que conhecia.

Caos tinha razão quando disse que as histórias contidas nos livros mudariam. As palavras de quase todos os livros que a garota leu mudaram diante de seus olhos. Em geral, eram coisas irrelevantes. Evangeline viu relatos sobre Honora Valor mudarem a cor dos olhos dela de mel para castanhos. Lendas a respeito de Lobric mudaram o tom do cabelo do rei de dourado para vermelho.

Mas certas coisas, pelo jeito, nunca mudavam, tais como os nomes dos filhos do casal Valor e algumas características que os definiam. Aurora era meiga, e sempre a descreviam como a mais bela garota que já viveu na face da Terra, seguida pelo irmão gêmeo, Castor, que era descrito como muito nobre. Vesper tinha a habilidade de ver o futuro. E Tempest e Romulus – mais uma dupla de gêmeos – eram grandes inventores, responsáveis pela criação dos arcos mágicos. Dane era uma espécie de metamorfo, e Lysander tinha um dom que envolvia lembranças. Todas as histórias diziam que eles eram belos, bons e generosos. A família era unida, protegiam uns aos outros, e era amada pelos súditos até que...

Algo terrível aconteceu.

Mas, ao que parecia, Evangeline não conseguia descobrir qual fora o tal trágico acontecimento. Sabia o resultado: a família Valor mandou construir a Valorosa, trancafiou algo lá dentro e depois a cabeça de todos foi cortada, pondo fim à Era Valor e dando início à Era das Grandes Casas.

Entre essas duas eras as pedras foram criadas e escondidas. Infelizmente, Evangeline encontrou pouca informação a respeito dessa misteriosa época de transição.

Só conseguiu encontrar lendas que comentavam fatos tangenciais à tragédia.

Encontrou histórias do *antes*: da Era Valor, quando cavaleiros sempre venciam, o bem sempre vencia o mal, a honra era sempre recompensada, e os contos de fadas sempre tinham finais felizes.

E também havia lendas do *depois*: da Era das Grandes Casas, que não raro piscavam e mudavam para Era das Grandes *Maldições* enquanto ela lia.

Um dos volumes, *Uma história das decapitações famosas*, tinha todo um capítulo sobre a morte dos integrantes da família Valor, mas não mencionava o Arco da Valorosa.

Eis um trecho:

> **A névoa se derramou feito lágrimas sobre Valorfell, cobrindo as ruas de sombras e de frio, enquanto as pessoas choravam em silêncio dentro de suas casas. A maioria estava de luto pela grande família Valor, mas poucas pessoas demonstravam isso, por medo de que as Grandes Casas também as matassem.**

Depois desse trecho, o autor amaldiçoava o nome de todas as Grandes Casas originais: Sucesso, Massacre do Arvoredo, Arvoredo da Alegria, Espinheira-Sanguínea, Pena de Falcão, Casstel, Tumba de Sangue, Verita, Corvo da Cruz, Predileta, Devastação, Campânula e Acadian.

"Acadian" era o sobrenome de Apollo, e ler essa palavra fez Evangeline imaginá-lo em seu cavalo de caça, lutando contra a maldição. Onde será que o príncipe estaria naquele exato momento? Ela não estava ferida. Isso a fazia supor que Apollo estava bem, pelo menos fisicamente. Em termos emocionais, o que aquilo tudo estava causando no príncipe? Na primeira noite em que Apollo acordou, quando Evangeline o avistou no jardim, ele já parecia um príncipe diferente daquele com o qual se casara. Estava ferido e assombrado. Um pouco disso não iria destruí-lo. Mas e se a maldição durasse tempo demais? Quem Apollo seria, então?

No dia seguinte, Evangeline decidiu ler mais sobre as Grandes Casas. Eram treze as Grandes Casas originais, e todas foram as maiores beneficiadas pela queda da família Valor, o que a fez pensar que poderiam estar envolvidas no ato de selar o arco e esconder as pedras. Até porque as pedras eram mágicas e provavelmente dariam uma certa medida de sorte a quem as possuísse.

A garota resolveu pesquisar sobre a Casa Massacre do Arvoredo primeiro, já que LaLa ia se casar com o lorde Robin Massacre do Arvoredo. Infelizmente, ao que parecia, não havia nenhum livro citando a Casa Massacre do Arvoredo na lombada. Ou, se havia, o título fora alterado pela maldição das histórias, algo que era comum acontecer.

A próxima Casa que Evangeline pesquisou – a Casa Arvoredo da Alegria – se transformou em "Arvoredo da Amargura" enquanto lia. Entretanto, nada a respeito desta Grande Casa ou do vilarejo que leva seu nome parecia amargo.

Diziam que Arvoredo da Alegria, o vilarejo, era uma cidadezinha encantadora construída em uma floresta que sediava feiras encantadas, era lar de raposas mágicas e de um trio de patifes semifamigerados que, segundo relatos, eram todos encantadores, belos e encrenqueiros. O trio era composto pelo príncipe Castor Valor, por Lyric Arvoredo da Alegria – filho do lorde Arvoredo da Alegria – e por um arqueiro presunçoso.

O nome do arqueiro não era citado, mas Evangeline pensou imediatamente que poderia ser o Arqueiro de "A balada do Arqueiro e da Raposa".

– Encontrou algo interessante?

A garota levou um susto ao ouvir aquela voz aveludada e soltou o volume que tinha nas mãos. O livro caiu no chão com uma pancada seca.

– Lamento se te assustei.

Caos estava esparramado na outra poltrona, trajando uma armadura de couro que delineava perfeitamente toda a sua perfeição cinzelada de vampiro, e Evangeline sabia que ele não lamentava nem um pouco. Achou graça de a garota ter pulado de susto. O vampiro tinha rugas suaves e inesperadas ao redor dos olhos, que lhe conferiam um leve toque de humanidade.

Só que Evangeline ainda recordava de quando os olhos de Caos não lhe pareceram nada humanos, de quando olhou neles e viu a morte.

O vampiro inclinou a cabeça, tirou os olhos da garota e examinou uma pilha de livros que estava em cima da mesa.

– Está lendo sobre as Grandes Casas?

– Sim, mas não consegui encontrar nenhum livro sobre uma delas. Você tem algum título a respeito da Casa Massacre do Arvoredo?

– Não há nada que valha a pena ser lido sobre a Casa Massacre do Arvoredo. Não passam de um bando de brutamontes covardes.

Caos foi até a estante e tirou dela um livro cuja capa era de um tom crepuscular de lavanda.

– Quem sabe... tente este.

Então entregou para a garota o volume que acabara de tirar da prateleira.

Era uma coisinha fina, amarrada com uma fita preta e larga, com letras gravadas em dourado.

Ascensão e queda da família Valor: a amada primeira família real do Magnífico Norte.

O título se contorceu quando ela leu, algumas das letras formaram galhos, outras se transformaram em armas, e deixaram Evangeline um pouco zonza.

A primeira página do livro fez a mesma coisa. As letras e as palavras não paravam de se transformar em outras coisas – parecia que o tomo estava tão empolgado por alguém finalmente tê-lo tirado da prateleira que não sabia o que dizer.

– Esse me parece um pouco afoito demais...

Evangeline deixou a frase no ar porque ergueu os olhos e percebeu que Caos já tinha ido embora. E, pelo jeito, o vampiro não foi a única coisa que sumiu da biblioteca. Depois de ter colocado o livro que ele lhe entregou em cima da mesa – porque as palavras simplesmente se recusavam a sossegar –, esticou o braço para pegar o volume que deixara cair quando Caos entrou.

Só que, como o vampiro, o livro havia sumido.

Restou apenas um pedaço de papel, que tremulava.

17

Será que Caos pegara o livro ou o volume simplesmente havia desaparecido? Até onde Evangeline se lembrava, a maldição das histórias não fazia livros sumirem. Mas isso fazia mais sentido do que o vampiro ter roubado um dos livros que a garota havia separado.

Evangeline pegou o papel caído no chão com todo o cuidado, achando que poderia ter caído do volume desaparecido.

A folha era velha e amarelada. A letra não lhe parecia conhecida, mas as palavras que ela continha já tinham sido decoradas por ela.

Examinou o papel. Havia um dragãozinho desenhado embaixo das palavras "Uma da Sorte", que estavam riscadas – provavelmente, porque a pedra da sorte já fora encontrada. A "Uma da Verdade", correspondia o desenho de uma caveira com ossos cruzados. Embaixo de "Uma do Contentamento", havia um jardim de flores primaveris salpicadas por estrelas minúsculas. Logo abaixo de "Uma da Juventude", havia o desenho de um escudo com chamas na parte inferior.

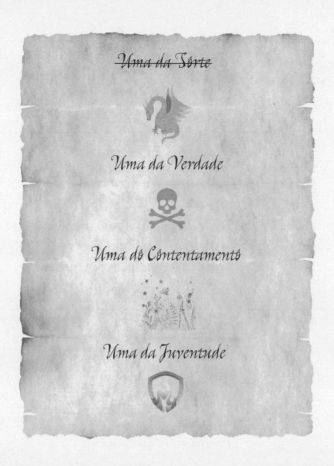

Evangeline imaginou que isso poderia ter sido escrito pela última chave. Os símbolos deveriam ser pistas de onde ela achava que as pedras estavam.

Mas qual seria o significado desses símbolos?

A semana seguinte passou bem devagar, pingando feito cera de vela derretida. Evangeline passou todos os dias na biblioteca, tentando entender os símbolos que encontrara na lista feita pela última chave. Os ossos cruzados e as flores eram comuns demais e, apesar de o escudo com as chamas ser mais peculiar, não conseguiu encontrar nenhuma referência a ele em nenhum livro. Caos tampouco reconheceu o desenho. Vinha conferir os avanços da garota todos os dias, mas sempre ia embora rápido. E Jacks...

Evangeline tentou não pensar em Jacks. Não gostava da dor que sentia quando pensava que o Príncipe de Copas simplesmente a havia abandonado ali.

O ponto alto de seus dias era o tabloide diário, que era entregue no seu quarto sempre com o café da manhã. De início, começou a ler o jornal para ver se mencionava alguma coisa a respeito de Apollo; e talvez também estivesse curiosa para ver se citavam Jacks. Depois passou a gostar do tabloide porque era a única coisa que a fazia se sentir conectada com o mundo fora do castelo subterrâneo de Caos.

Naquele dia, a manchete estava um pouco borrada. Evangeline não conseguiu decifrar a primeira palavra, mas as outras duas, ao que parecia, eram tudo o que o artigo realmente precisava.

O Boato Diário

DIVERTIMENTO E CASAMENTO

Por Kristof Knightlinger

Todo mundo adora uma festa temática. Mas não tanto quanto a futura *lady* LaLa Massacre do Arvoredo e seu noivo, o jovem lorde Robin Massacre do Arvoredo. Para comemorar o recente e deveras súbito noivado, o casal dará uma festa de proporções históricas. Rezam os boatos que estarão presentes representantes de todas as Grandes Casas.

Receio que meu convite tenha sido extraviado pelo correio, porque ainda não o recebi. Mas fiquei sabendo que a festa será um evento de uma semana inteira, e que o traje será à fantasia.

Evangeline imaginou que um convite deveria estar à sua espera no Paço dos Lobos e sentiu uma tremenda vontade de aceitá-lo, de ir àquela festa e comemorar com todo mundo. Era um sentimento pequeno, mas seu coração já estava tão em frangalhos de tanta solidão que, por um segundo, a garota achou que aquela minúscula pontada aguda poderia destroçá-la.

Imediatamente, sentiu-se frívola por ficar triste de perder uma festa. Mas gostaria de ver LaLa mesmo que a amiga não estivesse dando uma festa. Se LaLa estivesse de luto e não noiva, Evangeline gostaria de estar com ela. Gostaria apenas de estar em qualquer lugar. Com qualquer pessoa.

Até Jacks seria uma companhia bem-vinda.

A garota sentiu mais um aperto doloroso ao pensar que o Príncipe de Copas ainda não havia voltado. Mas expulsou esse sentimento quando seus olhos pousaram na próxima reportagem.

EX-PRÍNCIPE TIBERIUS ACADIAN
PRESO DEPOIS DE OUSADA TENTATIVA DE FUGA

Por Kristof Knightlinger

A reportagem era rasa, continha mais especulações sobre a fuga do que informações de fato. Mesmo assim, os pelos nos braços de Evangeline ficaram arrepiados ao ler a respeito de Tiberius.

Não foi de medo. Mas deveria ter sido. Tiberius tentou matá-la. *Duas vezes.* Sendo integrante do Protetorado, o ex-príncipe acreditava que Evangeline tinha que morrer, por ser capaz de abrir o Arco da Valorosa. E, como o restante do Protetorado, Tiberius se comprometera a garantir que o arco jamais seria aberto.

Mas, de repente, Evangeline pensou que, talvez, ser integrante do Protetorado não significasse apenas matar garotas de cabelo cor-de-rosa. Talvez o Protetorado também estivesse escondendo as pedras que faltavam.

É claro que era um impulso temerário sequer aventar a possibilidade de visitar Tiberius na prisão e perguntar se ele sabia das pedras. Se Jacks estivesse ali, sem dúvida diria que essa ideia era perigosa demais. Mas Jacks havia sumido, e a esperança de Evangeline sempre brilhou mais do que o medo.

18

Evangeline prestou atenção aos ruídos, tentando ouvir barulho de cascos de cavalo, passos ou qualquer outra coisa que pudesse indicar que Apollo voltara a caçá-la.

A trilha cheia de folhas da antiga floresta do Norte estava em silêncio, assim como a neblina que lambia seus tornozelos, mas nem por isso a garota deixou de apressar o passo, fazendo muito barulho ao pisar de botas no chão nevado. Provavelmente, estaria mais segura se tivesse pedido para Caos acompanhá-la, mas temia que o vampiro não gostasse da ideia de ela visitar o jovem que tentara matá-la. Sendo assim, não disse uma palavra a respeito de seus planos e saiu escondida enquanto os vampiros dormiam para passar o dia.

Havia uma velha trilha que levava até a Torre onde Tiberius estava preso. Mas Evangeline não precisava realmente de uma estrada. A construção era tão alta que podia vê-la com facilidade do cemitério que ficava em cima do castelo de Caos.

A Torre despontava de uma antiga floresta, logo depois do cemitério. De acordo com as histórias, só fora construída depois da Era Valor. O reino da família, supostamente, era tão maravilhoso que seus integrantes não precisavam se preocupar em trancafiar pessoas, porque não aconteciam crimes perigosos enquanto estavam no poder.

Era difícil acreditar que isso fosse verdade, ainda mais olhando para a Torre. Suas pedras eram tão velhas e gastas que era impossível dizer de que cor foram um dia. Não tinha janelas. Não tinha portas. Não tinha como olhar para fora e ver a floresta que a cercava.

Evangeline sentiu uma certa pena de Tiberius. Tentou se convencer de que era tolice se sentir mal pela pessoa que tentara matá-la.

Mas, da última vez que o vira, o ex-príncipe não estava com uma aparência assassina, estava desesperado.

Chorara de soluçar ao confessar que matou o irmão sem querer. E, em parte, era por isso que a garota tinha esperanças de que Tiberius estaria disposto a ajudá-la naquele dia.

E, apesar de realmente se sentir mal pelas condições lúgubres da prisão, pensou que essas mesmas condições poderiam ajudá-la a obter informações. Só precisava encontrar uma maneira de entrar ali. Ao que tudo indicava, além de não possuir nenhuma porta visível, também não havia guardas que poderiam permitir sua entrada.

Felizmente, Evangeline tinha como contornar a falta de uma porta visível.

Remexeu na cesta de pão que levara para Tiberius e tirou dela uma adaga. Como os vampiros são surpreendentemente descuidados em relação às suas armas, foi fácil encontrar um substituto para a faca que Jacks pegara de volta. A adaga que escolheu era de ouro, tinha belas pedras preciosas cor-de-rosa no cabo e ponta cintilante.

Foi só encostar que o sangue se derramou do dedo aos borbotões.

Depois de pedir desculpas em pensamento para Apollo, que agora também estava sangrando, a jovem foi logo marcando as pedras e repetindo as seguintes palavras:

Por favor, abra.
Por favor, abra.
Por favor, abra.

Evangeline não saberia dizer para quantas pedras pediu permissão. Tinha a sensação de que havia tentado conversar com toda a base da torre, até que uma pedra solícita finalmente rangeu, e uma porta escondida se escancarou.

Ela respirou fundo e tossiu imediatamente. O ar do outro lado da porta tinha gosto de ossos.

Dois guardas que, pelo jeito, estavam jogando cartas, ficaram de pé imediatamente. Um deles parecia tão surpreso que derrubou o banquinho de madeira em que estava sentado. O móvel caiu com uma pancada seca e alta no chão úmido de pedra.

— A senhorita não deveria estar aqui – disse ele, enquanto o outro guarda estava boquiaberto, claramente reconhecendo o cabelo cor-de-rosa de Evangeline.

— Vou te dizer uma coisa – falou Evangeline, alegremente. – Não vou contar para ninguém que a porta deste lugar estava sendo tão mal vigiada que, simplesmente, consegui entrar com a maior facilidade se vocês me deixarem ter uma conversinha com Tiberius.

Evangeline terminou o discurso balançando o cabelo cor-de-rosa para o guarda que, pelo jeito, não sabia quem ela era.

O homem ainda estava com cara de quem queria discutir ou talvez de colocá-la dentro de uma das celas, até que o segundo guarda lhe deu um chute na perna e disse:

— Sentimos muito, Vossa Alteza, mas Tiberius não tem permissão para receber visitas.

— Então é só não contar para ninguém que passei por aqui.

E, antes que desse tempo de os guardas discutirem, ela começou a subir as frias escadas de pedra.

Assim que as botas encostaram no primeiro degrau, Evangeline ouviu a voz do Príncipe de Copas.

Esta é a pior ideia que você já teve até agora, Raposinha.

A voz era tão clara que ela parou e olhou para trás, mas só viu os guardas fechando a porta pela qual acabara de entrar.

Esperou mais um segundo, caso o Príncipe de Copas batesse ou se espremesse pela fresta antes de fecharem a porta. Mas o Arcano não apareceu, e Evangeline não ouviu mais a voz dele.

Sacudiu a cabeça e tornou a subir os degraus, determinada a não pensar em Jacks. Enquanto Tiberius estivesse trancafiado em uma cela, não poderia lhe fazer mal. Ela lhe ofereceria pão. Os dois conversariam. Evangeline diria que Tiberius podia ajudar a salvar a vida do irmão. Tiberius contaria onde estavam escondidas as três pedras que faltavam. E tudo ficaria bem no Magnífico Norte.

Subiu mais um lance de escadas. Já estava no terceiro piso e ainda não havia nem sinal de Tiberius. Nem sinal de ninguém. Todas as celas pelas quais passou estavam vazias, com exceção da ocasional lufada de vento que entrava pelas frestas.

Uma aranha subiu em suas botas. Evangeline deu um pulo e quase caiu um degrau para trás.

— Ela pôs fim a uma família real e, contudo, tem medo de aranha. A voz foi seguida por uma risadinha jocosa.

Os ombros de Evangeline ficaram tensos. Ela recobrou o equilíbrio e olhou para o fim do corredor, onde finalmente encontrou Tiberius Acadian. Ficou corada, e ele continuou dando risada. Mesmo na prisão, não perdera sua postura de príncipe. Segurava uma caneca tosca de água como se fosse um cálice de vinho.

— Eu te ofereceria um gole – disse o ex-príncipe –, mas não tenho nenhum veneno para colocar aqui dentro.

— Eu jurava que você tinha aprendido a lição de que não se deve tentar matar as pessoas com veneno.

— Ah, mas você não é uma pessoa. É uma chave. – Tiberius, então, retorceu os lábios e foi se aproximando das grades da cela. – O que você quer?

Evangeline ofereceu um filão de pão que estava na cesta.

Tiberius olhou com desconfiança para o alimento. Mas Evangeline pôde ver a fome em seu olhar. Como o rapaz era um príncipe, achou que cuidariam melhor dele. Mas, para sua sorte, não era esse o caso, pelo jeito. O título de nobreza não fazia a menor diferença ali, e ficou claro que o Protetorado havia abandonado Tiberius. A cela em que estava era cheia de correntes de ar e escura, iluminada por umas poucas velas de sebo malcheirosas.

Evangeline partiu um pedaço do pão e começou a mastigar lentamente.

— Viu só? Não tem perigo nenhum. Não sou sua inimiga, Tiberius. Na verdade, vim para te dar uma boa notícia. Apollo, seu irmão, está vivo.

O ex-príncipe parou de se movimentar. E, em seguida, deu uma risadinha de desdém.

— Você está mentindo.

— Você tentou me matar. Duas vezes – recordou Evangeline. – Acha mesmo que eu viria até aqui só para contar uma mentira? Apollo realmente está vivo.

Ela parou de falar, deixando as palavras pairarem no ar até que a máscara de deboche que Tiberius usava cedeu, apenas o suficiente para revelar que o jovem acreditava nela – não estava com cara de quem queria acreditar, mas, pela experiência de Evangeline, o que as pessoas querem sentir e o que de fato sentem raramente coincidem.

– Sei que, se tiver oportunidade, provavelmente ainda vai tentar me matar, mas também acredito que você se importa com seu irmão, e é por isso que estou aqui. O veneno que Apollo ingeriu o colocou em um estado de sono suspenso que dava a impressão de que ele estava morto. Há cerca de duas semanas, seu irmão acordou, mas ainda não voltou ao normal. Foi infectado por outra maldição.

– Que tipo de maldição?

– Uma maldição muito antiga. A mesma que foi lançada sobre o Arqueiro de "A balada do Arqueiro e da Raposa".

– Deixe-me adivinhar: você é a raposa do meu irmão. – Nessa hora, Tiberius esboçou um sorriso. – Isso é perfeito demais. Apollo está vivo, e logo você estará morta.

O ex-príncipe finalmente pegou o pão que Evangeline oferecia e começou a mastigar, de um jeito presunçoso.

– Tem um detalhe que ainda não contei – declarou ela. – Se seu irmão conseguir me matar, também vai morrer. Estamos conectados. Qualquer ferimento que eu sofrer também será sofrido por ele.

– Isso não é problema meu.

Mas Evangeline não conseguia acreditar que o ex-príncipe era tão insensível quanto dava a entender. Sabia que Tiberius se importava com Apollo. Vira o jovem chorar e desmoronar por causa do irmão.

A jovem colocou a cesta no chão e pegou a faca dourada. Afastou a capa e arregaçou a manga comprida.

– O que você pensa que está fazendo? – perguntou Tiberius, arregalando os olhos ao ver Evangeline encostar a lâmina no próprio braço e gravar quatro palavras na pele.

"ONDE VOCÊ ESTÁ, APOLLO?"

Os cortes foram superficiais, apenas o suficiente para arranhar as palavras na pele, não saiu sangue. Podem até ter doído, mas Evangeline não sentiu nada, de tão apertado que estava seu peito enquanto esperava, torcendo para que Apollo respondesse e Tiberius acreditasse em tudo que acabara de lhe dizer.

– Você enlouqueceu? – perguntou o ex-príncipe.

– Olhe só.

Evangeline segurou um suspiro de dor quando a primeira letra apareceu. Apollo não apenas arranhou sua pele: respondeu cortando as palavras, até sangrar.

"NÃO PROCURE POR MIM"

Cada palavra latejava. E aí, o outro braço começou a arder, porque mais palavras apareceram.

"NÃO QUERO TE MATAR"

Tiberius passou a mão no rosto, mais pálido do que antes.

Evangeline sentiu um arrepio inquietante com as palavras que Apollo escreveu, mas também sentiu um sussurro de triunfo. Agora, Tiberius estava com cara de quem acreditava nela – e parecia apavorado.

– Se Apollo conseguir me matar, vai morrer. De verdade, desta vez. E você perderá seu irmão para sempre. Mas, se me ajudar a quebrar a maldição dele, terá seu irmão de volta, e garanto que você será libertado.

Ela se precipitou ao dizer essa última frase e, em parte, se arrependeu. Mas precisava ser o mais convincente possível.

Tiberius ficou beliscando o pescoço, ainda observando as últimas gotas de sangue caírem do braço de Evangeline no piso imundo da prisão.

– Digamos que eu acredite em você. O que precisa que eu faça?

– Diga-me onde as pedras do Arco da Valorosa estão escondidas. Sei que você tem medo do que está contido na Valorosa, mas acredito que a prisão contém uma porta dos fundos que irá me permitir quebrar a maldição de Apollo e salvar a vida dele. Só preciso encontrar as pedras perdidas do arco. Por favor, diga onde estão. Me ajude a salvar seu irmão.

Tiberius respirou fundo, devagar e um tanto acuado.

– Não – respondeu.

– Como assim, não?

— Estou indeferindo o seu pedido. Rejeitando seu apelo. Tudo isso que você me contou não muda nada, Evangeline. Prefiro ver você morrer do que ajudá-la a encontrar as pedras.

A jovem não podia acreditar no que estava ouvindo.

— Como você pode dizer isso? É a vida do seu irmão.

Os olhos de Tiberius estavam marejados, mas sua voz era resoluta.

— Já cumpri meu luto pela morte de Apollo, e é melhor que apenas ele morra do que incontáveis outras pessoas e o Magnífico Norte que conhecemos chegue ao fim. Porque é isso que vai acontecer se você abrir aquele arco, Evangeline Raposa.

— Você não sabe disso.

— Sei mais do que você. Por acaso sabe alguma coisa a respeito dessas pedras que está procurando? Não são apenas pedaços de rochas. E não foram escondidas só para manter o arco fechado. Essas pedras têm poderes que se invocam mutuamente. Anseiam por serem reunidas e, da última vez que todas as quatro pedras foram colocadas juntas, uma das Grandes Casas foi destruída. Vi as ruínas... Senti a terrível magia que esvazia tudo. Reunir as pedras, por si só, tem potencial para causar um cataclismo. — Nessa hora, Tiberius olhou nos olhos de Evangeline através das grades, e seu olhar ainda estava marejado e sombrio. — Amo meu irmão, sim, mas não vale a pena correr esse risco para salvar a vida dele. Se tem coração, deixe que Apollo acerte uma flecha em você. Transformem-se em mais uma trágica balada do Norte e livrem o resto de nós dos perigos do poder que está trancafiado dentro da Valorosa.

19

Evangeline concluiu que aquela floresta era mágica. Deveria ter reparado antes – o aroma das árvores verdes e luxuriantes era um tanto doce demais, parecia que alguém havia misturado açúcar na neve que salpicava as folhas e agulhas de pinheiro.

Ela até que gostava do aroma, mas o teria trocado, de bom grado, por uma neve comum, sem magia, se isso significasse que a floresta iria parar de mudar as coisas de lugar.

Não sabia por quanto tempo estava andando por aquela trilha. Era a mesma trilha que tomara para chegar à Torre. Só que, em vez de levá-la de volta ao castelo subterrâneo de Caos, o caminho não parava de se enredar pelas árvores. O céu estava ficando arroxeado. Logo seria noite, e ela estremeceu só de pensar o quanto se sentiria perdida quando isso acontecesse.

O fato de aquela jornada ter sido a troco de nada piorava ainda mais as coisas. Ela havia se enganado tanto... Ainda não estava acreditando que Tiberius optara pelo medo de uma antiga profecia em detrimento do amor que sentia pelo irmão.

Evangeline jamais revelaria isso para Apollo – se um dia conseguisse salvar a vida dele.

Ao respirar, o ar saía em lufadas pálidas. A jovem olhou para as palavras recém-gravadas no braço: "NÃO QUERO TE MATAR".

Folhas farfalharam atrás dela, um pássaro grasnou, e Evangeline pulou de susto.

Num impulso, pegou a adaga de ouro da cesta e se virou, já brandindo a faca.

– Oi, Eva.

Luc saiu do meio de um par de árvores polvilhadas de neve, exibindo um sorriso que poderia ser de menino, se não deixasse suas presas levemente à mostra.

— O que você está fazendo aqui? — perguntou Evangeline.

Ficou aliviada por não ser Apollo, mas não baixou a faca. Luc até podia não estar sob o efeito de uma maldição que o compelia a caçá-la e matá-la, mas tentara morder Evangeline nas duas últimas vezes em que se viram.

— Você não precisa empunhar essa faca. — Nessa hora, a bela boca de Luc formou um beicinho. — Vim dizer que sinto muito pelo que aconteceu no outro dia. Não queria morder você de verdade. Bom... eu queria morder você, sim, mas não queria te ferir. Senti saudade.

O garoto olhava para ela por baixo dos cílios, e as partículas douradas de seus olhos brilhavam na escuridão.

A pulsação de Evangeline acelerou, e ela odiou o fato de seu coração ainda se acelerar por causa daquele garoto. Entretanto, tinha a sensação de que eram os encantos de vampiro e não Luc de fato que a afetava daquela maneira.

Não sabia ao certo quando a paixão que sentia por Luc morrera. Na verdade, nem sequer tinha certeza de que isso havia acontecido. Era mais uma impressão de que havia deixado para trás seu amor por Luc junto à versão de si mesma que existia *antes*. Na época em que acreditava que primeiro amor, verdadeiro amor e amor para sempre eram a mesma coisa.

Antes, Evangeline achava que o amor era como uma casa. Uma vez construída, daria para viver nela para sempre. Mas, agora, achava que o amor era mais parecido com uma guerra, em que novos inimigos aparecem constantemente, e batalhas estão sempre à espreita. Vencer no amor tinha menos a ver com triunfar em uma batalha e mais a ver com continuar lutando; decidir que a pessoa que a gente ama é a pessoa pela qual estamos dispostos a morrer, inúmeras vezes.

Por muito tempo, Luc foi essa pessoa. Apesar de agora não ser mais, ao olhar para ele, era fácil imaginar que poderia ser novamente.

O garoto deu um passo na direção de Evangeline, e o beicinho se tornou aquele sorriso torto tão conhecido que chegava a doer.

Ultimamente, nada lhe era conhecido. Passara tanto tempo sozinha na biblioteca de Caos que ficar perto de Luc naquele momento, mesmo em uma floresta escura, fazia Evangeline sentir uma ternura surpreendente.

– Sabe – disse o garoto-vampiro, baixinho –, morder é bem parecido com beijar, só que melhor, quando é feito do jeito certo.

Dito isso, Luc inclinou a cabeça e se aproximou do pescoço de Evangeline.

– Não! – A jovem colocou as duas mãos com força no peito do rapaz e se obrigou a parar de olhar para Luc, concentrando-se na noite, nas estrelas e na copa das árvores, tentando se livrar dos encantos dele. – Você continua não podendo me morder, Luc. Não sou um petisco.

– Que tal só uma mordiscadinha?

Evangeline olhou feio para Luc.

Ele soltou um suspiro e perguntou:

– Você superou completamente nossa história, Eva?

Por um segundo, ela não soube o que responder. Achava que era só por causa da mordida. Mas, ao olhar para Luc, viu em seu rosto imortal algo parecido com solidão. Ser um vampiro, sem dúvida, não era o que ele esperava.

O rapaz olhou para cima, para a noite que ficava cada vez mais escura. Aquele era o único céu que ele via, agora que era um vampiro. Tinha um punhado de estrelas, espalhadas feito pedras preciosas de um colar quebrado, mas, no geral, havia apenas a lua crescente e radiante, que o provocava, com aquele seu sorriso afiado que jamais irradiaria uma luz tão quente como a do sol. Evangeline não conseguia se imaginar sendo banida da luz do sol, sem jamais ter permissão para se aventurar em plena luz do dia. Perguntou-se se era isso que Luc *realmente* estava procurando. Não ela, mas um raio de sol. Um raio de algo de seu passado, ao qual se apegar.

Ela poderia achar que tornar-se príncipe deixaria o garoto feliz – pelo menos, por um tempo. Mas, provavelmente, era trabalho demais e diversão de menos. Apesar de não conseguir imaginar que os conselheiros de Luc confiassem nele de fato ao ponto de permitir que o suposto príncipe fizesse alguma coisa de importante.

– O que você está fazendo aqui fora, Luc?

– Ouvi alguns guardas dizerem que te viram perto da Torre, por isso saí do castelo escondido assim que escureceu. Queria te encontrar, saber se você quer ir a uma festa comigo.

– Não posso.

– Você nem sabe que tipo de festa é.

Luc pôs a mão no bolso de trás e tirou dele um convite dourado, escrito em nanquim branco cintilante. Tão luminoso que deu para ela ler o que estava escrito à luz do luar.

As palavras "contentamento", "divertimento" e "casamento" estavam escritas na parte de cima.

– É uma festa à fantasia.

Dito isso, Luc ergueu e baixou as sobrancelhas várias vezes.

– Representantes de todas as Grandes Casas estarão presentes, se você gosta desse tipo de coisa...

O garoto continuou falando, mas a atenção de Evangeline estava concentrada no convite, que era para a festa de noivado de LaLa.

Naquela mesma manhã, quando leu a reportagem sobre a festa, a primeira palavra da manchete estava borrada. Mas, agora, ao reler o convite, deu-se conta de que a palavra era "contentamento".

A palavra, por si só, não a teria convencido de que a pedra do contentamento poderia estar lá. Mas, quando recordou do que Luc acabara de dizer, que representantes de todas as Grandes Casas estariam presentes, uma ideia louca lhe veio à mente.

Dado tudo o que as Grandes Casas ganharam com a queda da família Valor, Evangeline suspeitava de que seus integrantes haviam escondido as pedras perdidas do Arco da Valorosa. E, agora, desconfiava que levariam tais pedras para a festa. Recordou-se das palavras de Tiberius: "Essas pedras têm poderes que se invocam mutuamente. Anseiam por serem reunidas".

Quem sabe, na festa de LaLa, as pedras que faltavam seriam mais uma vez reunidas. Algo leve e borbulhante assomou-se dentro dela ao pensar isso. E Evangeline teve certeza de que precisava ir àquela festa.

– Obrigada! – falou.

E deu um beijo no rosto de Luc.

O rapaz deu um sorriso torto e perguntou:
– Isso foi um "sim"?

Por um segundo, foi tentador – até porque Evangeline tinha certeza de que, se Jacks descobrisse, ficaria irritado. Mas, no fim das contas, sua resposta para Luc foi:

– Não... mas obrigada pelo convite.

Antes que desse tempo de o garoto discutir ou pedir mais uma *mordida*, Evangeline saiu correndo, torcendo para que a floresta, finalmente, a deixasse sair.

20

Caos não estava quando Evangeline por fim voltou ao castelo subterrâneo do vampiro. A jovem temia que estivesse procurando por ela. Entretanto, não havia ninguém por perto para confirmar suas suspeitas.

Evangeline suspeitava que Caos havia alertado seus vampiros de que haveria consequências caso alguma coisa acontecesse com ela. Depois do primeiro ou segundo dia que estava hospedada lá, nunca mais viu vampiros, com exceção de Caos. Óbvio que Evangeline não criou o hábito de ficar perambulando à procura dessas criaturas. Só procurava por Caos naquele momento porque precisa pedir para o vampiro arranjar um meio de transporte para que pudesse comparecer à festa de LaLa. Mas supôs que isso poderia esperar até o dia seguinte.

Depois de procurá-lo em seu gabinete – sem sucesso –, Evangeline foi para a cama.

Algum tempo depois, quando estava bem no limite entre o sono e a vigília, pensou tê-lo ouvido entrar – definitivamente, ouviu *alguém* entrar. Mas, quando abriu os olhos, não havia ninguém no quarto.

Os aposentos estavam vazios e frios. Ela, contudo, não conseguia se livrar da sensação de que, poucos segundos antes, havia alguém ali.

No dia seguinte, assim que caiu o crepúsculo, Evangeline se dirigiu ao gabinete de Caos. Estava levemente saltitante, pensando que logo iria embora daquele lugar e, se tudo corresse bem, encontraria as pedras necessárias para quebrar a maldição lançada em Apollo.

Ao pensar no príncipe, esfregou o pulso, no ponto onde a manga deixava à mostra as palavras talhadas por ele. O corte superficial não doía mais, mas ela sentiu uma dor no peito quando fez a volta e entrou no pátio destinado aos jogos do vampiro.

Jacks.

Ela parou de supetão, e seus sapatinhos escorregaram no chão de pedra.

O Arcano estava a poucos metros de distância, no pátio, em frente a uma mesa de madeira lustrosa onde jazia um tabuleiro de damas, com cerca de metade das peças vermelhas e pretas. A mesa era iluminada por inúmeras velas dispostas em uma jaula que ficava pendurada logo acima dela, pingando cera e lançando uma luz ocre tanto no tabuleiro quanto na bela garota com quem Jacks jogava.

A garota tamborilava as unhas na mesa, mordia o lábio de um jeito sedutor e olhava ora para aquele jogo simples, ora para o Príncipe de Copas.

Jacks mais parecia o próprio retrato de um príncipe libertino, esparramado na poltrona de veludo preto. O cabelo dourado brilhava sob aquela luz e as mechas estavam meio desarrumadas, como se a garota tivesse acabado de passar os dedos nele.

Evangeline sentiu uma pontada de – não sabia direito o que podia ser. Certamente, não era ciúme. Jacks parecia meio entediado enquanto movia uma peça vermelha. E, apesar disso, se estava tão entediado, por que não foi procurar Evangeline? Será que planejava avisá-la de que havia voltado?

Ela não queria se incomodar com isso. Foi bom mesmo o fato de Jacks não ter voltado para procurá-la. E, mesmo assim, vê-lo ali a fez se sentir pequena, insignificante.

Achava que o Príncipe de Copas queria que o Arco da Valorosa fosse aberto mais do que qualquer coisa, mas primeiro fugira e a abandonara, e agora estava ali, sentado, jogando damas.

O Arcano mal olhou para ela e disse:

– Também jogo xadrez.

O rosto de Evangeline ardeu de vergonha. Não tivera a intenção de projetar aquele pensamento a respeito do jogo de damas.

– Apenas fiquei surpresa. Não sabia que você jogava coisas que não envolvem fazer mal às pessoas.

– Ah, tem aquele outro jogo – interveio a garota. – Aquele...

– Pode ir embora agora – interrompeu o Arcano.

Os lábios da garota ficaram imóveis, ainda formando a palavra que estava prestes a dizer.

– Você... eu... você... – gaguejou ela, fazendo beicinho e bufando de leve antes que seu rosto arredondado ficasse completamente sem expressão.

No instante seguinte, a garota levantou da poltrona e saiu do pátio, calada.

– Você não deveria ter feito isso – censurou Evangeline.

– Por quê? – Jacks se recostou na poltrona e olhou para ela de um jeito insolente. As roupas que usava eram desleixadas, assim como sua postura: gibão de veludo azul-escuro meio desabotoado, cinto caído, calça cinza-tempestade e botas de couro surradas, com fivelas na lateral. – Quer que eu chame a moça de volta?

– Não – respondeu Evangeline.

Mas disse isso rápido demais.

Jacks esboçou um sorriso de canto.

– Ficou com ciúme, Raposinha?

– Nem um pouco: não gosto quando você usa seus poderes para controlar as pessoas.

– Você já me pediu para fazer isso no passado.

– Eu tinha um bom motivo.

– Na verdade, acredito que você teria feito um tremendo favor ao Norte se tivesse livrado a região da presença de sua irmã postiça. Mas ainda temos a possibilidade de consertar esse erro, mais tarde. – O Príncipe de Copas, então, ficou rolando uma maçã preta para a frente e para trás na beirada da mesa, com a palma da mão. – E você, queria alguma coisa? Ou só minha atenção?

Em seguida, seus lábios formaram um sorriso debochado, deixando à mostra uma de suas covinhas.

Isso não passou despercebido por Evangeline, longe disso.

– Você está perguntando para a garota errada, Jacks. Ao contrário *dela*, sei que você não é um deus.

– E, contudo, foi você quem rezou na minha igreja. – Nessa hora, ele pôs os pés em cima da mesa. – O que foi mesmo que você disse? "Sei que você entende o que é ter o coração partido".

O Príncipe de Copas deu uma risada delicada.

Evangeline sentiu as bochechas ficarem completamente vermelhas. O que, é claro, só fez o Arcano rir ainda mais.

– Obviamente, eu estava enganada.

E também fora terrivelmente ingênua de acreditar que Jacks compreendia sentimentos humanos ou que se importava com sentimentos que não fossem os próprios. Evangeline não disse isso em voz alta. Simplesmente deu as costas. Talvez tivesse ficado com um pouquinho de saudade dele, mas, obviamente, tais pensamentos eram uma loucura.

– Espere. – O Arcano levantou de um pulo e segurou o braço da jovem. – O que é isso?

Evangeline tentou se desvencilhar, mas os movimentos dos dedos ágeis de Jacks foram rápidos. Ele ergueu a manga do vestido, deixando à mostra o braço em que Apollo escrevera, de forma grosseira, as palavras. "NÃO QUERO TE MATAR."

As narinas do Príncipe de Copas se dilataram, e ele falou:

– Pelo jeito, seu marido piorou no quesito cartas de amor.

– Não é nada.

Evangeline puxou o braço. Mas Jacks era bem mais forte do que ela.

Com um rápido puxão, o Arcano puxou-a para perto de si. Assim, tão perto, de repente, ela conseguia ver detalhes em que não reparara até então. A camisa que o Príncipe de Copas usava debaixo do gibão estava incrivelmente amarrotada, e ele tinha olheiras de cansaço que fizeram Evangeline imaginar o que Jacks tinha aprontado nos últimos dez dias.

– Por onde você andou?

– Estava matando donzelas inocentes e chutando cachorrinhos.

– Isso não tem graça, Jacks.

– O que está talhado no seu braço também não tem. – Nessa hora, ele olhou feio para a mensagem e perguntou: – Quando foi que isso aconteceu?

Evangeline apertou os lábios.

Se Jacks já estava chateado por ter visto aquele ferimento, ela não queria nem pensar em como o Arcano reagiria se lhe contasse que o machucado lhe fora infligido durante a visita que fez a Tiberius. Jacks, provavelmente, acorrentaria Evangeline a uma das paredes, para impedir que saísse novamente do castelo de Caos.

O que ela precisava era distraí-lo com alguma outra coisa.

Evangeline conseguiu se desvencilhar, pegou o tabloide que comentava a comemoração do noivado de LaLa e enfiou nas mãos do Príncipe de Copas.

O Arcano deu uma olhada no jornal e ficou com uma expressão dura.

– Não. Você não vai comparecer a uma festa na Casa Massacre do Arvoredo.

– Não cabe a você tomar essa decisão. – Evangeline enfiou o dedo no papel e disse: – Sei que a primeira palavra está borrada, mas está escrito "contentamento", como em "pedra do contentamento"!

– Isso não quer dizer que as pedras estarão lá.

– Mas acho que estarão. Está vendo o trecho que diz que integrantes de todas as Grandes Casas estarão presentes? Suspeito que as pedras do arco foram escondidas pelas Grandes Casas e que essas pessoas vão usar as pedras perdidas na festa.

Jacks olhou para Evangeline com um ar imperioso, de superioridade, e argumentou:

– Mesmo que esteja certa essa sua teoria de que as pedras estão em poder das Casas, por que essa gente as levaria para a festa?

– Enquanto você esteve fora, descobri que as pedras invocam umas às outras: anseiam por serem reunidas. Quando Caos me mostrou a pedra da sorte, senti seu poder, e a desejei mais do que já desejei qualquer outra coisa na vida. Por isso acho que quem estiver com uma dessas pedras vai usá-la na festa, porque não quer ficar longe dela.

O Príncipe de Copas ficou mexendo o maxilar. Não estava mais com cara de quem se opunha absolutamente à ideia, mas tampouco parecia muito feliz com essa possibilidade.

— Caos não pode ficar sabendo que vamos à Casa Massacre do Arvoredo.

— Por quê?

— Porque, se souber, não vai permitir que a gente vá.

O Arcano amassou o jornal. E a jovem não podia dizer com toda a certeza, mas teve a impressão de que os dedos de Jack tremiam.

— Qual é o problema da Casa Massacre do Arvoredo?

— A Casa Massacre do Arvoredo é o motivo para todos nós estarmos metidos nesta enrascada, Raposinha.

21

Evangeline não sabia qual fora a mentira que Jacks havia contado para Caos a respeito dos planos dos dois. Mas, na noite seguinte, descobriu que o vampiro enchera seus aposentos com uma empolgante coleção de vestidos, sapatilhas, chapéus, capas e joias elegantes. Era muita seda cor-de-rosa, muito cetim cor de creme e muitas flores costuradas à mão nas caudas dos modelitos.

Só de ver aquilo tudo, a jovem sentiu uma culpa inesperada por ela e o Príncipe de Copas estarem escondendo a verdade de Caos.

Quando Evangeline foi infectada pelo veneno de vampiro, Caos ficou ao seu lado, para garantir que ela não morderia ninguém, impedindo que completasse a transformação em vampira. Não chegara a agradecê-lo por isso porque ainda se sentia envergonhada com o fato de os dois terem se enroscado naquela noite. E não fazia ideia do que pensar do fato de Caos ter baixado sua combinação antes de sair do quarto. O vampiro com certeza era um monstro. Mas, ao que tudo indicava, também era um cavalheiro. *Um monstro cavalheiro.*

Que motivo Caos poderia ter para se opor tanto a uma visita à Casa Massacre do Arvoredo? Ela tentou dar mais uma olhada na biblioteca, mas aí recordou de que não havia nenhum livro a respeito da Casa Massacre do Arvoredo e que, quando perguntou para Caos sobre isso, o vampiro a fez enveredar por outro caminho.

Evangeline tentou fazer Jacks falar mais sobre o comentário que havia feito: "A Casa Massacre do Arvoredo é o motivo para todos nós estarmos metidos nesta enrascada, Raposinha". Mas o Arcano se recusou a entrar em detalhes, e a jovem ficou com a surpreendente impressão de que ele fizera aquilo por lealdade a Caos. Só de imaginar que o Príncipe de Copas pudesse ser leal a alguém ou ter amizade, já ficava incomodada. Era muito mais fácil acreditar que Jacks não possuía qualquer vestígio de honra. Entretanto, dada a intensidade dos sentimentos do Príncipe de Copas, Evangeline conseguia imaginar que, se o Arcano fosse leal a alguém, seria leal até a morte.

Um arrepio percorreu sua espinha ao imaginar tal coisa, e ela voltou a fazer as malas. Pela manhã, partiria com Jacks rumo à Casa Massacre do Arvoredo e ainda precisava terminar de pôr suas coisas nos baús.

Pegou um vestido de veludo cor-de-rosa forrado de pele branca, pensando que poderia ser uma boa pedida para o trajeto na carruagem. E foi aí que reparou no livro cor de lavanda que estava na beira da cama. *Ascensão e queda dos Valor: a amada primeira família real do Magnífico Norte.*

Esse, pelo menos, era o título que deveria constar na capa. As letras douradas explodiam feito fogos de artifício. O livro se transformara desde que Caos o entregara para Evangeline, há mais de uma semana: todos os dias, ela tentava ler alguma coisa, mas as letras estavam muito agitadas. Só que agora não eram apenas algumas das letras: o título inteiro estava se separando e reagrupando, formando o nome de uma lenda com a qual tinha uma profunda intimidade.

Evangeline colocou o vestido de veludo em cima da cama e pegou o volume. Agora, as palavras "A balada do Arqueiro e da Raposa" cintilavam na capa, combinando com uma ilustração de um arqueiro e de uma raposa.

Ela aguardou um pouco, esperando que o título continuasse mudando. Mas, pela primeira vez, as palavras na capa do livro permaneceram imóveis.

– Que joguinho é esse? – perguntou.

A capa continuou igual. Entretanto, Evangeline pensou ter visto o Arqueiro piscar, como se quisesse convencê-la a abrir o livro dele. Por alguns instantes, ela ficou pensando se algo mais poderia ter mudado naquela capa. Será que a história contida no livro também havia mudado?

Se aquele livro mágico realmente havia se transformado em "A balada do Arqueiro e da Raposa", será que poderia conter informações a respeito da maldição do Arqueiro?

Evangeline não podia acreditar que, até então, não havia pensado nessa possibilidade. Jacks fora tão insistente quando disse que só haveria cura para Apollo se o Arco da Valorosa fosse aberto que ela nem se deu ao trabalho de olhar. Mas e se o conto de fadas original tivesse uma saída mais fácil para pôr fim à maldição?

Torcendo para que isso fosse verdade, sentou-se na beira da cama e abriu o volume.

Infelizmente, pelo jeito, a capa fora uma farsa. Na primeira página do livro, havia o retrato de um rapaz severo e de uma moça graciosa. Logo abaixo desse retrato, estavam escritas as palavras "Vingador Massacre do Arvoredo e sua bela futura esposa".

Visivelmente, aquele livro estava pregando peças em Evangeline, mas ela não deixou o livro de lado. Há poucos minutos, estava curiosa a respeito da Casa Massacre do Arvoredo. E, pelo jeito, o livro oferecia respostas às suas perguntas.

Continuou examinando a ilustração. A julgar pelo retrato, Vingador era muito belo, mas havia algo abrutalhado em sua expressão. A futura esposa dele era extraordinariamente bela, mas o livro não dizia quem era a moça.

Evangeline virou a página e encontrou um segundo retrato de Vingador. Que parecia ainda mais malvado e velho do que na ilustração anterior e estava com outra mulher, Glendora Espinheira-Sanguínea. Que não era tão bonita quanto a outra garota – nem de longe –, mas a legenda era a mesma: "sua bela futura esposa".

Evangeline teve curiosidade de saber por que Vingador teria duas futuras esposas. O que poderia ter acontecido com a primeira?

Virou mais uma página, torcendo para encontrar mais informações a respeito de Vingador ou dos demais integrantes da Casa Massacre do Arvoredo, mas havia apenas mais um retrato, que não tinha nada a ver com a história: o das obedientes filhas da Casa Predileta.

A página seguinte mostrava um grupo de jovens nobres.

Pelo jeito, aquele livro não falava apenas da família Massacre do Arvoredo. Era apenas uma espécie de livro de retratos.

Decepcionada, Evangeline considerou voltar a arrumar suas coisas. Mas, na página seguinte, deparou com o retrato de três rapazes parados perto de uma árvore em que havia um alvo preso. Um dos jovens parecia simpático, o outro, de ascendência nobre, e o terceiro era igualzinho a Jacks.

Os pelos dos braços dela se arrepiaram. As roupas do Príncipe de Copas eram outras, um estilo mais antigo, o que a fez pensar em uma época em que as estradas não eram mapeadas e um bom pedaço do mundo ainda não fora explorado. Mas o belo rosto do Arcano era inconfundível.

A jovem dirigiu o olhar para o pé da página.

Quando deu por si, estava segurando a respiração e procurando o nome de Jacks, mas a legenda apenas declarava: O Trio de Arvoredo da Alegria.

A palavra "Arvoredo da Alegria" se transformou em "Arvoredo da Amargura" e, de repente, Evangeline recordou de que já vira outra referência àquele trio. Foi no livro que sumiu depois que ela o deixou cair no chão.

O livro descrevia os integrantes do Trio de Arvoredo da Alegria como "patifes". Eram eles: o príncipe Castor Valor, Lyric Arvoredo da Alegria – filho do lorde Arvoredo da Alegria – e um arqueiro sem nome que, nas suspeitas de Evangeline, poderia ser o mesmo Arqueiro de "A balada do Arqueiro e da Raposa".

Examinou o retrato mais uma vez, tentando descobrir qual dos três rapazes poderia ser Jacks.

O rapaz ao lado dele dava a impressão de ser o mais simpático – tinha pele negra, o sorriso mais terno que Evangeline já vira e uma flecha em uma das mãos. O que a fez pensar, instantaneamente, que ele era o Arqueiro. Mas aí recordou que todas as histórias ali no Norte eram amaldiçoadas. Não sabia se tal maldição se aplicava a ilustrações, mas resolveu permanecer de mente aberta.

O outro rapaz era mais alto do que o simpático, tinha mais ou menos a mesma altura de Jacks. O fato de estar com o queixo erguido a fez pensar que ele se considerava levemente superior e, em parte, Evangeline era capaz de compreender por quê. O jovem era quase que dolorosamente belo. Um tipo de beleza que a fez duvidar de que o rapaz era completamente humano.

Normalmente, era isso que achava do Príncipe de Copas. Mas, naquele retrato, Jacks parecia humano, não imortal. Evangeline nunca pensara na hipótese de que o Príncipe de Copas poderia ter sido humano antes de virar Arcano. Mas, se tinha sido integrante do Trio de Arvoredo da Alegria, obviamente também tinha sido humano. E ser humano lhe caía bem – ou talvez fosse apenas o fato de Jacks parecer tão feliz no retrato.

Jacks foi retratado jogando uma maçã vermelha comum para cima e rindo de um modo que iluminava todo o seu rosto. Agora Jacks nunca ficava com uma cara tão feliz assim, e Evangeline ficou imaginando o que poderia ter mudado.

– Raposinha!

Jacks bateu à porta e a chamou.

A jovem levou um susto e quase caiu da cama quando ele entrou correndo no quarto. A semelhança do Príncipe de Copas com o rapaz da ilustração era perturbadora e, contudo, a sensação que tinha ao olhar para ele agora era completamente diferente. Tinha a impressão de que um escultor havia pegado um cinzel e cortado toda a suavidade do rapaz que o Arcano foi um dia.

– Você está olhando fixamente para mim – comentou Jacks, retorcendo os lábios.

As bochechas de Evangeline ficaram rosadas instantaneamente.

– Você invadiu meu quarto.

– Eu bati na porta, chamei você e...

Ele deixou a frase no ar.

Seu olhar se fixou no livro que Evangeline segurava. E os olhos do Príncipe de Copas brilharam, um brilho prateado escuro. Que surgiu e sumiu tão rápido que poderia ter sido apenas um efeito da luz. Ou talvez tivesse visto o retrato, só que a imagem, de repente, sumiu. As páginas do livro ficaram em branco.

A capa do livro também ficara em branco. Todas as letras douradas sumiram, deixando Evangeline na dúvida do que Jacks poderia ter visto.

– Nossa carruagem chega em meia hora – avisou ele, curto e grosso.
– Esqueça essas histórias tristes e termine de arrumar suas coisas.

Histórias tristes. Se foi isso que Jacks viu, era óbvio que não tinha observado a mesma ilustração que Evangeline.

– Espere aí. – A jovem mostrou a página em branco do volume, como se, dessa forma, o retrato fosse reaparecer. – Vi seu retrato neste livro.

Os olhos azuis de Jacks se espremeram, de tanto dar risada.

– Agora você está me vendo em contos de fadas. Será que devo ficar preocupado, achando que você está começando a desenvolver uma obsessão por mim?

– Não – respondeu ela, obstinada, recusando-se a ficar envergonhada. – Era você. Você era um dos integrantes do Trio de Arvoredo da Alegria!

O Príncipe de Copas soltou um suspiro, e a graça que achava se transformou em algo parecido com preocupação.

– O que quer que você tenha visto neste livro foi um truque. Todos do Trio de Arvoredo da Alegria morreram há muito tempo, e nunca fui integrante do grupo.

– Eu sei o que eu vi.

– Tenho certeza que sim. Mas isso não quer dizer que pode confiar no que viu. Essas histórias, essas ilustrações, mentem.

– Você também – retrucou Evangeline.

Entretanto, por mais que odiasse admitir isso, Jacks tinha razão. Aquele livro em especial acabara de mudar a capa diante dos olhos dela – duas vezes – e, depois, seu conteúdo desapareceu completamente, o que tornava o que a jovem vira mais do que suspeito.

Mas, se Jacks estava dizendo a verdade, por que apertava tanto a maçã branca que segurava, ao ponto de suas juntas também ficarem brancas?

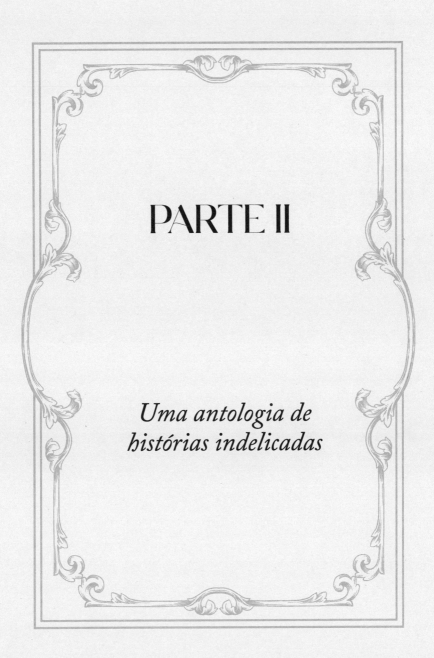

PARTE II

*Uma antologia de
histórias indelicadas*

22

Jacks escolhera uma carruagem digna de um vilão. A parte externa era pintada de preto fosco e liso, perfeita para se escamotear em becos escuros e sombras. Entretanto, o veículo tinha a dose perfeita de detalhes dourados em volta de rodas e janelas para ser inesperadamente atraente.

Aquela não era a mesma carruagem em que haviam andado anteriormente, quando Evangeline encontrou com o Príncipe de Copas sob o efeito da esperança errônea de que o Arcano removeria o feitiço do amor que havia lançado em Apollo.

Nesta carruagem, o chão tinha forração preta e requintada, as almofadas dos bancos eram de um veludo preto e grosso, as laterais tinham painéis de madeira laqueada de preto e em volta das janelas geladas havia mais toques de dourado, formando um padrão decorativo de espinhos entrelaçados.

Evangeline estava se sentindo especialmente alegre, trajando o vestido de veludo cor-de-rosa que escolhera na noite anterior.

O Castelo de Massacre do Arvoredo ficava a um dia inteiro de viagem, ao leste de Valorfell. E, à medida que ela e Jacks avançavam no percurso, foi ficando cada vez mais frio. O mundo do lado de fora das janelas era uma maravilha do mais puro branco, de gelo e de pássaros invernais azuis-claros, com asas que mudavam de cor para um lilás geado quando alçavam voo.

A jovem poderia ter perguntado para o Príncipe de Copas a respeito dos pássaros ou em que parte do território estavam naquele momento, mas ele estava dormindo. A cabeça de cabelos dourados estava apoiada contra o vidro e só se movimentava quando a carruagem passava por algum solavanco. Evangeline tentou não ficar olhando fixamente – porque não ficaria surpresa se o Arcano fosse capaz de perceber que ela estava fazendo isso, mesmo dormindo – e tornou a examinar a folha com pistas que encontrara na biblioteca de Caos.

Sentado no assento oposto ao de Evangeline, Jacks se mexeu.

A jovem afastou os olhos da folha lentamente, em tempo de ver os ombros do Príncipe de Copas estremecerem – parecia que o Arcano estava tendo um pesadelo.

Por alguns instantes, ela imaginou que tipo de coisa poderia assombrar Jacks. Certa vez, o Arcano lhe contara a história da garota que fez seu coração voltar a bater – a única garota que sobrevivera ao seu beijo fatal. A moça deveria ser o único e verdadeiro amor do

Príncipe de Copas, mas optou por apunhalá-lo no coração e amar outro homem. Na ocasião, Evangeline acreditou que essa era a maior tragédia da vida de Jacks. Mas, agora, suspeitava que seu passado guardava feridas ainda mais profundas.

Mais uma vez, pensou no retrato do Trio de Arvoredo da Alegria. Sabia que o Príncipe de Copas tinha afirmado que os três morreram e que os livros de histórias mentem. Entretanto, não conseguia descartar completamente a hipótese de que o Arcano fora integrante do tal trio.

Ah, se ao menos soubesse mais a respeito daqueles três rapazes... Só sabia que Lyric Arvoredo da Alegria era filho de um lorde.

O livro não citava o nome do arqueiro, mas a jovem ainda se sentia atraída pela ideia de que ele era o Arqueiro de "A balada do Arqueiro e da Raposa".

E, aí, restava Castor Valor, o príncipe.

De acordo com as histórias, todos os integrantes da família Valor tinham sido decapitados. Mas, se existia alguém capaz de ter escapado da morte, esse alguém seria Jacks. E, se ele era o único sobrevivente da família Valor, se tivesse sobrevivido e testemunhado toda a sua família ser assassinada, é claro que isso o teria destruído. E também explicava por que o Príncipe de Copas queria abrir o Arco da Valorosa – sendo da família Valor, saberia melhor do que ninguém o que a Valorosa continha.

Jacks espichou o pescoço e soltou um ruído que ficou entre um sussurro e um gemido. Estava acordando.

Evangeline dirigiu o olhar para o lado de fora da janela, antes que o Arcano abrisse os olhos e a pegasse olhando para ele.

Do lado de fora, a paisagem havia mudado. Evangeline desconfiou que talvez tivessem virado em uma estrada errada. A neve acumulada e os pássaros invernais haviam sumido. Um cinza nebuloso tinha substituído o azul do céu, transformando a neve do chão em lama.

Certa vez, na loja de curiosidades do pai, Evangeline abriu um caixote que parecia bastante sofisticado, cheio de livros de história importados das Ilhas Icehaven. Todos tinham capas de couro em um tom encantador de verde-menta, com letras em baixo-relevo ouro rosê e os mais belos detalhes metalizados. Ela se sentiu absurdamente compelida a abri-los e ver que tipo de histórias continham. Mas só encontrou cinzas: parecia que alguém havia acendido um fósforo no meio das páginas e queimado cada uma das palavras.

Aquele lugar a fez lembrar daqueles livros. Só que, em vez de palavras, a cor, o sentimento e a esperança é que tinham sucumbido — o verde das agulhas nas árvores, o vermelho que dava cor às portas e o azul dos paralelepípedos. Até a cor da neve fora drenada, transformando-se em um desesperador tom de cinza.

Ao longe, tudo indicava que no passado o local poderia ter sido um vilarejo, mas agora restavam apenas os ossos de choupanas mortas e ruínas abandonadas de um município. A estrada também mudara: tornara-se acidentada e escarpada, fazendo a carruagem sacudir conforme avançava com dificuldade em meio a uma floresta de árvores esqueléticas e desfolhadas.

Evangeline tremeu. Até aquele momento, não havia se dado conta de que a carruagem estava ficando cada vez mais gelada. Os tijolos aquecidos que tinha aos pés já haviam perdido o calor e agora mais pareciam blocos de gelo. Ela tentou fechar mais a capa, mas não adiantou. Aquele gelo mais parecia um ser vivo. A neblina se infiltrava pelas frestas da porta da carruagem, trazendo com ela um leve aroma de podridão enquanto cobria suas botas e congelava os dedos de seus pés. Então a carruagem sacolejou, passando por cima de um enorme buraco na estrada que quase a fez pular do assento.

— Não se aflija, Raposinha. Esse lugar é assim mesmo — disse Jacks, mas sem a costumeira arrogância no tom de voz.

— Onde estamos? — perguntou Evangeline.

Sua voz saiu esganiçada — uma coisinha assustada que tinha vontade de fechar as cortinas e desviar o olhar. Só que não conseguia tirar os olhos daquela paisagem inquietante.

A carruagem seguiu sacolejando, o vilarejo sumiu e, durante um trecho, só se viam os vestígios carbonizados das árvores. Pensou que, talvez, tivesse visto uma espécie de estalagem ainda intacta, mas o lugar estava muito longe e, em seguida, se aproximaram de uma placa que arrancou o ar de seus pulmões.

BEM-VINDOS À GRANDE QUINTA DO ARVOREDO DA ALEGRIA!

A placa era desoladora, como tudo o mais que havia ali – lascada e desbotada, triste como o sentimento que se avolumava dentro de Evangeline. Seu rosto ficou úmido de lágrimas. Até podia nunca ter estado ali antes, mas a placa a fez lembrar da descrição que o livro dava da Casa Arvoredo da Alegria – a família sempre era descrita como alegre, generosa, e o lar era um lugar de carinho e amor. Mas tudo o que restava da tal casa era a carcaça de uma escadaria que um dia fora magnífica, saindo de uma enorme pilha de cinzas e levando para o meio do nada.

– E eis a resposta para as suas perguntas a respeito do Trio de Arvoredo da Alegria – comentou Jacks, com um tom sombrio.

– Foram eles que fizeram isso?

– Não. Foi aqui que todos eles morreram.

O Príncipe de Copas, então, parou de olhar pela janela. Não encarou Evangeline nos olhos, mas a jovem percebeu que a luz nos olhos do Arcano havia sumido. O olhar dele estava cinzento, como o mundo do lado de fora da janela.

Evangeline não sabia se Jacks estava de fato sentindo uma emoção que se assemelhava a algo humano ou se era apenas efeito do poder daquele lugar terrível.

E foi aí que recordou do que Tiberius havia dito sobre as pedras do arco: "Vi as ruínas... Senti a terrível magia que esvazia tudo. Reunir as pedras, por si só, tem potencial para causar um cataclismo". Na ocasião, Evangeline não quis acreditar no cunhado. Pegara uma das pedras na mão. E a sensação foi poderosa, mas não de uma forma catastrófica. E, contudo, o que mais poderia ter causado tamanha devastação? O que poderia ser tão poderoso, capaz de destruir não apenas um lugar, mas toda a esperança e toda a alegria?

– O que aconteceu neste lugar, exatamente? – perguntou. – É essa a Grande Casa que foi destruída pelas pedras do Arco da Valorosa?

Jacks olhou prontamente para ela e indagou:

– Como você ficou sabendo dessa história?

– Devo ter lido em algum livro.

– Você está mentindo. – Nessa hora, o Príncipe de Copas apertou bem os lábios. – Isso aí é retórica do Protetorado. Não foram as pedras que fizeram isso. Elas são poderosas, mas não causaram essa destruição.

– Como você sabe?

– Porque sei o que aconteceu aqui de verdade.

Evangeline limpou as lágrimas e olhou para Jacks com uma expressão de desconfiança. Ele respondeu com um arremedo de risada:

– Mesmo não acreditando em mim, pode me perguntar o que aconteceu.

De repente, ela ficou ainda mais desconfiada. O Príncipe de Copas nunca revelava informações de bom grado. Mas não perderia a oportunidade de questioná-lo.

– Então o que aconteceu de verdade?

O Arcano tornou a olhar pela janela. Por um minuto, Evangeline achou que ele não iria responder. E, aí, Jacks falou, com um tom inesperadamente taciturno:

– Lyric Arvoredo da Alegria, filho do lorde Arvoredo da Alegria, teve o azar de se apaixonar por Aurora Valor.

Evangeline conhecia Lyric Arvoredo da Alegria. E é claro que também sabia a respeito da famosa Aurora Valor, a mais bela garota que já viveu na face da Terra.

– Lyric – prosseguiu Jacks, com o mesmo tom reticente – era o único filho do lorde Arvoredo da Alegria e era bondoso demais para perceber que amar Aurora Valor era um erro.

– Por que era um erro? – perguntou Evangeline. – Achei que Aurora fosse bonita, meiga, boa e tudo o que uma princesa deveria ser.

Essas últimas palavras saíram com um certo tom de amargura, e Evangeline percebeu que sentia uma antipatia inexplicável pela princesa, apesar de – até onde ela sabia – Aurora Valor nunca ter feito nada de errado, além de ser perfeita em todas as histórias.

– Você não gosta dela – adivinhou Jacks.

– É só que ela me parece boa demais para ser verdade.

— Lyric certamente não pensava assim — comentou o Príncipe de Copas em um tom que não revelou se concordava ou não com a jovem. — Estava tão desesperado de amor por ela, que ignorou o perigoso fato de Aurora ser noiva de Vingador Massacre do Arvoredo.

— Aurora era a futura esposa dele! — exclamou Evangeline.

Jacks olhou de soslaio para ela.

— É isso que eu acabei de dizer.

— Eu sei... Só fiquei um pouco empolgada porque vi um retrato de Vingador em um livro, mas a legenda do retrato não dizia qual era o nome da noiva.

Antes de continuar falando, o Príncipe de Copas ficou alguns segundos com uma expressão de surpresa.

— Lyric disse que o noivado não era problema, porque não era por amor: Aurora e Vingador eram prometidos desde que a menina nasceu. O pai de Vingador, Bane, era o melhor amigo e o maior aliado de Lobric Valor. Então, quando Lobric se tornou rei, prometeu solenemente que daria uma das filhas em casamento para o primogênito de Bane. Aurora tentou desfazer o noivado e se casar com Lyric, mas o pai não permitiu. Lobric disse que Aurora era uma menina boba, que não entendia nada de amor. — Jacks retorceu os lábios, fazendo uma expressão sarcástica. E, mais uma vez, Evangeline não conseguiu distinguir se ele concordava ou não com aquilo. — Aurora sabia que ninguém vencia uma briga contra Lobric. Então, disse para o pai que se casaria com Vingador. Mas, na manhã do casamento, fugiu. E foi aí que Vingador ficou sabendo que a noiva tinha um caso com Lyric Arvoredo da Alegria e digamos que Vingador fez jus ao próprio nome...

A carruagem continuou sacolejando, e Jacks deixou a frase no ar. Tinham deixado o cinza e as ruínas para trás e voltado para o mundo de neve branca e imaculada. O sol brilhava novamente, lançando uma luz alegre e salpicando o gelo em cima das árvores com cores iridescentes.

O Arcano parou de olhar pela janela, parecia que não conseguia aguentar ver tudo aquilo.

Ou, talvez, não quisesse ver a placa logo à frente.

VOCÊ ESTÁ ENTRANDO
NAS TERRAS DA
CASA MASSACRE DO ARVOREDO

Se for nosso convidado... seja bem-vindo!
Se não for... cuidado!

Sob quaisquer outras circunstâncias, Evangeline duvidava que teria se sentido ameaçada pela placa. Mas, depois da história que Jacks acabara de contar, as boas-vindas lhe deram uma sensação particularmente inquietante.

Ela fez questão de recordar que a maldição das histórias poderia ter distorcido parte do relato de Jacks. Mas a história contada pelo Arcano explicava os dois retratos que ela vira de Vingador com noivas diferentes, e o Príncipe de Copas não teve dificuldade em encontrar as palavras certas. Sua voz baixa transmitia uma autoconfiança tácita, de quem não apenas ouviu uma história, mas de quem a testemunhou.

Jacks havia lhe dito, repetidas vezes, que não se importava com nada nem com ninguém. Mas, naquele exato momento, ficava difícil de acreditar. Talvez fosse por isso que virara a cabeça para ficar longe da luz – para que ela não recaísse nele e iluminasse seus verdadeiros sentimentos. Ao pensar nessa hipótese, a jovem sentiu uma dor no peito, pelo Arcano. Antes que desse tempo de pensar melhor, ela se debruçou na carruagem e colocou a mão em cima da mão de Jacks.

Ele soltou um suspiro como se estivesse decepcionado.

– Não tenha pena de mim, Raposinha. Já te falei, este lugar deixa qualquer um triste.

Dito isso, puxou a mão, fazendo careta. Mas não conseguiu esconder completamente a tristeza profunda que ainda havia em seus olhos.

Evangeline não conseguia deixar de sentir pena de Jacks. Mais uma vez, pensou que ele poderia estar sofrendo porque poderia ser Castor Valor. O último integrante da família Valor, o único sobrevivente de uma família real a quem o povo do Norte parecia amar até que os assassinaram brutalmente, e amigo de um rapaz que também fora assassinado. Só que Castor Valor não aparecia nessa história nem o terceiro integrante do Trio de Arvoredo da Alegria, o Arqueiro.

Ela poderia não ter insistido no assunto. Mas Jacks deixara bem claro que não queria ser tratado com cuidado. E, quanto mais Evangeline pensava na história, mais achava que o Arcano só a contara para que ela ficasse com a sensação de que o Príncipe de Copas tinha revelado algo importante e que com isso a jovem pararia de fazer perguntas.

— Sua história não cita os amigos de Lyric: Castor Valor e o Arqueiro. Por acaso Vingador Massacre do Arvoredo também os matou?

— Só Castor — respondeu Jacks, sem emoção. — Ele era o nobre do grupo. Tentou avisar Lyric que seria atacado, mas acabou sendo assassinado também.

Evangeline ficou observando o belo rosto do Príncipe de Copas com atenção, à procura de algum sinal de que o Arcano estava mentindo — um laivo de qualquer coisa que lhe revelasse que Jacks era mesmo Castor. Só que, às vezes, Jacks era tão difícil de interpretar. Apenas sentiu que ele se encaixava em algum lugar daquela história e que isso tinha algo a ver com seu motivo para querer abrir o Arco da Valorosa.

— Se você não foi mesmo um integrante do Trio de Arvoredo da Alegria, como sabe de tudo isso?

— Todo mundo que viveu na época conhece a história. Aurora Valor era princesa, Castor era príncipe, e Lyric e Vingador eram filhos de lordes.

— E o Arqueiro?

— Não era ninguém — respondeu Jacks, friamente. — A não ser, talvez, para a Raposa. Mas já te contei como essa história termina.

Dito isso, sorriu mostrando todos os dentes, como se quisesse afugentá-la.

Por um instante, Evangeline pensou que poderia estar enganada de achar que Jacks era Castor. Talvez ele fosse, na verdade, o Arqueiro, e queria abrir o Arco da Valorosa para salvar a vida da Raposa de alguma maneira.

Essa ideia deveria parecer romântica só que, em vez disso, Evangeline teve a impressão de que era incongruente.

— Agora — disse Jacks, ríspido —, é a minha vez de fazer perguntas e quero saber onde foi que você ouviu essa história ridícula de que as pedras do arco destruíram uma das Grandes Casas.

A jovem titubeou.

— Ande logo, Raposinha, você não pode esperar que eu te conte coisas se não quer me contar coisas.

— Fui falar com Tiberius — confessou ela.

— Você foi o quê? — esbravejou o Arcano.

— Ah, não: você não tem direito de ficar chateado. Você sumiu. Você me escreveu um bilhete que tinha praticamente duas palavras e me deixou sozinha em um castelo cheio de vampiros.

— E, por causa disso, você achou que seria uma boa ideia ter uma conversinha com a pessoa que tentou te matar duas vezes?

— Eu não conseguia descobrir nada na biblioteca. Achei que ele poderia saber onde as pedras estão escondidas.

A única reação de Jacks foi lançar um olhar que dava a entender que tinha vontade de parar a carruagem, levar Evangeline para uma torre isolada, trancar a porta e jogar a chave fora.

— Ele está trancafiado em uma prisão. Não corri perigo algum.

— Ele quer que você morra. Esse é um motivo poderoso para tentar fugir.

— Mas Tiberius não fez isso — insistiu a jovem. — O que mais eu deveria fazer? Foi você mesmo que disse que todos os livros mentem.

Jacks passou a mão no cabelo, com violência, e perguntou:

— Por acaso Tiberius sugeriu que fôssemos a esta festa?

— Não, Tiberius se recusou a ajudar, mesmo depois que contei que minha vida está conectada com a vida do irmão dele.

— Você contou isso para ele? — Nessa hora, as narinas de Jacks se dilataram. — Se Tiberius contar isso para qualquer um do Protetorado, eles irão procurar Apollo e matá-lo, para te matar.

Por um instante, o Príncipe de Copas fez cara de quem tinha vontade de matar alguém também.

— Calma aí, Jacks. Quando fui visitar Tiberius na Torre, tive a impressão de que o Protetorado o abandonou. Mesmo que eu esteja enganada, realmente não acho que Tiberius colocaria o irmão em perigo de novo. Ele não quis me ajudar a abrir o arco, mas pareceu dividido. Não acredito que realmente queira matar o irmão.

— Você nunca vê maldade nos outros — resmungou o Arcano. — E deveria ter me contado isso assim que aconteceu.

— Para quê? Para você poder matá-lo?

— Sim.

— Não, Jacks. Você não pode sair por aí assassinando gente só porque a pessoa é um problema.

— Você não pode salvar a vida de todo mundo e a sua. Como acha que vai conseguir pegar essas pedras? — questionou Jacks, com um tom de voz ríspido e um tanto maldoso. — Por acaso acredita que os donos simplesmente vão te entregar as joias porque você deu um sorriso bonito? Se as pedras estiverem aqui, vai morrer gente nesta festa.

— Não. Não vou matar ninguém para conseguir as pedras. E você também não vai.

— Então por que viemos? — debochou o Príncipe de Copas.

A carruagem subiu na imponente ponte levadiça que levava ao Castelo de Massacre do Arvoredo, e Evangeline aproveitou a deixa como desculpa para virar a cara para Jacks. Era exatamente por isso que estava continuamente alertando a si mesma de que não podia confiar nele. É claro que o Príncipe de Copas achava que a única maneira de conseguirem o que queriam era matando alguém.

Ela não podia permitir que o Arcano arruinasse tudo. Sabia que Jacks era amargurado em relação ao próprio passado e não o recriminava por isso. Também pensou que ele poderia achar que o noivado de LaLa não fazia a menor diferença porque, sendo a Noiva Abandonada, era provável que ela não se casasse. Mas Evangeline ainda se recusava a acreditar nisso. Em um mundo onde existiam Arcanos, magia, maldições e profecias, não podia deixar de acreditar que também existia o potencial de qualquer um encontrar um "felizes para sempre".

Endireitou os ombros e se virou para Jacks com a determinação renovada.

– LaLa é minha amiga, esta é a festa de noivado dela e será mágica. *Ninguém* vai morrer nesta comemoração. Você não vai matar *ninguém* enquanto estivermos aqui.

O Príncipe de Copas se recostou no assento e pegou a maçã, retorcendo os lábios em uma careta amuada.

– Esse é um plano terrível, Raposinha. – Em seguida, deu uma mordida bem grande, estraçalhando a fruta com os dentes afiados. – Alguém vai morrer. Das duas, uma: ou um deles ou um de nós dois.

23

Estava mais quente na propriedade do que Evangeline esperava – ainda mais pensando que a Casa tinha a palavra "Massacre" no nome. Ao se aproximarem do castelo, teve a sensação de que estava pisando em uma lenda que um bardo poderia contar diante de uma fogueira enquanto viajantes bebem cerveja escura e comem um cozido.

Aquele lugar era antigo. O tipo de antigo que muda o cheiro do ar. A jovem ainda estava sentada dentro da carruagem, mas, à medida que se aproximavam do castelo imponente, jurou que sentia cheiro da poeira de batalhas travadas há muito tempo, e da fumaça de lareiras que arderam há séculos. Até a luz granulada e pálida que saía pelas incontáveis janelas parecia um resquício do passado. Quando a carruagem parou, Evangeline desembarcou logo depois de Jacks. Não sabia se algumas das pedras perdidas do arco já estavam ali, no pescoço de outros convidados. Mas não sentiu nenhuma pista da pedra do contentamento ao se aproximar, na companhia do Arcano, da fileira de criados à espera dos convidados. Enfileirados na entrada, feito soldados decorativos, trajavam imaculados casacos prateados, imitando armaduras.

Dois criados foram correndo em direção à carruagem para pegar a bagagem. Muitas das criadas e diversos valetes sorriram e cumprimentaram Jacks balançando a cabeça – o Príncipe de Copas estava de cara feia e, mesmo assim, ainda conseguia ser encantador. Evangeline não causou o mesmo efeito. Sorriu para todos, mas as poucas criadas que lhe dirigiram o olhar fizeram isso com desdém, de olhos espremidos e lábios apertados.

Ela tentou não dar bola para aquelas caretas – vai ver que as criadas estavam com frio ou talvez fosse a própria jovem que estivesse se sentindo em frangalhos. Mas aí ouviu o que elas estavam comentando entre si em um tom alto demais para ser chamado de "cochicho".

– Continuo achando que ela matou o príncipe.

– Não sei por que todo mundo fica elogiando o cabelo dela.

– Ela devia voltar para o lugar de onde veio.

Jacks passou o braço nos ombros de Evangeline ostensivamente, puxando-a para perto de si e fazendo uma descarga elétrica percorrer o corpo dela.

– Quer que eu mate alguma delas para você?

– Não, estão apenas fofocando.

– Então que tal se elas sentirem um ímpeto de cortar a própria língua? – perguntou, mostrando uma das covinhas.

A jovem segurou o riso, mesmo sabendo que não deveria achar graça. Não tinha dúvidas de que o Príncipe de Copas estava falando sério quando mencionou a língua das criadas.

– Não ouse...

– Tem certeza? Elas merecem.

A Casa como um todo merece.

O pensamento foi tão baixo que Evangeline ficou em dúvida se Jacks realmente tivera a intenção de que ela o ouvisse. Mas, antes que desse tempo de fazer um comentário, LaLa apareceu, correndo e de braços abertos, pelas portas duplas da quinta em uma chuva convidativa de lantejoulas douradas em forma de escama de dragão.

– É tão bom ver você, amiga!

E deu um abraço em Evangeline que deixou tudo mais aconchegante. Até aquele momento, a garota nem sequer sabia o quanto precisava de um abraço.

Qual tinha sido a última vez que alguém a abraçara?

Provavelmente, também tinha sido um abraço de LaLa, o que fez Evangeline apertar ainda mais a amiga.

– Estou tão feliz de estar aqui.

– Eu estou mais. A maioria dos convidados são amigos de Robin. Por isso fiquei empolgadíssima quando você escreveu confirmando que vinha. – LaLa deu um sorriso incandescente e a soltou. – Vocês dois são os últimos a chegar. Todo mundo está se arrumando para o jantar. Menos as pessoas que saíram para caçar algum pobre animalzinho, incluindo Robin. Sendo assim, você só vai conhecer meu noivo mais tarde.

– Ainda não consigo acreditar que você está noiva dele – resmungou Jacks.

O belo sorriso de LaLa se endureceu.

– Você não tem o direito de julgar minhas escolhas, Jacks. Evangeline me contou o que você fez. Sei que você a incriminou pelo assassinato de Apollo e que envenenou o príncipe.

Jacks deu de ombros, sem se abalar com o comentário.

– Foi para abrir o arco. Pensei que você aprovaria. Ou...

– *Shhh...* – censurou LaLa. – Esse assunto é proibido nesta casa.

O Príncipe de Copas soltou um gemido e falou:

– Primeiro, não posso matar ninguém nem cortar língua nenhuma...

– E você queria cortar a língua de quem? – interrompeu LaLa.

– Só a de algumas das criadas do seu noivo.

– Na verdade, não seria má ideia – disse LaLa.

Evangeline ficou com a terrível sensação de que a amiga não estava brincando.

Felizmente, LaLa voltou a sorrir e acompanhou Jacks e Evangeline até a quinta.

O lugar tinha cheiro de vinho quente e toda a grandiosidade que Evangeline aprendera a esperar das Grandes Casas do Norte. O teto abobadado era dramaticamente alto e o chão era coberto de um mosaico de ladrilhos que retratava homens e mulheres em batalha, brandindo espadas, escudos ou uma ou outra cabeça ensanguentada.

A história da Casa Massacre do Arvoredo, ao que parecia, combinava perfeitamente com o nome. Em vez de livros em estantes, ostentava prateleiras de armas antiquíssimas – martelos de guerra, estrelas d'alva, arcos e eixos de batalha. Todas as pessoas que conquistaram o direito de ter o retrato na parede usavam armaduras, com exceção de uma mulher. Ela possuía um rosto agradável, um sorriso muito meigo e aparecia com bastante frequência nos retratos, que Evangeline foi vendo à medida que subia uma escadaria grandiosa, na companhia de LaLa e de Jacks.

A jovem levou um minuto para se dar conta, mas acabou reconhecendo a mulher: era Glendora, cujo retrato tinha visto na noite anterior. A segunda futura esposa de Vingador Massacre do Arvoredo – ao contrário de Aurora, Glendora, obviamente havia se casado com ele.

Evangeline pensou que era terrivelmente injusto o fato de Vingador ter destruído uma Casa inteira e depois constituir família. Ela poderia ter verbalizado esse comentário, mas não queria incomodar a amiga mencionando a feiura do passado.

— Chegamos — declarou LaLa, pouco depois de terem alcançado o quarto andar. — Esta é uma das minhas suítes preferidas.

LaLa abriu bem os braços e escancarou a porta, soltando um alegre *vuuush*.

A neve caía feito magia do lado de fora dos janelões com bancos embutidos da suíte, trazendo um pouco de fantasia ao início da noite e ao aposento, que tinha uma enorme e flamejante lareira, grossos tapetes de pele, um encantador sofazinho embutido na janela e uma impressionante cama de dossel, com uma volumosa colcha de veludo cor de vinho frisante.

— A vista é realmente espetacular — comentou LaLa. — Pela manhã, vocês poderão ver o famoso jardim de inverno de Glendora Massacre do Arvoredo. — E ali deixei algumas lembrancinhas da festa — falou, toda empolgada, apontando para uma grande pilha de embrulhos. — Também incluí um vestido para esta noite, caso suas roupas estejam muito amassadas, e um vestido para amanhã, caso você tenha se esquecido de pôr uma fantasia no baú.

— Quanta generosidade — disse Jacks, fazendo, sabe-se lá como, o comentário parecer um insulto.

Em seguida, dirigiu-se a uma mesa antiquíssima e pegou um bibliocanto minúsculo em forma de dragão.

O sorriso de LaLa se desfez.

— Largue isso, Jacks. O seu quarto fica em outra ala.

– Não. – Ele se jogou na cadeira de couro e pôs os pés, com botas de fivelas e tudo, em cima da mesa.

– Vou ficar no quarto ao lado de Evangeline.

– Não pode – protestou LaLa. – É o quarto da família Predileta.

– Então coloque essa gente em outro quarto. Toda vez que deixo essa garota sozinha, alguém tenta matá-la. – O Príncipe de Copas continuou falando com um tom simpático, mas seus olhos se transformaram em duas facas de gelo: – Neste exato momento, o marido dela está sob efeito de uma maldição bem desconcertante... ele está condenado a caçá-la como se fosse uma raposa.

LaLa ficou com uma expressão abalada.

– Evangeline...

– Por favor, não se preocupe, amiga. Não comentei nada quando escrevi porque não queria estragar seu noivado.

Dito isso, Evangeline lançou um olhar sugestivo para Jacks.

O Arcano deu de ombros e ficou jogando o dragãozinho para cima, como se fosse uma maçã.

– Até parece que ela vai mesmo se casar com ele.

– Jacks... – censurou Evangeline.

– Só estou dizendo a verdade. Todos sabemos quem LaLa realmente é... Eu, pelo menos, sei.

Em seguida, atirou o dragão ainda mais alto.

"Mortificada" era uma palavra que não tinha a devida força para descrever como Evangeline se sentiu nessa hora.

– Sinto muito – disse para LaLa. – Jacks deve ter esquecido a educação na carruagem. Não precisa colocá-lo no quarto ao lado do meu. Pode colocá-lo no celeiro. Ou na masmorra, se tiver uma.

– Não, Jacks tem razão – falou LaLa. – Se você está correndo perigo, ele deve ficar por perto.

Ela tornou a sorrir, mas seu sorriso estava começando a parecer amarrotado, feito uma peça de roupa que foi despida e vestida demasiadas vezes. Nem as lantejoulas douradas do vestido que LaLa usava o fizeram brilhar.

Evangeline se sentiu, em parte, responsável por isso.

– LaLa... sinto muito por ter trazido minha tragédia até aqui.

– Por favor, não peça desculpas. Festas não têm a menor graça sem um pouco de drama. Na verdade, acho que eu devia estar te agradecendo.

Em seguida, LaLa sorriu para Evangeline de um jeito que talvez tenha sido um tanto forçado demais.

Evangeline fingiu acreditar na amiga. Também sorriu, como se maldições e príncipes assassinos fossem coisas que existissem apenas dentro de histórias. E, por um instante fugidio, o único no recinto que parecia ser completamente sincero era Jacks. O Arcano colocou o dragão em cima da mesa com uma pancada e saiu porta afora. Apesar de ter vencido a batalha do quarto, parecia estar ainda mais infeliz do que antes.

– Sinto muito mesmo por ele – disse Evangeline.

LaLa sacudiu a mão, dando a entender que não era nada.

– Estou acostumada com o humor temperamental de Jacks. E ele nunca gostou da Casa Massacre do Arvoredo.

– Ele me disse que era Caos quem tinha um problema com essa Casa – comentou Evangeline.

Entretanto, depois da história que Jacks havia contado na carruagem, ficava claro que ele tampouco gostava daquela Grande Casa. Evangeline estava curiosa, querendo saber se devia confiar completamente na história contada pelo Príncipe de Copas. Não queria falar disso com a amiga – a lenda de assassinato de Vingador Massacre do Arvoredo não parecia uma conversa muito apropriada para a festa de noivado de LaLa. E, mesmo assim, achou que ela poderia confirmar se a história era verdadeira ou não.

– Jacks também me falou que a Casa Massacre do Arvoredo é o motivo para todos nós estarmos metidos nesta enrascada.

LaLa soltou um suspiro profundo e falou:

– A Casa Massacre do Arvoredo fez coisas terríveis, mas todos nós já fizemos coisas terríveis por amor.

Em seguida, sorriu, fazendo Evangeline suspeitar de que a definição de "coisas terríveis" que LaLa tinha era um tanto parecida com a de Jacks: não tinham muita importância, desde que servissem para a pessoa conseguir o que queria.

LaLa saiu do quarto segundos depois, após dar um beijo no rosto de Evangeline e dizer algumas palavras, pedindo para ela se trocar rápido para o jantar.

Depois de passar o dia dentro de uma carruagem, a jovem tinha mais vontade de mergulhar em uma banheira do que de trocar de roupa, mas não fazia ideia de quando o Príncipe de Copas voltaria e não queria que ele entrasse no quarto bem quando estivesse se vestindo.

Ela começou a examinar as roupas que LaLa havia deixado.

E aí ouviu cochichos.

– Cuidado...

– Maldição do Arqueiro... caçar... quase a matou...

A conversa, cochichada bem baixinho, vinha do quarto ao lado. Não era para Evangeline estar conseguindo ouvir e, definitivamente, não deveria ter se aproximado, na ponta dos pés, para ouvir melhor – mas parecia a voz de Jacks e de LaLa, e os dois, obviamente, estavam falando dela e de Apollo.

Ela uniu as mãos na parede, formando uma concha, e ouviu claramente Jacks perguntar:

– Você consegue desfazer a maldição?

O ar ficou preso na garganta de Evangeline. O Príncipe de Copas não podia estar falando *daquela* maldição. A maldição do Arqueiro era o único motivo pelo qual ela havia se disposto a abrir o arco.

Prestou mais atenção. A voz de LaLa mal era um sussurro.

– Desculpe. Nada mudou desde a última vez que você esteve aqui, na semana passada. Ainda não há nada que eu possa fazer.

– Você pode tentar.

– Você sabe que não existe cura.

– Você pode tentar encontrar uma cura – insistiu Jacks, entredentes. – Ela pode morrer.

– Você não vai deixar que ela morra.

– Eu...

O Príncipe de Copas urrou. Um ruído furioso que sacudiu a parede.

Por um segundo, só se ouviu o coração de Evangeline bater sobressaltado. Das duas, uma: ou Jacks falou muito baixo ou a jovem não ouviu o que ele disse, por que todos os seus pensamentos estavam em polvorosa. Jacks havia lhe pedido para não procurar uma cura para a maldição do Arqueiro. Disse, repetidas vezes, que era inútil. Mas, pelo jeito, o Arcano estava fazendo exatamente isso. LaLa disse que ele a tinha procurado "semana passada", então talvez fosse isso que Jacks andou fazendo enquanto esteve ausente.

Evangeline fez questão de lembrar de que ainda não podia confiar nele. Sabia que era apenas uma ferramenta para o Arcano e, como LaLa havia comentado, seres humanos que se aproximavam demais de Jacks sempre morriam. Mesmo que o Príncipe de Copas estivesse tentando quebrar a maldição do Arqueiro, sem dúvida ainda tinha algum outro plano terrível para garantir que Evangeline abrisse o arco.

Ela não podia se enganar e pensar que o fato de Jacks procurar por uma cura queria dizer que o Príncipe de Copas se importava com ela. Evangeline sabia bem disso, mas estava ficando só um pouquinho mais difícil de acreditar em tudo aquilo. Porque *ela* estava começando a se importar com *ele*.

– Quantas pedras faltam para você encontrar? – perguntou LaLa.
– Precisamos de três.
Por um piscar de olhos... silêncio absoluto.
E aí, bem baixinho, foi LaLa quem falou:
– Espero que você tenha trazido maçãs suficientes.

24

Evangeline podia até não ter certeza de diversas coisas, mas não tinha dúvidas de que LaLa lhe dera o mais magnífico dos vestidos para usar no jantar. O traje a fez ter a sensação de estar vestindo um final feliz de contos de fadas. Ela fez cachos no cabelo cor-de-rosa e os prendeu, de um jeito displicente, com grampos decorados com flores de pedras preciosas, para destacar o desenho audacioso do vestido. O modelito deixava os ombros praticamente nus, se não fossem as delicadas tirinhas que desciam até o decote em V profundo e triunfante, feito de um tecido etéreo que mais parecia ter sido chorado pelas estrelas. Caquinhos de pedras preciosas, que brilhavam em tons de rosa, azul e violeta, cobriam o corpete e iam se dispersando delicadamente a partir dos quadris da saia esvoaçante, que tinha uma fenda que ia até a coxa. O traje era chamativo e, quando a jovem girou na frente do espelho do guarda-roupa, rodopiando até os pedacinhos de pedra criarem vida de tanto brilhar, sentiu-se destemida.

– O que você está fazendo, precisamente? – perguntou Jacks, com seu jeito arrastado.

Evangeline ficou sem ar e a cicatriz em forma de coração partido que tinha no pulso pegou fogo. Ela nem sequer ouvira o Príncipe de Copas entrar. Parou em pleno rodopio, com as saias ainda farfalhando, quando viu o garboso reflexo do Arcano no espelho.

O coração de Evangeline deu um sobressalto. Ela tentou impedir. Mas, apesar de Jacks ser várias coisas terríveis, não havia como negar que também era dolorosamente belo. Por causa do cabelo dourado. Sob certa iluminação, parecia ouro de verdade, cintilando por cima de olhos que brilhavam mais do que quaisquer olhos humanos jamais poderiam brilhar. Então, talvez, também fosse por causa dos olhos. E, talvez, pudesse pôr um pouco da culpa nos lábios. Que eram perfeitos, é claro. E, naquele exato momento, estavam dando um sorriso jocoso.

— Então é isso que você faz quando não estou por perto?

Evangeline sentiu um ímpeto súbito de se esconder dentro do guarda-roupa, mas se controlou, virou de frente para Jacks para o encarar e sorriu.

— Você fica pensando no que eu faço quando você não está por perto?

— Cuidado aí, Raposinha. — Nessa hora, ele se aproximou. — Você me parece um tanto excitada com essa ideia.

— Não estou, posso te garantir — retrucou a jovem, desejando não estar tão ofegante. — Eu simplesmente gosto de pensar que te atormento tanto quanto você me atormenta.

Jacks sorriu, mostrando uma das covinhas, um sorriso que o fez parecer enganadoramente encantador.

— Então é você que fica pensando no que faço quando não estou por perto.

— Só porque sei que você não faz nada de bom.

— Nada de bom. — repetiu, dando risada. — Eu tinha esperança de que, a esta altura, você já soubesse que sou bem pior do que apenas "nada de bom".

Dito isso, o Arcano deu o braço para a jovem.

Ela sentiu um frio na barriga. Teria se desvencilhado, mas não queria demonstrar o quanto Jacks a abalava. Entretanto, tinha a sensação de que o Príncipe de Copas já sabia disso, senão não a teria pegado pelo braço nem a puxado para bem perto do próprio corpo.

— Não se esqueça — disse ela, em vez de soltá-lo —, não é para matar ninguém aqui dentro.

Jacks fez uma careta impressionante.

— Algumas dessas pessoas merecem morrer, sabia?

— Mas estamos na festa de LaLa — relembrou Evangeline.

O Príncipe de Copas estava com cara de quem queria continuar discutindo. Na verdade, era impressionante o fato de ele manter a careta zangada enquanto desciam lances e mais lances de escada até chegar ao grande salão de jantar do Castelo de Massacre do Arvoredo.

– Você pode, pelo menos, tentar sorrir? – pediu a jovem.

Jacks mostrou todos os dentes.

– Isso é mais a cara de um predador.

– Eu sou um predador. *E todo mundo que está aqui também é* – sussurrou ele.

Na porta, cavaleiros de armadura completa fizeram uma saudação, descruzando as lanças e, mais uma vez, Evangeline teve a sensação de que estava entrando em uma lenda muito antiga.

Provavelmente uma pequena floresta teve que morrer para construir aquela sala de jantar. O pé direito com teto abobadado tinha pelo menos 16 metros de altura, e Evangeline, imediatamente, viu o porquê.

Logo depois da entrada, havia uma catapulta, gigantesca e horrorosa. O salão de jantar fora claramente construído ao redor daquela arma descomunal – na verdade, toda a quinta parecia ter sido construída ao redor daquilo.

Jacks não deu a impressão de ter ficado deslumbrado com o tamanho do recinto, mal lançando um olhar quando adentraram no salão.

Tirando a catapulta, tudo o mais era de bom gosto. As paredes tinham painéis de vitral envelhecido que brilhavam sob a luz dos lustres em forma de galhos com flores de pedras preciosas esparramados pelo ambiente. E, então, havia as flores de verdade. Guirlandas de florescências brancas e douradas cruzavam de parede a parede, enchendo o ar de um perfume doce; as pétalas caíam dos arranjos feito neve, cobrindo os ombros dos convidados que chegavam em peso ao recinto que parecia não ter fim.

LaLa ainda não tinha chegado, mas o salão fervilhava, com cavalheiros trajados com gibões bordados e damas com tiaras no cabelo, pingentes nas orelhas e pedras preciosas reluzentes no pulso e no pescoço.

Tantas pedras. Qualquer uma daquelas pessoas poderia estar com uma das pedras perdidas do arco. Mas, até aquele momento,

Evangeline não sentira nenhuma magia pulsando nas pessoas pelas quais passou. Gostaria de ter falado com algumas, mas todas faziam questão de não olhar em sua direção.

Aquela festa não estava acontecendo como ela havia imaginado, nem de longe. Em sua cabeça, Evangeline imaginara um evento imbuído da magia da pedra do contentamento, cheio de alegria e sorrisos. Mas, ao que tudo indicava, os sorrisos eram somente para Jacks.

Os convidados que passavam pelo Príncipe de Copas o cumprimentavam, balançando a cabeça, comentando a nova e cintilante cor do cabelo ou acenando e dizendo "Boa noite, lorde Jacks".

Ninguém cumprimentava Evangeline. Os criados que carregavam travessas de carne e bandejas com cálices pesados eram tratados com mais consideração do que ela.

— É porque você não faz parte de nenhuma das Grandes Casas — explicou Jacks, baixinho. — Mesmo que fosse a rainha deles, continuariam não gostando de você.

— Todos, ao que parece, gostam de você — cochichou Evangeline.

Bem nessa hora, uma dupla de garotas se aproximou. Uma lambeu os lábios antes de sorrir para Jacks, e a outra foi ainda mais ousada. Evangeline ficou só observando a moça olhar o Príncipe de Copas nos olhos e, em seguida, aproximar, descaradamente, um cálice de vinho até os seios e passar a borda da taça no decote profundo do vestido cor de ameixa.

— Por acaso você está controlando aquelas duas? – perguntou ela.

— Não preciso.

Dito isso, Jacks piscou para a dupla.

As moçoilas responderam com risadinhas.

Evangeline resolveu que não gostava do som de risadinhas.

Soltou o braço do Arcano. Aquele recinto estava quente, abafado e longe de ser mágico.

— Talvez devêssemos dar uma olhada na varanda e procurar as pedras por lá – sugeriu.

Só que Jacks não estava mais prestando atenção nela.

Ele estava olhando fixamente para a entrada, onde outra jovem adentrava o salão. Uma garota extremamente bonita, de vestido longo preto-asa-de-corvo justo e muito decotado. Seus braços ostentavam luvas compridas e pretas, que contrastavam com o cabelo cor de luar que descia pelas suas costas, formando uma longa cortina cintilante.

— Você conhece essa moça? – indagou Evangeline.

— Ela não me é estranha – respondeu Jacks, baixinho, ainda com os olhos fixos na jovem, que entrou no salão deslizando e pegou um cálice de estanho cheio de vinho.

Evangeline não tinha motivos para desgostar daquela garota nem de seu cabelo de luar. Contudo, sentiu algo se contorcendo dentro dela ao ver que os olhos do Príncipe de Copas acompanhavam a jovem. Ela foi desviando dos demais convidados em direção a uma dupla de rapazes bem-vestidos, que davam a impressão de estar mais do que contentes por flertar com ela.

Felizmente, até onde Evangeline conseguiu ver, a garota não usava nem colar nem pulseira. Mesmo que a jovem estivesse usando voltas e mais voltas de joias no pescoço, deixaria para falar com ela depois.

Olhou em volta do grande salão iluminado pela lareira e continuou procurando. Praticamente, olhava apenas para as mulheres e para as pedras que exibiam no pescoço. Mas também havia uns tantos homens com botões de pedras nos gibões e com correntes em volta do pescoço com medalhões incrustados de gemas. Alguns desses medalhões até tinham escudos gravados. Só que, infelizmente, nenhum desses escudos tinha o desenho de chamas, como o que Evangeline vira na folha com pistas.

Do outro lado do salão, um rapaz sorriu ao perceber que ela estava olhando.

O rapaz era bonito, e Evangeline não desviou o olhar. O jovem não usava medalhão, mas tinha, sim, algumas pedras preciosas em seu gibão prateado. As pedras reluziram quando ele pegou um segundo cálice da bandeja de um criado e o estendeu, como se o oferecesse para Evangeline.

— Oi – disse, sem emitir som.

Evangeline olhou de relance para Jacks.

O Arcano ainda estava distraído pela garota de cabelo de luar.

Ela entendeu que aquilo era uma oportunidade de se afastar e ir para o outro lado do salão, na direção do cavalheiro que lhe oferecia vinho.

De perto, não era tão jovem nem tão atraente. Mas seus botões de safira brilhavam muito, e sua voz era gentil.

— É um prazer, finalmente, conhecê-la. Meu nome é Macadâmio Batráquio.

Ele, então, ofereceu o cálice.

Jacks interceptou o vinho antes que desse tempo de Evangeline aceitá-lo.

— Sai daqui, Macadâmio. Evangeline não vai se casar com você.

As bochechas do rapaz ficaram cor de beterraba e, sem dizer mais nem uma palavra, ele fez o que Arcano mandou.

— Jacks — censurou Evangeline. — Eu só estava falando com ele para ver se não está com as pedras.

— Não estava, não. Não tem como uma pessoa chata como ele possuir magia. E Macadâmio não faz parte de nenhuma das Grandes Casas.

— Isso não quer dizer que você pode simplesmente controlar o rapaz.

— Não posso controlar, não posso matar... Você está acabando com a diversão desta festa, Raposinha. — Jacks tomou um gole do cálice de vinho que segurava e completou: — Se estamos procurando pedras mágicas, precisamos conversar com pessoas que inspirem magia.

Ele apontou, com o copo, para um trio de garotas que usavam vestidos verde-floresta gloriosos e tiaras que brilhavam feito tesouros.

— São todas da Casa Predileta.

E eram bonitas também. Obviamente irmãs, pelo jeito. Eram puro movimentos graciosos e sorrisos serenos, bebericando e dispensando, com acenos, os criados que ofereciam bandejas de tortinhas de carne e queijos embebidos em favos de mel.

Evangeline tentou se lembrar do que havia lido a respeito da Casa Predileta enquanto se aproximavam. E todas as três garotas sorriram de orelha a orelha, de verdade, ao ver Jacks.

– Que maravilha te ver aqui, lorde Jacks. – Disse a mais alta das três irmãs, colocando a mão no rosto do Arcano.

E Evangeline sentiu aquela coisa horrorosa se contorcendo dentro dela outra vez.

Está sentindo alguma magia?, perguntou Jacks, em pensamento.

A jovem fez que não. Torceu para que isso significasse que eles se afastariam do trio. Mas, apesar de Jacks não ter o costume de ser gentil com ninguém, estava sendo educado com as irmãs.

– Por que você não foi nos visitar? – indagou a garota que acariciara o rosto do Príncipe de Copas. – E quando foi que você mudou a cor do cabelo?

Em seguida, esticou o braço novamente para passar os dedos nas mechas douradas de Jacks. Evangeline sentiu uma onda de incômodo e aproveitou esse instante para se afastar novamente de Jacks. E...

Esbarrou no peito de um rapaz alto, de cabelo preto e grosso, pele lisa cor de bronze, cujo sorriso a deixou de pernas bambas.

25

Evangeline não tinha muito orgulho de admitir que se impressionava com facilidade. Gostava de histórias bonitas e de coisas bonitas, e aquele garoto era muito mais do que apenas bonito.

– Desculpe – falou.

E não conseguiu nem ficar com vergonha por estar ofegante.

A voz dele era grave, e o rosto belo esboçou um sorriso que foi se alargando quando disse:

– A culpa é toda minha. Eu estava torcendo para esbarrar em você, e acho que posso ter sido um tanto afoito.

O garoto pegou na mão dela, e Evangeline ficou subitamente eletrizada. Ele estava usando um anel! Com uma pedra bruta, preta e reluzente. Uma coisa poderosa, que parecia ter sido encantada.

Ela ficou esperando sentir uma descarga de magia vinda do anel quando o rapaz segurou seus dedos e os levou aos lábios. Mas sentiu apenas um formigamento sutil pelo fato de receber a atenção de alguém que a achava atraente.

– Merrick, da Casa Espinheira-Sanguínea.

– Evangeline.

– Jacks – disse o Príncipe de Copas, que surgiu ao lado dela, sem resquício daquele sorriso que dera para as garotas da Casa Predileta. – Como vai sua nova esposa, Merrick?

O jovem ficou branco.

– Ela faleceu no outono deste ano.

– Que trágico. – A voz de Jacks era pura surpresa fingida. – Por acaso a sua esposa anterior não faleceu no outono do ano passado?

– Faleceu, sim. Tive muito azar – respondeu Merrick, entredentes.

— Bom, então acho melhor você não passar esse azar para Evangeline.

Dito isso, o Arcano segurou o braço da jovem.

Ela fez que ia se recusar a dar o braço para o Príncipe de Copas, mas, antes que desse tempo, Merrick Espinheira-Sanguínea já tinha evaporado.

Evangeline olhou feio para Jacks.

— De nada — disparou ele, todo presunçoso.

— Não precisava ter afugentado o rapaz. Eu não ia me casar com ele.

— Que bom. Porque, caso se casasse, morreria no outono do ano que vem.

Dito isso, soltou o braço dela.

Evangeline cerrou os dentes. É claro que Jacks poderia flertar com as garotas, mas ela não podia sequer conversar com os rapazes.

— Já sou casada, Jacks. Estava conversando com Merrick porque ele está usando um anel que tem uma pedra!

— Todo mundo nessa festa está usando um anel.

— Você não está.

— Caso tenha esquecido, não sou todo mundo, Raposinha.

O Príncipe de Copas, então, dirigiu o olhar aos lábios da jovem, calando-a com um olhar fulminante e fazendo-a lembrar na mesma hora do que ele era capaz de fazer com um simples beijo.

Evangeline mordeu o lábio, só para devolver a provocação.

Algo primitivo brilhou atrás dos olhos de Jacks — desejo ou raiva, ela não conseguiu distinguir direito. Só sabia que tinha a sensação de estar com os lábios inchados, da força do olhar do Arcano e da sensação inescapável de que era Jacks quem queria estar mordendo o lábio dela.

E, por um segundo, imaginou como isso seria. Imaginou o Príncipe de Copas beijando sua boca bem ali, no meio da festa, enroscando os dedos em seu cabelo, abraçando-a bem apertado, na frente de todo mundo.

Tentou expulsar essa ideia de seus pensamentos, mas, pelo jeito, demorou demais.

Jacks esboçou um sorriso, como se soubesse o que ela estava pensando, e em seguida, baixou bem o olhar, dos lábios para o pescoço, até pousá-lo no volume de seus seios, onde o coração de Evangeline, de repente, começou a bater sobressaltado.

Ao fundo, ouviam-se risos e taças tilintando, brindes, mas o ruído parecia estar muito mais distante do que deveria. Evangeline não conseguia mais sentir o calor esmagador de todos os convidados: havia apenas Jacks, que por sua vez olhava para ela de um jeito que não se deve olhar para alguém quando essa pessoa sabe que está sendo observada – de um jeito ousado, desavergonhado e absolutamente inapropriado.

– Você está com cara de quem está com um certo calor, Raposinha. Talvez deva dar uma saidinha, enquanto continuo procurando as pedras. – Nessa hora, o Arcano parou de olhar nos olhos da jovem e pousou o olhar novamente na garota de cabelo de luar, que agora estava cercada por meia dúzia de rapazes, todos praticamente salivando. – Essa garota me parece um tanto mágica. Acho que vou começar por ela.

– Ela não está usando nenhuma pedra preciosa – disse Evangeline, irritada. – Que tal...

Evangeline olhou para outro lado, bem na hora em que LaLa surgiu, de braço dado com um rapaz que deveria ser o lorde Robin Massacre do Arvoredo. Ele tinha um cabelo ruivo revolto, duas espadas presas à cintura e uma risada que ecoava pelo salão, feito música alegre.

– A gente deveria ir cumprimentar Robin e LaLa.

O olhar de Jacks ficou sombrio imediatamente.

– Precisamos continuar procurando as pedras.

– Eu sei... É por isso que deveríamos dizer "oi" para eles. Olhe só como as pessoas reagem quando chegam perto de Robin. Ele pode estar com a pedra do contentamento.

Na verdade, Evangeline não viu nenhuma pedra em Robin – até o anel com o brasão da família parecia ser feito de metal e não de pedras –, mas seu sorriso largo era contagiante. À medida que o lorde e LaLa iam avançando pelo salão e cumprimentando os convidados, deixavam um rastro de risadas. Em questão de segundos, parecia que a festa ganhara mais vida. As conversas ficaram mais altas; os sorrisos, mais pronunciados, e os cálices praticamente pulavam das bandejas para as mãos das pessoas.

— E também é uma questão de educação — disse Evangeline.

Jacks soltou um suspiro relutante.

A jovem desconfiou que isso era o mais próximo de um "sim" que ganharia. No instante seguinte, entraram na fila para cumprimentar o casal feliz.

LaLa, é claro, a abraçou imediatamente.

— Eu sabia que esse vestido ficaria um sonho em você. Você está estonteante, amiga!

— Você também — disse Evangeline.

LaLa sempre estava radiante, e aquela noite não era exceção. Usava uma série de faixas de cabelo de ouro e pérolas, que fluíam, com mais ouro e mais pérolas, por seu cabelo comprido e castanho-escuro, dando um efeito que parecia um tesouro do mar. Os olhos estavam delineados de dourado. Estranhamente, o vestido era sem graça. A amiga trocara o encantador traje de lantejoulas e colocara um sóbrio vestido cor de vinho, com mangas compridas e conservadoras, que cobriam as vibrantes tatuagens de labaredas de dragão que tinha nos braços.

Evangeline até poderia desconfiar que Robin tinha alguma coisa a ver com isso — o lorde, talvez, não gostasse de tatuagens. Mas ele não dava a impressão de ser do tipo que proíbe coisas; além disso o lorde tinha uma espada tatuada no antebraço. A causa, então, não poderia ser essa.

— Te apresento o meu noivo — declarou LaLa.

Em seguida, olhou para Robin com adoração, e o rapaz sorriu para ela com toda aquela delicada atenção de alguém que está muito apaixonado. E não deu a impressão de que isso tinha algo a ver com uma pedra mágica. Agora que estavam mais perto, Evangeline conseguiu ver que, com certeza, Robin não usava nenhuma joia com pedras.

Quando olhou para Evangeline, o sorriso do lorde mudou, de afetuoso para encantado.

— Finalmente conheço a famigerada Evangeline Raposa! LaLa já me contou que todas as histórias sobre você não são verdadeiras, mas adorei ouvi-las. — Robin deu um abraço de urso em Evangeline, deixando-a sem ar por alguns instantes, e então a colocou no chão novamente. — Você é muito bem-vinda a minha casa.

— Obrigada por me convidar e parabéns pelo noivado. Estou muito feliz por vocês dois.

— Eu também — declarou Jacks, com seu jeito arrastado.

Robin se virou para ele e comentou:

— Acredito que ainda não tive a honra de conhecê-lo.

— É o lorde Jacks — interveio LaLa.

— Lorde Jacks — repetiu Robin, ainda sorrindo, mas com uma expressão vagamente perplexa. — De que Casa você é?

— Sou de uma Casa muito antiga. — Em seguida, o Príncipe de Copas tomou um gole de vinho. — Todo mundo na minha família morreu há muito tempo.

O sorriso de LaLa se desfez. Por um instante, ela ficou com cara de quem poderia ter estrangulado Jacks com as próprias mãos pequeninas. Mas, em vez disso, deu o braço para Evangeline e falou:

— Vamos começar o périplo até a sala de jantar? Não sei vocês, mas estou morta de fome.

O comentário fez o sorriso voltar ao rosto de Robin, mas Evangeline ainda se sentia incomodada enquanto se dirigia, acompanhada por LaLa, a uma mesa comprida, onde estava disposto um lauto banquete. Havia cisnes assados, cabeças de cabrito recheadas e algo que parecia um galo cozido montado em cima de um porco preparado na brasa.

Ao longo do périplo, Evangeline perdeu Jacks de vista, mas não conseguia parar de pensar no que ele acabara de dizer.

"Sou de uma Casa muito antiga. Todo mundo na minha família morreu há muito tempo."

O Arcano poderia muito bem estar falando da família Valor. Todos eles estavam mortos. Mas, até aí, todos da Casa Arvoredo da Alegria também estavam.

Ficou tentada a perguntar o que LaLa achava do comentário do Arcano, mas a amiga estava com uma expressão tão agitada que não teve coragem de tocar no assunto. E, provavelmente, era melhor mesmo que se concentrasse, naquela noite, em encontrar as pedras perdidas e não no passado de Jacks. Entretanto, não conseguia se livrar da sensação de que o misterioso passado do Príncipe de Copas era o único motivo para ele querer abrir o Arco da Valorosa.

Quando deu por si, Evangeline passou todo o jantar separada de Jacks.

O Príncipe de Copas se sentou na outra ponta da mesa, ao lado das irmãs da Casa Predileta. Parecia ter recuperado o bom humor: atirava uma maçã para cima e piscava para a mais alta das três garotas, a que tinha acariciado seu rosto. Ela dava risadinhas altas.

Evangeline desviou o olhar, determinada a prosseguir com a busca pelas pedras. Mas, ao que tudo indicava, não conseguia se concentrar em nada, a não ser no som da risadinha da garota Predileta, que chegava até o fim da mesa, tão leve e alegre que Evangeline jurou que fazia os copos tilintarem. E também fazia algo terrível se contorcer dentro dela. Algo bem parecido com ciúme.

Ou, talvez, fosse mesmo ciúme, por mais que Evangeline tivesse pavor de admitir.

Não queria sentir ciúme de quem recebia a atenção do Príncipe de Copas. Não queria desejar que ele tentasse fazê-la dar risada em vez de atormentá-la o tempo todo. Mas o sentimento era tão poderoso, tão forte, tão...

De repente, a jovem recordou da última vez que sentira emoções tão intensas. Foi quando esteve na presença da pedra da sorte. Isso talvez significasse que outra das pedras do arco estava por perto. E foi aí que se lembrou do que Jacks havia dito, quando a alertou sobre as pedras: "Tem gente capaz de matar para não perder a juventude. E também pode trazer inveja e imaturidade".

Era isso! A pedra da juventude devia estar por perto. Evangeline sentiu uma onda de alívio: não estava de fato com ciúme, estava apenas sentindo os efeitos da pedra da juventude. Provavelmente também foi por isso que o Príncipe de Copas se aproximou e tentou impedi-la de conversar com outros rapazes.

Lançou um olhar para as pessoas que estavam sentadas perto dela. À direita, estava Macadâmio Batráquio, concentrado em seu hidromel, e que não mexia uma pestana sequer para Evangeline.

A cadeira à esquerda ainda estava desocupada. Só havia uma plaquinha de madeira com os dizeres Petra Sanguejovem.

— Achei meu lugar — disse a moça de cabelo de luar, sentando-se delicadamente na cadeira vazia.

Evangeline ficou tensa.

Sentiu-se instantaneamente culpada. Não tinha motivos para desgostar de Petra Sanguejovem. Era um sentimento mesquinho, de inveja — sem dúvida, mais um efeito colateral da pedra da juventude. Esforçando-se ao máximo para se livrar desses sentimentos, falou:

— É um grande prazer te conhecer, Evangeline.

— Acho que todo mundo aqui sabe seu nome — respondeu Petra, dando uma piscadela cúmplice.

A garota era mais simpática do que Evangeline teria imaginado. À medida que conversavam, foi ficando mais fácil se livrar de todos os sentimentos de ciúme e inveja remanescentes. Na verdade, depois de alguns minutos, Evangeline foi subitamente atingida por uma sensação estranhamente familiar, de que ela e Petra já se conheciam ou, pelo menos, já haviam se encontrado antes daquela noite.

— Você foi ao meu casamento?

— Ah, não. — Petra deu uma risada baixinha e completou: — Sou da família Sanguejovem.

— Desculpe, não conheço esse sobrenome.

— Exatamente — declarou Petra, com uma certa ironia. — Pessoas como eu, que não pertencem a uma das Grandes Casas, não são convidadas para casamentos da família real em Valorfell. Tenho sorte de ter sido convidada para esta festa.

— Não foi isso que me pareceu, já que todos os cavalheiros, pelo jeito, estão encantados por você.

Evangeline se arrependeu dessas palavras mesquinhas assim que elas saíram pela sua boca.

Só que Petra apenas intensificou seu belo sorriso.

— Pelo jeito, você não é tão ingênua quanto dizem. Apesar de que, talvez, deva prestar um pouco mais de atenção ao cavalheiro que *te* acompanha.

Petra foi lentamente olhando para todos os lordes e *ladies* da mesa, até que acabou fixando o olhar na outra ponta, onde...

Jacks havia sumido. Sua cadeira estava vazia, só restava um caroço de maçã, que fora deixado no prato vazio. O assento ao lado também estava vago – o assento onde a garota alta da Casa Predileta estava sentada.

Evangeline sentiu um frio na barriga. Torceu para que o Príncipe de Copas não tivesse saído de fininho com aquela garota para fazer o que, de repente, temeu que ele pudesse fazer.

Mas Jacks não faria. Não poderia fazer. Tinha prometido que não mataria ninguém.

A jovem olhou em volta do salão, nervosa.

O Arcano, talvez, tivesse apenas levado a garota da Casa Predileta para dar uma olhada na catapulta. Ou...

— Talvez você deva olhar para a porta com o retrato.

Petra apontou lentamente, com o dedo enluvado, para uma moldura dourada que estava levemente afastada da parede, revelando uma entrada escondida.

Evangeline se levantou da cadeira.

— Espere aí... — Petra segurou seu braço. Por um instante, ficou com uma expressão surpreendentemente preocupada. — Deixe os dois para lá, Princesa. Só vai passar vergonha se for atrás deles.

De fato, algumas pessoas estavam olhando para Evangeline, recriminando-a disfarçadamente, olhando por cima dos cálices. O orgulho entrou em guerra com ela, pedindo que tornasse a se sentar. Havia a possibilidade de estar enganada em sua hipótese do que Jacks fora fazer. Mas duvidava. Se o Príncipe de Copas tinha saído escondido com outra garota, não era para simplesmente jogar damas. Ia beijá-la e matá-la.

Evangeline resolveu continuar. Sentia uma queimação no estômago enquanto percorria o salão em burburinho, atravessando-o até chegar à moldura dourada afastada da parede.

O retrato dentro da moldura era de Glendora Massacre do Arvoredo, que usava um vestido de baile vermelho, com corações partidos bordados. Seu sorriso parecia triste e ficou observando Evangeline entrar de fininho pela porta secreta.

O corredor do outro lado da porta era mal iluminado e cheio de teias de aranha. Ele cheirava a romances furtivos e secretos, um aroma meio almiscarado e deveras enfumaçado das tochas que saíam das paredes. Entre uma chama e outra, ela viu de relance palavras gravadas, repetidas vezes, nas pedras. "Glória na morte. Glória na morte. Glória na morte."

Evangeline abraçou o próprio peito. Não sabia ao certo que tipo de lugar era aquele, mas não gostou do fato de que até as paredes, pelo jeito, incentivavam Jacks.

Jacks, gritou em pensamento.

Não obteve resposta.

Jacks, tentou novamente. *Se está me ouvindo, estou pedindo para você parar o que quer que esteja fazendo.*

Nada. Apenas o ruído de seus sapatinhos roçando nas pedras envelhecidas.

E aí seus ouvidos captaram a vibração da voz sedutora do Príncipe de Copas dizendo palavras carinhosas no escuro. Ela sentiu um aperto no peito. Não conseguia distinguir o que o Arcano dizia. Mas conhecia a cadência grave da voz dele.

Foi correndo até um canto e quase rasgou a fenda da saia, tamanha a pressa.

As tochas brilharam com mais força, adensando a fumaça que se enroscava no cabelo dourado de Jacks. Ele estava inclinando a cabeça, aproximando-se da garota da Casa Predileta, que estava de pescoço espichado e olhos fechados.

Evangeline sentiu o sangue se acumular em seus ouvidos ao ver o Príncipe de Copas passar a mão no lábio inferior da garota antes de...

– Pare! – gritou.

A outra garota abriu os olhos, soltando um suspiro.

A reação de Jacks não foi tão rápida. Tirou os dedos dos lábios entreabertos da moça e dirigiu o olhar soturno para Evangeline com toda a calma.

— Seu senso de oportunidade é terrível, Raposinha.

Não acredito que você ia beijar essa menina!, esbravejou Evangeline, em pensamento.

Jacks ergueu o ombro, todo arrogante, e respondeu, silenciosamente, só para Evangeline ouvir:

O jantar estava uma chatice.

— Você tem mesmo muito azar com os homens, não é? – disse a garota da Casa Predileta.

E fez uma careta nada convincente para Evangeline – o tipo de careta que, sabe-se lá como, parece um sorriso, como se fosse prazeroso pensar que Evangeline tinha um azar horroroso com os homens.

Por um segundo, ela ficou tentada a dar as costas e deixar aquela garota com Jacks, para que a moçoila pudesse ver quem na verdade tinha péssima sorte com os homens. Já que, obviamente, não fazia a menor ideia de quem realmente era o homem que estava prestes a beijar. Evangeline ficou envergonhada na mesma hora por ter pensado nisso. Mesmo assim, não foi fácil olhar a outra garota nos olhos e dizer:

— Você precisa sair daqui agora mesmo.

— Acho que estou bem aqui. É você que tem que dar o fora, *princesa*.

A garota da Casa Predileta deu uma risada debochada, pôs a mão no peito de Jacks e teve a ousadia de abrir um dos botões da camisa dele.

Evangeline sentiu mais um aperto no coração. Não queria sentir isso. Não queria sentir nada por Jacks e, principalmente, não queria ter ciúme daquela garota que o Arcano estava prestes a matar. Mas o ciúme não é uma emoção racional, tudo o que ela via era a outra garota sendo desejada e acariciada.

Ela tentou se convencer de que era apenas efeito da pedra da juventude, mas agora estavam longe da festa e aquela garota não usava nenhuma pedra preciosa. A tiara que estava usando no começo da festa não estava mais em sua cabeça.

É melhor você sair daqui, a voz de Jacks ecoou nos pensamentos de Evangeline. *Limpo a bagunça depois que eu terminar.*

O Príncipe de Copas, então, encarou Evangeline. À luz das tochas, seus olhos estavam mais pretos do que azuis, e completamente sem emoção, apesar de a garota da Casa Predileta ter aberto mais um botão da camisa dele.

Como você pode ser tão insensível?, pensou Evangeline.

Jacks acariciou o rosto da garota da Casa Predileta, ainda olhando para Evangeline.

Como você pode continuar achando, erroneamente, que tenho sentimentos?

Então, vá em frente. Evangeline cruzou os braços em cima do peito. Se o Arcano podia ser terrível, ela podia ser cabeça-dura. *Vamos ver se vale mesmo a pena morrer pelo seu beijo.*

As chamas das tochas bruxulearam, e o olhar do Arcano escureceu.

— O que ela ainda está fazendo aqui? — resmungou a outra garota.

Em seguida, pôs a mão no terceiro botão de Jacks.

O Príncipe de Copas segurou as mãos dela pelo pulso e lhe deu um empurrão.

— O que você pensa que está fazendo? — disse ela, com a voz esganiçada.

Jacks soltou um suspiro e respondeu:

— Volte para a mesa de jantar, Giselle. Vá paquerar outra pessoa até encontrar um bom marido.

— Mas você disse que...

— Eu menti — interrompeu o Arcano.

A expressão da jovem se anuviou e as bochechas arderam, rosadas. Evangeline sentiu uma breve onda de pena de Giselle, que passou por ela apressada, desapareceu pelo corredor mal iluminado e a deixou a sós com Jacks.

— E agora? Ficou feliz? — perguntou o Arcano, dando um passo ameaçador na direção dela.

Evangeline resistiu ao ímpeto de dar um passo para trás. Até achou que não havia se movimentado. Mas, de repente, sentiu a parede gelada nas costas, e Jacks estava tão perto — e era tão mais alto do que já se dera conta — que ela precisou espichar a cabeça para olhar nos olhos sem coração do Príncipe de Copas.

— Você me falou que não ia matar ninguém.

— Não. *Você* me falou para não matar ninguém. Eu falei que esse era um plano terrível.

— Mas você não precisava matar a menina — argumentou Evangeline.

— E o que você sabe do que eu preciso ou deixo de precisar?

Jacks roçou os dedos compridos na fenda da saia da jovem. Ela segurou um suspiro. O Arcano só podia ter encostado sem querer.

Ele sorriu, mostrando uma das covinhas, e pôs os dedos por baixo do tecido, acariciando a pele da perna de Evangeline e afastando delicadamente a fenda da saia.

Aquilo, definitivamente, não era sem querer.

As pontas dos dedos de Jacks eram macias, enganadoramente delicadas, e foram subindo... subindo. Evangeline tentou se convencer a se desvencilhar dele — aquele era Jacks, e ele era maligno —, a mão do Arcano, definitivamente, estava fazendo coisas maldosas. Mas não tinha a sensação de que as batidas aceleradas de seu coração eram de medo, pelo menos ainda não. O sangue que fervia e o formigamento que sentia na pele eram gostosos. Jacks era gostoso.

As carícias do Príncipe de Copas, obviamente, estavam fazendo Evangeline delirar.

Realmente precisava dar um empurrão no Arcano. Mas, em vez disso, agarrou-o pela camisa, segurando-o pelo tecido.

Jacks deu um sorriso, mas não foi um sorriso bondoso. Mais parecia o final infeliz de um conto de fadas, mostrando todos os dentes afiados, que brilharam à luz das tochas. Aquilo era um erro. Um erro perigoso. Ela recordou que, há pouco, o Príncipe de Copas acariciava outra garota. Mas ficava difícil se importar com isso, já que o Arcano sabia exatamente como acariciar *Evangeline*. Como provocar a sensação de que era ela quem Jacks desejava desde sempre.

Com a outra mão, enlaçou lentamente a cintura de Evangeline e a encaixou por cima da dele.

A jovem ficou com o ar preso na garganta.

— Ainda acha que entende do que eu preciso? — Jacks, então, chegou mais perto, os lábios quase encostando no rosto dela, fazendo sua pele se arrepiar toda, e sussurrou: – Não sou humano, Evangeline. E não sou seu amigo nem seu marido nem seu amante.

– Eu nunca disse que você era – respondeu ela, ofegante.

– Então não tente me fazer agir como se fosse. Isso não vai acabar bem. – Os dedos abaixo da saia fizeram carícias brutas, e algo cruel brilhou nos olhos do Arcano. Cruel o suficiente para, finalmente, fazê-la sentir uma pontada de medo. – *Isso* não vai acabar bem.

Então ele apertou a perna dela com mais força.

Evangeline soltou um suspiro e o empurrou.

– *Isso* não existe: sou casada.

Jacks passou o dedo no próprio sorrisinho debochado que esboçou nos lábios.

– Você fica falando isso o tempo inteiro, Raposinha. Como se fosse algo com que eu devesse me importar.

E, num piscar de olhos depois, ele evaporou.

26

Os pensamentos de Evangeline começaram a clarear assim que Jacks a deixou sozinha no corredor escuro. Ela se recordou da carta que havia escrito, alertando a si mesma de que não podia confiar no Príncipe de Copas. Recordou de tudo o que o Arcano já tinha feito. E, aí, pensou em Apollo.

Evangeline fechou os olhos. Suas pernas ainda tremiam por causa das carícias de Jacks. E, agora, também estava com o estômago embrulhado, de culpa. O que aconteceu naquele corredor não poderia voltar a acontecer.

A maldição do Arqueiro tinha virado sua história com Apollo de pernas para o ar. Era difícil continuar torcendo para ter um futuro com alguém que só pensava em matá-la. Mas, mesmo que Apollo não existisse, Jacks jamais deveria ser uma alternativa.

Não era o Príncipe de Copas quem ela queria. Evangeline queria amar e ser amada, sentir amor só de olhar para alguém. Queria sentir frio na barriga e queria beijos. Queria tanto que, às vezes, achava que o coração ia explodir, de tanto querer. E, às vezes, cometia erros, como o erro daquela mesma noite, quando permitiu que Jacks a acariciasse. Mas jamais permitiria que o Príncipe de Copas a tocasse novamente.

Precisava encontrar logo a pedra da juventude, mas não queria voltar para o salão de jantar. Preferia dançar descalça na neve do que voltar a se sentar à mesa, ao lado de Petra Sanguejovem.

Torceu para que o jantar estivesse animado ao ponto de ninguém reparar que tinha voltado de fininho, saindo pela porta do retrato. O salão de jantar, com certeza, estava mais ruidoso do que quando ela havia saído. Vozes ribombavam, misturadas a risos levemente bêbados e copos que tilintavam em brindes desajeitados.

— Senhorita Raposa...

O som de seu nome foi seguido por um toquezinho no ombro, dado por um objeto que parecia uma pena.

Evangeline se virou.

Kristof Knightlinger, do jornal *O Boato Diário*, estava parado bem na frente dela, sorrindo. Como sempre, trajava calças de couro pretas e camisa com um *jabot* cheio de babados.

Na mesma hora que o viu, a jovem sentiu um frio na barriga.

— Que prazer enorme encontrá-la aqui! — Ele sacudiu com empolgação a pena que utilizava para escrever e acabara de passar no ombro de Evangeline. — A senhorita está radiante: que bom vê-la tão corada. É claro que agora preciso perguntar se foi alguém específico que a fez corar.

Kristof lançou um olhar sugestivo para a porta do retrato pela qual Evangeline acabara de passar.

— Ah, não — respondeu ela. A única coisa que poderia tornar aquela noite ainda pior era a possibilidade de Kristof Knightlinger escrever no jornal que ela se envolvera em encontros fortuitos com Jacks. Se Apollo lesse a notícia, poderia deixar o estado de ser compelido a caçá-la para querer fazer isso de fato. — Eu estava apenas conhecendo algumas das passagens secretas. Nada que valha a pena noticiar...

Ela titubeou, com receio de que, talvez, estivesse indo longe demais.

Não conhecia Kristof Knightlinger muito bem, mas o tabloide que ele escrevia normalmente lhe era favorável. Mesmo quando foi declarada procurada por assassinato, teve a impressão de que o cronista duvidou de sua culpa. Não achava que ele era maldoso. Mas, com certeza, Knightlinger não checava todos os fatos antes de publicar um artigo — na verdade, parecia que Kristof gostava mais de publicar boatos do que fatos.

Evangeline não podia permitir que ele publicasse nada a seu respeito. Como Apollo estava no encalço dela, as consequências poderiam ser letais se Kristof divulgasse no jornal que ela estava ali, mesmo que não escrevesse nada a respeito de Jacks.

Teria adorado pedir, com todas as letras, que o cronista não escrevesse sobre sua presença, mas ficou com receio de que isso servisse apenas para atiçar a curiosidade dele.

— Não cheguei a entrar de verdade. Ouvi alguns ruídos que me fizeram pensar que eu poderia estar interrompendo algo. Na verdade, estou um pouco envergonhada. Então, se você puder guardar segredo, deixar isso só entre nós dois, fico muito grata.

— Ah, minha querida! É claro que suas andanças secretas permanecerão secretas, no que depender de mim.

Kristof, então, roçou a pena nos lábios, fazendo um gesto de que os manteria bem fechados. Mas Evangeline teve medo de que não seria bem assim.

Evangeline considerou contar para Jacks que tinha se encontrado com Kristof — e que existia a possibilidade de o cronista falar dela em seu jornal. Mas a última coisa que queria fazer era procurar o Príncipe de Copas.

Só queria deitar na cama e dormir. O dia tinha sido absurdamente longo, e ela estava exausta. A caminhada até a suíte de hóspedes no quarto andar foi um esforço comparável a escalar uma montanha.

Entretanto, depois de se lavar, colocar a camisola e subir na cama, Evangeline não conseguiu dormir. Toda vez que fechava os olhos, voltava àquele corredor, na companhia de Jacks. Sentiu um calor na pele e, aí, perdeu o sono completamente.

Não sabia dizer quanto tempo ainda passou tentando dormir. Mas, uma hora, desistiu. Acendeu várias velas e foi até o baú onde havia colocado alguns livros, incluindo *Ascensão e queda da família Valor*.

Na última vez que olhara para o tomo, a capa estava em branco. Mas, ao que tudo indicava, o volume voltara à vida naquela noite. Ficou observando o tecido cor de lavanda escurecer até o livro inteiro ficar cor de ameixas orvalhadas. Segundos depois, um novo conjunto de letras metálicas brilhava na capa: *A inglória história da Casa Massacre do Arvoredo*.

Evangeline ficou toda empolgada ao ler essas palavras. Mas, sabendo o quão sorrateiro aquele livro podia ser, tentou controlar sua expectativa, voltou para a cama e abriu o livro.

Na mesma hora, de dentro dele, caiu um recorte de jornal antiquíssimo.

Parecia ser tão velho que ela teve receio de que o recorte fosse se esfacelar em suas mãos, só que o papel encerado era surpreendentemente resistente. As letras eram antiquadas e difíceis de ler, mas os dizeres na parte de cima eram bem conhecidos.

O Boato Diário

MONSTRO!

Por Kilbourne Knightlinger

Atentai-vos, meus caros habitantes do Norte. Houve mais um ataque de monstro! Ontem à noite, o poderoso lorde Bane Massacre do Arvoredo teve a garganta dilacerada.

A família Valor continua jurando que não criou monstro algum. Para os que não estavam contando, este é o terceiro ataque violento sofrido pela Casa Massacre do Arvoredo. E todos esses ataques começaram depois da desgraçada morte de nosso estimado Castor Valor – que, muitos especulam, foi assassinado por Vingador Massacre do Arvoredo durante o trágico massacre da Casa Arvoredo da Alegria.

Ainda assim, poderia ser coincidência o fato de esse monstro estar agora atacando pessoas da família Massacre do Arvoredo. Houve outros ataques cruéis, que levaram muitos a especular que esses assassinatos monstruosos não têm um alvo específico. Mas certas pessoas temem que esses ataques se devam apenas ao fato de a família Valor não ter controle algum sobre a aberração que criou.

Depois dessa parte, o que estava escrito ficou sem sentido, sem dúvida por causa da maldição. Ainda bem que as letras não se rearranjaram enquanto Evangeline releu a notícia.

O artigo não estava datado, mas ela imaginou que a notícia havia ocorrido depois da história que Jacks havia contado na carruagem – e parecia confirmar tudo o que o Príncipe de Copas havia dito. Citava tanto o trágico massacre da Casa Arvoredo da Alegria quanto a morte de Castor Valor.

Evangeline tentou não tirar conclusões precipitadas – aquela publicação, afinal de contas, era um tabloide –, mas ficou pensando se aquelas não eram as informações que estava procurando. Queria saber por que o povo do Norte se voltara contra a família Valor, e aquilo parecia explicar o que tinha acontecido. Um dos filhos fora assassinado, e eles criaram um monstro, por vingança. O artigo até empregava a palavra "aberração".

Será que aquela poderia ser a mesma aberração que tantas pessoas acreditavam estar trancafiada na Valorosa?

Só que isso não fazia muito sentido para Evangeline. Tudo o que havia lido a respeito da família Valor dava a impressão de que seus integrantes eram mágicos e poderosos – não precisariam criar um monstro para se vingar. Mas, talvez, o boato de que haviam criado um monstro tenha sido o suficiente para fazer o povo se voltar contra eles.

Evangeline sabia, por experiência própria, que boatos podem ser muito poderosos. E podia facilmente imaginar uma família como a Massacre do Arvoredo espalhando o boato – principalmente, se Aurora Valor tivesse abandonado Vingador no altar para se casar com outro homem.

A jovem olhou mais uma vez para o livro que estava em seu colo. Estava aberto no sumário, onde, ao que parecia, havia uma lista de nomes de integrantes da família Massacre do Arvoredo:

> *Bane Massacre do Arvoredo*
> *Vingador Massacre do Arvoredo*
> *Veneno Massacre do Arvoredo*
> *Ruína Massacre do Arvoredo*
> *Maldade Massacre do Arvoredo*
> *Tormento Massacre do Arvoredo*
> *Beladona Massacre do Arvoredo*
> *Glendora Massacre do Arvoredo*

A lista se estendia por diversas páginas.

Evangeline começou por Vingador, na esperança de obter mais informações a respeito da família Valor e para poder comparar o relato do livro com a história que Jacks havia contado na carruagem.

Infelizmente, as páginas estavam em branco.

Voltou para o sumário e, desta vez, foi o nome de Glendora que chamou sua atenção. A moça não fora citada na história de Jacks, mas fora casada com Vingador, e havia grandes retratos dela por todo o castelo. E, sendo assim, talvez Evangeline conseguisse descobrir alguma coisa.

O verbete sobre Glendora abria com um retrato dela dentro do caixão. Estava de olhos fechados e o rosto envelhecido por inúmeras rugas.

A expressão "Glória na morte" estava impressa logo abaixo do retrato e, logo acima dessas palavras, a data de nascimento e morte sugeria que ela havia morrido aos 86 anos de idade. A biografia na página seguinte, para a surpresa de Evangeline, não era exatamente um relato histórico, o que a fez pensar que a maldição das histórias poderia ter dado um tempero especial, cheio de opinião, ao texto.

Glendora Massacre do Arvoredo, também conhecida como Glendora, a Boa. Mãe de muitos. Esposa de Vingador. Amada por quase todos.

Pobre Glendora, a Boa, coitadinha. Todos a adoravam, com exceção do marido, Vingador. Glendora era pura bondade, alegria e honestidade - e deu à luz a tantos bebês. Sem Glendora, não haveria mais ninguém na família Massacre do Arvoredo. Mas nada disso tinha importância para Vingador.

Ele fingia que a amava, encomendou estátuas e retratos seus e pagou para menestréis escreverem canções enaltecendo a bondade da esposa, tudo isso para esconder o fato de que Glendora tinha sido sua segunda opção e não era, nem de longe, tão bela quanto sua primeira opção, a garota que o abandonou no altar: Aurora Valor.

A belíssima Aurora Valor, tão linda. Quando estavam noivos, Vingador amou a beleza de Aurora. Bebeu dela como se fosse um veneno, até que isso o estragou para todas as demais donzelas.

Glendora lhe dava filhos, organizava festas e caçadas e transformou a pequena propriedade Massacre do Arvoredo em uma gloriosa mansão, com terrenos repletos de flores e quartos repletos de contentamento, mas isso nunca bastou para conquistar o coração de Vingador. Ele ficou para sempre apaixonado pelo fantasma de uma garota que havia...

Evangeline parou de ler e voltou à linha que falava de flores e de *contentamento*. Seus dedos tremiam de empolgação quando correu para pegar a folha de pistas que a chave anterior havia escrito.

Exatamente como se lembrava, as flores estavam desenhadas perto das palavras "Uma do contentamento". Sabia que poderia ser uma mera coincidência – muita gente planta flores. Mas por acaso LaLa não havia dito que Glendora possuía um famoso jardim de inverno? O texto também descrevia Glendora como uma pessoa generosa, boa e alegre. Talvez ela fosse apenas uma pessoa bondosa – como Robin Massacre do Arvoredo também deu a impressão de ser –, ou, talvez, algo mágico tivesse feito Glendora ser dessa maneira.

Evangeline deu mais uma olhada no retrato da mulher. Era em preto e branco, desbotado pelo tempo, mas nítido o suficiente para ver que a retratada usava uma corrente comprida e pesada que ostentava um pingente de pedra preciosa.

Poderia ser aquela a pedra do contentamento?

Evangeline sentiu uma onda de empolgação, seguida por uma pontada de esperança de que Glendora pudesse ter sido enterrada com aquela pedra – já que o retrato a mostrava dentro de um caixão.

Chegou a pensar em contar o que descobrira para Jacks. Mas, depois dos acontecimentos daquela noite, o Príncipe de Copas continuava sendo a última pessoa que ela queria ver. Sentindo mais um arrepio, Evangeline pegou um robe e o vestiu. Não fazia ideia de que horas eram, mas pensou que faltavam várias horas para o sol raiar, o que lhe dava um bom tempo para procurar o túmulo de Glendora em segredo. E sabia exatamente por onde começar.

"Glória na morte", a expressão impressa sob o retrato de Glendora, era a mesma que vira gravadas nas paredes do corredor secreto por onde Evangeline tinha se aventurado naquela mesma noite. E chegara até ele por meio de um vão atrás de um quadro que abrigava, justamente, um retrato de Glendora.

27

A catapulta do salão de jantar era ainda mais horrenda na escuridão – um animal gigante e adormecido, que poderia seguir Evangeline até o retrato de Glendora e então arrancá-la do recinto antes que conseguisse entrar pela passagem secreta.

Ela segurou a adaga de ouro, que amarrara no robe. Pensou ter ouvido um movimento, mas a catapulta permaneceu inanimada quando passou correndo, de chinelos, em busca do túmulo de Glendora Massacre do Arvoredo.

Como a única fonte de luz era o luar que atravessava os painéis de vitral do salão, foi um desafio encontrar o quadro certo. A jovem só conseguiu enxergar os olhos de Glendora, ainda tristes, quando afastou a moldura.

Ficou parada por alguns instantes antes de entrar, divagando brevemente sobre a tristeza de Glendora. Se ela teve mesmo a posse da pedra do contentamento, deveria ter sido bem mais feliz, mas talvez Glendora só não estivesse com a joia na ocasião em que aquele retrato foi feito. Quando enfim entrou no corredor, torceu para que fosse isso mesmo.

Felizmente, as tochas ainda ardiam em chamas, iluminando o caminho, indo pelo mesmo trecho que percorrera mais cedo.

Sentiu um embrulho no estômago quando chegou ao lugar onde havia encontrado Jacks com a garota da Casa Predileta. O ar empoeirado tinha um leve aroma de maçã, e ela ficou esperando o Príncipe de Copas sair das sombras.

Mais uma vez, pensou ter ouvido algo.

Mas só viu aranhas se arrastando pelas paredes, por cima das palavras "Glória na morte".

O ar mudou quando Evangeline fez uma curva. Entre as tochas, apareceram arandelas de vidro – sujas e repletas de caules raquíticos e algumas pétalas secas. O aroma de maçã se evaporou, e ela só conseguia sentir o cheiro de poeira parada, que a fez pensar em ossos secos e flores mortas.

Ainda bem que aquela fragrância inquietante diminuiu quando se aproximou do mausoléu. Uma estrutura enorme, coberta por uma camada de poeira e vigiada por duas estátuas de anjos aos prantos. Isso a fez pensar que ninguém o visitava há muito, muito tempo.

Evangeline segurou a respiração e se aproximou, preparando-se para sentir a magia da pedra do contentamento. Mas, talvez, o caixão estivesse abafando o poder da pedra do arco.

O caixão parecia ser de mármore, um fato que ela confirmou quando tentou afastar o tampo para o lado, e a peça nem sequer se mexeu.

— Precisa de uma mãozinha?

Evangeline deu um pulo de susto porque Luc apareceu no meio das sombras, usando uma delicada coroa de ouro na cabeça e um casaco de gola alta que parecia ter sido costurado com garbo em estado puro.

— Luc, o que você está fazendo aqui? Estava me seguindo?

— Fiquei sabendo que você acabou vindo mesmo à festa e resolvi vir também. – Nessa hora, ele deu um sorriso torto e completou: – Eu ia entrar escondido no seu quarto, mas aí vi que você estava bisbilhotando. Então *meio que* te segui.

— Você precisa parar de fazer isso.

— Por quê? Eu fazia isso o tempo todo. Quer dizer, não te seguir, só entrar escondido no seu quarto.

O garoto olhou para ela com seus cílios longos e encantadores. Mas Evangeline não se deixou iludir pelo olhar do rapaz, como acontecera na última vez que se viram.

— É por que sou vampiro? – insistiu ele. – Ou você ainda está de luto pelo falecido marido?

De repente, Luc estava sentado em cima do caixão, balançando as pernas e parecendo ser muito mais inofensivo do que Evangeline sabia que ele era.

A jovem, contudo, tinha quase certeza de que o rapaz não a morderia. Observando bem, enxergando além da garbosa fachada de príncipe, Luc lhe pareceu mais solitário do que faminto, assim como da última vez que o vira. Evangeline não era especialista em vampiros, mas imaginou que ser vampiro poderia ser mais do que apenas sentir uma constante sede de sangue. Vampiros não envelhecem. Permanecem imutáveis ao longo do tempo. Talvez não fosse só uma questão física: quem sabe, o coração deles também fosse assim, o que dificultava que deixassem para trás as coisas do passado.

– Não é porque você é vampiro – garantiu ela. – Na verdade, preciso fazer uma coisa antes de o sol raiar e acho que, com sua força de vampiro, você pode me ajudar.

O comentário, pelo jeito, alegrou Luc. Que sorriu, em cima do caixão, enquanto Evangeline fitava o pesado tampo de mármore.

Assim como Evangeline, Luc estava muito curioso. Só levou alguns instantes para perguntar:

– O que você quer de dentro do caixão?

– Me ajude com este tampo que você vai ver.

O garoto-vampiro saiu de cima da tumba com um pulo, empurrou o tampo pesado e, quando o mármore caiu no chão com uma pancada seca, virou para ela e disse, com um sorriso satisfeito:

– Agora posso te morder?

– Não, Luc. *Nunca* vou deixar você me morder.

– Nunca diga nunca, Eva. – Ele, então, deu um sorriso esperançoso, de pura especulação, e espiou dentro do caixão. – Tem certeza de que esse é o caixão certo?

– Absoluta.

Só que Evangeline sentiu uma pontada de preocupação quando seus olhos seguiram o olhar de Luc. O corpo de Glendora Massacre do Arvoredo se resumia a pó e a dentes. Morrera há tanto tempo que não havia mais ossos nem roupas nem colares. E, ainda por cima, nenhuma sensação de magia. Nenhum formigamento, nenhum arrepio, nenhuma explosão súbita de contentamento.

Mas precisava acreditar que havia algo mais.

Respirou fundo, nervosa, e afundou a mão naquele monte cinzento de poeira lúgubre que era Glendora Massacre do Arvoredo.

– Eva! O que você pensa que está fazendo?

Luc obviamente achava que Evangeline perdera a cabeça. Segurou-a pelos ombros, afastando-a do caixão. Ainda bem que ela já pusera a mão em algo que parecia uma corrente.

Evangeline se desvencilhou de Luc e tirou a poeira da pedra pendurada na ponta da corrente, até ver em suas mãos uma pedra amarela, cor de caramelo, que parecia ter sido feita de raios cintilantes de luz do sol.

Luc olhou para a gema de esguelha – obviamente, não achou a pedra tão bonita quanto Evangeline achou.

– Eu poderia te dar joias melhores do que essa.

Dito isso, tentou pegá-la.

Evangeline segurou o colar com mais força, sentindo aquela tão conhecida onda de sentimento de posse, seguida por uma descarga de alívio. Aquela só podia ser a pedra do contentamento. Decerto não estava sentindo sua força porque já estava esperançosa.

– Obrigada, Luc.

Então ela ficou na ponta dos pés, deu um beijinho no rosto do garoto-vampiro e retornou pelo corredor.

– Espere aí – gritou Luc. – Amanhã à noite haverá uma festa à fantasia. Quer ser meu par?

Evangeline parou na metade do corredor. Se fosse à festa com Luc, poderia se livrar de Jacks. Pelo menos até o Príncipe de Copas aparecer e vê-la na companhia do garoto-vampiro.

É claro que essa ideia era tentadora, porque Evangeline imaginou que Jacks não ficaria nem um pouco feliz de vê-la de braço dado com Luc, ainda mais se a pedra da juventude estivesse por perto, exercendo sua magia ciumenta.

– Eu bem que gostaria de poder dizer "sim" – respondeu a jovem. – Só receio que não seja uma boa ideia. – Por mais que gostasse da ideia de deixar Jacks frustrado, a festa era de LaLa, e não queria fazer uma cena. – Mas prometo reservar uma dança para você.

Evangeline guardou a pedra do contentamento amarela-raio-de-sol por baixo da camisola, contra o próprio peito, onde conseguia sentir que a gema estava em segurança, e foi subindo a escada que levava ao quarto onde estava hospedada. Na verdade, sentiu um certo alívio por a pedra não lhe causar uma sensação mais poderosa. Depois dos tentáculos de inveja e ciúme que sentira, causados, na sua opinião, pela pedra da juventude, estava um pouco receosa do que a pedra do contentamento poderia causar.

Temia que a joia pudesse deixá-la bêbada de felicidade ou tão zonza de alegria que perderia toda a noção de urgência.

Mas, por ora, se muito, sentia um leve incômodo. A pele pinicava – uma estranha sensação que a fez diminuir o passo quando chegou ao quarto andar do Castelo de Massacre do Arvoredo.

Estava um silêncio... Era tudo tão silencioso que quase dava para ouvir o bruxulear das velas nas arandelas. E foi aí que ela viu uma faixa de cabelo de luar conectada a um vulto que se movimentava rapidamente pelo corredor. *Petra.*

Evangeline sentiu o mesmo aperto incômodo no peito que experimentara quase todas as vezes que vira aquela garota. E aí sentiu novamente, porque imaginou que Petra poderia ter saído do quarto de Jacks.

Foi correndo até o fim do corredor para ver onde Petra acabara de virar. Mas já não havia ninguém.

Era tentador pensar que tinha apenas imaginado a presença da outra garota. Era tão tarde que até poderia ser cedo, na verdade. E Evangeline estava começando a se sentir exausta de novo. A descarga de adrenalina por ter encontrado a pedra do contentamento começara a perder o efeito, deixando-a cansada. E, contudo, tinha certeza do que vira. Só não conseguia compreender por que vira. O que Petra estava fazendo, andando por aí àquela hora da madrugada?

Os pensamentos de Evangeline voltaram ao início da noite. Jacks havia dito que achava que Petra não lhe era estranha. Depois, a garota aconselhara Evangeline a tomar cuidado com o Príncipe de Copas: foi ela quem a avisou de que o Arcano havia saído de fininho da mesa, na companhia de outra garota.

Petra deu a impressão de não gostar de Jacks e, apesar disso, Evangeline não conseguia se livrar da sensação de que Petra acabara de sair do quarto dele.

Evangeline considerou que poderia ficar parada ali, no corredor, imaginando coisas até o sol raiar. Ou poderia simplesmente bater na porta do quarto de Jacks.

Bateu três vezes, com os nós dos dedos, de leve. Mas, como o Príncipe de Copas não atendeu, bateu outra vez, com mais força.

Jacks, pensou, em silêncio.

Mais uma vez, ele não atendeu.

Será que estava apenas dormindo? Ou será que estava ignorando Evangeline?

Se estava na companhia de Petra até aquele momento, ele só podia estar acordado.

Evangeline chegou a pensar em bater novamente. Mas, se fizesse mais barulho, poderia acordar os outros. Entretanto...

Olhou para o próprio dedo. Com apenas um furinho, não precisaria bater.

Pegou a adaga, furou a ponta do dedo e abriu a porta do quarto de Jacks.

Teve certeza, imediatamente, de que o Príncipe de Copas não estava ali.

A lareira estava apagada, e o sol já estava raiando, brilhando através das janelas nevadas e revelando que ninguém dormira na cama de dossel. A colcha cor de creme sequer estava amarrotada.

Mas era visível que Jacks estivera dentro daquele quarto em algum momento. Havia uma pilha de restos de maçã em cima da escrivaninha. E também montes de roupas espalhadas pelas cadeiras e divãs.

Ao que parecia, o Príncipe de Copas tinha levado mais roupas do que Evangeline. Eram calças, cintos e pilhas de botas. A jovem sabia que seria melhor não encostar em nada, mas não conseguiu se conter e passou os dedos em uma pilha de gibões de veludo em vários tons de azul, preto e cinza. Eram macios – e perfumados também.

Jamais admitiria isso para o Príncipe de Copas, mas estava um pouco cansada de mentir para si mesma e tinha que admitir que adorava o cheiro de Jacks, de maçã, magia e noites frias e secas. E isso lhe deu vontade de se enrolar em um cobertor.

Foi até a cama. Ela não tinha o cheiro do Arcano, mas era macia. Sentou-se na beirada. E os travesseiros eram incríveis, fofinhos e felpudos. Só de se recostar neles, o corpo de Evangeline relaxou.

Ela fechou os olhos, só por um segundo. Ou, quem sabe, só por um minuto...

Evangeline tinha vontade de se aninhar ainda mais no cobertor e ignorar a sombra que se projetara em cima dela. Não estava muito disposta a lidar com sombras, principalmente com as que pareciam irritadas. Aquela sombra era gelada e estava perto e, pelo que pôde sentir, estava de mau humor. Talvez, se simplesmente continuasse de olhos fechados, a sombra fosse embora.

— Por quanto tempo você pretende fingir que está dormindo? — falou a sombra, de um jeito arrastado.

Relutante, Evangeline entreabriu um dos olhos.

A sombra estava mais perto do que imaginava. Parecia que o dono dela estava prestes a se jogar na cama quando a viu deitada ali. Já tirara o gibão: a camisa estava desabotoada até a metade, o cabelo dourado meio bagunçado, e os olhos azuis prateados pareciam mais ameaçadores do que o normal, dando a impressão de que seu dono ainda pretendia deitar na cama com a jovem.

O coração de Evangeline se sobressaltou quando ela pensou isso e, em seguida, pulou de novo, porque Jacks baixou as pálpebras e percorreu o corpo dela com o olhar. Seus olhos foram acompanhando a posição da jovem na cama, toda encolhida, com uma mão embaixo da cabeça e a outra no peito, segurando o cobertor bem no lugar em que o robe estava aberto.

Lentamente, os lábios do Arcano foram formando um sorriso.

— Agora você está obcecada pelas minhas camisas?

Foi aí que Evangeline sentiu os botões do cobertor — ou melhor, da camisa do Príncipe de Copas, na qual se enrolara como se fosse um cobertor.

As bochechas dela coraram na mesma hora.

Os olhos de Jacks assumiram um brilho jocoso.

– Por acaso sentiu minha falta ontem à noite? – perguntou o Príncipe de Copas.

Em seguida, se encostou no pilar da cama e foi subindo e descendo a mão lentamente pela madeira, enquanto dirigia o olhar para as pernas de Evangeline e para aquela parte aberta do robe dela.

"Mortificação" não era uma palavra forte o suficiente para descrever o que Evangeline sentiu naquele exato momento. Jogou a camisa para o lado e ficou de joelhos, até ela e Jacks ficarem mais ou menos na mesma altura. Sua pulsação se acelerou por alguns instantes quando olhou nos olhos do Arcano. Assim, de tão perto, eram um tanto poderosos demais para o gosto dela, mas não desviaria o olhar.

– Entrei aqui para te procurar depois de ver Petra na frente da porta do seu quarto.

– Quem é Petra?

– Aquela garota que estava no jantar, aquela, do cabelo de luar. Ela é o que sua, Jacks?

O Príncipe de Copas sacudiu a cabeça e franziu o cenho, unindo as sobrancelhas.

– Eu não conheço aquela garota.

Evangeline lançou um olhar desconfiado para Jacks. Sentia-se tentada a acreditar no Arcano. Mas também sabia que não devia confiar no próprio julgamento quando o assunto era o Príncipe de Copas.

– Ontem você disse que ela não lhe era estranha. E foi essa mesma garota que me avisou que você saiu de fininho do jantar.

A diversão que o Príncipe de Copas demonstrava sentir sumiu instantaneamente.

– Não sei quem é aquela garota, mas é melhor ficar longe dela.

– Por quê? Se você não a conhe...

– Não gosto dela – interrompeu Jacks.

– Por quê? Por que ela não gosta de você?

– Ninguém gosta de mim – o Príncipe de Copas respondeu com rispidez.

– Você sabe tão bem quanto eu que isso não é verdade – retrucou Evangeline. – Várias garotas deram a impressão de gostar de você ontem à noite.

– Elas gostam do lorde Jacks. Mas, como você bem sabe, Raposinha, não sou o lorde Jacks. – Por um segundo, a expressão do Príncipe de Copas mudou completamente. Todo traço de humanidade se esvaiu, e ele olhou para Evangeline com olhos tão mortos quanto os de Caos. – Sou a pessoa que vai matar essa tal de Petra se ela chegar perto de você novamente. Então, é melhor ficar longe daquela garota, a menos que queira que ela morra.

28

No baile daquela noite, todos deveriam se fantasiar de um casal famoso na história do Norte. Evangeline ficara empolgada com o tema da festa e com a possibilidade de se fantasiar – até descobrir o traje que LaLa havia deixado para ela.

O vestido tinha uma beleza de camponesa, com decote em coração, mangas bufantes, saia até o joelho e cintura marcada por uma fita rosa e larga, que formava um alegre laço nas costas. O tecido era um bordado inglês amarelo e simples, salpicado de cor-de-rosa, flores brancas e raposas dançantes, que deixavam bem claro quem Evangeline deveria ser: a Raposa.

Dada a situação que a jovem estava enfrentando com Apollo, lhe pareceu um tanto mórbido se fantasiar de Raposa de "A balada do Arqueiro e da Raposa". Mas tentou ser otimista. O vestido era um presente de LaLa – em outras circunstâncias, teria sido um presente atencioso. E verdade seja dita: apesar de causar um certo nervosismo, o traje a fazia recordar, sim, do que fora fazer ali. Quebrar a maldição do Arqueiro que assolava Apollo e encontrar as pedras perdidas do Arco da Valorosa. Com sorte, encontraria a pedra da juventude naquela noite. E, aí, faltaria apenas encontrar a pedra da verdade.

Ao pensar nisso, Evangeline recuperou a determinação e começou a amarrar os sapatinhos, cujas fitas ouro rosê subiam pelas pernas. Em seguida, colocou a pedra do contentamento no pescoço e a escondeu debaixo do corpete.

Duvidava que Jacks permitiria que usasse a pedra, mas isso não fazia a menor diferença, já que Evangeline não havia contado para ele que encontrara a gema – ainda não, de todo modo. Talvez tivesse sido mais certo ter comentado sobre a pedra quando esteve no quarto do Príncipe de Copas, mas não queria que o Arcano tomasse a joia dela e trancafiasse a pedra do contentamento dentro de uma caixa.

Evangeline tinha a impressão de que a pedra não era nociva. Não a encheu de impulsividade, como a pedra da sorte, nem a fez sentir ciúme e inveja, como a pedra da juventude. Caso não tivesse se sentido tão possessiva em relação à joia quando Luc tentou arrancá-la de suas mãos, poderia ter suspeitado que a gema não era nada mágica.

O relógio antigo na cornija da lareira tiquetaqueava delicadamente, aproximando-se das 8 horas da noite. Era a hora em que o baile estava marcado para começar, mas Jacks ainda não aparecera para buscá-la.

A jovem ficou mordendo o lábio. De fato, os dois não haviam combinado de irem ao baile juntos. Então, talvez, o Príncipe de Copas não fosse ao baile na companhia de Evangeline. Quem sabe iria com uma das moçoilas da Casa Predileta? Ela não gostou nem um pouco dessa hipótese.

Será que o Arcano ainda estava dormindo? Parecia cansado quando encontrou Evangeline na cama dele. Ela imaginou que Jacks havia pegado no sono depois disso, e sabia, por experiência própria, que o sono do Príncipe de Copas podia ser bem profundo.

Decidiu dar uma olhada em como ele estava. O quarto de Jacks ficava à esquerda do seu e, logo de cara, viu que a porta estava entreaberta.

Talvez fosse mais prudente ter batido na porta, mas Evangeline foi vencida pela curiosidade. Espiou pela fresta.

Jacks estava acordado e parecia já ter se arrumado para o baile. Mas, se havia se aprontado para a festa ou para uma batalha, ela não saberia dizer.

O Arcano tinha duas espadas presas nas costas da camisa cinza-fumaça, de mangas arregaçadas acima dos cotovelos. A jovem conseguiu contemplar os músculos dos braços de Jacks antes que sua visão fosse bloqueada por manoplas de couro escuro na mesma cor das botas de cano alto e do cinto caído na cintura. Não havia nenhuma arma presa ao cinto. Mas, quando o olhar de Evangeline se dirigiu às pernas da calça justa e preta, viu duas tiras de couro que sustentavam uma série de adagas reluzentes.

Evangeline não sabia quem o traje representava, só sabia que seu coração batia sobressaltado ao observar o Príncipe de Copas parado na frente da lareira. Em uma das mãos, segurava uma maçã branca. A outra estava com o punho cerrado, com tanta força que as juntas estavam brancas.

E foi aí que Evangeline se deu conta de que Jacks não estava sozinho.

29

LaLa surgiu em seu campo de visão.

Era um contraste extremo de luz em relação a toda aquela escuridão de Jacks. A amiga estava fantasiada de sereia, com uma saia de lantejoulas verde-petróleo justa até os joelhos e que se abria até a altura dos pés. Os braços também estavam cobertos de lantejoulas, dos dedos até os ombros, onde as mangas eram presas nas tirinhas de pérolas do corpete cor de concha do mar.

A pele negra da barriga estava enfeitada com mais pérolas e pedras preciosas, causando um efeito realmente glamoroso. LaLa parecia pura magia e cem por cento Arcano. Também estava com uma expressão de que havia algo de muito, muito errado. Segurava, em uma das mãos, um pedaço de jornal amassado e, na outra, um cálice, do qual tomou um grande gole.

— Por que você não está na sua festa? — perguntou Jacks, com seu jeito arrastado.

— Acabo de ler algo alarmante.

Dito isso, LaLa enfiou a página de jornal nos punhos cerrados de Jacks.

O Príncipe de Copas olhou feio para o papel e declarou:

— Não leio tabloides.

— Deveria ler este. — LaLa tomou mais um gole, nervosa, e completou: — Kristof escreveu um artigo comentando que Evangeline está aqui. Não citou o nome dela, mas descreveu uma certa princesa de cabelo rosa.

Evangeline ficou com o estômago embrulhado de pavor. Chegou mais perto, temendo o que mais o tal artigo pudesse falar. Torceu para que não comentasse o tal encontro fortuito, mas já era ruim o suficiente o fato de ter revelado onde estava. Se permanecessem ali, era certo que Apollo fosse atrás dela. Mas, se fossem embora, talvez não encontrassem a pedra da juventude, e Evangeline tinha certeza de que a joia só podia estar ali.

— E também tem um cartaz de "procurado", avisando que Tiberius fugiu da Torre — prosseguiu LaLa. — Meu palpite é que ele deve estar vindo para cá neste exato momento, com Apollo.

O Príncipe de Copas lançou um olhar fulminante e perguntou:
— E quem é o responsável por isso?
— Eu fiz o que precisava ser feito. — Nessa hora, o tom de voz de LaLa ficou mais ríspido. — Ela não conseguiria abrir o arco.

Evangeline foi cambaleando para trás. Não tinha ouvido direito. LaLa era sua amiga. LaLa não podia ser a pessoa que havia lançado a maldição do Arqueiro em Apollo.

Mas LaLa havia dito para Evangeline abrir o arco. E Jacks havia pedido para ela quebrar a maldição de Apollo. Talvez fosse por isso: porque foi LaLa quem lançou a maldição.

Evangeline olhou para a fantasia de garota-raposa que estava usando. Talvez não fosse coincidência o fato de a amiga ter lhe dado aquele vestido. Talvez fosse um empurrãozinho intencional. Será?

Ela não queria acreditar que a amiga seria capaz de trair sua confiança. E aí recordou do dia em que foi ao apartamento de LaLa. A certa altura, a amiga segurou sua mão e disse coisas sem sentido. Evangeline achou que era a maldição das histórias, confundindo suas palavras. Mas e se foi naquele momento que LaLa amaldiçoou Apollo e ela?

Evangeline continuou observando pela fresta da porta e viu Jacks se virar de frente para a lareira. Por um segundo, só conseguiu enxergar o Arcano sacudindo os ombros, furioso, e falar para as chamas:
— Se ela morrer, a culpa é sua.
— Evangeline não vai morrer se você a tirar daqui neste exato momento. — LaLa terminou de beber a taça de vinho e perguntou:
— Você pode garantir a segurança dela?

O Príncipe de Copas olhou feio para a Noiva Abandonada.

– Não me olhe assim. Eu vi sua cara quando chegou aqui abraçado com ela – disparou LaLa.

– E que cara era essa?

– Cara de quem mataria por ela.

– Eu mataria por muita coisa.

– Só cuide para não matar *Evangeline*. Também vi como vocês dois se olham. Ontem à noite, quando entrei no salão, fiquei meio apavorada, achando que você ia tacar um beijo na menina em plena festa.

– Achei que você me conhecia melhor. – O olhar feio de Jacks foi lentamente se dissolvendo em um sorriso e, então, seus olhos brilharam, com aquele mesmo olhar primitivo que havia lançado para Evangeline na noite anterior. – Só estou dando o que a garota quer. Mas não se preocupe, não é Evangeline que *eu* quero. Dela, só quero que encontre as pedras.

– E você ainda acha que eu é que sou cruel.

Os sapatos de LaLa bateram no chão, cheios de raiva, e ela se virou para a porta, se preparando para ir embora.

Evangeline deu mais um passo cambaleante para trás e, em seguida, saiu correndo, antes que um dos dois descobrisse que ela estava ouvindo a conversa.

Se havia alguma magia de contentamento na pedra que Evangeline levava no pescoço, não devia estar funcionando, porque aquilo estava doendo – tudo doía. Acreditara que LaLa era sua amiga. Pensou que a Noiva Abandonada se importava com ela, mas, pelo jeito, LaLa era igualzinha a Jacks: só queria abrir o arco.

O peito de Evangeline arfava quando chegou ao salão de baile do Castelo de Massacre do Arvoredo.

Diante das portas escancaradas, criados ofereciam cálices de um vinho vermelho-escuro e de hidromel. Teria sido mais prudente não aceitar um desses cálices – Evangeline precisava encontrar a pedra da verdade e a pedra da juventude antes que Apollo ou Tiberius a encontrassem.

Mas ela só queria beber até se sentir melhor ou até não se importar com o fato de que, de repente, tudo tinha piorado – e realmente não havia ninguém em quem pudesse confiar.

Pegou um cálice e entornou de um gole só. Em seguida, colocou o cálice vazio na bandeja e pegou outro, cheio, para garantir que não iria ficar sem bebida.

Naquela noite, as bebidas estavam sendo servidas em cálices de madeira com hastes adornadas com ramos de bronze envelhecido entrelaçados a flores trombeta-de-anjo. Os cálices cheiravam a maçã e sangue.

Ela ficou sem chão.

O aroma a fez lembrar da igreja do Príncipe de Copas. Mas, por sorte, Jacks ainda não entrara no salão de baile, que era todo de madeira. Na verdade, Evangeline não queria vê-lo.

Estava magoada com LaLa. Mas não queria nem pensar no que Jacks havia dito: "Estou apenas dando o que a garota quer. Mas não se preocupe, não é Evangeline que *eu* quero. Dela, só quero que encontre as pedras".

Essas palavras fizeram Evangeline se sentir *tão* ingênua. Não parava de repetir que não devia confiar no Arcano, que Jacks não se importava com ela. Mas, em parte, realmente começara a acreditar que o Príncipe de Copas não queria proteger sua vida apenas porque precisava dela para abrir o arco.

Mesmo depois de tê-lo ouvido dizer para LaLa que não se importava com ela, que não a queria e que não corria o risco de matá-la porque estava apenas fingindo que se sentia atraído por Evangeline, a jovem continuava acreditando que Jacks estava mentindo.

Tomou mais um grande gole do cálice e se embrenhou na multidão de convidados fantasiados, determinada a ficar invisível entre eles.

Ainda bem que não era a única raposa daquela noite. Havia diversas outras pessoas fantasiadas de raposa, com vestidos de camponesa em tons pastel ou fantasiadas de raposa em si, com orelhas peludas e rabos costurados nos vestidos marrons. A fantasia de Arqueiro também era muito popular. Evangeline não sabia dizer com a mesma facilidade de quem eram as fantasias dos outros casais, mas viu alguns Honora e Lobric, Vingador e Glendora, sereias – e alguns sereios –, além de marinheiros prisioneiros com camisas esvoaçantes, que mais pareciam ter sido arrancados diretamente dos relevos esculpidos no arco que dava acesso ao Norte. Também viu uma garota fantasiada de sol, dançando com outra garota, fantasiada de lua. E, no centro da aglomeração, avistou um belo rapaz fantasiado de dragão, que rodopiava uma moça que mais parecia um tesouro reluzente.

Podia até ser efeito de todo o vinho que bebeu. Mas, por um instante, Evangeline teve a impressão de que não estava em um salão de baile – tinha a sensação de que estava no meio de centenas de histórias. Histórias de amor, tragédias e lendas cujos finais se perdiam no tempo. E, de repente, tomada pela sensação de que a vida dela era uma dessas histórias, sentiu que também tinha deixado de lado suas preocupações. Ela já tinha uma leve percepção daquele pertencimento, mas só naquele instante percebera o que aquilo significava.

Casara-se com um príncipe, era parte de uma profecia e, naquele exato momento, estava procurando pedras mágicas que poderiam mudar o destino do mundo. É claro que contariam histórias a seu respeito – já estavam contando –, só que nunca lhe ocorreu que essas histórias eram algo mais, eram pedaços de uma história maior que estava se formando à medida que os vivenciava.

Mas, ao contrário de alguns personagens à sua volta, que eram fadados ao fracasso, Evangeline ainda tinha chances de encontrar um final feliz para sua própria história.

Não importava que, atualmente, a situação não estava ao seu favor, ainda mais com todas aquelas maldições e traições, todos aqueles príncipes mentirosos e assassinos. Nada disso queria dizer que ela estava fadada ao fracasso. Evangeline ainda acreditava que as histórias têm a possibilidade de infinitos fins e que teria um final dos bons – assim que encontrasse as duas pedras que faltavam.

Ouviu ruídos empolgados se espalharem pelo salão.

– Olhe só quem está aqui – cochichavam as pessoas. E então se seguiam frase cheias de palavras como "jovem", "bonito", "desimpedido".

Em seguida, ouviu bem alto:

– Eva!

Um segundo depois, avistou Luc, que vinha na sua direção, usando um boné com uma pena e uma aljava nas costas, repleta de flechas com pontas douradas.

– Eu sabia que você estaria fantasiada de Raposa.

Evangeline não conseguiu segurar o sorriso. Luc estava, é claro, vestido de Arqueiro, uma atitude que teria achado absurdamente romântica há alguns meses – e, em parte, ela queria ceder e pensar que isso fora muito fofo da parte dele. Mesmo depois de ter sido enfeitiçado por Marisol, transformado em pedra pelo Príncipe de Copas e, depois, virado vampiro, ainda possuía parte de sua humanidade. *Ao contrário de Jacks.*

– Acredito que você me deve uma dança – declarou Luc.

– Hoje não, garoto-vampiro.

Evangeline ficou toda tensa ao ouvir a voz grave de Jacks. E estremeceu quando o Arcano se aproximou, ainda com aquelas espadas presas às costas, parecendo mais um anjo da morte.

– Esta dança já foi prometida.

– Foi mesmo, e foi para mim – retrucou Luc, mostrando as presas.

Jacks apenas deu risada. O som de seu riso era musical e não combinava nem um pouco com o tom de voz que Evangeline ouviu em seus pensamentos.

Você tem duas opções. Ou você dança comigo ou vai me ver usando uma dessas espadas para decepar a cabeça dele.

A jovem cerrou os dentes e olhou feio para o Príncipe de Copas.

– É assim que convence as mulheres a dançar com você? Ameaçando matar os outros pretendentes?

– Não me provoque esta noite, Raposinha.

Jacks dobrou a mão livre, como se fosse pegar uma espada. Mas, em seguida, enlaçou a cintura de Evangeline de forma possessiva.

Ela sentiu um aperto no peito e sua pulsação disparou, mas sabia que não era por causa do Arcano. Era por causa do vinho, da pedra do contentamento e da raiva que ainda sentia, por causa das diversas maneiras pelas quais o Príncipe de Copas traíra sua confiança.

– Você tem que me soltar.

— Essa opção não está disponível. — Então olhou nos olhos de Evangeline, meio sem querer, como se quisesse ficar longe dela, mas não conseguisse evitar puxá-la para mais perto de si. — Você está correndo perigo de novo. Precisamos ir embora.

— Não, Jacks. Não vou a lugar nenhum com você. Ouvi você conversando com LaLa. Ouvi tudo o que você disse. Sei o que ela fez com Apollo. Sei que você escondeu isso de mim. E sei...

A jovem tentou dizer que sabia que o Arcano não sentia vontade de estar perto dela naquele exato momento. Mas não conseguiu pronunciar essas palavras. Em vez disso, pôs as duas mãos no peito de Jacks e o empurrou.

Em seguida, deu as costas e saiu correndo.

30

O salão estava girando. Músicos tocavam violino no teto. Casais dançavam flutuando no ar impregnado de vinho. E as lantejoulas de LaLa estavam por toda parte. Pelo menos, foi essa a sensação que Evangeline teve quando saiu correndo da pista de dança, fugindo de Jacks.

Viu, de relance, LaLa de braço dado com Robin. O lorde estava com uma expressão extasiada, agora que a noiva chegara. Desde que saíra do quarto do Príncipe de Copas, a Noiva Abandonada havia trocado o cálice por um tridente, e o nervosismo por um sorriso de adoração. Mas Evangeline pensou que tudo poderia ser uma farsa, assim como fora sua amizade com ela. Será que LaLa era igual a Jacks e estava usando Evangeline para conseguir sabe-se lá o que de dentro do Arco da Valorosa?

Não queria acreditar nisso – tinha a sensação de que não era verdade. Mas estava com a cabeça zonza por causa do vinho e com o peito apertado por causa da mágoa; era difícil pensar com clareza. Só tinha certeza de que não suportaria outra traição. Queria apenas alguém em quem confiar. Será que era pedir demais?

– Você está com cara de quem precisa tomar um ar – declarou Petra.

E rapidamente deu o braço para Evangeline antes que desse tempo de ela fazer que sim com a cabeça.

Petra estava fantasiada de um dos personagens históricos que Evangeline não reconhecia. Usava um vestido longo bem decotado, de cota de malha branca, e um delicado diadema de prata no alto da cabeça, coroando o cabelo de luar.

– Venha comigo – insistiu. – Conheço um caminho secreto para sair daqui.

O estômago de Evangeline se embrulhou quando Petra a levou na direção de uma fonte da qual jorrava hidromel frisante. Não gostava daquela garota nem confiava nela. Mas, se permanecesse no salão, Jacks a encontraria. Nem sabia como o Príncipe de Copas ainda não fizera isso. Mas não tinha coragem de olhar para trás e descobrir. Conversaria com o Arcano de novo quando o salão não estivesse girando e sentisse suas pernas mais firmes – naquele exato momento, seria muito fácil Jacks derrubá-la.

– Onde fica essa tal passagem secreta? – perguntou.

– Logo ali – respondeu Petra.

Na cabeça de Evangeline, tudo aconteceu muito rápido. Em um segundo, as duas estavam na entrada da pista de dança. Em seguida, já estavam nos bancos reservados às pessoas tímidas – vazios, já que aquele não era o tipo de festa para a qual os tímidos eram convidados.

– Acho que é esta.

Petra segurou a perna de um dos bancos, afastou-o da parede e revelou uma porta escondida.

– Por aqui – falou, apressada, quase dando a impressão de que também estava fugindo.

Evangeline sentiu um certo incômodo. Mas, em vez de ter apenas pedras cobertas de limo e teias de aranha, o outro lado era iluminado, o que a tranquilizou. A passagem era formada por paredes de gesso branco e iluminada por tochas. As paredes nada mais eram que esculturas de antepassados da família Massacre do Arvoredo.

Quer dizer, Evangeline torceu para que fossem esculturas. Algumas das figuras pelas quais passaram ao longo das paredes pareciam tão realistas que era possível imaginar, com facilidade, que aqueles eram cadáveres de verdade emparedados.

Ela diminuiu o passo, mas Petra segurou seu braço de novo e a pressionou a seguir em frente.

– Como você conhecia essa passagem secreta? – perguntou Evangeline.

— Ah – respondeu Petra, baixinho. – Já estive aqui centenas de vezes.

— Achei que você havia dito que teve sorte de ser convidada para esta festa.

— Eu menti. – Nessa hora, Petra se encolheu toda. – Quer dizer... eu só... – gaguejou. A hesitação pareceu particularmente estranha nos lábios da garota, parecia que se atrapalhar toda para responder a uma pergunta não era algo que acontecia com frequência. – Compareço a festas neste local há muito mais anos do que os anos que você tem de vida.

Evangeline ficou com o estômago embrulhado de novo. E então sentiu a pedra do contentamento arder por baixo de seu vestido de bordado inglês. Só que, agora, não tinha mais tanta certeza de que aquela era mesmo a pedra do contentamento. Até então, não sentira muito poder emanando da pedra, mas agora parecia que a gema estava finalmente despertando. A jovem sentia que ela estava ganhando vida e poder. Só que esse poder não lhe passou uma sensação de alegria ou de contentamento, como esperava. Sentiu o calor escaldante da *verdade* – estava usando a pedra da verdade – e sentiu a joia dizendo para ela sair dali, ir embora, fugir, correr para salvar a própria vida.

O mundo, finalmente, parou de girar, e Evangeline se arrependeu de não ter pensado direito.

É claro que Evangeline estava pensando – só que um desses pensamentos era o de que, quando Jacks finalmente a encontrasse, ela teria uma sensação de triunfo ao ver a cara que o Príncipe de Copas faria ao descobrir que a jovem estava na companhia de alguém que o Arcano pedira para não estar. Agora, tinha a sensação de que o conselho a respeito de Petra fazia algum sentido.

Soltou o braço da outra garota e declarou:

— Vou voltar para o baile.

— Não, Evangeline. Receio que não.

Dito isso, Petra brandiu uma faca e a apontou diretamente ao coração de Evangeline.

A jovem deu um pulo para trás, mal se esquivando do golpe.

— O que você pensa que está fazendo?

— Não sou má pessoa... mas não quero morrer.

Petra atacou de novo e poderia até ter acertado, mas seu vestido longo de cota de malha, visivelmente, atrapalhava seus movimentos.

Evangeline se esquivou mais uma vez e segurou o pulso da outra garota. Preferia se arriscar a ter a mão cortada do que o pescoço. Mas o cabelo de Petra se mesclava a tudo. Em vez de segurar a faca ou o pulso, pegou um punhado de suas mechas de luar.

Puxou o cabelo de Petra. Foi só um puxãozinho, mas aquela cabeleira cintilante caiu inteira.

Evangeline soltou um suspiro de assombro. Era uma peruca. O cabelo verdadeiro de Petra era um amontoado cor-de-rosa, feito de mechas rosas com toques de dourado.

– O seu cabelo! É igual...

Evangeline ia dizer que o cabelo da outra garota era igualzinho ao dela, mas Petra não lhe deu oportunidade.

Tirou uma segunda faca das dobras do vestido.

Evangeline atirou a peruca na cara de Petra, ganhando alguns segundos de tempo. Sua cabeça lhe dizia para fugir. Mas estava ficando bem cansada de todo o tempo ter gente tentando matá-la. Em vez de sair correndo, foi para cima da outra garota e segurou os pulsos dela enquanto a visão de Petra ainda estava bloqueada.

– Por que você está tentando me matar?

A pedra que Evangeline levava no pescoço emanou uma nova onda de calor quando ela disse isso.

Petra se debateu, ainda segurando as duas facas, e sacudiu o rosto para se livrar da peruca. O suor grudava seu cabelo ouro rosê na testa, e a raiva manchava seu rosto de vermelho enquanto lutava para se livrar de Evangeline e do poder da pedra da verdade.

– Sei que você também é uma chave. E, se eu não te matar, você vai me matar para pegar a pedra que está comigo.

– Qual é a pedra que está com você?

– A pedra da juventude... Ai... – Petra, então, olhou feio para a corrente em volta do pescoço de Evangeline. – Pare de me fazer perguntas!

– Pare de tentar me matar... Não sou sua inimiga.

– É, sim. – Os ombros de Petra se curvaram e, por um instante muito breve, ela parou de se debater. – Eu já fui igual a você. Fui casada com um príncipe até ser acusada de um crime que não cometi. Depois, fiquei sabendo da profecia e achei que eu era especial. Que nada do que acontecia comigo era por acaso. Eu era a chave, a única garota coroada de ouro rosê que poderia destrancar o Arco da Valorosa. – Petra sacudiu a cabeça e soltou uma risada desprovida de alegria. – Só que nem eu nem você somos especiais, Evangeline. Somos apenas ferramentas. Na verdade, aposto que eles nem vão te deixar usar as pedras que você encontrar. Caos não me deixou usar a que eu consegui localizar.

Evangeline tentou não esboçar reação. Caos havia lhe dito que a última chave morrera – disse que isso havia acontecido porque a pedra da sorte a tornara impulsiva demais. Só que a jovem achava que Petra não podia estar mentindo, já que a pedra da verdade estava tão próxima.

– Como você sabe que estou ajudando Caos?

– Porque já o ajudei. Eu achei a pedra da sorte para ele – explicou Petra –, mas Caos não confiou em mim e não permitiu que eu a guardasse. Colocou a pedra em um tipo de cofre para manter a *pedra* em segurança e não para *me* manter em segurança. Então, quando localizei a pedra da juventude e me dei conta de que, com ela, eu poderia continuar jovem e viver para sempre, simulei minha própria morte e desapareci. – Petra, nessa hora, deu um sorriso triunfante. – Só depois disso descobri o que as quatro pedras são capazes de fazer juntas. Mas suponho que não te contaram isso, contaram?

– É por isso que você está tentando me matar? Para conseguir pôr a mão em todas as quatro pedras?

– Não! – Petra inclinou a cabeça para trás e ficou com uma expressão absolutamente ofendida. – Só quero ficar com a minha pedra. Estou te contando isso para você saber que não pode confiar *neles*. Mas já percebi que você confia demais nos outros.

Os olhos de Petra assumiram um brilho tristonho poucos antes de ela jogar todo o peso de seu corpo nas mãos de Evangeline e fazê-la bater as costas na parede oposta.

Os dentes de Evangeline rangeram, porque a cabeça bateu em uma das estátuas.

– Por favor, pare com isso... – gritou, ainda tentando segurar os pulsos de Petra. Não queria machucá-la, mas a outra garota não parava de se debater. Desvencilhou-se de Evangeline e quase cortou o rosto dela com uma das facas. Isso deu a Evangeline a força para cerrar os dentes e esmagar os dedos de Petra contra a parede com tanta força que ela deixou cair as duas facas.

As adagas caíram no chão, cada uma para um lado, fazendo ruído.

Evangeline não quis tentar pegar uma delas, mas Petra não titubeou, pegou a outra faca e se aproximou. Não ia desistir. Evangeline se perguntou se fora por isso que vira Petra rondando na noite anterior – se a vira saindo não do quarto de Jacks, mas do dela, porque pretendia matá-la enquanto dormia.

A chama das tochas bruxuleava a cada passo que Petra dava, a fumaça serpenteava entre as duas, em uma distância cada vez menor.

– Por favor, pare.

As mãos de Evangeline estavam úmidas de suor e de pavor, mas ela pegou a outra faca e a brandiu feito um escudo.

– Não sou mesmo má pessoa – insistiu Petra. E, por um segundo, seu olhar parecia mesmo arrependido, mas não parou de andar nem baixou a faca. – Não que eu queira fazer isso, mas assim que a vi aqui, tive certeza...

Evangeline apunhalou o peito de Petra com a adaga, bem no decote do vestido de cota de malha.

A garota soltou o pior ruído que Evangeline já ouvira na vida. Ou, talvez, fosse apenas aquele terrível zumbido em seus ouvidos, a onda súbita de horror e arrependimento que a engoliu no mesmo instante em que apunhalou a outra garota. Não era isso que ela queria. Queria tirar a faca. Queria voltar atrás.

Uma risada gorgolejante subiu pela garganta de Petra, enquanto o sangue jorrava de seu peito.

– Já fui igual a você... agora... você é... igualzinha... a mim.

31

Lágrimas escorriam pelo rosto de Evangeline, que soltou a faca e se afastou do corpo de Petra. O corpo imóvel da outra garota estava no chão, em uma poça de sangue. Ela nunca vira tanto sangue na vida. Quando achou que Apollo tinha morrido, não havia sangue. O príncipe apenas parou de se mexer.

Mas o sangue de Petra estava bem ali. Vermelho, grosso e incriminador. Apesar de a faca ainda estar cravada em seu peito, o sangue tinha ensopado o vestido de cota de malha branca e se esparramava pelo piso.

Evangeline começou a tremer — ou talvez já estivesse tremendo. Tinha matado aquela garota. Escolhera a própria vida em detrimento da vida de Petra. Jacks a alertara de que isso aconteceria. Ela mataria alguém por causa das pedras. Evangeline tinha jurado que jamais mataria ninguém. Mas, no instante em que ficou diante dessa opção, ela matou sem pensar duas vezes.

Sim, Petra a atacara, mas não estava brandindo uma faca quando Evangeline a apunhalou. A jovem estava levando as mãos ao rosto, então percebeu que também estavam sujas de sangue. Passou as mãos na saia do vestido, em uma tentativa de limpá-las, o que quase piorou as coisas: parecia que estava tentando limpar não apenas o sangue, mas o que havia feito.

— Raposinha! — A voz aflita de Jacks chegou acompanhada pelo som de passos correndo.

Ela tremeu ainda mais. Não queria que o Príncipe de Copas a encontrasse naquele exato momento, muito menos daquele jeito. Estava tremendo, coberta de sangue e se sentia fraca demais para encará-lo. Entretanto, nunca ficou tão aliviada de ver o Arcano.

– Jacks... – O nome dele saiu de seus lábios feito um pranto. Evangeline sabia que o Príncipe de Copas não era nenhum salvador, mas não queria um salvador naquele exato momento. Não queria alguém que a abraçasse enquanto chorava e lhe dissesse que tudo ficaria bem. Queria fúria, queria raiva, queria um vilão que lhe dissesse que tinha feito exatamente o que precisava fazer.

– O que aconteceu?

Jacks diminuiu o passo à medida que se aproximava, e seu olhar furioso ora se dirigia ao sangue, ora a Petra e ora a Evangeline.

– Eu matei... – gritou Evangeline.

Pronunciar aquelas palavras fez aquilo tudo ser ainda mais real e, de repente, a culpa foi insuportável. Sentiu um aperto no peito. Não conseguia respirar. Mal conseguia ficar de pé. Jacks a apertou contra o peito. Ele a protegeu como quem protege um segredo, puxando-a bem para perto de seu coração, que batia sobressaltado. A jovem recordou de que prometera não permitir mais carícias do Arcano. Mas tinha a impressão de que, caso se desvencilhasse de Jacks, iria se desfazer em mil lágrimas.

Evangeline se deixou encostar no Príncipe de Copas, que passava a mão no cabelo dela e também apertava de leve sua cabeça contra o próprio ombro. Ele colocou a outra mão na sua cintura, segurando a fita que a envolvia, como se soubesse que, se a soltasse, Evangeline desmoronaria.

Ela tentou segurar as lágrimas, mas chorou de soluçar até a camisa de Jacks ficar úmida.

– Sou uma assassina.

– Ela está com uma faca na mão – disse Jacks. – Obviamente, teria te matado se você não tivesse impedido. Você não fez nada de errado.

– Mas não parece certo.

– Nunca parece.

Jacks soltou a fita da cintura de Evangeline com todo o cuidado e lentamente passou a mão nas suas costas.

A jovem respirou fundo, trêmula. Chegara a pensar que não queria um salvador. Mas, talvez, uma parte dela precisasse de um.

Ou, talvez, apenas precisasse *dele*. Em outro momento, teria se sentido culpada por pensar isso, mas matara uma pessoa naquela noite. Comparado a isso, não parecia muito errado desejar que Jacks a abraçasse mais apertado até que o corredor, o cadáver e aquela noite terrível sumissem e restassem apenas os dois.

A mão de Jacks parou de repente.

– É melhor você voltar para o seu quarto agora. Faça uma mala que consiga carregar sozinha. Já vou até lá te buscar.

– Mas... ela...

– Vou dar um jeito nisso.

O Príncipe de Copas, então, soltou a jovem. Evangeline se sentiu entorpecida no mesmo instante em que Jacks tirou os braços. Ficou tentada a desmoronar de novo quando lançou um olhar para Petra, caída no chão e com uma auréola de cabelo ouro rosê, igualzinho ao seu. O sangue de Petra tinha parado de jorrar, e o cadáver não se mexia, mas Evangeline ainda conseguia ouvi-la, dizendo, em tom de acusação: "Já fui igual a você, agora, você é igualzinha a mim".

– Ela não merece que você se sinta culpada – declarou Jacks. Os olhos dele ficaram impassíveis, mais prateados do que azuis, ao fitar o cadáver. – Existem heróis e existem vilões. Ela fez uma escolha entre esses dois caminhos e teve o fim que acompanha tal escolha.

O Príncipe de Copas pronunciou essas palavras com os dentes cerrados, e Evangeline, de súbito, ficou com medo de que o Arcano não estivesse falando apenas de Petra, mas de si mesmo.

– É melhor você ir agora.

Talvez aquela fosse a primeira vez que Evangeline queria fazer o que Jacks mandava, mas ainda não podia ir embora dali. Afastou-se do cadáver com um passo trôpego.

O Príncipe de Copas franziu a testa.

– Ela era outra chave – disse Evangeline.

– Percebi, pelo cabelo.

– Ela está com uma das pedras... ou falou que estava.

A jovem não levantou a cabeça para ver como o Arcano reagiria àquela notícia nem para ver a cara que ele faria vendo que ela se abaixava para se aproximar do corpo. Tinha a sensação de que era errado demais vasculhar o cadáver de Petra em busca da pedra. Só que tanto a vida de Evangeline quanto a de Apollo dependiam disso.

Teve a impressão de que seus dedos se atrapalharam todos para tirar a primeira luva das mãos de Petra. Esperava encontrar um anel ou uma pulseira, mas o braço da outra garota estava desprovido de joias.

– Petra te disse qual das pedras estava com ela? – perguntou Jacks.

– A pedra da juventude.

Assim que tirou a outra luva de Petra, o braço de Evangeline ficou todo arrepiado.

Um bracelete reluzente, com uma pedra brilhante bem no meio, enfeitava seu pulso. A pedra era do mesmo tom perfeito de azul dos olhos sobrenaturais de Jacks.

Evangeline não queria encostar na pedra. Na noite anterior, achou que a joia era perigosa, quando a fez sentir um ciúme que beirou à loucura. Agora, recordou do aviso que Jacks lhe dera assim que chegaram ao castelo: "Se as pedras estiverem aqui, vai morrer gente nesta festa".

E agora alguém tinha mesmo morrido, mas não foi apenas por causa do poder das pedras, foi por causa da missão de abrir o arco. Evangeline, mais uma vez, imaginou o que poderia estar contido dentro dele. O que poderia ter de tão valioso ou tão perigoso que precisava ser trancafiado com profecias que mudaram o curso da vida das pessoas, além de pedras mágicas que só seriam obtidas por meio da morte de alguém?

– Evangeline – Jacks falou baixinho, mas com um tom aflito. – Não podemos nos demorar. Você precisa fazer sua mala. Eu me encarrego da pedra.

Havia tanto sangue no vestido bordado de Evangeline. Uma das raposas estava coberta por uma grande mancha vermelha. Precisava limpá-lo. Precisava trocar de roupa e arrumar a mala. Tinha matado alguém e, graças ao artigo escrito por Kristof, Apollo e Tiberius poderiam estar a caminho dali naquele exato momento, para matá-la.

Só que Evangeline estava se sentindo assoberbada.

O que deveria fazer primeiro? Tirar as roupas ensanguentadas? Limpar o sangue que sujava seu rosto e aquelas manchas vermelhas das mãos? Ou será que deveria fazer a mala? E o que se coloca dentro de uma mala quando se está fugindo para salvar a própria vida?

Levara tantos vestidos de festa para a casa de LaLa, mas naquele momento não lhe serviriam para nada.

Precisava de uma capa, de botas e...

Pelo espelho do guarda-roupa, viu que a porta do quarto se entreabriu.

Evangeline ficou bem parada, ou pelo menos tentou, mas os braços e as pernas voltaram a tremer enquanto observava uma bota de couro entrar – uma bota de couro que não era de Jacks.

– Eva, você está aqui? – Em seguida, a cabeça de Luc apareceu na porta. – Fiquei preocupado com...

O garoto-vampiro arregalou os olhos assim que a viu e suas presas cresceram por causa do sangue no vestido e no rosto dela.

O peito de Evangeline explodiu de pânico.

– Luc, é melhor você ir...

– Você está sangrando! – Seu tom era de preocupação, mas os olhos estavam em chamas de tanta fome. – O que aconteceu?

– Esse sangue não é me... – Antes que Evangeline tivesse tempo de terminar a frase, foi acometida por uma dor que desceu pelas suas costas, em pontadas terríveis. – Ai!

Doía tanto que ela não conseguia respirar. Inclinou o tronco, mal conseguia ficar de pé, porque sentiu a pele das costas se partir.

– Eva!

Em um piscar de olhos, Luc já estava com o braço envolvendo sua cintura, para impedir que ela caísse no chão. Mas isso não deteve a dor.

Ardia. Doía. Sangrava.

Evangeline viu, de relance, as presas dele crescerem, mas não podia fazer nada para se desvencilhar de Luc – só conseguia pensar na dor. De início, não sabia o que estava acontecendo. Pensou que, talvez, estivesse sendo castigada por ter matado Petra. Mas aí se lembrou de Apollo e da maldição espelhada. O príncipe estava sofrendo alguma tortura e, por conseguinte, Evangeline também. Ela sentiu o sangue empapar o vestido e gritou de novo.

— Ahhh...

— Ai, meus deuses, Eva... suas costas!

A voz de Luc deixava transparecer a fome que sentia, e o braço que envolvia a cintura dela trazia uma sensação quase dolorosa de tão quente.

— Sai de perto dela, Luc! — urrou Jacks, parado perto da porta.

Evangeline tentou explicar para ele que aquilo não era culpa de Luc — Apollo estava sendo torturado e alguém precisava salvar a vida do príncipe —, mas só conseguia gemer. Não conseguia sequer enxergar nada além da espada que o Príncipe de Copas brandia — ficar de olhos abertos já era um esforço tremendo.

— Calminha aí... não fui eu — protestou Luc, mas a voz do garoto-vampiro parecia abafada e distante. — Ela foi possuída por alguma coisa.

— Apollo — resmungou Jacks.

— Ela está possuída pelo espírito do marido morto? — perguntou Luc, largando o corpo de Evangeline, que bateu no chão.

O Príncipe de Copas rosnou.

Evangeline se encolheu toda. A dor era tanta que a queda não fez muita diferença.

— Olhe para mim, menino-vampiro, e ouça com muita atenção, senão Evangeline vai morrer — declarou Jacks, entredentes. — Você precisa ir buscar Caos. Agora.

— Ah, ele não está muito contente comigo neste exato momento. Era para eu ficar bem longe de Eva...

— Isso não importa! — interrompeu o Arcano. — Evangeline pode morrer ainda hoje! Vá até Caos e peça para ele encontrar e resgatar Apollo. Depois é preciso garantir que os ferimentos do príncipe cicatrizem. Você consegue fazer isso?

— Sim.

— Então por que ainda está aqui? — vociferou Jacks.

Em seguida, ouviu-se o *vush* dos passos de Luc.

— Evangeline...

A voz grave de Jacks parecia vir de longe, mas ele deveria estar ali, porque a jovem sentia sua presença. Sentiu os braços frios do Arcano passando delicadamente por baixo de suas pernas e de seu pescoço, com todo o cuidado, e a segurar no colo, perto do peito.
– Dói, Jacks.
– Eu sei, meu amor. Vou te levar para um local seguro.

32

Evangeline sentiu mais uma chicotada na pele e gritou de dor. Era uma dor das labaredas do inferno. Tinha uma vaga consciência de que estava mordendo alguma coisa e receava que fosse o pescoço de Jacks.

— Está tudo bem — disse o Príncipe de Copas, um tanto rouco. — Estou aqui. Você só não pode dormir, Raposinha.

Ele não parava de insistir para que Evangeline continuasse acordada, mas a jovem só queria desmaiar.

Houve minutos em que o sofrimento foi tão intenso que ela não conseguia respirar. A dor açoitava as suas costas. As pernas ficaram bambas. Os dentes rangiam. Tinha a sensação de que sua vida inteira doía. Sentia Jacks tirando o cabelo grudado na testa suada ou colocando a mão gelada em seu rosto.

A cabeça de Evangeline caiu no ombro do Príncipe de Copas. Os dois estavam em um trenó, e ela estava sentada no colo do Arcano, que a abraçava bem junto do peito, com o braço na cintura dela, tão para baixo que, na verdade, não estava mais na cintura. Só que as costas de Evangeline eram puro fogo — qualquer coisa que encostava ali ardia.

— Estamos quase chegando — sussurrou Jacks.

A jovem teve vontade de perguntar "onde", mas estava com a garganta dolorida demais, de tanto gritar. Só conseguiu entreabrir os olhos. O mundo estava cinza. Nem noite nem dia, apenas cinza. Cinza como a morte, coberto por uma névoa que tinha gosto de fumaça.

Ela pensou que, talvez, isso significasse que estava morrendo. Em seguida, o trenó disparou para a frente, entrando a toda velocidade em uma estrada desolada, passando por uma placa desbotada pela ação do tempo que dizia "Bem-vindos à Grande Quinta do Arvoredo da Alegria!".

Evangeline não podia acreditar que Jacks a levara para aquele lugar. Não conseguia se lembrar por quê. Estava doendo demais para pensar com clareza. Mas sabia que aquele não era um lugar alegre, principalmente para o Príncipe de Copas.

As borrifadas de gelo e de neve a faziam tremer. Jacks dirigia o trenó a uma velocidade cada vez maior, com movimentos mais bruscos. Foi passando pelas ruínas da mansão e adentrando a amaldiçoada floresta de Arvoredo da Alegria. Toda vez que Evangeline entreabria os olhos, só via árvores esqueléticas e mais daquele cinza desesperador.

Em um desses momentos, teve a sensação de ter visto algum verde, uma pequena folha corajosa o bastante para viver no meio daquelas trevas. Aquilo só podia ser uma ilusão, um delírio de sua cabeça, que estava por um fio. Mas, em seguida, viu mais uma, depois mais outra. Uma copa de um verde glorioso. Em pouco tempo, podia dirigir o olhar para qualquer lugar que enxergava luz do sol, árvores salpicadas de neve e passarinhos azuis cantantes. Evangeline ficou com receio de estar confundindo realidade e fantasia.

As flores apareceram em seguida, em tons delirantes de amarelo, rosa e azul-sereia. Uma fileira delas, acompanhando uma estrada em declive que levava a um vale onde havia uma estalagem, um lago e uma placa envelhecida, onde estava escrito "Bem-vindo à Grota!".

Aquele nome não lhe era familiar. Não deveria ser de uma das Grandes Casas ou, talvez, Evangeline simplesmente não conseguisse se lembrar. O trenó passou, fazendo muito barulho, por outras placas entalhadas, que indicavam lugares que Evangeline não conseguia ver direito. Até que, por fim, pararam em uma estalagem que não tinha como ser real. Só podia fazer parte de um sonho.

O telhado estava coberto por enormes cogumelos vermelhos de pintas brancas, onde cochilavam dragões minúsculos. Além disso, tinha flores – tão grandes que eram do tamanho de uma criança pequena, com pétalas de cores vivas em todos os tons, e deram a impressão de se enrijecer quando os dois chegaram.

Jacks a pegou no colo com um movimento rápido e a carregou até o interior da estalagem.

A pele de Evangeline formigou imediatamente por causa do calor do recinto, que a convidou a permanecer de olhos abertos. Era uma luta – o corpo ferido implorava para ela descansar –, mas ela queria saber por que sentia cheiro de sidra com especiarias e pão recém-assado e como aquele lugar conseguira passar a sensação de estar em casa, apesar de ter certeza, mesmo em seu estado atual, de que jamais pusera os pés naquele lugar.

Perto da porta elevava-se um relógio alto, de cores chamativas e pêndulos de pedras preciosas. Mas, em vez de dar as horas, anunciava nomes de comidas e bebidas. Coisas do tipo "raviólis com carne", "caldeirada de peixe", "cozido misterioso", "chá com torradas", "mingau", "cerveja preta", "cerveja", "hidromel", "vinho", "sidra", "torta de mel", "pavê de amora" e "bolo floresta negra".

Assim que entraram, ela ficou esperando que um estalajadeiro de barba comprida e risada alegre aparecesse para cumprimentá-los. Mas as botas pesadas de Jacks foram as únicas a se movimentar no chão de madeira rústica.

Que lugar é esse?, pensou Evangeline.

O Príncipe de Copas não respondeu. Foi subindo as escadas sem dar indicação de ter ouvido o pensamento da jovem. Talvez a magia do lugar tivesse cortado o elo entre os dois. Ou ela simplesmente estava cansada demais.

Velas lançavam uma luz cintilante e o fogo ardia nas lareiras, mas ninguém apareceu. Imagens de contos de fadas revestiam todas as portas fechadas do segundo andar: um coelho dentro de uma coroa, um cavaleiro segurando uma chave em forma de estrela, um *goblin* confeiteiro, distribuindo doces.

Jacks passou, apressado, por todas as portas, levando Evangeline no colo. Subiu mais dois lances de escada e chegou a uma porta dupla antiga, de vidro, que conduzia a uma ponte em arco ainda mais antiga que levava a um denso arvoredo, com neve no alto da copa.

– Fique acordada só mais um pouquinho – murmurou o Príncipe de Copas.

E, em seguida, abriu as portas.

Evangeline aninhou a cabeça no peito do Arcano, preparando-se para a volta do frio. Mas, em vez de uma sensação gelada, a temperatura apenas causou uma sensação borbulhante na pele, o que lhe trouxe um certo alívio.

Foi aí também que ela se deu conta de que, apesar de ainda estar com dor, não sentira mais nenhum golpe nem nenhuma chicotada desde que haviam chegado àquele lugar, seja lá qual fosse. Imaginou que, talvez, pudesse ser efeito de alguma outra espécie de magia, que só existia ali. Ou que alguém estava cuidando de Apollo. Lembrou-se de que Jacks havia mandado Luc pedir para Caos levar Apollo até um lugar seguro e torceu para que isso estivesse acontecendo.

Mais passarinhos da neve chilrearam uma melodia alegre quando a ponte chegou ao fim, diante de uma porta arredondada, escondida entre os galhos de uma árvore, bem lá no alto.

Jacks respirou fundo, e Evangeline sentiu o peito do Príncipe de Copas subindo e descendo, encostado no dela. Então passaram pela porta e entraram em um chalé, que era um tanto pequeno. Ali não havia lareira nem velas e, sabe-se lá como, o lugar era quente e iluminado pelo sol, que brilhava através das muitas janelas. Essas muitas janelas ficavam cuidadosamente encaixadas entre os galhos, de um jeito que tornava difícil distinguir onde o vidro começava e a árvore terminava.

Talvez o ambiente tivesse alguns móveis, mas Evangeline estava com a visão periférica tão borrada que foi difícil ter certeza absoluta.

A cama mais parecia um amontoado de colchas velhas de estampa desbotada. Jacks colocou cuidadosamente a cabeça dela em cima do travesseiro e a deitou de bruços. Os cobertores eram macios como pareciam ser. Mas, mesmo assim, ela chiou de dor, porque as cobertas pinicaram suas costas machucadas.

– Desculpe, Raposinha.

O Arcano, então, afastou o cabelo que ficara grudado na testa da jovem, e ela teve a sensação de estar em um delírio febril. Ou, talvez, estivesse mesmo morrendo, e era por isso que Jacks estava sendo tão carinhoso.

— Já volto — disse ele, com um tom suave.

Os olhos de Evangeline foram se fechando e, em seguida, ela ouviu os passos do Arcano, leves como uma pluma, como se Jacks não quisesse acordá-la.

As pálpebras dela se abriram. Esperava que Príncipe de Copas voltasse com alguma espécie de curandeiro. Mas voltou sozinho, com os braços cheios de coisas.

Colocou tudo no chão de madeira perto da cama e então tirou, com todo o cuidado, o cabelo das costas e dos ombros de Evangeline.

— Preciso cortar seu vestido.

E foi esse o aviso que ela recebeu antes de ouvir o ruído da faca rasgando o vestido empapado de sangue, das clavículas até a cintura.

Por um instante, Evangeline esqueceu como respirar.

A cabeça ficou ainda mais zonza com a sensação de ter as mãos de Jacks tirando delicadamente o vestido na parte das costas. O processo era excruciante de tão lento. Diversas vezes, o Príncipe de Copas fez *shhh* baixinho, com os dentes cerrados, e ela pensou que suas costas provavelmente estavam um desastre. Mas Jacks não disse uma palavra a respeito. Apenas continuou limpando os ferimentos com todo o cuidado, passando paninhos úmidos e gelados. Ardia toda vez que o tecido encostava em um corte. Mas aí os dedos do Príncipe de Copas a acalmavam, acariciando o lado das costelas que não estava ferido, às vezes com as juntas, outras com as pontas, e a jovem precisava se segurar para não soltar um suspiro.

— Você faz isso muito bem — murmurou. — Costuma viajar com garotas que foram açoitadas?

O comentário lhe rendeu uma leve risada.

— Não. — Então, bem baixinho, enquanto passava um pano na parte mais baixa das costas, logo abaixo da cintura, Jacks perguntou:
— Você ficaria com ciúme caso eu viajasse?

Evangeline pretendia responder algo como "não sou uma pessoa ciumenta" mas as palavras que saíram foram:

— Claro que sim.

O Arcano deu risada, mais alto desta vez.

A vergonha se avolumou dentro de Evangeline.

— Não foi isso que eu quis dizer.

— Tudo bem. Eu, provavelmente, mataria se encontrasse um homem com você nesse estado.

As mãos de Jacks exerceram um pouco mais de pressão ao chegarem nos ombros e, uma por uma, arrancaram as mangas do vestido, e o que sobrava do traje saiu completamente.

Ela soltou um ruído que ficou entre um gritinho e um suspiro de assombro.

— Isso era mesmo necessário?

— Não, mas todo mundo precisa ter as roupas arrancadas em algum momento da vida.

Evangeline pensou que Jacks estava tentando distraí-la de toda aquela dor. Mas, mesmo assim, ficou corada, das bochechas até o peito.

Pelo canto do olho, pensou ter visto o Arcano sorrir.

E, por um segundo, nada doeu.

O Príncipe de Copas se afastou dela e voltou, instantes depois, com um pano dobrado que tinha um certo cheiro de floresta, de limpeza, fresco e amadeirado.

— É melhor apoiar os braços nisso aqui.

— Para quê?

— Preciso te enfaixar.

Evangeline sentiu um frio na barriga ao se dar conta do que isso queria dizer: para enfaixar suas costas, Jacks teria que passar o pano em volta da barriga e do *peito* desnudo dela.

— Posso fechar os olhos — disse ele —, mas aí vou ter que ficar te apalpando.

Evangeline sentiu um frio ainda maior na barriga, junto com a estranha sensação de que, ao contrário do comentário que fizera há pouco, desta vez Jacks não estava brincando. Só de pensar ficou levemente tonta e apoiou os cotovelos no monte de tecido.

Fechou os olhos por alguns instantes, mas com isso só conseguiu ficar ainda mais ciente da respiração do Príncipe de Copas roçando seu pescoço, porque o Arcano estava atrás dela e com a mão gelada em sua barriga à mostra. Estava ajudando Evangeline a levantar do colchão, mas ela só conseguia pensar que os dedos de Jacks estavam esparramados em sua pele nua.

— Não se esqueça de respirar, Raposinha, senão as faixas vão ficar muito apertadas.

Ela respirou e tentou se concentrar na neve que caía, feito pluma, do outro lado das janelas. Caía flutuando em flocos de sonho e Jacks começou a enrolar o tecido em volta do corpo dela. Era cuidadoso com a faixa, mas um pouco atrapalhado com as mãos – toda vez que ele dava uma volta com o tecido, a jovem sentia as pontas geladas dos dedos do Arcano roçarem na barriga, nas costelas e, ocasionalmente, nos seios.

Cada mínimo toque causava uma descarga de eletricidade na pele de Evangeline e, quando deu por si, ela estava querendo chegar mais perto. O que era absurdo: estava ferida e Jacks estava apenas cuidando de seus ferimentos. Mas tinha a sensação de que não era só isso, de que era algo *mais*. Ou, talvez, simplesmente quisesse que fosse algo mais – talvez, quisesse *Jacks*.

Imediatamente, tentou expulsar esse pensamento. Não podia *querer* Jacks. Mas era difícil pensar em todas as coisas terríveis que o Arcano havia feito enquanto ele estava ali, enfaixando seu corpo. Sentia a respiração do Príncipe de Copas em seu pescoço e, por um segundo, desejou que a história dos dois pudesse ter um final diferente.

Esse pensamento foi instantaneamente seguido por um calorão de culpa e pela lembrança de Apollo dizendo que queria tentar ficar com ela.

Mas, aí, Evangeline sentiu as mãos do Arcano de novo e desejou que estivesse tentando salvar a vida de Jacks e não a de Apollo.

Fechou os olhos, proibindo todos os pensamentos relacionados a Jacks e tentando se convencer a pensar apenas em Apollo – ou em qualquer coisa, na verdade, menos em Jacks. Quando tornou a abri-los, concentrou-se nos galhos entrelaçados que ajudavam a formar as paredes do chalé aconchegante. E foi aí que reparou em uma fileira vertical de marcas na madeira. O tipo de marca que as crianças fazem para medir a altura.

Pelo jeito, as marcas registravam cerca de cinco anos de medidas, e havia cinco nomes gravados ao lado delas:

Aurora
Lyric
Castor
Jacks

Evangeline não sabia ao certo o que fez seu coração parar de bater: se foi o fato de o nome do Príncipe de Copas estar escrito naquela parede ou do quinto nome que aparecia, perto do topo, durante o último ano registrado:

Arqueiro

33

A cabeça de Evangeline, que já estava zonza, começou a girar. Se o nome de Jacks estava gravado naquela parede, junto dos demais integrantes do Trio de Arvoredo da Alegria, ele estava dizendo a verdade aquele tempo todo: ele não fazia parte do Trio de Arvoredo da Alegria.

Ficou chocada com o fato de o Príncipe de Copas ter sido tão sincero. Mas também sentiu uma leve pontada de decepção por ter se enganado tanto. Só que, talvez, não estivesse completamente enganada. Mesmo que Jacks não tivesse feito parte do Trio de Arvoredo da Alegria, ficava claro que fora amigo de seus integrantes. Provavelmente tinham passado férias ali. E, talvez, o que quer que tenha acontecido no passado ainda guardava alguma relação com o motivo para o Arcano querer abrir o Arco da Valorosa.

Para abrir o arco, Jacks virara a vida de Evangeline de pernas para o ar, a levou para o Norte, amaldiçoou um rapaz para que a jovem se casasse com ele, a transformou em fugitiva e, sem dúvida, fizera incontáveis outras coisas, e Evangeline queria saber por quê.

Como, até então, Jacks nunca respondera às suas perguntas, Evangeline duvidava que ele lhe contaria alguma coisa. Mas, quem sabe, pudesse fazê-lo revelar algo que poderia dar algum indício do que o Arcano queria.

— Você pode me falar desses nomes gravados na madeira?

Jacks parou de movimentar os dedos e respondeu:

— Esqueci que estavam aí.

Em seguida, voltou a enfaixá-la, com um pouco menos de delicadeza. Evangeline se encolheu de dor quando ele apertou o tecido.

Mas isso não iria detê-la.

– Por que esses nomes estão aí? – insistiu.

– A gente media a altura nesta parede.

– Isso eu já entendi, Jacks. Quero saber qual era a relação de vocês. Você disse que não fazia parte do Trio de Arvoredo da Alegria, mas não comentou que era amigo deles.

– Eu só era amigo de Lyric e de Castor.

– E Aurora e o Arqueiro?

– Aurora era uma praga, e não posso dizer que o Arqueiro era meu amigo.

O Príncipe de Copas terminou de enfaixá-la e prendeu a faixa tão apertado que ela ficou sem ar.

– Por que...

– É melhor você dormir um pouco – interrompeu o Arcano.

– Não estou mais cansada – mentiu Evangeline.

Jacks lhe lançou um olhar fulminante e disse:

– Agora há pouco você estava toda esfolada.

– Exatamente, e estou me sentindo muito desperta. – Na verdade, Evangeline se sentia inundada de fadiga. Como Jacks não estava mais tocando seu corpo, não sentia mais tanta adrenalina. Mas, sabe-se lá como, deu um jeito de disfarçar um bocejo dando um sorriso e falou: – Se quer que eu durma, conte uma história de ninar.

– Essa não é uma história de ninar, Raposinha.

– Assim como a maioria dos contos de fadas.

As rugas em torno da boca de Jacks ficaram mais pronunciadas.

– E tampouco é um conto de fadas. Contos de fadas têm heróis. Mas todos os heróis dessa história morreram, no mesmo dia, na Quinta do Arvoredo da Alegria. – Nessa hora, Jacks olhou para as marcas gravadas na parede. Seu olhar ficou distante e um tanto perdido, o que fez Evangeline supor que o passado não era um lugar que o Príncipe de Copas visitava com frequência. – Éramos todos meio parecidos com você naquela época, burros ao ponto de acreditar que, se tivéssemos as atitudes corretas, tudo daria certo. Lyric era bom, Castor era nobre, e eu...

Ele ficou em silêncio por alguns instantes, sacudindo a cabeça com um ar sombrio, como se não tivesse o costume de pensar em seu antigo eu.

— Tentei ser o herói da história naquele dia, na Mansão Arvoredo da Alegria, quando Vingador atacou. Não estava lá quando tudo aconteceu. Quando cheguei, todos estavam mortos, menos Castor.

Evangeline viu a expressão de Jacks ficar tomada pelo arrependimento.

— Ele tinha levado uma facada nas costas e eu, sendo tolo, achei que poderia salvar sua vida. A mãe dele, Honora, era a melhor curandeira de todo o Norte. E eu acreditei que, se conseguisse levar meu amigo até ela rapidamente, Honora poderia curar o filho. Mas... — O Príncipe de Copas deixou a frase no ar. Evangeline percebeu, pela expressão do Arcano, que ele não tinha chegado a tempo. — A vida não é uma contadora de histórias bondosa. E eu não nasci para ser salvador.

Jacks fez que ia embora.

— Você está enganado. — Evangeline segurou a mão do Príncipe de Copas. Não com a força que gostaria. O cansaço estava começando a se apoderar dela, mas apertou tanto quanto conseguiu. Queria relembrar Jacks de que ele a abraçara quando chorou, a carregara quando sangrou, enfaixara seus ferimentos. Mas a cabeça estava ficando tão pesada que só conseguiu dizer: — Esta noite, você salvou minha vida.

— Não, impedi que você morresse. Não é a mesma coisa.

Jacks, então, se desvencilhou de Evangeline e foi embora abruptamente.

Evangeline não se lembrava de ter fechado os olhos. Mas mais tarde, quando os abriu, o chalé na árvore estava na penumbra, e ela ficou com medo de estar sozinha. Não sabia se Jacks tinha voltado para ver como ela estava, depois de ter levado seus apetrechos embora. Queria pensar que o Príncipe de Copas não a abandonaria ali, ferida daquele jeito, mas o Arcano já fizera coisas parecidas.

— Jacks — sussurrou.

Como ele não respondeu, tentou falar mais alto:
– Jacks?

O chão rangeu, mas foi o único ruído. Ali dentro, estavam apenas Evangeline, uma pilha de cobertores e uma dor persistente.

Com todo o cuidado, ela se apoiou nos braços para se levantar. As costas inteiras arderam com esse movimento, mas não foi tão terrível assim. Além do mais, não conseguia ignorar aquela pressão interna, insistindo que ela precisava de um banheiro.

Mais um impulso com os joelhos e...

Evangeline lembrou que estava sem roupa. Tinha o peito coberto apenas pelas faixas, e um cobertor acabara de cair de seus quadris.

Ficou óbvio que Jacks tinha voltado em algum momento para terminar de tirar o vestido empapado de sangue enquanto ela dormia. Evangeline não podia recriminá-lo. Mas, de repente, sentiu-se muito aliviada com o fato do Príncipe de Copas não estar ali enquanto tateava na cama até encontrar uma coisa macia, que parecia uma camisa. O Arcano devia tê-la deixado. Estava com o cheiro dele, de maçã, magia e de noites frias, de luar.

Jacks realmente tinha um cheiro bom.

Ela vestiu a camisa bem devagar e, em seguida, ficou de pé, com as pernas trêmulas. Não havia nenhuma vela acesa para guiar seus passos. Mas, felizmente, a luz das estrelas brilhava do lado de fora. Não era muito forte, meros sussurros dourados, mas bastou para enxergar os contornos do chalé, e viu que uma velha escada de corda levava a outro recinto às escuras, no andar de baixo.

Evangeline sentia-se melhor do que esperava, mas seu corpo ainda estava terrivelmente dolorido e não tinha forças para descer aquela escada bamba, nem de longe.

Ou seja: restava a ponte do lado de fora, que havia percorrido carregada, no colo de Jacks.

Preparou-se para sentir o frio da neve em suas pernas desnudas, a escuridão da noite e o pavor de atravessar uma ponte nas alturas, que mal conseguia enxergar. Mas não estava preparada para ver a maravilha de tantas luzinhas que pareciam estrelas. Um exército de faíscas em plena madrugada que aqueciam o ar e faziam sua pele formigar, dando a sensação de que uma aventura estava prestes a ter início. Evangeline apenas torceu para que a aventura incluísse um banheiro, porque não fazia ideia de onde estava indo quando chegou às portas no final da ponte.

Ao contrário do chalé na árvore, a estalagem ainda estava iluminada e aquecida, como ela se recordava. Velas auspiciosas bruxuleavam nas paredes, e Evangeline conseguia sentir o calor que emanava do fogo crepitante na lareira do saguão, que ficava debaixo dos muitos andares de quartos.

Não sabia o que aquele lugar tinha, se eram apenas as luzes brilhantes do lado de fora ou o crepitar tranquilizante da lareira. Mas, a cada passo, tinha a sensação de que estava saindo das páginas da história traumática de sua vida para visitar uma terra perdida de conto de fadas, onde o tempo e os problemas permaneciam suspensos.

Sabia que não podia ficar ali para sempre. Mas, por um estranho segundo, ficou feliz por estar ferida e ser obrigada a descansar – porque não estava disposta a ir embora.

Evangeline sentiu-se ainda melhor depois que utilizou o banheiro. A sensação de lavar mãos e rosto e de pentear o cabelo, apesar de o pente não ter ajudado muito a domar aquela profusão de rosa e dourado, foi incrível. Mas não conseguiu se ocupar muito com o cabelo, já que estava perambulando pela estalagem vestindo apenas uma camisa. Parecia a camisa que Jacks estava usando na noite da festa à fantasia. Só que as mangas escuras, que ele arregaçara até o cotovelo, cobriam as mãos da jovem, e a bainha chegava logo abaixo das coxas.

Evangeline precisava voltar para o chalé antes que alguém a visse seminua daquele jeito – porque, com certeza, devia ter mais alguém ali, alimentando o fogo das lareiras.

O corredor onde ficava o banheiro também tinha cheiro de sidra de maçã com especiarias e de filões de pão quente, o que fez seu estômago roncar. O aroma devia vir da taverna, que ficava no térreo, ao lado do saguão.

Evangeline mordeu o lábio. Apesar de estar se sentindo melhor, subir e descer quatro lances de escada a faria sentir muitas dores – isso sem falar que ela estava praticamente nua. Mas o cheiro de pão e de sidra era tão incrível que ignorou tais preocupações.

Depois de descer bem devagar, encontrou um saguão encantador no térreo. Reconheceu a porta arredondada que Jacks ultrapassara com ela no colo. A porta tinha cogumelos entalhados, como os que vira no telhado. Em cima deles, alguém esculpiu as palavras "A Grota, estalagem para viajantes e aventureiros".

À esquerda da porta, ficava a escada pela qual acabara de descer. A parede com a lareira crepitante, que vira lá de cima, era logo ao lado da escada. E também havia entalhes e ganchos em forma de galhos, onde, ao que parecia, viajantes podiam pendurar capas e armas – ao que tudo indicava, era proibido entrar portando espadas e facas na taverna, que ficava à direita da porta principal. A entrada estava aberta, e Evangeline conseguia sentir o cheiro adocicado e de especiarias da sidra que emanava dali.

Aproximou-se do insólito relógio que reparara na noite anterior. Achou que, talvez, em seu torpor, o tivesse imaginado, mas era igualzinho à sua lembrança. Alegre, colorido, com nomes de comidas e bebidas no lugar dos números. O ponteiro dourado da hora estava marcando "raviólis", e o ponteiro dos minutos, marcava "sidra", e o dos segundos, "torta de mel".

Evangeline sentiu uma súbita e louca vontade de comer torta de mel, mas, mais uma vez, quando deu por si, tinha se distraído com outra coisa. Bem ao lado do relógio das refeições, gravado na madeira, havia dois nomes: "Aurora + Jacks".

Ela sentiu um frio absurdo na barriga.

– Está divertido bisbilhotar por aí?

34

Evangeline deu meia-volta assim que ouviu a voz de Jacks. Teve vontade de dizer que estava apenas procurando pão e sidra – e que não estava nem um pouco perturbada de ver o nome de Jacks escrito ao lado do nome de Aurora –, mas as palavras não queriam sair de sua boca.

O Príncipe de Copas estava parado na frente dela, usando apenas uma calça escura que tinha a cintura escandalosamente baixa. Evangeline ficou toda atrapalhada ao vê-lo sem camisa. Os músculos de seu abdômen eram lisos e firmes, feito mármore. O Arcano era perfeito – tirando a fileira de mordidas avermelhadas que desciam pelo pescoço e iam até o ombro dele.

— Fui eu que fiz tudo isso?

Com uma pontada de mortificação, lembrou-se de tê-lo mordido, mas achava que só fizera isso uma vez.

— Você não se lembra mesmo?

Jacks inclinou a cabeça para o lado, e Evangeline jurou que ele fez isso só para que ela conseguisse ver melhor as marcas que os seus dentes tinham deixado na pele do Arcano.

Ela teve vontade de dizer que não se lembrava de ter mordido o pescoço dele, que não tinha nenhuma recordação intensa da sensação de afundar os dentes no ombro do Jacks. Mas, novamente, as palavras se recusaram a sair de sua boca.

— Vou cobri-las. Se você devolver minha camisa.

O Príncipe de Copas, então, ficou com um brilho nos olhos e foi descendo o olhar, passando pelos poucos botões da camisa que a jovem usava e descendo por suas pernas nuas.

Evangeline já estava com calor, mas agora sua pele pegava fogo. Não achava que Jacks fosse mesmo pedir a camisa que ela estava vestindo. Mas, com Jacks, nunca se sabe.

Os lábios do Arcano foram, lentamente, esboçando um sorriso jocoso, e ele deu um passo ostensivo na direção dela.

— E, por falar de coisas das quais não nos lembramos, tenho, sim, uma pergunta a fazer.

Jacks passou o dedo pelo pescoço de Evangeline e segurou a corrente que ela usava.

Ela teve a sensação de que fora jogada dentro de um barril de água gelada. Com tudo o que havia acontecido, esquecera de que estava com a pedra da verdade.

— Não! — gritou.

Só que os dedos de Jacks foram mais rápidos. Enfiaram-se dentro da camisa, fazendo-a soltar um suspiro de assombro, e tiraram a pedra dourada e reluzente que estava coberta pelo tecido.

— O que temos aqui, Raposinha? — A partir daí, o tom de Jacks foi de deboche. — Por acaso foi um presente de Luc?

— Não! — respondeu Evangeline. E poderia ter dado risada de alívio pelo fato de Jacks não saber o que era aquilo e também pela cara perturbada que ele fez. — Por acaso você está com ciúme de Luc?

— Achei que já tínhamos encerrado esse assunto ontem. Sempre tenho ciúme. E você também — completou, com um sorrisinho irônico.

Em seguida, tirou os olhos dela e dirigiu o olhar para os nomes na parede que Evangeline tinha encontrado: "Aurora + Jacks".

E a jovem não tinha como negar. O sentimento não era tão forte quanto fora na presença da pedra da juventude, era mais um formigamento do que uma ardência, mas estava presente. Não era certo estar com ciúme. Aurora Valor estava morta; pelo que conseguira descobrir, as circunstâncias de sua morte foram trágicas. Mas, em todos os livros que lera, Aurora sempre era descrita como a mais bela garota que já vivera na face da Terra. Na noite anterior, Jacks podia até ter dito que Aurora era uma praga, mas eis que, ali, os nomes dos dois apareciam juntos.

— Você foi apaixonado por Aurora?

– Não. Nem sabia que isso estava aí.

Ele franziu a testa de um jeito sincero, e Evangeline se sentiu um pouco melhor. O que, mais uma vez, a fez se sentir tola.

Mesmo que Jacks tivesse amado Aurora, isso não deveria incomodá-la. Mas, pelo jeito, os delirantes sentimentos de atração pelo Príncipe de Copas que ela vivenciara com tanta força no dia anterior ainda não tinham se dissipado de todo.

Esses sentimentos poderiam ser consequência do fato de Jacks estar um tanto perto demais, só de calça, ao passo que ela não vestia nada além da camisa do Príncipe de Copas e do colar, que o Arcano ainda segurava.

Provavelmente, Evangeline deveria ter contado a verdade a respeito daquela pedra. Mas Jacks certamente a colocaria dentro de outra caixa de ferro, e a jovem queria perguntar tantas coisas para ele...

Entretanto, talvez fosse melhor esperar até Jacks não estar mais segurando a pedra. Evangeline não sabia ao certo como a gema funcionava, mas recordou que, quando fez perguntas para Petra que ela não queria responder, a pedra emitiu um calor intenso, e a garota do cabelo de luar foi compelida a dizer a verdade. Caso a gema se aquecesse naquele momento, Jacks poderia descobrir que era mágica e poderia roubá-la de Evangeline.

– Estou com fome – declarou ela.

Em seguida, tirou os dedos do Príncipe de Copas da pedra e se dirigiu à taverna.

A taverna da Grota era tão acolhedora quanto o restante da curiosa estalagem, decorada com muita madeira, muitas velas e uma parede de janelas com vista para um lago que parecia ser feito de estrelas, e não de água. Era pura cintilância e brilho da noite, e Evangeline já estava começando a imaginar qual seria a aparência dele durante o dia.

Não havia reparado no lago quando chegou. Mas, dado o estado em que estava, pensou que havia muitas coisas nas quais não havia reparado.

Assim como nos demais espaços da Grota, não havia ninguém na taverna, mas todas as mesas e lugares do balcão tinham comida recém-servida. Evangeline viu o vapor saindo da comida quando ela e Jacks se sentaram em um cantinho aconchegante, perto de uma engenhosa janela em triângulo com vista para o lago estrelado.

Os pratos servidos para os dois eram os mesmos apontados pelos ponteiros do relógio. Duas tigelas de cerâmica com carne e raviólis, fatias grossas de pão e canecas de sidra com especiarias e creme, além de fatias de torta de mel servidas em pratinhos.

Tudo tinha um cheiro incrível, como o das melhores partes da sua própria casa e das mais doces lembranças. Evangeline sabia que ainda precisava fazer certas perguntas, mas não pôde resistir a ficar bebericando a sidra de especiarias e a dar uma mordida em um daqueles raviólis perfeitos.

Jacks sorriu, um raro retorcer de lábios que parecia revelar uma felicidade sincera.

— Gostou?

— Sim – gemeu a jovem.

E não conseguiu nem ficar com vergonha. Ainda não terminara de mastigar o primeiro ravióli e já tinha a sensação de que iria roubar uma tigela das outras mesas.

— Foi você quem fez tudo isso?

O Príncipe de Copas ergueu a sobrancelha, em sinal de preocupação.

— Você acha que sei cozinhar?

— Não, acho que não. — E realmente não fazia sentido o Arcano ter preparado *toda* aquela comida. — Só estou tentando descobrir que tipo de lugar é este. — Ela deu uma garfada na torta de mel, que tinha gosto de sonho. — Por que tudo aqui parece ser tão diferente?

— Há muito tempo, antes da queda da família Valor, foi lançado um encantamento na Grota, para protegê-la de uma certa ameaça. Só que a magia, não raro, tem resultados inesperados. No caso da Grota, o encantamento não livrou o local apenas de uma ameaça específica, mas protegeu a região de toda e qualquer maldição e a manteve imutável através do tempo.

— E é por isso que a comida está toda servida assim.

– Com a pontualidade de um relógio – disse ele, com um tom sarcástico, já partindo o pão com os dedos e colocando um pedaço na boca.

Evangeline pensou que jamais vira Jacks comer outra coisa que não fosse uma maçã. Na verdade, desde que chegaram ali, nem sequer o vira comer uma dessas frutas que carregava. O que a fez pensar, novamente, no que o Príncipe de Copas acabara de dizer, que a Grota era um local protegido de toda e qualquer maldição. Não sabia se isso tinha algo a ver com as maçãs do Arcano, mas a fez pensar em outra coisa.

– Você me trouxe até aqui porque eu ficaria protegida da maldição que me conecta a Apollo? É por isso que as chicotadas pararam assim que chegamos aqui?

Jacks balançou a cabeça, uma única vez.

– Imaginei que a maldição espelhada ficaria pausada se você estivesse aqui. E tinha a esperança de que você melhorasse mais rápido. A magia da Grota é alimentada pelo tempo: o que aqui parecem horas, na verdade são dias em outro lugar. Sendo assim, as pessoas tendem a melhorar mais rápido.

– Por que você simplesmente não me trouxe aqui antes, assim que descobriu a maldição de Apollo?

O Arcano partiu outro pedaço de pão e respondeu:

– Eu nunca venho aqui. A Grota era o meu lar.

Dito isso, os olhos do Arcano ficaram com um tom tristonho de azul.

Evangeline sentiu um ímpeto de pedir desculpas, mas não sabia ao certo pelo quê. Só sabia que seu coração se partiu quando o Príncipe de Copas pronunciou a palavra "lar".

O que tinha acontecido para tudo mudar? Como Jacks se transformara de menino que tinha família e amigos em Arcano? E por que não queria mais estar ali? Para Evangeline, a Grota era um lugar caloroso e maravilhoso, mas era óbvio que o Príncipe de Copas não pensava dessa maneira.

– Quando foi a última vez que você esteve aqui?
– Logo depois de eu me tornar Arcano.

A fisionomia de Jacks mudou assim que ele pronunciou essas palavras.

Era como ver um feitiço se quebrando.

O fogo crepitou, fez mais calor na taverna, e o corpo inteiro do Príncipe de Copas se aqueceu. Ele soltou o pão, cerrou os dentes, estreitou os olhos e, em seguida, baixou lentamente o olhar de tempestade até a corrente em volta do pescoço de Evangeline. E, desta vez, não perguntou se fora um presente de Luc.

— Acho que você tem sido travessa, Raposinha. — Dito isso, fez *tsc-tsc* com a língua. — Onde você encontrou a pedra da verdade?

— Roubei da tumba de Glendora Massacre do Arvoredo.

As palavras saíram pela boca de Evangeline antes que ela pudesse impedi-las.

E aí, antes que desse tempo de perguntar mais alguma coisa, Jacks disparou mais uma indagação:

— E você não pensou em me contar?

Seu tom era de mágoa ou de raiva: era difícil distinguir.

Evangeline sentiu uma pontada de culpa, mas não foi tanta culpa assim, porque se deu conta de que o Arcano agora estava usando o poder da pedra nela, obrigando seus lábios a disparar as seguintes palavras:

— Eu pensei em te contar, sim, mas não queria que você tirasse a pedra de mim.

Ele esticou o braço por cima da mesa e agarrou a pedra com o punho cerrado. Por um segundo, Evangeline pensou que Jacks fosse arrancá-la de seu pescoço.

— Não, por favor... — O corpo inteiro da jovem ficou tenso e, em seguida, outra verdade que ela não queria revelar escapou: — Eu só quero te entender, Jacks.

O Arcano olhou para Evangeline com cara de quem achava que ela estava cometendo um erro. Sua expressão se suavizou, aproximando-se de algo que parecia pena, e então o Príncipe de Copas arrancou a pedra da corrente.

— Jacks!

Ele saiu da taverna, e Evangeline tentou ir atrás, mas Jacks foi muito rápido, e a jovem ainda andava devagar, por causa dos ferimentos. Jamais o alcançaria. E, em parte, não queria alcançá-lo, muito menos com Jacks chateado daquele jeito.

Mas não conseguiu simplesmente deixá-lo ir embora. Não sabia ao certo a que distância precisava ficar para a pedra da verdade funcionar, mas ainda precisava fazer uma pergunta e confirmar uma resposta. E gritou para Jacks, quando ele saiu da taverna:

– Por que você quer abrir o Arco da Valorosa?

O Príncipe de Copas soltou um urro gutural, de frustração e parou de andar assim que passou pela porta.

– Eu não quero abrir esse arco, nunca quis – respondeu em um tom tão baixo que Evangeline quase não conseguiu ouvir.

35

Jacks não queria abrir o Arco da Valorosa. Era só nisso que Evangeline conseguia pensar, ao vê-lo sumir escada acima.

A revelação foi tão inesperada e incompreensível que a jovem se jogou na cadeira mais próxima. As costas voltaram a latejar e a cabeça girava, por causa daquela informação.

Normalmente, o Príncipe de Copas apenas distorcia a verdade, mas não mentia. E já tinha falado muito claramente que queria abrir o Arco da Valorosa. Não havia?

Evangeline jurou que Jacks havia dito isso. Mas, quando tentava lembrar da última vez que perguntara sobre o arco para ele, só se lembrou de o Arcano ter feito o seguinte comentário: "Fico lisonjeado por você demonstrar tamanho interesse pelo que eu quero ou deixo de querer".

Tentou retroceder no tempo, recordar do dia em que ficou sabendo da existência do Arco da Valorosa. Na ocasião, perguntou para Jacks o que era o tal arco, e o Arcano respondeu que ela não precisava se preocupar com isso. Mas nunca chegou a dizer de fato que não queria abri-lo. O que exigia que a pergunta fosse refeita: o que Jacks queria, na verdade?

No saguão da estalagem, o relógio que marcava as refeições bateu, e o ponteiro que estava parado em "sidra" foi rangendo até "hidromel". Evangeline viu com os próprios olhos a caneca de cerâmica à sua frente se transformar em um copo alto, com um líquido gasoso e dourado, no mesmo tom da pedra da verdade que Jacks acabara de roubar dela. E foi aí que lhe ocorreu, feito um raio – agudo, elétrico e doloroso. Jacks não queria abrir o Arco da Valorosa: só queria as quatro pedras.

Tiberius revelara que, quando reunidas, as pedras do Arco da Valorosa liberavam um grande poder, e Petra sugerira que, quando todas as quatro pedras ficam juntas, são capazes de coisas impossíveis. Era provável que tudo o que o Príncipe de Copas queria, desde o início, fosse esse poder.

Será que o Arcano iria permitir que Evangeline usasse as pedras para abrir o arco e salvar a vida de Apollo?

Tendo em vista a rapidez com a qual as pedras que havia encontrado lhe foram tomadas, de repente Evangeline começou a desconfiar que jamais fizera parte dos planos do Príncipe de Copas permitir que ela usasse as pedras. Será que aquele era o verdadeiro motivo para Jacks não querer contar para Caos que os dois iriam à festa de LaLa? Por que planejava ficar com as pedras só para ele?

Evangeline olhou para a porta arredondada da taverna – não sabia se o Príncipe de Copas voltaria logo, mas não pretendia ficar ali sentada, esperando por ele.

A mais recente revelação do Arcano podia até tê-la deixado com mais perguntas do que antes, mas descobrira algo: a Grota era o antigo lar de Jacks. Se existisse algum lugar onde poderia obter mais respostas a respeito dele e do que Jacks realmente queria, só podia ser aquele.

E também seria bom encontrar algumas roupas.

Apesar de não haver mais ninguém ali, Evangeline ainda se sentiu muito exposta quando subiu até o andar de cima, com todas aquelas portas decoradas com contos de fadas, trajando nada além da camisa de Jacks. Também estava começando a se sentir terrivelmente dolorida e cansada.

A primeira porta que abriu tinha a imagem entalhada de um *goblin* confeiteiro distribuindo doces. O quarto que ficava do outro lado dessa porta era ainda mais delicioso: era decorado com antigos vidros de farmácia, todos cheios de guloseimas coloridas. Os travesseiros em cima da cama tinham formato de doces – caramelos embrulhados, balas de goma e *marshmallows* fofinhos. Ficou tentada a deitar, só por um minuto. Quase era capaz de ouvir a cama dizendo "Durma aqui e seus sonhos serão doces".

Só que Evangeline queria respostas – e roupas – mais do que queria dormir.

Depois de abrir um guarda-roupa e uma escrivaninha vazios, arrastou-se até o quarto ao lado. Na porta havia a imagem de um cavaleiro segurando uma chave em forma de estrela e, dentro do quarto, viviam ainda mais estrelas, penduradas no teto e cobrindo a colcha e os tapetes.

Deu uma espiada no guarda-roupa – que tinha puxadores em forma de estrela –, mas, infelizmente, não continha nem roupas nem respostas para os mistérios.

– Você não desiste mesmo, né? – perguntou Jacks.

Virou para trás e deu de cara com o Arcano, que estava perto da porta, de braços cruzados, apoiando um dos ombros no batente, todo descontraído.

Ele tinha voltado para procurá-la. Evangeline não esperava por isso. Jacks deu a impressão de estar chateado quando saíra da taverna. A jovem achou que o Príncipe de Copas se fecharia de novo e sumiria. Mas ali estava o Arcano, observando-a da porta.

Tinha vestido uma camisa azul-clara. Deixara as mangas arregaçadas até os cotovelos, e quase todos os botões estavam fechados, menos os mais de cima, deixando à mostra as marcas de mordida que a jovem deixara em seu pescoço e que já estavam sumindo. Há pouco, Evangeline se sentira tão mal por causa daquelas mordidas, mas agora achava que Jacks as merecia.

– Você mentiu para mim.

Odiou o fato de seu tom ser mais de mágoa do que de raiva e o fato de a expressão fria do Arcano não ter se abalado.

– A respeito do quê? – perguntou Jacks, com seu jeito arrastado.

– Você não quer abrir o Arco da Valorosa. – Evangeline olhou bem feio para o Príncipe de Copas, na esperança de que isso escondesse o quanto doía ter sido traída por ele. – Você só quer as pedras.

Jacks sacudiu um ombro só, sem dar qualquer sinal de remorso.

– Tendo a achar que isso te deixaria feliz, já que tem tanto medo de abrir o arco.

— Mas preciso abri-lo e encontrar uma cura para a maldição do Arqueiro. Por acaso você ia permitir que eu fizesse isso?

Jacks não respondeu, o que era praticamente a mesma coisa que dizer "não".

Evangeline não deveria ter ficado magoada. Mesmo que ele dissesse "sim", não teria acreditado.

Tudo aquilo lhe deu uma nova onda de cansaço, e ela foi se dirigindo à porta.

O Arcano esticou o braço na frente dela, antes que ela conseguisse sair, impedindo a passagem.

— Saia da minha frente, Jacks.

— É melhor descansar um pouco, Raposinha. Você parece exausta.

— Eu me sinto ótima.

Pelo menos, agora que estava longe da pedra da verdade, Evangeline conseguia mentir. E, se perdeu o equilíbrio ao dizer isso, foi só porque estava com raiva, não porque suas pernas estavam começando a ficar fracas, tão amolecidas quanto um barbante.

Ela deu mais um passo e cambaleou.

Jacks grunhiu e a pegou no colo, colocando um braço poderoso por baixo das pernas e o outro atrás do pescoço. E, de repente, ela estava sem ossos. Sabia que precisava resistir ao Arcano, mas seu corpo se recusava a fazer isso, confundindo os braços do Príncipe de Copas com um local seguro. Evangeline odiava o fato de ele conseguir ser tão gentil e tão enlouquecedor. Sabia que Jacks precisava dela viva para encontrar a última pedra que faltava, mas não precisava carregá-la no colo. Poderia tê-la abandonado em cima da cama de um dos quartos da estalagem ou simplesmente deixá-la cair no chão. O Príncipe de Copas já havia permitido que Evangeline se transformasse em pedra. Por que agora não conseguia ser mais insensível? Não precisava apertá-la tanto contra o próprio peito quando saíram do quarto, para protegê-la do frio.

— Ainda estou furiosa com você — resmungou a jovem.

Jacks soltou um suspiro, e os dois foram atravessando a ponte.

— Pensei que você sempre estava furiosa comigo.

— Quase te perdoei ontem à noite.

– O que teria sido, obviamente, um erro de cálculo.

– Eu estava morrendo e...

Evangeline parou de falar quando Jacks entrou no chalé da árvore com ela no colo.

Não sabia por que estava discutindo com ele. Jacks tinha razão: o que acabara de dizer a respeito das pedras confirmava que Evangeline não podia confiar no Arcano. Mas, apesar de estar furiosa com Jacks por ele ter mentido, por tê-la enganado mais uma vez, ainda se sentia absurdamente atraída pelo Príncipe de Copas: não fazia a menor diferença o fato de que essa atração jamais daria em nada. O desejo que sentira na noite anterior *ainda* não havia se dissipado. Pelo contrário: estava muito mais intenso. E ela não conseguia acreditar que aquela atração inexorável que sentia era completamente não correspondida.

Olhou para os olhos indecifráveis do Arcano, que a colocava em cima da cama.

– Você ainda acha que sou apenas uma ferramenta para seus planos?

Jacks franziu a testa e respondeu:

– Tento não pensar em você de jeito nenhum.

No sonho de Evangeline, Jacks estava sentado em meio às sombras na ponta de um antigo píer de madeira instalado no mesmo lago que vira da taverna. Aquele, cheio de estrelas. Só que, no sonho, não havia estrela nenhuma, só um céu claro como uma pedra preciosa, paralisado nos instantes finais do pôr do sol, cheio de nuvens rosadas e laivos reluzentes de amarelo e laranja luminosos.

Jacks atirou uma pedra na superfície lisa como um espelho da água. *Ploc. Ploc. Ploc. Ploc. Ploc.* Quando a pedra sumiu, ele jogou mais uma.

Não ergueu os olhos quando Evangeline se aproximou. Estava de costas para um poste, com o cabelo revolto e *castanho-escuro*.

A jovem quase tropeçou.

De longe, achou que Jacks estava imerso em sombras. Mas, depois de chegar mais perto, podia ver que o jovem no final do píer não era Jacks.

– Você é uma pessoa difícil de localizar – disse o rapaz, virando de costas para o lago.

Quando Evangeline viu o rosto dele, ficou sem ar.

De início, achou que ele não lhe era estranho, mas poderia ser só porque o rapaz era incrivelmente belo – maxilar definido, sobrancelhas castanhas emoldurando olhos hipnóticos e um sorriso encantador que causou um leve sobressalto no coração da jovem.

– Quem é você?

Ignorando a pergunta, o belo desconhecido ficou de pé em um pulo, um único e ágil movimento. As roupas eram rústicas e esfarrapadas, do tipo que se usa para se aventurar na floresta. Mas os movimentos eram graciosos e tinham um certo ar de predador.

Evangeline sentiu uma faísca de precaução. Tentou se convencer de que era apenas um sonho, mas estava no Magnífico Norte, e receava que ali os sonhos fossem como os contos de fadas: um tanto verdadeiros e nem sempre muito confiáveis.

O rapaz dirigiu o olhar reluzente para as pernas muito nuas de Evangeline. A jovem ainda trajava apenas a camisa de Jacks. Ela corou, dos dedos dos pés até as bochechas. Mas tentou não deixar isso transparecer em seu tom de voz e perguntou ao belo desconhecido novamente:

– Quem é você?

Os olhos do rapaz brilharam, de tanto que ele sorriu.

– Por que não nos contentamos com apenas "Belo Desconhecido"?

O coração de Evangeline deu um sobressalto envergonhado.

– Você leu meus pensamentos?

– Não. Mas é verdade. Sou absurdamente belo. – O rapaz deu um passo à frente, inclinou a cabeça e ficou observando o rosto de Evangeline, não as pernas à mostra dela. – Posso entender por que Jacks gosta de você. Você é meio parecida com ela, sabia?

– Com ela quem? – perguntou Evangeline.

O Belo Desconhecido passou a mão no queixo.

– Jacks não vai ficar nem um pouco feliz se souber que eu te contei. Mas, se não tomar cuidado, vai acabar igual a ela.

– Ela quem? – repetiu Evangeline.

– A primeira raposa dele.

36

Os pássaros cantavam e o sol brilhava, mas Evangeline só queria voltar a dormir e saber mais sobre a primeira raposa. Fechou os olhos, mas estava desperta demais e tinha a sensação de que já sabia quem era a outra raposa. Caso acreditasse no Belo Desconhecido que apareceu em seu sonho, Jacks, na verdade, era o Arqueiro.

Evangeline já havia pensado nessa hipótese, mas a descartara antes mesmo de ver que tanto o nome de Jacks quanto o do Arqueiro estavam gravados na parede. Um fato que também a fazia duvidar do que o Belo Desconhecido havia dito.

Teria perguntado para Jacks, mas ele não estava no chalé. E, antes de levantar a questão, queria ter certeza. Só contava com a palavra do Belo Desconhecido.

O último desconhecido "atencioso" que conhecera – Petra – havia tentado matá-la. E, dada a quantidade de outras pessoas que também tentaram matar Evangeline, não era descabido imaginar que aquele Belo Desconhecido queria exatamente a mesma coisa: plantar ideias na cabeça dela que a fariam perder a confiança no Príncipe de Copas.

Quando se levantou da cama, Evangeline resolveu descartar completamente essa hipótese e se livrar de todos os pensamentos relacionados ao Belo Desconhecido. Dirigiu-se à aconchegante taverna em busca de comida, achando que aquela parte da Grota também fosse um sonho. Mas, igualzinho ao dia anterior, sentou-se a uma das mesas e a comida apareceu diante dela, com a pontualidade de um relógio.

A única coisa que estava faltando era Jacks.

Enquanto comia, continuou esperando que, ao erguer o olhar, o veria surgir perto da porta.

Ficou tentada a entrar em pânico quando terminou de comer e percebeu que o Príncipe de Copas ainda não havia aparecido. Mas a Grota era o tipo de lugar que tornava muito difícil se apegar a qualquer pânico.

Tudo naquela estalagem fantástica inspirava curiosidade, e não medo. Em um dos banheiros do segundo andar, Evangeline encontrou a mais encantadora banheira de cobre, parecida com o relógio que havia no saguão. Tinha registros encantadores, de pedras preciosas, e uma torneira capaz de despejar águas de diferentes cores, em uma variedade de aromas:

Madressilva rosa
Rosa lilás
Agulha de pinho verde
Chuva prateada

Ela misturou chuva prateada com madressilva, se perfumando com dia de tempestade adocicado. Achou que não conseguiria tomar banho, mas as costas estavam completamente cicatrizadas.

Na verdade, estava um pouco decepcionada. Estava curada e imaginava que Jacks ia tirá-la daquele lugar assim que reaparecesse. Ainda faltava encontrar mais uma pedra.

Só que Evangeline não se sentia lá muito disposta a encontrá-la. Como já havia percebido, a Grota não era um lugar onde era fácil se apegar ao medo ou ao pânico, e toda a sua busca pelas pedras fora inspirada pelo medo. Naquele exato momento, não sentia medo. Na verdade, nem conseguia recordar de um momento em que estivera mais em paz. E sabia, de alguma maneira, que Apollo também estava em segurança.

Sem a companhia de Jacks nem de mais ninguém, continuava esperando que a Grota lhe desse uma sensação de solidão. Mas, estranhamente, não se sentia só nem vazia por dentro. Tinha a sensação de que a Grota era o lugar mais seguro em que já havia pisado. Quando deu por si, estava querendo estar naquele local encantado na companhia dos pais. O pai teria adorado todas aquelas maravilhas mágicas, e a mãe teria adorado os quartos de contos de fadas.

No terceiro andar, Evangeline finalmente descobriu um guarda-roupa cheio de vestidos que a fizeram pensar em borboletas voando por jardins e da sensação de segurar a mão de alguém.

Desses vestidos, escolheu um modelo cor de creme aveludado, com bordado dourado e uma fita cor-de-rosa larga na cintura, da mesma cor do debrum das mangas delicadas e bufantes.

Precisava encontrar alguma coisa para calçar.

Imaginou que poderia encontrar um par de sapatos mágicos enquanto remexia a parte de baixo do guarda-roupa. Surpreendentemente, não encontrou teias de aranha nem amontoados de poeira, só caixas de luvas e fitas, além de um livrinho curioso.

Era o primeiro livro que encontrava na Grota, e a lateral estava trancada a chave. Evangeline procurou a chave, até que se lembrou de que poderia simplesmente usar o próprio sangue.

A fechadura abriu fazendo *clique*, e a primeira página envelhecida fora preenchida com uma caligrafia muito antiga.

Pertence a Aurora Valor

Não leia, a menos que queira morrer logo depois.

Eu amaldiçoei este livro!

Pare de ler, se valoriza a própria vida.

Isso inclui você, Castor!

Evangeline sentiu uma comoção ao ler essas palavras. Havia encontrado o diário da misteriosa Aurora Valor. O caderno talvez pudesse fornecer mais pistas a respeito do passado de Jacks – já que ele, obviamente, conhecia Aurora.

O trecho que dizia que o diário estava amaldiçoado a fez titubear por alguns instantes, assim como as palavras ilegíveis bem ao pé da página, que eram as únicas escritas na língua da Era Valor. Mas, de acordo com o que o Príncipe de Copas havia dito, maldições não poderiam afetá-la naquele lugar. O texto também parecia um tanto infantil, o que fez Evangeline supor que o livro não estava amaldiçoado de verdade.

Ela levou o diário consigo até o andar de baixo, para lê-lo na frente da lareira da taverna.

Nas primeiras páginas do diário, Aurora reclamava bastante dos irmãos, além de tecer comentários sobre o clima, comidas e roupas, o que fez Evangeline imaginar que a princesa levava uma vida muito corriqueira – ou ainda que estava tentando dissuadir possíveis leitores de continuar lendo, ao registrar apenas detalhes tediosos.

Evangeline não deparou com o nome de Jacks. Foi fazendo uma leitura dinâmica, procurando algum comentário sobre ele, até que o estilo do texto se tornou mais sofisticado, e o conteúdo, mais interessante.

Papai marcou a data do casamento. Não consigo acreditar que ele está me obrigando a fazer isso. Ele jamais obrigaria Dane, Lysander, Romulus nem Castor – e, se você ainda está lendo, Castor, pare! Eu estava falando sério a respeito da maldição.

Suponho que Vingador até seja belo, mas não sinto nada por ele além de repulsa, ainda mais quando fica se vangloriando de si mesmo e de sua coleção de espadas.

Tentei dizer a papai e à mamãe que não o amo, mas mamãe jura que vou aprender a amá-lo, e papai diz que sou muito nova e não entendo nada de amor. Mas entendo de amor, sim. Entendo tão profundamente que é difícil não preencher as páginas deste diário comentando os sentimentos que tenho pelo meu amor mais verdadeiro.

> *Mas não tenho coragem de escrever sobre ele porque, apesar de este diário ser amaldiçoado, temo que alguém possa ler. E, antes que minha maldição surta efeito e mate essa pessoa, ela poderia comentar o que eu escrevi com meu pai ou com Vingador.*
>
> *LaLa diz o tempo todo que eu deveria simplesmente me casar com Vingador. Mas acho que ela nunca gostou de mim de verdade. Acho que LaLa não acredita que eu esteja à altura do irmão dela. E não tem problema, porque não acho que ela esteja à altura de meu irmão.*

O relato terminava ali. Evangeline folheou o restante do diário. Infelizmente, havia apenas mais algumas páginas escritas, mas nenhuma delas continha revelações tão interessantes quanto essa página, nem de longe.

O diário confirmava a história que Jacks contara a respeito de Aurora e Vingador. Mas o que chamou a atenção foi o que aquela página revelava a respeito de LaLa. O diário não citava o nome do irmão de LaLa, mas Evangeline teve um pressentimento de que sabia quem era o irmão dela, porque sabia quem era o verdadeiro amor de Aurora: *Lyric Arvoredo da Alegria.*

Evangeline sentiu uma pontada aguda de dor ao pensar no terrível destino que se abatera sobre a Casa Arvoredo da Alegria. Sabia que deveria estar chateada com LaLa, por ter lançado a maldição do Arqueiro em Apollo e nela, e estava –, mas também estava de coração partido só de pensar que LaLa não perdera apenas o irmão, mas toda a família.

Era informação demais para digerir. A jovem ficou um tanto surpresa por Jacks não ter comentado aquilo quando falou da destruição da família Arvoredo da Alegria. Mas, tendo em vista que o Príncipe de Copas era muito reservado em relação ao próprio passado, Evangeline entendia que ele teria o mesmo cuidado com o passado dos outros. É claro que isso não impediu o Arcano de ser desagradável com LaLa quando comentou a respeito do noivo que ela havia escolhido.

Tudo fazia sentido, de um jeito terrível e atordoante.

Em seguida, Evangeline pensou que aquela história poderia ter alguma relação com o fato de LaLa querer abrir o Arco da Valorosa. Ainda não sabia o que a Noiva Abandonada queria, só que queria com muita força, ao ponto de lançar uma maldição sobre Apollo e sobre ela.

O relógio do térreo bateu "mingau".

Evangeline deixou o diário cair no chão, tanto por causa das badaladas quanto pela revelação chocante de que havia se passado todo um dia e toda uma noite enquanto ela lia e perambulava pela Grota.

Jacks havia dito que, ali, o tempo funcionava de um jeito diferente. Mas o que a assustou não foi apenas o fato de o tempo passar tão rápido, mas também o fato de ela não ter percebido que passara. E Jacks ainda não havia aparecido.

A porta da frente da Grota se escancarou.

A jovem se virou, esperando ver Jacks passar por aquela porta. Mas, ao que tudo indicava, a porta fora aberta por uma lufada de vento. A única criatura que entrou foi um dragãozinho com cara de perdido, tossindo minúsculas faíscas douradas e entrando aos pulinhos. A criatura era azul, cintilante e tão adorável que Evangeline não pôde deixar de sorrir ao vê-lo, olhando em volta, curioso.

Dragões não são criaturas que vivem dentro de casa, mas aquela carinha cintilante não queria sair dali. Ela deixou a porta aberta por um gélido minuto inteiro, mas o dragão minúsculo apenas voou até o relógio e bateu a cabecinha ao tentar chegar aos pêndulos cobertos de pedras preciosas – diversas e diversas vezes. Então Evangeline resolveu pegá-lo e o levou para a taverna.

Novamente, as mesas estavam servidas magicamente, com tigelas fervilhantes de mingau e canecas de chocolate quente, que o dragão minúsculo gentilmente manteve aquecidas para Evangeline. Ela imaginou que a criaturinha não queria ser jogada do lado de fora e estava tentando ser útil.

O dragão parecia ficar preocupado toda vez que ela dirigia o olhar para a porta. Mas a jovem não estava pensando em jogar o novo amiguinho no frio. Estava procurando Jacks. E, agora, estava começando a se sentir apenas um tantinho nervosa.

O almoço foi bem parecido. Quando deu por si, Evangeline percebeu que, entre uma garfada e outra, ficava olhando para a porta, procurando Jacks.

Tentou se ater ao fato de que o Príncipe de Copas era um Arcano. Capaz de controlar as emoções dos outros. Capaz de matar com um beijo. Capaz de se virar sozinho.

Mas, lá pela hora do jantar, começou a ficar preocupada de novo, temendo que algo pudesse ter acontecido com Jacks. Já fazia quase dois dias que ele sumira. Já fizera isso antes – tinha largado Evangeline no castelo de Caos por dez dias –, mas naquela ocasião deixara um cartão avisando que iria se ausentar. Desta vez, simplesmente foi embora.

Pensou na última coisa que o Arcano havia lhe dito: "Tento não pensar em você de jeito nenhum".

Será que ele havia ido embora só para provar isso?

De todo modo, Evangeline sentia um certo frio na barriga que não queria passar, apesar de todo o calor na Grota. Não estava com medo, mas também não estava em paz.

Ela mexeu a sidra com a colher e se obrigou a comer o que estava no prato.

Lá pela metade da refeição, o dragão minúsculo, de repente, correu para se esconder atrás da caneca. A última cicatriz em forma de coração partido que restava no pulso de Evangeline pinicou. Ela se virou para a porta da taverna e deu de cara com Jacks.

Sua aparência estava de tirar o fôlego, sem nem sequer se esforçar para tanto. Encostado no batente da porta, com o cabelo dourado bagunçado pelo vento e uma capa meio de lado.

– Por onde você... – Ela parou de falar quase na mesma hora.

O Príncipe de Copas não estava encostado na porta, estava agarrado ao batente para não cair.

– Jacks!

Evangeline atravessou a taverna correndo, horrorizada, porque a capa escorregou dos ombros dele, revelando uma grande mancha de um dourado cintilante e de sangue vermelho.

37

— O que aconteceu? – perguntou Evangeline, soltando um suspiro de assombro.
— Eu só estava sendo eu mesmo.

Jacks foi cambaleando para trás e caiu em um dos bancos do saguão. Um ar gelado, com flocos de neve, penetrava pela porta entreaberta. A jovem sabia que deveria fechá-la, mas foi primeiro acudir o Príncipe de Copas. Nunca o vira ferido, e isso era surpreendentemente apavorante.

— Jacks... – Ela o sacudiu pelos ombros gelados, com delicadeza, mas também com firmeza. Não sabia muita coisa a respeito de cuidar de ferimentos, mas recordou de que o Arcano não a deixara desmaiar quando estava sangrando. – Por favor, fique acordado. Não sei o que fazer.

O sangue cintilante estava empapando o gibão, transformando o cinza-fumaça em vermelho. Evangeline sentiu um aperto no peito ao ver aquilo, arrependeu-se de ter ficado simplesmente sentada na taverna, arrependeu-se de não ter saído para procurar Jacks. Sendo um Arcano, o Príncipe de Copas não envelhecia, mas poderia morrer se sofresse um ferimento grave.

Precisava dar um jeito nele logo. Precisava tirar o gibão, limpar o ferimento e dar pontos.

— Por acaso a arma ainda está aí? – perguntou, tirando a capa da frente.

— Estou bem. – Jacks segurou o pulso de Evangeline, para impedir que sua mão continuasse apalpando. – Só preciso de um cobertor... e dormir um pouco.

Ele então a puxou, como se pretendesse usá-la de cobertor.

– Ah, não... não sou uma colcha. – Evangeline apoiou a mão livre na parede e ficou de estômago embrulhado ao ver os olhos azuis vidrados do Arcano. – E, primeiro, preciso cuidar desse ferimento.

Precisou dar dois puxões para Jacks soltar seu pulso. Mesmo ferido, o Príncipe de Copas tinha uma força inacreditável. Evangeline ainda estava sentindo a pressão dos dedos gelados quando entrou correndo na taverna.

Atrás do balcão, encontrou bebida alcóolica e diversos panos, e torceu, desesperada, para que aquilo servisse. Podia limpá-lo primeiro, depois procurar linha e agulha.

– Você está perdendo tempo à toa, Raposinha. – Jacks, então, se apoiou no batente da porta, apertando a lateral do corpo. – É só uma faca nas costelas.

– Suponho que vai cicatrizar sozinho.

– Os seus cortes cicatrizaram.

– Depois que você cuidou deles.

O Príncipe de Copas esboçou um sorriso e falou:

– Só porque eu queria tirar sua roupa.

Uma imagem vívida das mãos de Jacks acariciando sua pele surgiu diante dos olhos de Evangeline.

É claro que tinha quase certeza de que o Arcano estava brincando. Jacks dava a impressão de estar delirando. Os olhos estavam perdendo o foco, e ele cambaleava.

Evangeline não sabia como conseguira subir um lance de escadas com Jacks a reboque. Felizmente, havia infinitos quartos vagos na Grota. Ajudou o Arcano a chegar ao mais próximo, uma suíte que tinha cheiro de agulhas de pinheiro frescas. Os tapetes eram em tons de verde-escuro, a cama era feita de toras de madeira, e os lençóis eram de um branco imaculado. O fogo se acendeu na lareira assim que Jacks caiu na cama.

O sangramento, ainda bem, tinha estancado, mas ele parecia exausto. Antes que o Príncipe de Copas fechasse os olhos, Evangeline viu que estavam muito avermelhados – até a parte azul estava manchada de vermelho. Imaginou que Jacks nem sequer havia dormido nos últimos dois dias.

Era estranho se preocupar com ele, mas Evangeline duvidava de que alguém mais se preocupasse, incluindo o próprio Arcano. Deitado ali, em cima de uma pilha de colchas branco-neve, o peito de Jacks mal subia e descia.

A jovem correu para buscar uma bacia com água.

Quando voltou, Jacks havia tirado as botas e as jogado no chão de madeira, mas ainda estava de capa e com o gibão ensanguentado.

— Você não vai me contar o que andou fazendo? — insistiu ela.

— Já contei — resmungou o Arcano. — Eu só estava sendo eu mesmo. Outras pessoas horrorosas estavam sendo elas mesmas. E, como você pode ver, não acabou bem.

— Onde você estava?

— Pare de fazer perguntas difíceis.

Ele gemeu, ainda de olhos fechados, enquanto Evangeline tirava a capa para ter acesso ao ferimento. Ela pendurou o agasalho em uma cadeira perto da lareira, para secar. A neve a deixara molhada, e Evangeline imaginou que a capa também estava úmida de sangue, apesar de o tecido ser tão escuro que não dava para ver.

O gibão de Jacks era de um tom mais claro, um cinza-pombo, tirando as partes perto das costelas, que estavam machadas de vermelho. Ela cortou a peça de roupa.

O peito de Jacks subia e descia lentamente.

Evangeline tirou o gibão, tomando cuidado para não roçar os dedos na pele do Príncipe de Copas. Mas, quando começou a limpar o corte profundo, cheio de sangue, nas costelas dele, teve a sensação de que estava segurando a respiração.

Precisaria dar pontos. Ou deveria...

Evangeline parou o que estava fazendo porque viu a pele de Jacks se regenerar diante dos próprios olhos. Ainda estava dolorosamente avermelhada, e o corte poderia facilmente abrir de novo com qualquer fricção, mas o ferimento estava cicatrizando: o Príncipe de Copas não morreria por causa dele.

O alívio que sentiu foi imenso.

Quando terminou de fazer o curativo, Jacks parecia estar adormecido, de olhos fechados, meio cobertos pelas ondas revoltas de seu cabelo dourado. A jovem refletiu brevemente se deveria ou não ficar ao lado do Príncipe de Copas enquanto ele descansava.

Estava aliviada com a volta do Arcano e por ele estar fora de perigo. Mais aliviada do que deveria. Ela passava todo o tempo relembrando que Jacks era perigoso. Mas, ali, naquele momento, não parecia nada ameaçador: se assemelhava a um anjo adormecido. E era exatamente por isso que deveria deixá-lo sozinho.

Passou os dedos no cabelo macio de Jacks, uma vez só.

O Príncipe de Copas se encostou na mão dela.

– Que gostoso – resmungou. – Você também é gostosa.

Em seguida, passou o braço pela cintura da jovem e a puxou para a cama.

– Jacks... o que você está fazendo?

– Só hoje.

Dito isso, apertou mais a cintura de Evangeline, puxando-a ainda mais para perto de si, até a jovem ficar com o peito encostado na pele dele.

– Você está ferido – disse Evangeline, ofegante.

– E ficar pertinho assim de você faz eu me sentir melhor.

Ele falou com os lábios encostados na garganta de Evangeline e terminou dando uma lambida que fez a cabeça de Evangeline girar.

Aquele seria um ótimo momento para ela se desvencilhar do Arcano.

Jacks beijou o pulso dela.

Evangeline tentou falar que aquilo era uma péssima ideia, mas só saiu um leve suspiro. Se a sensação dos lábios dele em seu pescoço fora tão forte, imagine como seria se ele a beijasse na boca.

Fechou os olhos, e sua respiração ficou mais rasa. Não deveria estar pensando nos lábios de Jacks tocando os dela. E, mesmo assim, lhe veio o pensamento de que, talvez, pudesse beijá-lo ali, na Grota, no único lugar em que maldições não surtiam efeito sobre os dois. A ideia era dolorosa de tão tentadora. Mas, mesmo que o beijo de Jacks não a matasse ali, isso não queria dizer que o beijo não acabaria com ela de outras maneiras.

– Não podemos fazer isso – disse Evangeline.

– Só estou pedindo para você dormir comigo. – Nessa hora, o Arcano tirou os lábios do pescoço da jovem e murmurou: – Você não vai nem se lembrar.

Evangeline ficou com o corpo todo tenso nos braços dele.

– O que você quer dizer com isso? Que não vou me lembrar?

– Quero dizer que... é só por uma noite – respondeu Jacks, baixinho. – Amanhã de manhã, você pode esquecer. Pode voltar a fingir que não gosta de mim, e eu posso fingir que não ligo. Mas, esta noite, quero fingir que você é minha.

Ela derreteu ao ouvir a palavra "minha". Por um segundo estonteante, não conseguiu pensar em nada. Não conseguia ter forças para se afastar e, apesar disso, não podia dizer que ficaria com Jacks.

– Se for mais fácil, você também pode fingir – sussurrou o Príncipe de Copas. – Você pode fingir que ainda sou o Jacks da Grota e que você quer ser minha.

Em seguida, encostou os lábios na garganta dela de novo e foi subindo lentamente, pelo pescoço, pela orelha, de um jeito extasiante. E, aí, os dentes do Arcano mordiscaram o lóbulo da orelha da jovem.

Ela soltou um suspiro de assombro. A mordida foi forte e um tanto dolorosa, parecia que, além de abraçá-la, também queria castigá-la. Mas não precisava. Aquilo já era uma tortura, porque Evangeline queria tanto... Queria que Jacks a quisesse, mesmo que esse querer fosse meio delirante.

– Não estou delirando.

A voz do Arcano estava rouca, meio sonolenta, mas, quando olhou para ela, seus olhos estavam límpidos e lúcidos.

E Evangeline teve a sensação de que estava caindo dentro desses olhos.

Certa vez, quando era criança, a mãe lhe contou a história de uma moça que estava brincando de esconde-esconde na floresta com seu amado. A moça estava correndo entre as árvores, à procura de um esconderijo, e caiu em uma fenda no tempo. Era só uma fenda minúscula, uma trinca, que poderia ter levado a moça para alguns segundos no futuro – ou, talvez, no passado. Mas o Tempo viu a moça caindo e se apaixonou por ela. E, sendo assim, em vez de aterrissar no futuro ou se encontrar no passado, a moça continuou caindo. Caiu e continuou caindo, sem parar, presa pelo Tempo até o fim dos tempos.

Evangeline agora sabia o que aquela moça tinha sentido. Mais de duas semanas haviam se passado desde que pulara naquele precipício com Jacks. E, de certa forma, ainda tinha a sensação de que estava caindo, despencando em direção a algo incontrolável, sem ter onde se segurar, a não ser em Jacks.

Sabia que o Príncipe de Copas era uma pessoa perigosa demais para se apaixonar de verdade por ele. Mas não podia mais negar que isso estava acontecendo. Não podia negar que o desejava. De um jeito que era o suficiente para impedir que se encolhesse toda sempre que o Arcano a tocava. O suficiente para ficar com o nome dele na ponta da língua mesmo quando Jacks não estava presente. A atração física sempre existiu, mas a atração que Evangeline sentia por ele vinha aumentando desde a noite em que pularam no precipício juntos.

Porque, na verdade, ela não tinha parado de cair.

O sangue correu mais rápido em suas veias, e o coração se sobressaltou. Evangeline tentou não se mexer, torcendo para que Jacks não percebesse, porque os dois estavam deitados naquela cama, com os peitos encostados e as pernas enroscadas. Tudo o que havia entre eles dava a impressão de ser frágil feito uma gota de chuva, que deixa de existir assim que encosta no chão. Mas também tinha a sensação de que a Grota era o tipo de lugar onde as gotas de chuva nunca encostam no chão.

Jacks ficou acariciando suas costas, lentamente.

— Você decidiu ficar?

— Achei que você já tinha ouvido meus pensamentos — sussurrou Evangeline.

— Quero que você diga com todas as letras.

O Príncipe de Copas falou com uma voz grave e baixa, a jovem não teria ouvido se não estivesse tão perto do Arcano. E se deu conta da intimidade que as palavras podem conter, do fato de poderem ser ditas uma única vez, para uma única pessoa, e jamais serem ouvidas novamente. Podem desaparecer feito um instante, que termina quase na mesma hora em que você se dá conta de que ele existiu.

O coração de Evangeline ainda batia acelerado, e ela pensou que não era de medo nem de nervosismo, mas estava apenas tentando apreender todos aqueles instantes antes que sumissem – antes que *ele* sumisse. Sabia que aconteceria, sempre acontecia, Jacks sempre ia embora, o que tornava aquele momento ainda mais frustrante. E, ainda assim, naquele exato momento, ela não queria ser esperta. Só queria ser dele.

Tinha a intenção de dizer "Por hoje, sou sua", mas só saiu:

– Sou sua.

38

Naquela noite, o Belo Desconhecido estava na taverna da Grota, parado a poucos metros de distância, atirando dardos em um alvo pintado na parede – e acertava em cheio toda vez.

– Eu sei. É difícil acreditar que sou tão belo *e* tão talentoso.

Vush.

O Belo Desconhecido acertou bem no centro do alvo de novo, com toda a tranquilidade de um rapaz que, das duas, uma: ou era incrivelmente habilidoso ou incrivelmente acostumado às coisas acontecerem do jeito que ele queria.

– Por que você está assombrando meus sonhos?

– "Assombrando" implica que eu esteja morto. Por acaso pareço morto?

Em seguida, colocou a mão sobre o peito e deu um sorriso encantador. Evangeline ainda hesitava em confiar no Belo Desconhecido, mas aquela sensação de que o rapaz não lhe era estranho havia voltado. Tinha a sensação de que aquele olhar era um desafio que alguém já lhe fizera. O rapaz era um nome que ficava na ponta da língua, que Evangeline não conseguia lembrar direito. Uma sensação que não conseguia definir.

– Quem é você?

– Continuo preferindo ser chamado de "Belo Desconhecido".

Evangeline lançou um olhar irritado para o rapaz.

– Por que você simplesmente não me conta?

Nessa hora, o Belo Desconhecido massageou a própria nuca.

– Eu contaria, mas isso pode deixar Jacks um tanto enciumado. E, dado que vocês dois estão ficando muito íntimos, não seria uma boa ideia. Só que você se refestelar com Jacks também não é muito inteligente.

Dito isso, ergueu as duas sobrancelhas, com ar de superioridade.

– O que eu faço ou deixo de fazer com Jacks não é da sua conta – disparou Evangeline.

O Belo Desconhecido franziu o cenho.

– Não estou tentando te chatear, Evangeline. Estou tentando salvar a sua vida.

– E desde quando minha vida é da sua conta? – perguntou ela, desconfiada.

O rapaz lançou mais um dardo, com tanta força que despedaçou um dos dardos que já estavam no alvo.

– Você precisa tomar cuidado com Jacks. Acho que ele não está em seu juízo perfeito neste exato momento.

– Ele tem razão.

O comentário veio de LaLa, que entrou na taverna usando um vestido longo, sem mangas, que mais parecia ser feito de tesouros. O cinto parecia uma coroa, e a saia, volumosa, era repleta de pedras preciosas e cintilantes.

– O que você está fazendo aqui? – perguntou Evangeline.

– É... esse sonho é meu! – exclamou o Belo Desconhecido, que atirou um dardo em LaLa.

A Noiva Abandonada desviou do dardo, dando um tapa nele, e fez careta.

– Estamos do mesmo lado, seu imbecil.

Em seguida, virou-se para Evangeline com uma expressão que parecia um pedido de desculpas.

– Vim dizer que sinto muito... pelo que fiz com Apollo. Eu me senti tão culpada... Estava torcendo para conseguir conversar com você e explicar tudo antes de você fugir da festa. Jacks prometeu que não iria te contar o que eu fiz...

– Ele não me contou – interrompeu Evangeline, cansada demais para ser educada com a pessoa que amaldiçoara seu marido, obrigando-o a caçá-la e matá-la. – Jacks nunca disse uma palavra. Eu ouvi vocês dois conversando.

— Puxa. — LaLa ficou mordiscando o lábio inferior. — Então acho que devo desculpas a ele... por tê-lo apunhalado com uma faca de passar manteiga.

— Esse ferimento... foi você? — Evangeline ficou impressionada, a contragosto. É preciso muita força e determinação para causar um ferimento grave com uma faca de passar manteiga.

LaLa deu de ombros e falou:

— Acho que exagerei na reação. Mas não foi só porque pensei que Jacks havia te contado tudo. Ele estava fazendo comentários desagradáveis sobre o meu noivado...

— Pelo que eu ouvi dizer, você mereceu — interrompeu o Belo Desconhecido.

— Não ouse me dar um sermão também — disparou a Noiva Abandonada. — Você é o motivo para estarmos metidos nesta enrascada. Se você não tivesse...

LaLa parou de falar porque o Belo Desconhecido sumiu. *Puf!* Ele simplesmente desapareceu, deixando apenas um dardo, que caiu no chão.

— O que aconteceu com ele? E por que você acabou de dizer que ele é "meio" o motivo para estarmos metidos nesta enrascada?

— Não sei se temos tempo para eu explicar tudo. — LaLa franziu e testa e olhou para o dardo caído no chão. — Jacks deve ter tirado o Belo Desconhecido do sonho, e imagino que fará a mesma coisa comigo, logo, logo. Então você precisa prestar atenção.

— Mas o sonho é meu — protestou Evangeline.

LaLa soltou um suspiro e falou:

— Não tenho tempo para explicar como os Arcanos manipulam sonhos. Você apenas terá que confiar em mim.

— Por que eu deveria confiar em você, depois de tudo que fez?

A Noiva Abandonada mordeu o lábio, com uma expressão nervosa que não lhe era costumeira.

— Nunca quis que Apollo te matasse. Você é minha amiga de verdade, Evangeline. Eu só tomei uma decisão precipitada no dia em que você disse que não pretendia abrir o Arco da Valorosa. Foi um erro terrível. Eu realmente não quero que você morra. É por isso que lancei a maldição espelhada sobre vocês dois... Achei que, se Apollo te ferisse de fato, também ficaria ferido e, assim, não poderia mais te caçar. Como todo mundo sabe que ele atira muito mal, nunca acreditei que o príncipe acertaria uma flecha no seu coração.

No quesito pedido de desculpas, estava longe de ser dos melhores que Evangeline já recebera. E, mesmo assim, parecia sincero. LaLa olhava para ela com ar de súplica, e Evangeline também podia ver que os olhos da amiga estavam vermelhos, com manchas de lápis borrado. A Noiva Abandonada estava tão cintilante e perfeita quando entrou no sonho. E agora, quanto mais Evangeline a observava, mais podia perceber sinais de sofrimento, por todo o belo rosto da amiga.

Sabia, pela própria experiência com Jacks, que os Arcanos têm regras morais diferentes das dos seres humanos, o que tornava mais fácil perdoar LaLa. Mas Evangeline desconfiava da amiga. Conseguia acreditar que LaLa não desejava a sua morte, mas era perturbador saber que não vira problema nenhum em ela ser caçada.

— Quero saber por que você fez isso. O que tem na Valorosa que você quer tanto?

— Evangeline, não temos tempo para isso — respondeu LaLa. Enquanto falava, as pedras da saia começaram a se desprender e a cair no chão. — O sonho já está começando a se dissipar.

— Não ligo. Posso te perdoar pelo que fez, mas, se quer que eu considere a possibilidade de confiar em você de novo, preciso saber por que fez isso.

— Das duas, uma: ou a Valorosa é um baú do tesouro que protege as maiores dádivas mágicas da família Valor ou é uma prisão mágica, onde habita uma abominação criada por eles.

LaLa retorceu os lábios, como se aquelas palavras tivessem que sair todas distorcidas.

— Droga de maldição das histórias — resmungou. — Receio que, como não estou de fato na Grota, não posso te contar o que há dentro do arco.

— Bom, você precisa me contar alguma coisa — retrucou Evangeline.

Ainda não sabia ao certo se podia acreditar nas coisas que LaLa havia dito, mas queria algum tipo de explicação.

— Talvez eu consiga te contar uma história. — A Noiva Abandonada, então, começou a andar de um lado para o outro na taverna, e suas botas cintilantes faziam *cléc* no chão de madeira. — Teve uma pessoa que eu amei mais do que qualquer outra. Ele... — Lala parou de falar de repente e retorceu a boca, como se não conseguisse dizer o que originalmente pretendia. — Ele era metamorfo e se transformava em dragão... um dragão bem grande — disparou, finalmente. — Como você sabe, dragões gostam de acumular tesouros, e eu sempre gostei de usar coisas cintilantes, e foi por isso que esse rapaz me encontrou. Estava voando, metamorfoseado em dragão, e me tirou do chão, achando que eu era um tesouro.

LaLa ficou com uma expressão nostálgica e arrancou uma pedrinha da saia cintilante. E Evangeline se lembrou de ter visto, na festa à fantasia da amiga, um rapaz que lembrava um dragão dançando com uma garota fantasiada de tesouro.

— Tinha gente vestida de você e do seu dragão no baile?

— Sim. É uma história antiga. Boa parte das pessoas do Norte conhece esse pedaço que eu acabei de contar, mas não se lembra de quem era o dragão... — A boca de LaLa se contorceu novamente, ela não conseguia encontrar as palavras até que, finalmente, disse: — Meu primeiro amor é o verdadeiro motivo para eu ser a Noiva Abandonada. Meus noivos nunca terminam comigo. Eu é que sempre cancelo tudo, porque nunca consegui esquecer o meu amado. Eu optei por me tornar Arcano porque Arcanos, teoricamente, não são capazes de amar, e eu queria deixar de amá-lo. Queria esquecê-lo. Mas não consigo.

LaLa ficou passando a mão na pele negra do braço, na tatuagem reluzente de chamas de dragão. Evangeline sempre achou que o desenho era por causa do brilho intenso da personalidade da amiga. Mas agora sabia que a Noiva Abandonada fizera aquela tatuagem por causa de seu primeiro amor.

— Tentei me apaixonar por outros garotos. Mas, por mais que eu chegue perto de me apaixonar, até hoje só existe uma pessoa para quem eu quero dar meu coração. E só existe uma maneira de isso acontecer.

LaLa parou de andar de um lado para o outro e olhou para Evangeline com os olhos rasos d'água, de lágrimas cintilantes. Ela já tinha confessado, certa vez, que queria tanto amar que chorava lágrimas venenosas. Na ocasião, Evangeline achou que compreendia. Também estava desesperada para amar. Mas encontrar o amor verdadeiro, perdê-lo e, ainda assim, continuar com um fio de esperança de reavê-lo era um tipo completamente diferente de tortura.

– O seu amor está dentro da Valorosa – arriscou Evangeline.

LaLa não respondeu, parecia que nem sequer conseguia tomar conhecimento da pergunta. Mas Evangeline achou que tinha razão – trancafiar um metamorfo que se transformava em dragão na Valorosa se encaixava na versão da história segundo a qual o local era uma prisão encantada, feita para trancafiar seres mágicos.

– Por que você simplesmente não me contou essa história antes, quando fui te visitar? – perguntou Evangeline.

A expressão de LaLa ficou ainda mais constrangida.

– Nunca conto essa lenda. E queria acreditar que, finalmente, tinha me apaixonado por outra pessoa. Não queria admitir que meu noivado novinho em folha era mais uma mentira. Uma mentira que estou contando para mim mesma, porque não consegui superar meu amor de infância. Mas aí, de repente, fiquei com medo de perder a única chance que eu tinha de rever meu verdadeiro amor e, bem... o resto você já sabe... – O rosto de LaLa estava retorcido, cheio de rugas de arrependimento. – Espero que você me perdoe por ter lançado a maldição em você e em Apollo.

Evangeline não sabia o que fazer. Ainda estava magoada com o que LaLa havia feito, mas também sentia uma dor no coração por ela, por tudo o que a amiga havia passado.

– Só me prometa que não fará isso de novo. – Evangeline, então, se aproximou de LaLa e lhe deu um abraço. – Todo mundo comete erros por amor. Eu fiquei tão desesperada para não perder meu primeiro amor que fiz um trato com Jacks, e ele transformou todo mundo que estava na festa de casamento em pedra.

Depois dessa, LaLa deu risada.

— Não sabia que Jacks é capaz de transformar gente em pedra.

— E não é. Veneno lhe devia um favor, e Jacks mandou ele fazer isso.

A Noiva Abandonada se afastou de Evangeline e olhou para a amiga de um jeito estranho.

— E, por falar em Jacks, receio que você esteja correndo perigo.

O chão começou a tremer assim que LaLa disse a palavra "perigo".

Ela soltou um palavrão e, quando tornou a falar, as palavras saíram aos borbotões.

— Preste atenção no que vou te dizer. Já faz semanas que você está desaparecida, Evangeline. Todos pensamos que você tinha morrido, até que Jacks apareceu, há alguns dias. Acho que ele está com a pedra do contentamento, e a pedra está afetando seu raciocínio.

O chão rachou. A Noiva Abandonada deu um pulo para trás, e mais pedrinhas caíram do vestido dela e despencaram pela rachadura, que não parava de aumentar.

— Pela cara desse sonho, parece que ele te escondeu na Grota — explicou LaLa, apressada. — Tenho certeza de que, agora, você acha que está no paraíso. Mas, enquanto estiver com Jacks, você corre perigo. — Nessa hora, o chão começou a desmoronar. — Se acha que está em segurança... é só porque também está sentindo os efeitos da pedra do contentamento. Mas você precisa resistir. Encontre a pedra do contentamento, fique longe de Jacks e saia da Grota, antes que...

39

Evangeline acordou engolindo um suspiro de assombro com gosto de magia e de frio. Estava com os lábios na garganta de Jacks. Sentiu uma explosão de pânico até que, pouco a pouco, a noite anterior foi voltando.

Jacks tinha voltado. Estava ferido. Ficou curado. Depois pediu para Evangeline passar a noite ali com ele. Puxou a jovem para cima da cama. Abraçou, bem apertado. E então falou "Esta noite, quero fingir que você é minha".

Ela ficou toda derretida, de novo, ao lembrar de como o Príncipe de Copas pronunciou a palavra "minha". Era para ser só por uma noite, mas o fingimento ainda não havia terminado. A luz se infiltrava pelas janelas, banhando os dois, deitados ali, juntos, com os braços e as pernas enroscados, em raios de sol. Uma das mãos geladas de Jacks enlaçava a cintura de Evangeline, de um jeito protetor, e a outra estava agarrada à saia da jovem, prendendo o corpo dela bem junto ao dele, como se tocá-la fosse uma maneira de respirar.

Haviam se aproximado ainda mais depois que dormiram, como se tivessem sido atraídos por uma força que, de acordo com as suspeitas de Evangeline, era simplesmente mútua.

Só de pensar sentiu o peito ficar leve e alegre. Ou, talvez, fosse só a sensação de acordar tão perto de Jacks. Era isso o que ela queria, mais do que qualquer pedra. Só queria ficar ali com o Arcano e esquecer todo o resto.

Mas você está esquecendo, pensou.

Havia algo mais presente ali. Evangeline podia sentir, logo debaixo da superfície de sua euforia.

Ignore, pensou.

Só que, quanto mais tentava ignorar, mais começava a recordar. O sonho na taverna. O Belo Desconhecido, os dardos. LaLa. O alerta a respeito de Jacks, o alerta a respeito da pedra do contentamento. Tudo voltou em um turbilhão terrível. "Acho que ele está com a pedra do contentamento, e a pedra está afetando seu raciocínio."

Evangeline fechou os olhos e tentou se convencer de que aquilo era apenas um sonho. Não queria pensar que, na noite anterior, Jacks só quis ficar com ela por causa da pedra.

Não podia ter sido por causa da pedra. O Príncipe de Copas não estava com ela. A jovem havia tirado a camisa dele na noite anterior, vira o peito do Arcano. Ele não estava com nenhuma pedra. O raciocínio de Jacks não estava prejudicado. Não estava deitado na cama com Evangeline por causa de algum tipo de magia.

A menos que a pedra estivesse nos bolsos da calça...

Evangeline respirou fundo, nervosa. Continuava achando que Jacks não estava com a pedra – não queria que ele estivesse, mas seria fácil certificar-se disso. Estava com uma das mãos nas costas do Príncipe de Copas. Só precisava ir descendo...

Foi deslizando os dedos pela pele de Jacks com todo o cuidado. O Arcano ainda estava gelado, lisinho e macio e, por um segundo, Evangeline quase esqueceu o que estava fazendo. Poderia muito bem aproveitar e acariciar aquelas costas, a coluna ou os sulcos da barriga dele. Mas foi descendo em direção à calça.

Mordeu o lábio quando os dedos desceram e...

Jacks soltou um ruído baixinho.

O coração de Evangeline deu um pulo. Os dedos mal tinham entrado no bolso – continuou descendo, tão devagar que chegava a ser doloroso. O tecido era macio, e o bolso estava...

Vazio.

Jacks não estava com a pedra. Evangeline quase gritou, de tanto alívio.

Até que se deu conta de que... não deveria ficar aliviada. Deveria ficar com vontade de encontrar a pedra do contentamento. Era a última pedra que faltava. Quando encontrasse a pedra do contentamento, poderia abrir o Arco da Valorosa e quebrar a maldição do Arqueiro.

Só que não andava pensando muito na maldição do Arqueiro nem em Apollo. E, desde que chegara ali, não teve vontade de procurar a pedra do contentamento. Não tinha vontade de ir embora. Estava se sentindo contente demais, feliz demais. Nem sequer sentiu culpa por ter matado Petra. Sabia que tinha sido em legítima defesa, mas deveria estar sentindo *alguma coisa*. Tentou sentir tristeza. Mas nem naquele momento sentiu. Havia escanteado outros pensamentos também, não conseguia sequer se lembrar deles, mas sabia que existiam.

Mas será que ela estava assim porque a pedra do contentamento estava prejudicando seu raciocínio? Ou será que era a atração que sentia por Jacks que prejudicava tudo?

Evangeline mordeu o próprio lábio e foi tirando, bem devagar, a mão do bolso de Jacks. E, antes que desse tempo de mudar de ideia, desvencilhou-se do Arcano e saiu da cama. Ficou com a sensação de estar cometendo um erro assim que se libertou dos braços do Príncipe de Copas. Queria voltar para perto de Jacks – enroscar-se nele. A atração estava mais forte do que nunca.

A cada passo que dava, afastando-se da cama, tinha a sensação de que estava cometendo um erro. Só que Evangeline não tinha mais certeza de que podia confiar em seus sentimentos.

Obrigou-se a sair do quarto, a ir cambaleando para o corredor.

O relógio do saguão da estalagem bateu "chá com torradas".

A badalada era alegre e leve como o sol da manhã que entrava pela taverna aberta, lançando sua luz nos pêndulos cheios de pedras preciosas do relógio. O bebê dragão estava tentando pegá-los – batendo no vidro, passando as patinhas nele, na esperança de conseguir pegar as pedrinhas.

– Ah, não, querido...

Evangeline foi pegar a criaturinha no colo. Mas, quando deu por si, estava abrindo o vidro e tentando pegar um dos pêndulos cheios de pedras. Que era tão bonito e...

Ela tirou a mão e cambaleou para trás – conhecia muito bem aquela sensação.

Aquela não era uma pedra preciosa qualquer. Evangeline conseguia sentir o poder pulsando através dela, meigo e suave, feito o canto da sereia. Aquela gema era a pedra do contentamento.

40

A terrível verdade apertava o peito de Evangeline, dificultando sua respiração. LaLa tinha razão. A pedra do contentamento estava ali, aquele tempo todo, prejudicando o raciocínio de Jacks – e o *dela*. Nada que havia sentido naquele lugar era real. A sensação de segurança e felicidade, os sentimentos crescentes pelo Príncipe de Copas, tudo era influência da pedra do contentamento.

Saber que estava sob efeito da pedra deveria ter sido um alívio. Evangeline era casada com Apollo, e Jacks não era alguém com quem poderia ter um futuro, jamais. O Arcano já encontrara a única garota que fizera seu coração voltar a bater, e não era Evangeline. Ela não era o verdadeiro amor de Jacks. Mas Evangeline se pegou desejando ser esse amor.

Fechou os olhos, tentando desanuviar os pensamentos, apesar que tudo o que ela queria era fechar a porta de vidro do relógio e esquecer o que acabara de descobrir. Tinha ido para o Norte na esperança de encontrar um final feliz, e estar ali com Jacks era o mais próximo que havia chegado de sentir isso. Desde que chegara à Grota, não tinha mais a sensação de que o Arcano era seu inimigo, tinha a sensação de que ele era seu lar.

Evangeline mordeu o lábio. Não deveria querer nada daquilo, porque não era real. Por outro lado, o que fazia qualquer coisa real de fato? Se era a ausência de magia, então nada no Norte era completamente real.

A jovem pegou o dragãozinho com todo o cuidado. Em seguida, fechou a portinhola do relógio, isolando a pedra do contentamento atrás do vidro.

Sabia o que precisava fazer – só que ainda não estava preparada.

Na taverna, Evangeline encontrou pilhas de torradas acompanhadas por deliciosos potes de ferro cheios de marmelada da Grota, creme de limão do Norte, geleia de *blueberry* de Arvoredo da Alegria e algo grosso e achocolatado. O dragãozinho se apossou, imediatamente, do pote de chocolate.

Evangeline passou creme de limão em uma fatia de pão, mas não conseguiu levá-la à boca. Ficou com queimação no estômago ao pensar na pedra do contentamento, alegremente instalada dentro do relógio. Agora que sabia que a gema estava ali, a paz que sentira até então se estilhaçara.

Mas a atração que sentia por Jacks não.

Sentiu a presença do Príncipe de Copas assim que ele pôs os pés na taverna. O ar ficou carregado, parecia que faíscas haviam tomado o lugar de metade do oxigênio. A cicatriz em forma de coração partido no pulso formigou de um jeito prazeroso. E, quando deu por si, estava sorrindo.

– Olá – disse ele, quase envergonhado, ao se aproximar da mesa.

Estava descalço, sem camisa, todo amarrotado de um jeito adorável, com o cabelo dourado caído nos olhos cintilantes que davam a impressão de ainda estar despertando.

– Oi.

A voz de Evangeline também saiu estranhamente envergonhada, o que só fez Jacks sorrir.

– Você não precisava ter saído de fininho da cama – disse o Príncipe de Copas.

– Eu não saí de fininho.

– Então por que não ficou?

Como quem não quer nada, o Arcano se sentou ao seu lado e se virou para ela, dando um sorriso lupino. Era um sorriso de conto de fadas, meio vilão, meio herói, meio como um "felizes para sempre" impossível.

Evangeline mal se conteve de tanto que adorou esse sorriso.

Mas aí se lembrou da pedra. Imaginou que se sentiria de outro modo se a gema estivesse dentro de uma caixa de ferro e temeu que Jacks também se sentiria assim. Temeu que o Príncipe de Copas não ficaria olhando para ela como se quisesse devorá-la no lugar do café da manhã.

— Amanhã não vou deixar você escapar com tanta facilidade.

Os olhos do Arcano ficaram com um brilho malicioso, e ele roubou uma mordida da torrada da jovem.

Essa atitude foi tão simples e espontânea... E Evangeline só conseguia pensar que seria muito fácil permanecer na Grota.

— Achei que você disse que seria só por uma noite.

— Achei que você nunca acreditava no que eu digo.

O Príncipe de Copas sacudiu a cabeça, com ar de reprovação, e puxou Evangeline, sentando-a em seu colo.

— Jacks...

Ela pôs a mão no peito do Arcano. Conseguiu sentir que o coração do Príncipe de Copas batia sobressaltado, coisa que a surpreendeu. Por fora, Jacks sempre dava a impressão de ser descontraído e despreocupado... mas, naquele momento, Evangeline pensou que Jacks poderia estar tão nervoso quanto ela. O que lhe deu vontade de abraçá-lo, colocar a cabeça no ombro do Príncipe de Copas e confessar todas as coisas que estava tentando não sentir.

Passou os braços em volta do pescoço de Jacks e, por um segundo, abraçou bem apertado. Abraçou como se o Príncipe de Copas fosse dela e ela fosse do Príncipe de Copas. E como se não houvesse mais nada separando os dois. Nenhuma maldição. Nenhuma mentira. Nenhum ferimento nem nenhum erro do passado. Evangeline abraçou Jacks como se só existisse o agora, como se nada mais importasse além daquele instante. E, depois, soltou-se. Levantou do colo do Arcano com os braços atrapalhados e as pernas mais atrapalhadas ainda, que cambalearam quando tentou se afastar.

— Evangeline... o que foi? — perguntou Jacks, com uma ruga entre as sobrancelhas.

— Isso não é real, Jacks. Eu e você estamos sob a influência da pedra do contentamento.

— Você acha que só sentiria isso por mim por causa de uma pedra?

O Príncipe de Copas apertou os lábios. Por um segundo, ficou com cara de bravo. Mas, quando a jovem olhou nos olhos dele, só conseguiu ver mágoa.

Teve vontade de retirar o que disse. Não queria lhe causar sofrimento. Não queria, nem de longe, fazer aquilo. Mas sabia que os dois não podiam continuar ali, nem por mais um dia, porque temia que um dia não bastaria – nenhuma quantidade de dias jamais bastaria. Se permanecesse ali com Jacks, teria o mesmo destino de Petra, apegando-se ao Arcano do jeito que Petra havia se apegado à própria juventude e à pedra; disposta a fazer qualquer coisa para continuar com elas.

– Eu não acho, eu sei. – Dito isso, pegou o pote de ferro vazio, junto com a tampa. – Encontrei a pedra do contentamento agora pela manhã. Ela está no relógio do saguão.

– Evangeline...

Ouviu o Arcano se levantar em um pulo, mas não virou para trás. Quanto antes fizesse isso, melhor seria para os dois.

Correu até o saguão.

– Espere...

Jacks a segurou pela mão e a virou de costas para o relógio. Estava com o rosto pálido, os olhos vidrados e injetados.

Odiou magoá-lo, mas fechou a cara. Dentro de um minuto, ambos se sentiriam de outro modo. O Príncipe de Copas queria aquelas pedras mais do que tudo, e ela queria salvar a vida de Apollo. Queria um final feliz – e queria que fosse real, verdadeiro, e não influenciado por magia.

– Seja o que for, Jacks, você não vai mais sentir dentro de um minuto.

Ele engoliu em seco e cerrou os dentes.

– Você não faz ideia do que estou sentindo neste exato momento.

Jacks olhou para os lábios de Evangeline e ficou com a expressão mais torturada que a jovem já vira na vida.

Quando o Príncipe de Copas queria alguma coisa, era com uma intensidade capaz de destruir mundos e construir reinos. Era essa energia que emanava do Arcano agora, parecia que ele queria destruí-la e torná-la sua rainha, tudo ao mesmo tempo.

E era tão tentador permitir que Jacks fizesse isso. A magia crepitava na distância exígua que os separava. Dourada, elétrica e viva. A sensação era de final de conto de fadas, quando um único beijo tem mais poder do que mil guerras ou uma centena de feitiços.

Evangeline se imaginou aproximando-se de Jacks, beijando os lábios dele e passando a eternidade perdida em um único beijo infinito.

— Isso não é real, Jacks. — Doeu dizer cada uma dessas palavras, mas sabia que, apesar de as palavras serem dolorosas, ao menos eram verdadeiras. — Este lugar é o encantamento de um conto de fadas sem as maldições ou os monstros. Mas ainda existem maldições e monstros lá fora. Apollo ainda está lá fora...

— Apollo está bem — interrompeu Jacks, dizendo o nome do príncipe com raiva. — Caos o encontrou... e eu o vi quando estive fora. Apollo está trancafiado confortavelmente no castelo de Caos, onde ninguém pode feri-lo e ele não pode ferir você.

— Só que ele não pode viver desse jeito. E nós não podemos viver desse jeito.

Evangeline soltou a mão de Jacks e, antes que ele pudesse impedi-la, virou-se para o relógio. Abriu a porta que dava acesso aos pêndulos, arrancou a pedra do contentamento e a jogou dentro do pote de ferro.

PARTE III

*Uma legião de
monstros assassinos*

41

Assim que a pedra do contentamento foi removida, o relógio parou de tiquetaquear. A Grota ficou em silêncio, e o ar do saguão congelou, feito tumbas à noite.

Evangeline sabia que lugares não têm vida de fato. E, apesar disso, teve a sensação de que a Grota estava morrendo. Velas se apagaram. Rachaduras feriram o chão. Poeira se acumulou nas escadas, onde antes havia luz e brilho.

A Grota até podia ser encantada para que as maldições não entrassem nela. Mas, pelo jeito, o restante da magia do local era fruto da pedra do contentamento.

Até o dragãozinho mudou. Começou a bater na maçaneta da porta da frente com a pata, como se mal pudesse esperar para ir embora dali.

Evangeline adoraria ter ficado com ele, mas abriu a porta e deixou a criaturinha sair voando em direção ao frio. Do lado de fora, a neve não mais brilhava. Estava úmida e tão congelante que queimou suas bochechas antes de ela fechar a porta.

Evangeline ficou com um buraco no estômago.

Não tinha vontade nem de olhar para Jacks. Se a Grota já estava gelada daquele jeito, temeu o que poderia ver quando se virasse para o Príncipe de Copas. Torcia para nada ter mudado, para que, apesar de a Grota ter sido alterada, Jacks permanecesse do mesmo jeito.

— Pode se virar, Raposinha — disse ele, com um tom ríspido. E, ao ouvi-lo, a faísca de esperança que Evangeline sentia se apagou. — Não precisa se preocupar, não vou fazer mais nenhuma declaração indesejada.

E o Arcano tinha razão: quando Evangeline se virou, seus olhos não estavam mais vermelhos. O Príncipe de Copas ainda cerrava os dentes, mas estava com uma cara de irritação, não de sofrimento.

– Bem que eu falei que você iria se sentir de outra forma – disse a jovem.

Essas palavras doeram, e ela tentou escantear a dor. Caos havia lhe dito que ela sentiria o poder das pedras com mais força do que qualquer outra pessoa. Pelo jeito, ainda não deixara de sentir a influência da pedra do contentamento. Ficou torcendo para que os sentimentos que restaram sumissem logo. Era visível que Jacks já não sentia mais nada.

– Você tinha razão – respondeu o Príncipe de Copas. – Agora tenho vontade de ir embora. Vou pegar as duas outras pedras. É melhor você procurar uma capa.

Evangeline localizou uma capa dourada forrada de uma pele branca bem grossa no mesmo guarda-roupa onde havia encontrado o diário de Aurora Valor. Pegou a capa e trocou de roupa – colocou um vestido também branco, que tinha flores douradas bordadas e corpete fechado com fitas cruzadas em um tom de rosa-pôr-do-sol. Resolveu levar o diário consigo. Não sabia direito a razão – depois do último texto que lera, quase todas as páginas estavam em branco. E não podia dizer que precisava do diário para encontrar outras pedras. Jacks e ela já estavam com a pedra do contentamento, a pedra da verdade e a pedra da juventude, e Caos já possuía a pedra da sorte.

Algo parecido com apreensão pinicou Evangeline quando se lembrou do que Petra havia dito antes de morrer. "Só depois disso que descobri o que as quatro pedras são capazes de fazer juntas. Mas suponho que não te contaram isso, contaram?"

– Pronta? – perguntou Jacks.

Ela se virou e deu de cara com o Arcano, que estava perto da porta, com a postura rígida, feito um soldado, trajando um sobretudo de viagem escuro que parecia proibitivo, como a expressão dele. Evangeline sabia que a pedra do contentamento havia roubado toda a alegria daquele lugar, mas achou que o Príncipe de Copas ficaria pelo menos um pouquinho mais feliz, agora que tinham localizado todas as quatro pedras. Em vez disso, Jacks olhava para Evangeline com uma cara quase de raiva.

– Além de abrir o arco, o que as quatro pedras fazem quando estão juntas? – perguntou a jovem.

– É um pouco tarde para se preocupar com isso – respondeu Jacks, curto e grosso.

Seu tom de voz não estava mais frio do que já estivera uma centena de outras vezes e, mesmo assim, Evangeline sentiu uma pontada quando ele deu as costas para a porta.

O trenó já estava pronto para partir quando Evangeline saiu da estalagem. O ar gelado do inverno sacudiu seus cabelos, fustigando seu rosto enquanto ela dava a última olhada para a Grota. As flores que ladeavam a estrada, tão alegres quando chegou ali, agora estavam murchas e cobertas de geada. Pensou ter visto cogumelos e flores alegres no telhado também, mas agora só havia uma série de tábuas que davam a impressão de que seriam arrancadas por qualquer tempestade.

– É melhor partirmos – declarou Jacks.

Evangeline entrou no trenó ao lado dele. O veículo era branco como a neve, e tinha um banco largo, onde caberia mais um passageiro. Essa era a distância que a separava do Arcano. E a jovem tinha plena consciência dessa distância, de um jeito doloroso.

Não queria ficar olhando para o Príncipe de Copas, torcendo para que o Arcano também olhasse para ela. Não queria sentir nada por Jacks, muito menos por aquela versão insensível dele. Só que o coração não queria parar de doer.

Evangeline continuou achando que a atração que sentia por Jacks desapareceria, agora que a pedra do contentamento fora colocada dentro de um pote. Mas não conseguia se livrar daquela atração.

O trajeto de volta a Valorfell foi brutal – gélido e silencioso, tirando o ruído do galopar dos cavalos que puxavam o trenó.

A jovem ficou se perguntando se Jacks não sentia nada de fato ou se estava apenas tentando esconder seus sentimentos. Ela é que havia insistido para arrancar a pedra do contentamento do relógio, para que os dois pudessem ir embora dali e abrir o arco. E faria isso novamente.

Não estava arrependida de sua decisão.

Apenas odiou o fato de essa decisão causar tanta dor. Odiou o fato de sua única vontade ser a de esticar o braço e segurar a mão do Príncipe de Copas.

Mas não teve coragem de se mexer.

Mesmo que o Arcano ainda sentisse uma faísca de qualquer coisa por ela, estava optando por não demonstrar.

Os dois deixaram o trenó nos portões do cemitério e percorreram a pé o restante do trajeto até o castelo de Caos. Jacks levava duas pedras na sua algibeira, e Evangeline ainda estava com a pedra do contentamento, lacrada dentro do pote de ferro.

Ficou surpresa com a permissão do Príncipe de Copas para que ela continuasse com a pedra. Talvez ele realmente não tivesse mais nenhum resquício daqueles sentimentos e ficasse apavorado só de pensar que pudessem voltar, a tal ponto de não querer levar aquela pedra consigo, nem mesmo lacrada dentro de um pote de ferro.

Dois anjos de mármore tristes guardavam a entrada do castelo subterrâneo de Caos. Um deles pranteava duas asas despedaçadas. O outro tocava uma harpa de cordas quebradas. Evangeline já vira aquelas estátuas diversas vezes – mas, normalmente, durante a noite. Como o sol ainda brilhava, lançando uma luz granulada nas esculturas, pela primeira vez, os anjos de Caos a fizeram lembrar dos anjos que guardam o Arco da Valorosa. A jovem imaginou que poderia haver alguma espécie de relação entre eles, algo que não estava percebendo.

– Agora que estamos de volta, tenho certeza de que você está louca para ver seu marido, mas não vá procurar por ele. Até a maldição do Arqueiro ser neutralizada, Apollo é um perigo para você.

– Já sei disso.

– Bom, sei o quanto você gosta de tentar a morte, por isso pensei em te recordar – disparou ele.

Sacudindo a cabeça, Evangeline abriu a porta usando o próprio sangue.

Isso lhe rendeu mais um olhar feio de Jacks, enquanto passavam pela porta.

– Qual é o problema agora? – indagou a jovem.

– Você não tem senso de autopreservação. Por acaso não ouviu quando Caos alertou que você não deveria verter sangue em um castelo cheio de vampiros?

– Ainda é dia. Os vampiros estão dormindo.

– O que te deixa com diversas horas para morrer antes de abrir o arco.

Ela ergueu o queixo, em uma expressão de desafio. Quase comentou que passara cerca de duas semanas ali sozinha – não precisava dos cuidados do Arcano. Mas, em parte, tinha um lado de Evangeline que ainda acreditava que aquela preocupação toda não era somente por causa do arco.

– Pensei que não fazia diferença para você se o arco for ou não aberto. Pensei que você só queria as pedras.

– E quero – retrucou Jacks, sem hesitar. – Mas dei minha palavra a Caos que só as usaria depois que ele abrisse o arco e removesse o elmo, e Caos só pode fazer isso quando escurecer. Então por que você não banca a chavezinha comportada e se tranca na segurança da sua suíte?

Evangeline fervilhou de raiva. Ainda suspeitava que o Príncipe de Copas poderia estar tentando irritá-la para esconder quaisquer sentimentos que, porventura, ainda tivesse. E, se fosse o caso, estava conseguindo.

– Não se preocupe, Jacks, eu jamais te causaria a inconveniência de morrer.

Foi para o quarto pisando firme. Ficou tentada a procurar Apollo, só para deixar Jacks bravo. E também pela esperança de que, assim que visse o marido, seria mais fácil parar de pensar no Arcano. Porque, naquele exato momento, isso lhe parecia impossível.

Evangeline passou pelo pátio onde vira Jacks jogando damas, e isso a fez lembrar da conversa que ouvira, entre ele e LaLa, a conversa que dava a entender que o Príncipe de Copas passara o tempo que ficou longe de Evangeline procurando uma cura para a maldição do Arqueiro. Ter ouvido essa conversa a fez criar coragem para pensar que o Arcano se importava com ela. Só que, agora, gostaria que o Príncipe de Copas estivesse apenas jogando. Era tão mais fácil não gostar de Jacks quando ele estava sendo egoísta.

Lágrimas fizeram o canto de seus olhos arder.

Ela as secou, recusando-se a chorar por causa de Jacks. Mas era tão difícil... Tudo doía. Doía desejá-lo. Doía ser rejeitada pelo Príncipe de Copas. Doía respirar. Doía chorar. Doía ainda mais quando a jovem tentava não chorar.

Quando Evangeline chegou ao quarto, sua cabeça latejava, e o coração estava pesado. O recinto estava gelado e escuro, mas ela só acendeu algumas das velas e se jogou na cama.

Ainda estava agarrada ao pote de ferro onde havia guardado a pedra do contentamento. Seria tão fácil tirar a tampa do pote... E, falando sério, que mal tinha? A pedra levava qualquer dor embora, e ela estava sentindo tanta dor.

Os dedos de Evangeline pairaram em cima da tampa. Em seguida, com delicadeza, a jovem tirou a tampa.

42

O alívio que sentiu foi doce e instantâneo. Os ombros de Evangeline relaxaram, as pálpebras se fecharam. Teve a sensação de que, por fim, conseguia respirar, sem todo aquele peso que apertava seu peito.

O desejo ainda estava presente. Quando fechou os olhos, se deu conta de que estava de ouvidos alertas, querendo ouvir uma batida na porta, seguida da voz grave de Jacks. Mas, em vez de desmoronar com o silêncio, sentiu uma espécie de esperança tranquila. Não conseguia acreditar que o Príncipe de Copas não se importava com ela. Não conseguia acreditar que os sentimentos do Arcano por ela eram só por causa daquela pedra. Ela...

Ela estava delirando.

Evangeline se obrigou a fechar a tampa do pote de ferro. Em seguida, enfiou o pote debaixo do travesseiro, para que ficasse longe do alcance dos olhos. Por mais que quisesse amortecer a dor de seu coração partido, viver em um delírio não era a saída. Aquela dor logo passaria. Assim que abrisse o arco e quebrasse a maldição do Arqueiro, tudo seria diferente entre ela e Apollo – isso, pelo menos, era garantido. Mas as coisas seriam diferentes como?

Um calafrio estremeceu seu corpo. A tentação de pôr a mão debaixo do travesseiro e pegar a pedra de novo era grande. Só até chegar a hora de usá-la. Mas, talvez, precisasse sentir aquela dor para conseguir superá-la.

Evangeline abraçou o travesseiro e fechou os olhos.

O tempo foi passando daquele jeito lento, quando parece que não está passando nem um pouco. A luz e a temperatura não mudavam, inabaláveis. Até que, de repente, tudo mudou, o ar ficou mais denso. Um segundo depois, sentiu dedos leves feito pluma tirando seus cabelos do rosto.

– Jacks...

Seu coração se sobressaltou e ela foi abrindo os olhos até que... engoliu um grito.

Apollo estava debruçado sobre a cama. Com as mãos pairando em seu rosto – ou seria no pescoço? Será que o príncipe estava prestes a estrangulá-la?

Por um segundo, o pavor a paralisou. Em seguida, tentou se ajoelhar. Precisava fugir.

– Não tenha medo... Não vou te fazer mal, Evangeline.

Apollo disse o nome dela em tom de súplica e colocou um joelho em cima da cama, depois o outro, até ficar diante dela. Os olhos eram de um castanho líquido, não estavam vermelhos. Evangeline sabia com que rapidez o olhar de marido poderia mudar. Mas, naquele exato momento, o príncipe parecia tão assombrado, tão só, tão desesperado, tão ferido.

Teve a sensação de estar olhando no espelho, vendo as próprias emoções refletidas nele.

Ela sabia que precisava fugir de Apollo, mas não queria fazê-lo sofrer mais do que já estava sofrendo.

Com todo o cuidado, o príncipe segurou o rosto de Evangeline com as duas mãos. Ela ficou imóvel, mas não se afastou. Apollo cumprira o que prometera. Não a machucara. Pelo contrário: a carícia aliviou um pouco da dor que sentia.

Apollo acariciou o queixo de Evangeline.

A mão estava quente e foi delicada. Seus dedos, contudo, tremiam sutilmente, parecia que ele também estava assustado.

Mesmo assim, a carícia fez Evangeline se sentir bem. Mas, talvez, não fosse uma boa ideia, afinal de contas.

– Apollo... isso não é seguro.

O príncipe deu risada. Um riso alto, mas tímido.

– Nada é seguro desde o instante em que pus os olhos em você. E, contudo, não quero parar de te olhar.

Apollo beijou Evangeline.

Por um instante, a jovem esqueceu de como se respira – esqueceu de como se beija. Mas o príncipe foi paciente. Seus lábios se movimentavam de um jeito respeitoso, dando leves beijinhos nos lábios dela, até que ela começou a relaxar e se entregou.

Já havia beijado Apollo antes, mas nunca daquele jeito. Quando o príncipe estava sob o efeito do feitiço lançado por Jacks, seus beijos mais pareciam sonhos febris, acalorados e afoitos, como se Apollo quisesse devorar não apenas sua boca. Esse beijo mais parecia um convite para dançar.

E Apollo dançava muito bem. Bem devagar, foi colocando a mão nos cabelos de Evangeline e inclinou a cabeça dela, que entreabriu os lábios. Ela ficou com frio na barriga e passou os braços no pescoço do marido.

O príncipe sorriu, com os lábios encostados nos seus.

– Você não sabe o quanto eu desejava por isso.

Apollo, então, segurou o lábio de Evangeline entre os dentes, beijou-a de novo e mordeu em seguida, com tanta força que saiu sangue.

– Desculpe – murmurou.

– Não, tudo bem... é bom.

Isso a fez lembrar de Jacks. Mas ela expulsou esse pensamento. Também mordiscou os lábios de Apollo. Que sorriu de novo e a beijou com mais intensidade, enquanto suas mãos tentavam tirar a capa dourada que Evangeline vestia.

A jovem ficou sem ar quando a capa caiu na cama.

Sabia que era uma péssima ideia, mas era tão bom ser beijada por Apollo... Parecia que, em cada carícia, o príncipe a idolatrava. Depois de tirar a capa, começou a desamarrar as fitas do corpete e a deitou na cama.

– Se eu estiver indo rápido demais, me avise.

Dito isso, a beijou com delicadeza, primeiro nos lábios, depois no rosto, e foi dando beijinhos ternos pelo pescoço enquanto as mãos seguravam os seios, depois a garganta.

Os olhos de Evangeline se abriram de repente, na mesma hora.

– Desculpe – disse Apollo, com a voz rouca.

Desta vez, o pedido de desculpas não foi seguido de um beijo.

O pavor criou asas dentro de Evangeline porque os olhos do príncipe, de castanhos, ficaram vermelhos, e as mãos começaram a apertar seu pescoço.

43

Evangeline se estilhaçou em mil pedaços de pânico. Chutou Apollo no meio das pernas, mas o príncipe era muito pesado, estava em cima dela, e os chutes não surtiram efeito. Estava presa na cama pelo corpo do marido.

Tentou gritar porque os dedos dele esmagavam dolorosamente sua traqueia.

Mas Apollo também começou a sufocar – cuspia, tossia e foi perdendo a força nos dedos, graças à maldição espelhada.

Evangeline mal conseguia respirar, mas, quando o príncipe se afastou, ela pegou o pote onde estava a pedra do contentamento e se arrastou, se livrando do domínio do marido.

Rolou para fora da cama, toda desengonçada. Tudo era um borrão. O quarto às escuras girava, as velas aumentavam suas chamas e soltavam fumaça, tudo ao mesmo tempo. Ela estava ofegante, cambaleava. Mas, sabe-se lá como, recordou que havia uma alavanca do lado da cama.

Baixou a alavanca com todas as suas forças. A jaula caiu em volta de Apollo imediatamente. As grades se encaixaram, fazendo um ruído alto, aprisionando o príncipe.

Soltando um urro, Apollo se agarrou às grades. Estava com uma expressão de fera, os olhos ainda brilhavam, vermelhos, mas as palavras que disse foram em tom de súplica.

– Desculpe, Evangeline. Não queria mesmo te machucar!
– Eu sei.

A jovem cambaleou para trás. E esbarrou em...

Jacks.

As veias pulsavam no pescoço do Príncipe de Copas. Seu olhar tinha um brilho assassino e estava totalmente direcionado para Apollo.

– Saia daqui! – ordenou para Evangeline.

– Você não pode feri-lo – disse ela, ofegante, e puxou o Arcano pela camisa, para fazê-lo sair dali. – Se você o machucar, também vai me machucar. Lembra?

O Príncipe de Copas resmungou algo do tipo "Eu ainda vou matar esse principezinho". E passou o braço nos ombros de Evangeline.

– Tire as mãos da minha esposa! – gritou Apollo.

Jacks a puxou mais para perto de si e foi com ela em direção à porta.

Evangeline se sentia terrivelmente dividida. Não podia voltar para o lado de Apollo – muito menos, quando ele estava daquele jeito –, mas tinha a sensação de que sair dali na companhia de Jacks era um outro tipo de sofrimento para ele. O Príncipe de Copas estava sempre por perto para salvá-la e depois sempre ia embora.

Jacks a arrastou para fora do quarto, sem a menor delicadeza, e só parou para bater a porta depois que saíram. E, então, se dirigiu a ela de novo.

– O que ele fez com você?

O Príncipe de Copas cerrou os dentes quando viu que os lábios de Evangeline estavam manchados de sangue.

– Estou bem... eu só...

Eu só preciso que você me abrace.

Ela não conseguiu dizer isso em voz alta. Nem sabia se havia ou não projetado esse pensamento.

Mas, aí, Jacks a pegou no colo. Evangeline se agarrou nele e aninhou a cabeça no ombro do Arcano.

Jacks a abraçou com tanta força que chegou a doer, mas Evangeline não se importou com essa dor. Deixaria que ele a esmagasse, que ele a quebrasse, desde que jamais soltasse. Era isso que queria e se recusava a acreditar que o Príncipe de Copas não queria a mesma coisa.

Conseguia sentir o coração de Jacks batendo forte contra seu peito enquanto ele a carregava para o quarto ao lado. Que estava uma bagunça. Tinha maçãs e caroços por toda a mesa. Os lençóis da cama estavam emaranhados. O fogo queimava outras coisas além de lenha. Era visível que a jovem não fora a única a ficar chateada depois que voltaram da Grota.

O Arcano abriu a porta com um chute e a levou até a cama.

– Quando te vi, Raposinha, achei que...

Jacks deixou a frase no ar e a colocou na cama, por cima dos lençóis revirados. Aí agarrou os cabelos dela e os puxou até Evangeline olhar para ele. A expressão do Príncipe de Copas continha todo o sofrimento de uma estrela caída, despedaçada e bela, com olhos tão azuis que as cores de todo o restante pareciam opacas.

Deliberadamente, o olhar de Jacks pousou nos lábios de Evangeline.

A respiração da jovem ficou ofegante, e ela desejou que o Príncipe de Copas pudesse beijá-la, uma única vez.

Jacks se aproximou e torceu delicadamente o cabelo de Evangeline, inclinando a cabeça dela e aproximando absurdamente os lábios dos dois.

– Você ainda está sangrando.

Dito isso, lambeu o meio dos lábios de Evangeline, de um jeito delicado e tão lento que chegava a ser agoniante. A sensação de ter a língua de Jacks passando em seus lábios era de céu e de inferno. De tudo o que ela queria e de tudo o que não podia ter. Teve que se segurar para não chegar mais perto, apesar de duvidar que o Príncipe de Copas fosse permitir isso. Conseguia sentir os dedos do Arcano em seu couro cabeludo, mantendo-a naquela posição, deixando os lábios dela a poucos milímetros dos seus.

Mas talvez fosse perto o bastante. Talvez não precisassem se encostar. Evangeline seria capaz de viver assim, desde que pudesse viver com Jacks.

E aí, o Príncipe de Copas a soltou. Largou os cabelos dela e se afastou da cama, fazendo-a sentir um repentino frio na pele.

– O que foi? – perguntou Evangeline.

Podia sentir que Jacks estava se fechando de novo, eliminando a emoção do rosto – a raiva, a luxúria, o medo, a dor, o desejo. Igualzinho ao que acontecera na Grota. Foi isso que ele fez quando

Evangeline pôs a pedra do contentamento dentro do pote. Fechara-se, bloqueando todos os sentimentos. Fingira que tudo era efeito da pedra.

Ela já suspeitava disso, mas só teve certeza naquele momento.

– Tenho que ir – respondeu Jacks, com frieza.

– Não... – A jovem, então, levantou da cama. Desta vez, não ia permitir que o Príncipe de Copas não se abrisse com ela. – Do que você tem tanto medo?

Os olhos de Jacks brilharam, um brilho que parecia de arrependimento.

– O que foi? – insistiu Evangeline.

O Arcano passou a mão nos cabelos e perguntou:

– Você ainda quer saber o que as pedras fazem quando estão juntas?

– Sim.

Só que, de repente, Evangeline ficou nervosa. Essa era a resposta pela qual estava esperando. A resposta pela qual estava implorando. Todo esse tempo, morria de vontade de saber o que Jacks realmente queria. Por um tempo, teve medo disso, porque não queria mais que o Príncipe de Copas sofresse. Mas agora, a julgar pelo olhar do Arcano, ficou com um medo súbito de ser a única pessoa a acabar ferida por essa resposta.

Jacks foi até a escrivaninha e pegou uma maçã branca. Jogou a fruta para o ar e explicou:

– Quando as quatro pedras são combinadas, quem as reúne ganha o poder de voltar para qualquer instante de seu passado. Isso só pode ser feito uma vez. Quando as pedras são usadas para esse propósito, nunca mais têm o poder de permitir que alguém volte no tempo.

Por um segundo, não pareceu tão ruim assim. Muita gente queria mudar algum momento em seu passado. Só naquele dia, Evangeline teria feito várias coisas de outra maneira.

– Para qual momento você quer voltar?

O Príncipe de Copas olhou para a maçã que segurava e respondeu:

– Quero voltar para o instante em que conheci Donatella.

– A princesa que te apunhalou?

Ele fez que sim, tenso.

Por um segundo, ela ficou sem palavras. De todas as respostas possíveis, não esperava justo essa. Não demorou para lhe vir à cabeça a noite que passou com Jacks na cripta, quando o Príncipe de Copas lhe contou a história da princesa Donatella – a história de que ele havia beijado a princesa, e que esse beijo deveria tê-la matado. E que, em vez disso, fez o coração do Arcano voltar a bater. Donatella deveria ter sido o único e verdadeiro amor do Príncipe de Copas, mas resolveu ficar com outro homem e cravou uma faca no coração de Jacks.

– Por que você quer voltar a encontrar com ela?

O Arcano ficou mexendo o maxilar por alguns instantes, então respondeu:

– Supostamente, ela deveria ser meu único e verdadeiro amor... Quero outra oportunidade de viver isso.

– Mas não faz sentido. Por que se dar a todo esse trabalho por uma garota que você *não* ama?

Evangeline sabia que Jacks não amava Donatella. Talvez tivesse acreditado que ele a amava antes, na primeira vez que ouviu a história, mas não conseguia mais acreditar nisso.

O Príncipe de Copas nunca falava de Donatella. E, nas raras ocasiões em que comentava algo a respeito da princesa, não falava como se a amasse.

– É só por que você não a matou? Ou realmente quer ficar com ela?

Jacks expandiu as narinas e desconversou:

– Essa discussão é inútil. – Nessa hora, mordeu a maçã com força. – E você não vai lembrar dela, de todo modo.

Evangeline foi novamente tomada pelo pânico. Era a segunda vez que Jacks dizia isso. A primeira foi na Grota, e ele falara de um jeito que dava a entender que não estava sendo sincero. Só que, agora, o tom de Jacks era firme e ríspido.

– Por que está dizendo que não vou me lembrar? – perguntou a jovem.

Mas temia já saber a resposta. Se o Príncipe de Copas voltasse no tempo, isso não mudaria apenas a vida do Arcano, também alteraria a vida de Evangeline. Era por isso que estava dizendo que ela iria se esquecer. Porque, se Jacks criasse uma nova realidade, nada daquilo aconteceria. Os dois nem sequer teriam aquela discussão.

Tudo o que havia ocorrido entre Jacks e Evangeline desde que ela chegara no Norte fora em decorrência da busca do Príncipe de Copas pelas pedras do arco. Mas, se o Arcano conseguisse usá-las para reescrever a própria história, não precisaria encontrá-las novamente: não precisaria dela.

De repente, Evangeline ficou enjoada.

Jacks fez cara de quem não dava a mínima.

– Se você voltar no tempo, quanto da minha vida irá mudar?

O Arcano deu mais uma mordida na maçã e respondeu:

– Sua vida não será completamente diferente. O Tempo não deseja ser mudado: a maioria das coisas irá acontecer de novo sozinha, a menos que alguém tome a atitude de mudá-las. Pelo que pude entender, você ainda conseguirá chegar aqui... só não vai ser por minha causa. Imagino que Caos vai te trazer até aqui sozinho. Então, não se preocupe, meu bem. Você continuará sendo princesa e continuará com Apollo.

– E você? Vamos nos conhecer?

– Não.

E Jacks pode até ter sentido algo quando disse isso, mas não deixou transparecer nenhuma emoção.

– Você vai se lembrar de mim?

– Sim – respondeu o Arcano, com a mesma indiferença. – Mas vou fazer de tudo para que nossos caminhos jamais se cruzem.

– Mas você acabou de dizer que minha vida não vai mudar.

– E não vai. – Nessa hora, ele deu mais uma mordida na maçã. – Você dará um outro jeito de impedir o casamento de Luc. Com Veneno, imagino.

– Não é disso que eu estou falando.

As lágrimas pinicaram os olhos de Evangeline. Não conseguia acreditar que Jacks não ligava para o fato de que ela iria esquecê-lo. Que aquele momento e todos os outros momentos que os dois viveram juntos seriam apagados. Que Caos ou Veneno simplesmente o substituiriam – isso se a *teoria* do Príncipe de Copas estivesse correta, e a vida da jovem continuasse mais ou menos a mesma. Se estivesse enganado, a vida dela poderia tomar tantos outros rumos...

Só que, naquele momento, Evangeline não ficou preocupada com o que seria da vida dela. Preocupou-se apenas com o fato de que iria *esquecer* Jacks. Sua respiração estava rasa, e o coração batia sobressaltado – ela ficou com receio de que pudesse parar de bater a qualquer momento. E o Príncipe de Copas estava ali, parado, comendo maçã.

Mas tinha certeza de que o Arcano sentia alguma coisa. Não acreditava mais que tudo o que havia acontecido entre os dois lá na Grota tinha sido só por influência da pedra do contentamento. A pedra não criou aquela euforia, apenas cicatrizou os ferimentos e removeu o medo.

De que Jacks tinha medo? Qual era o ferimento dele?

"Supostamente, ela deveria ser meu único e verdadeiro amor... Quero outra oportunidade de viver isso."

Foi isso que o Príncipe de Copas respondeu quando Evangeline perguntou por que ele queria voltar e ficar com Donatella. Não disse que a amava. Apenas queria ficar com a princesa porque acreditava que essa seria sua única oportunidade de amar. Só porque Donatella fora a única garota que o Arcano não havia matado com seu beijo.

— E se você estiver enganado? E se a princesa Donatella não for sua única oportunidade de amar? Você falou que, se eu abrisse o Arco da Valorosa, encontraria algo lá dentro capaz de curar a maldição de Apollo. E se tiver alguma coisa que possa te ajudar também? Talvez exista uma maneira de você encontrar *outro* verdadeiro amor.

Jacks ficou mexendo o maxilar e atirou a maçã na lareira.

— Não é assim que funciona.

— Por que você não quer pelo menos tentar? Por que a única solução é voltar no tempo para encontrar uma garota que não te ama?

Os olhos do Príncipe de Copas se transformaram em uma tempestade.

Talvez fosse melhor que Evangeline deixasse por isso mesmo, mas aquela era sua última chance. Se Jacks pusesse em prática seu plano terrível, a jovem sequer saberia se os dois se conheceriam um dia. Bem devagar, aproximou-se dele e ergueu a cabeça, para olhar no rosto do Arcano.

— Se você acredita mesmo que é isso que quer, está mentindo para si mesmo.

— Não estou mentindo para mim mesmo – vociferou Jacks.

— Então diga que é isso que você realmente quer. Jure que quer isso mais do que qualquer coisa, então nunca mais tocarei no assunto.

O Arcano a segurou pelos ombros e olhou bem nos olhos dela. Durante um minuto, não disse nada. Ficou apenas olhando para Evangeline, para o sangue que ainda restava nos lábios dela e para as lágrimas secas que manchavam seu rosto.

— Juro que é isso que eu realmente quero – declarou, pronunciando cada palavra como se fosse uma promessa. – Quero apagar cada instante que eu e você passamos juntos, cada palavra que você me disse e cada vez que encostei em você. Porque, se não fizer isso, vou te matar, assim como matei a Raposa.

O coração de Evangeline parou de bater.

Ficou olhando para os olhos do Arcano em busca de uma explicação, mas só viu escuridão e só sentiu a pressão das mãos dele. O Príncipe de Copas a segurava como alguém se seguraria à beira de um precipício, sabendo que, assim que soltasse, não teria mais como se segurar.

E Evangeline não podia mais negar a verdade que não queria ver. Jacks era o Arqueiro de "A balada do Arqueiro e da Raposa". Por isso ele sabia tanto a respeito da maldição do Arqueiro e insistira tanto que não havia como quebrá-la. Foi por isso que dissera que não era *amigo* do Arqueiro. Jacks *era* o Arqueiro.

Evangeline temia que isso fosse verdade desde o instante em que o Belo Desconhecido comentou sobre a primeira raposa. Mas ignorou esse fato porque não queria ter razão. Não queria que *essa* fosse a história de Jacks – queria que *ela* fosse a história de Jacks.

Uma lágrima escorreu pelo seu rosto ao imaginar Jacks como o Arqueiro, lutando, sem sucesso, para não ferir a garota que amava. Não era para menos que ele era tão atormentado e cruel. Não era para menos que havia se aperfeiçoado na arte de não se importar com ninguém.

— Desculpe acabar com seu conto de fadas, Raposinha. Mas baladas não têm final feliz, e nós dois também não teremos.

Dito isso, soltou os ombros da jovem e se dirigiu à porta.

— Não sou aquela raposa! — gritou Evangeline.

— Você não está entendendo. — Jacks virou levemente para trás e lhe lançou um olhar lúgubre. — Todas as garotas são só mais uma raposa. Quer saber como a história realmente termina? Quer saber a parte da lenda que todo mundo esquece?

Evangeline tentou se convencer a fazer que não com a cabeça. Fazia tanto tempo que queria saber o final daquela história, mas agora queria esquecê-la completamente. Queria que Jacks simplesmente voltasse a ser o Príncipe de Copas — o Arcano de coração partido que procura pelo verdadeiro amor —, não um herói caído que encontrou o amor de sua vida e a matou.

— Achei que você tinha acabado de me contar o final da história.

— Contei que a matei, mas não disse como. — Nessa hora, uma intensidade perigosa se infiltrou na voz de Jacks. — Não contei que fugi, que tentei abandoná-la para não feri-la. Eu não sabia se realmente a amava ou se todos os meus sentimentos eram devidos à maldição, porque a maldição não permitia que eu parasse de pensar nela. Mas a Raposa tinha mais fé em mim do que eu mesmo tinha. Foi me procurar. Estava convencida de que eu realmente a amava e que poderia resistir à maldição. E eu resisti. Jamais encostei as mãos nela. Superei a maldição do Arqueiro. Mas não fez diferença. Porque, assim que a beijei, ela morreu. — Jacks retorceu os lábios em uma expressão de amargura. — Desde então, todas as garotas que beijei morreram. Menos uma. E você não é essa garota.

44

Evangeline estava começando a recear que o tempo era alimentado por emoções e que coisas como pavor o faziam passar mais rápido. Em cima da cornija da lareira do quarto de Jacks havia um relógio de vidro preto, todo arredondado, no qual a jovem só reparou depois que o Arcano foi embora. Agora não conseguia tirar os olhos do relógio. Começou a suar na palma das mãos observando o ponteiro dos segundos girar, movimentando-se cada vez mais rápido a cada minuto que passava.

Logo chegaria o cair da tarde. Logo ela o esqueceria. Esqueceria daquela versão da própria vida. Poderia até ter uma vida completamente diferente, nem saberia que aquela vida um dia existiu.

Saberia que ele existia, mas não seria mais Jacks, seria apenas uma figura mística: o Príncipe de Copas. Evangeline esqueceria que o Arcano um dia fora Jacks da Grota, o Arqueiro, e que, durante uma única noite, foi *seu*.

Com que direito o Príncipe de Copas tinha a ousadia de roubar tudo isso dela? Evangeline o odiou um pouco por isso, o que tornava tudo levemente mais fácil. Mas aquilo ainda lhe parecia errado. Sempre acreditou que toda história tem potencial para infinitos fins. Mas aquele não lhe parecia o jeito que a história dos dois deveria terminar. Não conhecera Jacks para depois ter que esquecê-lo.

Precisava convencê-lo disso antes que ele usasse as pedras.

A porta do quarto se entreabriu. Evangeline tirou os olhos do relógio e deu de cara com Caos, que estava parado perto da porta.

O vampiro estava trajado mais de príncipe do que de guerreiro – usava gibão de veludo tom de vinho bem escuro e uma elegante camisa cor de creme por baixo. As luvas eram de couro marrom, as calças, escuras, e a espada que levava presa à cintura era dourada. A arma parecia mais decorativa do que necessária, como se aquela noite fosse uma espécie de ocasião especial. Evangeline supôs que, para Caos, era mesmo.

Nas mãos, o vampiro segurava um pequeno baú de ferro, que deveria conter a pedra da sorte, a pedra da juventude e a pedra da verdade. Evangeline ainda segurava o pote contendo a pedra do contentamento na mão e, por um segundo terrível, gostaria de tê-lo perdido.

– Pronta, princesa?

– Não – disparou Evangeline. Jamais estaria pronta para ter a própria vida apagada e substituída por outra. – Não precisamos esperar por Jacks?

Ela olhou de relance para o corredor, procurando o errático Príncipe de Copas, torcendo para que Caos não percebesse.

– Jacks não estará conosco – respondeu o vampiro. – Levarei as pedras para ele depois que você abrir o arco.

– Ele não pretende nem se despedir de mim?

Evangeline sentiu que suas esperanças se esmigalharam feito asas de papel que cometeram o tolo erro de achar que poderiam voar.

– Jacks falou que você não vai se lembrar, de todo modo – completou Caos, baixinho, como se soubesse que essa frase era o oposto de um consolo.

– Você acha que o que Jacks está fazendo é uma boa ideia?

O vampiro passou a mão no queixo do elmo e falou:

– Acho melhor irmos logo.

– Vou entender isso como um "não".

Caos soltou um suspiro, meio de impaciência, meio de inquietação.

– Acho que viajar no tempo nunca é uma boa ideia. Já vivi tempo suficiente para saber que o passado não gosta de ser mudado. Jacks acredita que o plano dele vai funcionar porque quer alterar uma única coisa. Mas o raciocínio do Príncipe de Copas fica prejudicado quando ele quer muito alguma coisa. Acredito que viajar no tempo só funcione quando o passado ainda não teve tempo de se firmar. Quanto mais se volta no tempo, mais o Tempo resiste a mudanças.

E, dada a natureza vingativa do Tempo, mesmo que Jacks consiga mudar o passado, o Tempo, sem dúvida, vai fazer questão de que ele perca alguma outra coisa, para pagar por isso. Então, você tem razão: acho que Jacks está cometendo um erro.

— Então me ajude a convencê-lo a mudar de ideia!

Caos sacudiu a cabeça, pesarosamente.

— Você também não faz bem para ele, princesa. Voltar no passado é um erro melhor a cometer do que *você*. Se Jacks ficar com você, vai te matar, e a sua morte o mataria. Pode acreditar em mim, Evangeline. Se você se importa com Jacks, o melhor que pode fazer por ele é esquecê-lo.

— Mas não me parece a melhor coisa a fazer — retrucou a jovem.

Mas, em parte, não podia negar que Caos talvez tivesse razão. Meses atrás, sentia que Luc era a pessoa com quem estava destinada a ficar. Estivera claramente enganada a esse respeito e, se não era a pessoa certa para Jacks, as consequências seriam bem piores.

— Está pronta agora? — perguntou Caos.

Com relutância, Evangeline fez que sim.

À medida que ela e o vampiro percorriam o corredor, continuou torcendo para ouvir o ritmo das botas de Jacks ou o ruído de seus dentes mordendo uma maçã.

Mas a única coisa que ouviu foi o barulho dos próprios sapatinhos, o rangido ocasional de uma porta se abrindo e a crescente constatação de que, talvez, jamais fosse rever Jacks. Ele não mudaria de ideia. Colocaria em prática o plano de mudar o passado e, com isso, a vida dos dois.

Evangeline se sentia anestesiada. Eles entraram em uma carruagem escura, com bancos de veludo, que dava a impressão de nunca ter sido usada. Supôs que, para um vampiro que se movimentava a uma velocidade sobrenatural, o trajeto de carruagem seria dolorosamente lento. Mas, para ela, parecia absurdamente rápido.

Pouco antes de chegarem ao Paço dos Lobos, a carruagem passou por uma fileira de esculturas sem cabeça antiquíssimas, que a fizeram se recordar da família Valor, e ela sentiu um frio súbito. Ainda não sabia o que a Valorosa continha.

Quando LaLa lhe contou a história de seu amado metamorfo que se transformava em dragão, Evangeline pensou que a lenda segundo a qual a Valorosa era uma prisão era verdadeira.

De acordo com Jacks, a Valorosa continha a cura para a maldição do Arqueiro que fora lançada em Apollo. Mas, supostamente, não continha nada que remediasse seu beijo fatal.

Evangeline olhou para Caos, que estava sentado à sua frente. O vampiro acreditava que a Valorosa permitiria que ele, finalmente, se livrasse do elmo amaldiçoado. Naquele momento, Caos passava a mão na parte de baixo do elmo, acariciando os intrincados relevos formados por imagens e palavras.

Evangeline sentiu uma pontada ao lembrar do que o vampiro dissera a respeito daquelas palavras certa vez – as palavras que pertenciam à língua da família Valor. "É a maldição que me impede de tirar o elmo."

– Fiquei curiosa com uma coisa – disse Evangeline. – Se a Grota é protegida de todas as maldições, e seu elmo é amaldiçoado, por que você nunca simplesmente foi para a Grota tirar seu elmo?

Caos esperou alguns instantes antes de responder:

– Se eu pusesse os pés na Grota, deixaria de existir completamente. O local foi encantado, especificamente, para que eu não possa entrar nele.

– Mas achei que você e Jacks fossem amigos.

– E somos. Mas, logo que me tornei quem sou, não conseguia me controlar direito.

Evangeline recordou na mesma hora da matéria de jornal que lera no Castelo de Massacre do Arvoredo: "Mas certas pessoas temem que esses ataques se devam apenas ao fato de a família Valor não ter controle algum sobre a aberração que criou".

Ela segurou um suspiro de assombro porque, de repente, tudo se encaixou.

– Você é o monstro que todos pensavam que a família Valor havia criado.

– Mas foi a família Valor que me criou, sim.

– É mesmo?

— Você acha mesmo que eles são tão inocentes quanto dizem as histórias? — Nessa hora, Caos deu risada, mas foi um riso nem um pouco alegre. — A família Valor cometeu inúmeros erros. Mas você não precisa se preocupar, Evangeline. Não faz muito tempo que sou um monstro. Só quero destrancar a Valorosa e me livrar desse elmo.

A carruagem chegou ao perímetro salpicado de neve do Paço dos Lobos segundos depois.

E, então, Evangeline teve a impressão de que, num abrir e fechar de olhos, Caos e ela já estavam na biblioteca real, abrindo a porta do cômodo que continha o Arco da Valorosa.

45

O recinto estava igualzinho ao que Evangeline recordava: chão caindo aos pedaços, paredes cinzentas, ar fossilizado que irritava a garganta e um arco gigante guardado por uma dupla de anjos guerreiros, um triste, o outro, bravo. Ambos brandiam as espadas de pedra no centro do arco.

Da última vez que Evangeline estivera ali, os anjos não se mexeram. Mas, naquela ocasião, a jovem jurou que os dois se encolheram de medo quando Caos pôs os pés no recinto.

Com um *clique*, o vampiro abriu o pequeno baú de ferro que continha as três primeiras pedras.

O ar mudou imediatamente: o recinto se encheu de purpurina serpenteando como se fosse poeira.

As pedras dentro do baú brilhavam, reluziam, cintilavam, praticamente cantavam, em seu esplendor. Assim como a pedra do contentamento, que estava na mão de Evangeline. A jovem nem sequer percebera que havia tirado a tampa do pote, mas agora a pedra estava na palma de sua mão.

Por um segundo, teve a impressão de que o tempo parou, e ela imaginou o que poderia acontecer se, em vez de encaixar a pedra no arco, a colocasse no baú com as demais pedras e usasse as gemas para voltar no tempo.

Jacks havia dito que as pedras só poderiam ser usadas para esse propósito uma única vez. Se Evangeline fizesse isso primeiro, o Príncipe de Copas jamais teria a chance de fazer.

Ela sabia, porque Caos lhe explicara, que o Tempo era vingativo e não gostava de ser mudado. Mas, com a pedra do contentamento na mão, ficava difícil sentir medo. A sua pele formigava, por causa da magia, enquanto ela se imaginou voltando no tempo e conhecendo Jacks antes que o Arcano encontrasse a princesa Donatella. E, então, a imagem dos pais lhe veio à cabeça. Imaginou que voltava e salvava a vida dos dois. Se a mãe não tivesse morrido, talvez o pai não tivesse morrido, por causa do coração partido. A família voltaria a ser completa.

Durante um minuto estonteante, Evangeline teve visões com os pais vivos de novo e sorrindo. Viu a loja de curiosidades aberta e Jacks a abraçando. Imaginou uma vida mais feliz, onde nunca teve madrasta nem irmã postiça. Uma vida na qual jamais teria que ir para o Norte à procura de amor. Uma vida na qual Apollo nunca foi amaldiçoado, e ela nunca foi caçada pelo marido. Onde Luc nunca se transformou em vampiro. Poderia mudar a própria vida e encontrar um dos infinitos fins nos quais sempre acreditou.

– Não se esqueça do que viemos fazer aqui – censurou Caos.

– Não se preocupe.

A jovem fechou a mão, escondendo a pedra do contentamento. Ainda se sentia tentada a voltar no tempo. Mas, por mais que odiasse a decisão que Jacks estava tomando, não queria tirar dele o direito de escolher. Sendo assim, torceu, uma última vez, para que o Príncipe de Copas tomasse uma decisão mais acertada.

Respirou fundo e colocou a pedra do contentamento no arco. Por um segundo, esperou que algo mágico acontecesse, que o brilho das pedras se intensificasse ou que os anjos atacassem, mas tudo permaneceu igualzinho como antes.

Em seguida, posicionou a pedra da sorte. Novamente, nada mudou.

As palmas das mãos começaram a suar quando colocou a pedra da juventude no arco e a única coisa que se mexeu foi um redemoinho de poeira-purpurina.

– Acho que não está funcionando – falou.

– Vai funcionar.

O tom de Caos foi de tensão, e seus dedos também estavam tensos quando lhe entregou a última pedra.

Evangeline estava uma pilha de nervos quando segurou a última das quatro pedras. Tudo o que fizera e vivenciara desde que chegara ao Norte levara àquele momento. Se acreditasse no destino, poderia ter pensado que toda a sua vida a levou até ali. Não gostava nem um pouco dessa ideia e, mesmo assim, não podia negar a sensação de inevitabilidade que parecia preencher aquele recinto antiquíssimo, como se o Destino estivesse, de certo modo, parado, em silêncio, bem atrás dela, segurando a respiração, esperando para ver o fim de uma história que fora colocada em movimento séculos atrás.

A jovem posicionou a última pedra.

Finalmente.

A palavra, vinda do arco, foi sussurrada em seus pensamentos. Ela sentia o arco respirando, soprando vento em sua pele. Estava acordando. *Estava funcionando.*

Caos lhe estendeu uma pequena adaga dourada, e Evangeline furou o dedo com todo o cuidado.

Assim que ela encostou o dedo com sangue nas pedras, o recinto explodiu em luz, uma luz muito mais forte do que da primeira vez que Evangeline havia encostado no arco. Os anjos brilhavam feito uma fatia do próprio sol. Precisou tapar os olhos até o brilho dos anjos diminuir.

Quando conseguiu enxergar de novo, os anjos guerreiros tinham baixado as espadas e, atrás deles, havia uma pesada porta de madeira, com uma aldrava de ferro em formato de cabeça de lobo.

Caos encostou a mão enluvada na porta, parecia querer testar se era verdadeira ou não. Em seguida, virou a cabeça para trás, para a jovem, e falou:

— Muito obrigado, Evangeline.

Então pegou a adaga e cortou uma mecha do cabelo rosa dela. Evangeline pulou para trás, de susto.

— Por que você fez isso? — perguntou.

— Não se preocupe. Neste exato momento, você é a última pessoa que desejo ferir. — O vampiro guardou a adaga no cinto e completou: — O cabelo é para quebrar as maldições que pairam sobre você e Apollo... Só espere aqui fora enquanto eu entro.

– O que tem lá dentro? – indagou Evangeline.

Mas Caos já tinha aberto a porta e entrado na Valorosa.

Os anjos de pedra dos dois lados do arco estremeceram quando o vampiro entrou. Ela recordou, mais uma vez, que Caos era a aberração que, na cabeça de muitas pessoas, vivia trancafiada atrás do arco.

Imaginou o que poderia realmente estar lá dentro se Caos fosse mesmo a tal aberração. A porta pesada ainda estava entreaberta. O vampiro não a fechara como deveria. Era óbvio que não temia que alguma coisa saísse por ela para atacar Evangeline.

Ela se aproximou, só para dar uma espiada. Como o arco ainda brilhava com a força da luz do dia, o lado de lá lhe pareceu escuro, de início – um mundo de sombras cor de sépia.

Seus olhos levaram alguns instantes para se acostumar. Evangeline esperava ver jaulas e prisioneiros, mas havia apenas um vestíbulo abobadado, com paredes de arenito e tochas bruxuleantes em tons de laranja e vermelho que iluminavam uma série de corredores. Parecia a entrada de um templo antiquíssimo, mas poderia ser de um cofre. A versão da história segundo a qual a família Valor guardava ali seus maiores tesouros mágicos poderia ser verdadeira, afinal de contas.

Sabia que Jacks não acreditava que pudesse haver algo dentro da Valorosa que lhe permitisse ter outra chance de amar. Mas e se ele estivesse enganado?

Evangeline pôs os pés lá dentro.

E compreendeu por que, há poucos instantes, Caos tinha aconselhado que ela ficasse longe de Jacks – a jovem tivera um vislumbre da mágoa do Arcano quando ele comentou sobre os amigos falecidos e confessou ter matado a Raposa. Evangeline não queria ser outra mágoa e não queria morrer. Mas se recusava a acreditar que isso significava que precisava abrir mão de Jacks. Tinha que haver outra maneira.

Sentiu uma onda de expectativa enquanto aguardava ali, parada, dentro da entrada da Valorosa. À primeira vista, os corredores que serpenteavam a partir do vestíbulo pareciam todos iguais: portas em arco, feitas de blocos de pedra vermelha antiquíssimos e chão coberto por faixas surpreendentemente grossas de carpete com fios dourados.

Definitivamente, aquilo não era uma prisão. Evangeline prestou atenção aos ruídos de cada corredor. Dois deles estavam silenciosos, mas pensou ter ouvido passos ecoando no terceiro. Devia ser esse o corredor que Caos havia escolhido.

Sem fazer barulho, foi avançando, pé ante pé, seguindo aquele som. Lá pela metade do corredor, as arandelas de ferro deram lugar a arandelas de ouro, obras de arte surgiram nas paredes e, em seguida, ela viu uma porta alta e larga, por onde passava uma luz de contos de fadas, permitindo que, ao espiar pela fresta, ela visse o que havia do outro lado com facilidade.

Evangeline avançou alguns centímetros, prestes a escancarar a porta, quando avistou Caos do outro lado. O vampiro estava fitando uma fileira de pessoas deitadas no chão, de mãos dadas. As roupas que usavam pareciam muito antigas, algo saído dos livros de história – muitos vestidos longos de lã tingida artesanalmente, cordões dourados trançados, peitorais de estanho e ombreiras com peças de metal pontiagudas.

Ela não sabia o que pensar de tudo aquilo, até que avistou um rosto no meio do grupo, um rosto que já vira certa vez, em uma pintura. A garota era ainda mais bela do que aparentava ser pelo retrato, e Evangeline reconheceu na mesma hora que era Aurora Valor.

E foi aí que reparou no diadema de ouro que coroava a mulher baixinha, ao lado de Aurora. A pele da mulher era de um tom escuro de oliva; o cabelo era prateado e reluzente, e a expressão, serena. Ela achou que aquela era a mãe de Aurora, Honora Valor.

O homem deitado ao lado de Honora tinha uma aparência envelhecida pelas mazelas da vida. Também usava coroa na cabeça, e Evangeline achou que deveria ser Lobric Valor.

Aquela família deitada no chão era a família Valor.

Eram *eles* que estavam trancafiados na Valorosa, não seus tesouros nem seus prisioneiros. Evangeline quase caiu para trás ao se dar conta disso. Não era isso que achava que iria encontrar. Mas fazia todo o sentido e, de fato, se encaixava em ambas as histórias que ouvira contar a respeito da Valorosa. Se a família Valor estava presa ali, então a Valorosa era uma espécie de prisão, uma prisão que trancafiava os maiores tesouros mágicos da família Valor – porque continha a família em si.

Não era para menos que Caos queria abrir a Valorosa. Se foram os integrantes da família Valor que o amaldiçoaram, obrigando-o a usar aquele elmo, nada mais racional do que eles terem o poder de removê-lo. Evangeline, nessa hora, imaginou que Honora poderia quebrar a maldição que fora lançada sobre Apollo. Jacks havia dito que a mulher era a maior curandeira do mundo.

Tudo fazia muito sentido – com exceção do fato de Jacks acreditar que a Valorosa não continha uma alternativa para ele. Se Honora podia curar Apollo da maldição do Arqueiro, então talvez também pudesse ajudar o Príncipe de Copas.

Bem nessa hora, a rainha começou a levantar do chão. Era graciosa, mesmo se equilibrando nas pernas bambas. Caos dava a impressão de estar um tanto ofegante enquanto a observava, como se a mulher pudesse desaparecer de repente. E, quando deu por si, Evangeline estava ofegando também.

– É você mesmo? – perguntou Honora, que tinha um leve sotaque que remetia a outras épocas e uma voz tão delicada quanto sua aparência. – Castor?

A jovem foi um pouco mais para frente com o corpo, sem saber se ouvira o nome direito. Castor estava morto. Jacks tinha lhe contado como o rapaz morrera. Só que, pensando melhor, o Príncipe de Copas não havia terminado de contar a história. Apenas encerrou o relato dizendo que não nascera para ser herói.

Evangeline ficou observando Honora abraçar Caos.

– Quanto tempo se passou? – perguntou a rainha.

O vampiro disse alguma coisa, tão baixo que Evangeline não conseguiu ouvir. Mas pensou ter ouvido as palavras "Senti sua falta, mãe".

Honora começou a chorar, de soluçar.

A jovem se sentiu uma intrusa terrível, mas não conseguia parar de olhar. Se é que estava entendendo corretamente, a família Valor não havia criado um monstro para vingar a morte de Castor – ele é que se *tornara* o monstro. Caos era Castor Valor. Era *por isso* que queria abrir o arco, na verdade. Não apenas para tirar o elmo, queria salvar a vida da família. Sentira saudade deles. O vampiro amava aquelas pessoas.

E foi aí que Evangeline se deu conta de como poderia salvar Jacks. Era algo tão simples que se xingou por não ter pensado nisso antes. Ela o salvaria com amor. Evangeline não apenas se importava com Jacks ou desejava o Arcano. Ela o amava. E só precisava contar isso para o Príncipe de Copas.

A ideia a deixou um pouco apavorada. Como Jacks já havia rejeitado Evangeline, era natural temer que ele fizesse isso de novo. Mas aí é que estava o problema: o medo. Jacks só a rejeitava porque tinha medo de matá-la. Mas, com sorte, se ela contasse para o Arcano que o amava, isso bastaria para Jacks querer permanecer no presente e tentar algo além do que aquilo que havia se contentado a ter.

Alguns dos conceitos de Evangeline a respeito do amor podiam até ter mudado desde que chegara ao Norte. Mas ela ainda acreditava que o amor era a força mais poderosa do mundo. Quando duas pessoas realmente se amam e estão dispostas a lutar por esse amor, quando estão dispostas a enfrentar uma guerra uma pela outra, dia após dia, não importa contra o que estejam lutando. O amor sempre vence, desde que não se pare jamais de lutar por ele.

Se Jacks amasse Evangeline assim como ela o amava, os dois poderiam dar um jeito de fazer aquele relacionamento dar certo.

Não importava que o Príncipe de Copas ficasse amaldiçoado para sempre. Entretanto, em parte, ela acreditava que, quem sabe, seu amor seria suficiente para quebrar a maldição de Jacks. Sabia que, de acordo com as histórias, o Príncipe de Copas tinha apenas um único verdadeiro amor – e que já encontrara esse amor –, mas as histórias também distorcem a verdade. A Valorosa era prova disso.

Com uma onda de esperança que lhe deu a sensação de ter asas tão poderosas que seria capaz de levantar voo e ir até à lua, às estrelas e mais além, Evangeline começou a se virar para trás. Ela precisava encontrar Jacks, precisava contar para ele dos seus sentimentos. Ela...

... levou um susto e parou de supetão, porque um facho de uma luz cegante vinha do recinto onde a família Valor estava.

Caos fez um ruído que poderia ser de choro, sofrido e profundo.

A jovem ficou de frente para a porta entreaberta de novo, bem em tempo de ver que o elmo amaldiçoado que aprisionava a cabeça do vampiro estava quebrado.

Caos arrancou o elmo, soltando um urro, e o atirou longe, do outro lado do cômodo. O objeto bateu com tanta força na parede que caiu no chão todo despedaçado.

– Finalmente – disse ele, e sua voz ficou entre um grito e um rugido. E, pela primeira vez, Evangeline viu como ele era. Caos tinha um rosto que a deixou sem ar. Olhos brilhantes, maxilar definido, pele lisa tom de oliva e um sorriso que fez seu coração se sobressaltar.

– O Belo Desconhecido – falou, com um suspiro de assombro.

Honora e Caos se viraram para a jovem.

Evangeline ficou petrificada perto da porta.

– Parece que temos visita – disse Honora, inclinando a cabeça de um jeito que tanto poderia ser de curiosidade quanto de desconfiança.

– Mãe, esta é Evangeline – declarou Caos. A voz dele era diferente sem o elmo, toda aveludada, sem a fumaça, mais parecida com a voz com a qual falara nos sonhos da jovem. – Foi ela que destrancou o arco.

E, de repente, o vampiro estava perto da porta. Escancarou-a e deu um sorriso para Evangeline que rivalizava com o sorriso de todos os imortais que ela já conhecera.

– De verdade, nem tenho como agradecer.

O vampiro, então, segurou a mão dela e deu um beijo delicado.

Sem o elmo, Caos era uma espécie diferente de monstro, possuía todo o charme de um príncipe e o poder de um vampiro. Evangeline ficou sem ar enquanto o Arcano sorria para ela. Os olhos de Caos eram do tom mais arrebatador de verde, com mil diferentes facetas, todas brilhando de magia, até que arderam, de calor.

Ela percebeu tarde demais o erro que havia cometido – não deveria ter olhado nos olhos de Caos. Antes que desse tempo de gritar, o sorriso do vampiro se transformou em presas e, em seguida, essas presas estavam no pescoço dela, rasgando sua garganta.

46

Tudo se resumia a dentes, dor e falta de ar.

Evangeline tentou fugir. Tentou gritar.

Pensou ter ouvido Honora gritar também. Mas Caos não a soltou. Segurava seu pescoço com uma mão enquanto os lábios bebiam seu sangue. Bebeu e bebeu mais, drenando-a com puxões violentos da boca e da língua e um ocasional raspar dos dentes, para furar mais a pele e chupar mais sangue.

A jovem conseguia sentir o próprio sangue saindo das veias e indo parar na boca do vampiro, jorrando tão rápido que o coração não conseguia acompanhar.

Honora começou a implorar.

Evangeline tentou bater em Caos, mas não conseguiu reunir forças para movimentar as mãos. Não conseguia sequer abrir os olhos. O corpo estava pesado, e a cabeça, leve. Só conseguia sentir os dentes do vampiro, afundando e rasgando sua pele para sugar ainda mais...

– Não, Castor! – gritou Jacks.

O vampiro foi arrancado de cima de Evangeline.

Ela começou a cair e, quando deu por si, o Príncipe de Copas estava ao seu lado. Os olhos estavam pesados demais para abri-los –, mas conseguia sentir a presença do Arcano. Ele a abraçou com uma intensidade que só acontece quando alguém quer uma coisa que não é exatamente sua.

Mas a jovem era dele. Só precisava contar para Jacks que o amava.

– Evangeline... – disse o Príncipe de Copas, com a voz rouca. – Volte para mim...

"Não estou morta", tentou dizer a jovem. Mas havia algo de errado com sua garganta. E, pelo jeito, Jacks não conseguia ouvir seus pensamentos.

O Arcano a abraçou mais forte, em silêncio, e encostou a testa na testa da jovem. Evangeline não sabia ao certo se era Jacks quem estava chorando ou se era ela, mas sentiu o rosto úmido. E parecia muito que eram lágrimas. E então sentiu...

Nada.

FIM

Um grito atormentado apunhalou a noite, feito faca. O céu sangrou, e dele não caíram estrelas, mas a própria escuridão, apagando as luzes por todo o Magnífico Norte.

A maldição das histórias que atingia a maioria das lendas e baladas do Norte ficou observando. Aquela tragédia, certamente, seria uma lenda algum dia – e, ao que tudo indicava, já estava amaldiçoada.

A jovem estava morta. Caso seu corpo sem vida não confirmasse esse fato, isso ficaria claro pelo terrível grito do Arcano que a segurava no colo. A maldição das histórias conhecia a dor muito bem, mas aquilo era um suplício, o tipo de sofrimento em sua forma mais pura, que só se vê uma vez a cada século. O Arcano era cada lágrima que cada pessoa já derramara por seu amor perdido. Era a própria dor que tomara forma.

– Mil desculpas, Jacks. Eu...

O vampiro olhou para a garota que acabara de matar, coçou o queixo e fugiu em seguida.

O Arcano não se mexeu. Não soltou a jovem. Estava com cara de quem jamais a soltaria. Continuou abraçado nela como se pudesse fazê-la voltar à vida apenas com a força de sua determinação. Seus olhos ficaram úmidos de sangue. Lágrimas vermelhas escorreram pelo seu rosto e caíram no dela. Mas Evangeline não esboçou reação.

Os demais imortais adormecidos estavam começando a despertar, mas ela permaneceu imóvel. Morta. E, mesmo assim, o Arcano continuou abraçado nela.

– Faça-a voltar à vida – disse, baixinho.

– Lamento – disse a rainha que acabara de acordar. A mulher era uma coisinha miúda. Tentou arrancar o filho de cima da jovem, impedir que ele se alimentasse daquela forma sobrenatural, mas suas mãos não tinham força suficiente. A rainha não era capaz de lutar fisicamente contra imortais, mas tinha uma determinação de ferro, forjada com impetuosidade e erros. – Você sabe que não consigo fazer isso.

O Arcano olhou para a rainha.

– Faça-a voltar à vida – repetiu. Porque ele também possuía uma determinação indômita – Sei que você consegue.

A rainha sacudiu a cabeça, demonstrando remorso.

– Meu coração se enche de dor por você... por isso. Mas não farei isso. Depois de trazer Castor de volta à vida e ver no que ele se transformou, jurei que jamais usaria esse tipo de magia novamente.

– Evangeline seria diferente.

O Arcano olhou feio para a rainha.

– Não – repetiu ela. – Você não estaria salvando a vida dessa garota, você a estaria desgraçando. Assim como fizemos com Castor. Ela não iria querer essa vida.

– Não ligo para o que ela quer! – vociferou o Arcano. – Não a quero morta. Ela salvou sua vida, você precisa salvar a vida dela.

A rainha respirou fundo, trêmula.

Se a maldição das histórias fosse capaz de respirar, teria segurado a própria respiração. Torcia para a rainha concordar. Concordar em trazer a jovem de volta à vida, concordar em transformá-la em mais um terrível imortal. Ao contrário do que aquele Arcano acreditava, ela seria abominável – quem tem uma vida interminável sempre acaba sendo, uma hora ou outra.

– Estou salvando a vida dela – declarou a rainha, baixinho. – É um ato de bondade deixá-la morrer como ser humano, maior do que sacrificar a alma dela em troca da imortalidade.

Ao ouvir a palavra "sacrificar", os olhos frios do Arcano brilharam. Ele abraçou a jovem mais apertado e a levantou, com seus braços manchados de sangue. Ficou de pé e começou a andar pelo corredor antiquíssimo.

– O que você acha que está fazendo?

Um laivo de alarme transpareceu no rosto implacável da rainha.

– Vou dar um jeito nisso.

O Arcano seguiu em frente, abraçando Evangeline bem apertado, carregando-a no colo e passando pelo arco com ela novamente.

Os anjos que guardavam o arco agora choravam. Choravam lágrimas de pedra ao ver o Arcano colocar a jovem aos pés deles e começar a arrancar as pedras do arco, uma de cada vez.

– Jacks da Grota – censurou a rainha. – Essas pedras do arco só podem ser empregadas uma vez para voltar no tempo. Não foram criadas para possibilitar viagens infinitas ao passado.

– Eu sei – urrou Jacks. – Vou voltar no tempo e impedir seu filho de matá-la.

A expressão da rainha se anuviou. Por um instante, parecia tão velha quanto os anos que passara deitada em um estado suspenso.

– Este não é um erro pequeno, custará para consertar. Se fizer isso, o Tempo irá tomar algo igualmente valioso de você.

O Arcano lançou um olhar para a rainha, mais temível do que qualquer maldição.

– Não há nada que seja mais valioso para mim.

44

Evangeline estava começando a recear que o tempo era alimentado por emoções e que coisas como pavor o faziam passar mais rápido. Em cima da cornija da lareira do quarto de Jacks havia um relógio de vidro preto, todo arredondado, no qual a jovem só reparou depois que o Arcano foi embora. Agora não conseguia tirar os olhos do relógio. Começou a suar na palma das mãos observando o ponteiro dos segundos girar, movimentando-se cada vez mais rápido a cada minuto que passava.

Logo chegaria o cair da tarde. Logo ela o esqueceria. Esqueceria daquela versão da própria vida.

A porta do quarto se entreabriu. Evangeline tirou os olhos do relógio e deu de cara com Caos, que estava parado perto da porta.

O vampiro estava trajado mais de guerreiro do que de príncipe, de veludo vermelho, couro e armas douradas. Ela só o vira usando outra roupa diferente da armadura de couro em uma única ocasião, mas não conseguia se livrar da sensação de já tê-lo visto vestido daquele modo.

— Pronta, princesa?

— Não — disparou Evangeline. Jamais estaria pronta para ter a própria vida apagada e substituída por outra. — Não precisamos esperar por Jacks?

Ela olhou de relance para o corredor, procurando o errático Príncipe de Copas, torcendo para que Caos não percebesse.

— Jacks não estará conosco — respondeu o vampiro. — Levarei as pedras para ele depois que você abrir o arco.

— Na verdade, mudei de ideia.

Jacks veio andando pelo corredor, todo empertigado, acompanhado por uma jovem deslumbrante. A garota tinha os lábios pintados de vermelho, cabelo preto reluzente e um vestido tão exíguo que não servia nem para ser chamado de "camisola".

Evangeline sentiu uma onda de ciúme e de confusão.

– O que ela está fazendo aqui? – perguntou Caos, cumprimentando a garota da camisola com um aceno tenso de cabeça.

Jacks deu de ombros e respondeu:

– Achei que você pode precisar de um lanchinho quando tirar o elmo.

Caos soltou um ruído parecido com ranger os dentes.

– Vou ficar bem.

– Tenho certeza que sim. Mas...

– Não – insistiu Caos, ríspido.

– E se simplesmente a deixarmos na carruagem?

Jacks fez um sinal para a garota, balançando o braço sem pensar. Ela nem sequer se mexeu. Ficou olhando reto para a frente, feito uma boneca, visivelmente sob o efeito do controle de Jacks.

– Concordo com Caos – disse Evangeline. – Não vou permitir que você fique arrastando essa pobre garota por aí.

– Não estou arrastando a moça. – O Príncipe de Copas sorriu, mostrando uma das covinhas para a garota. – Não é, meu bem?

– Fico feliz de estar aqui – disse ela, alegremente. – Sempre quis conhecer um vampiro. Pus esse vestido para deixar vários lugares...

– Livre-se dela – interrompeu Caos. – Evangeline não quer que essa garota venha conosco.

Jacks olhou feio para Evangeline, mas havia algo de errado nesse olhar. Os lábios espremidos formavam uma expressão furiosa, mas os olhos continham algo a mais: dor.

Você está sendo cabeça-dura em relação à coisa errada. Não precisa se sentir assim, pensou o Príncipe de Copas, dirigindo-se a ela.

E desde quando você se importa com os meus sentimentos?, respondeu a jovem, rispidamente, em pensamento. *De todo modo, até parece que vou me lembrar de alguma coisa depois.*

O Arcano ficou mexendo o maxilar.

Evangeline torceu para que Jacks discutisse com ela – torceu para que Jacks brigasse por ela. Torceu, contra todas as expectativas, que ele a escolhesse. Mas, depois de dispensar a acompanhante, Jacks, Caos e Evangeline foram em silêncio até a carruagem.

O trajeto até o Paço dos Lobos foi torturante. Evangeline tinha, dentro do peito, a sensação de que seu coração estava particularmente frágil quando se aproximaram do castelo. Aqueles eram seus últimos instantes com Jacks e, apesar de o Arcano estar sentado de frente para ela, nem sequer lhe dirigiu o olhar.

Ficou olhando pelo vidro congelado, como se quisesse que aquela noite já tivesse terminado, e o passado já tivesse sido mudado.

Evangeline gostaria que ele estivesse em dúvida a respeito de seu plano, mas Jacks parecia estar mais obstinado do que nunca. Gostaria de saber o que dizer para fazê-lo mudar de ideia, mas não queria *convencê-lo* a fazer nada. Queria que Jacks tomasse a decisão por si mesmo. E temia que seu prazo estivesse chegando ao fim.

Tinha a sensação de que o tempo não passava feito a areia que desce lentamente por uma ampulheta – a ampulheta fora quebrada e toda a areia estava se derramando rapidamente. Não sabia se era por causa do medo ou de alguma outra coisa, mas não parava de perder instantes.

Não recordava de terem chegado ao Paço dos Lobos. Mas, de repente, estavam ali. E, então, Evangeline teve a impressão de que, num abrir e fechar de olhos, os três estavam novamente na biblioteca, diante da porta com o brasão de cabeça de lobo. Eles estavam prontos para entrar no cômodo que continha o Arco da Valorosa.

45

O recinto estava igualzinho ao que Evangeline recordava: chão caindo aos pedaços, paredes cinzentas, ar fossilizado que irritava a garganta e um arco gigante guardado por uma dupla de anjos guerreiros.

Com um *clique*, o vampiro abriu o pequeno baú de ferro que continha as três primeiras pedras.

O ar mudou imediatamente: o recinto se encheu de purpurina serpenteando como se fosse poeira.

Evangeline olhou disfarçadamente para trás, para Jacks. Depois que abrisse o arco, as pedras seriam dele, para que as usasse como bem entendesse. Ela gostaria que o Príncipe de Copas mudasse de ideia, que aquela noite não terminasse com ela se esquecendo do Arcano. Mas Jacks ainda se recusava a lhe dirigir o olhar. Como se só de olhar para Evangeline ele fosse mudar de ideia e, então, o mundo inteiro desmoronaria em volta dos dois.

Com relutância, Evangeline desviou o olhar e, uma por uma, posicionou as três primeiras pedras no arco. Pareciam mais opacas do que se lembrava. Torceu para que, talvez, já tivessem sido usadas para mudar o tempo. E se sentiu culpada na mesma hora. Mas, por mais que odiasse a decisão que Jacks estava tomando, não queria tirar dele o direito de escolher. Sendo assim, torceu, uma última vez, para que o Príncipe de Copas tomasse uma decisão mais acertada. Depois disso, posicionou a quarta pedra dentro do arco.

"Bem-vindos de volta", sussurrou o arco.

Caos estendeu uma de suas adagas para a jovem, e Evangeline furou o dedo com todo o cuidado.

Assim que ela encostou o dedo com sangue nas pedras, o recinto explodiu em luz. Os anjos brilhavam feito uma fatia do próprio sol. A jovem teve que tapar os olhos até o brilho dos anjos diminuir.

Quando conseguiu enxergar de novo, os anjos de pedra tinham baixado as espadas e, atrás deles, havia uma grande porta de madeira, com uma aldrava de ferro em formato de cabeça de lobo.

Caos encostou a mão enluvada na porta, parecia querer testar se era verdadeira ou não. Em seguida, pegou a adaga e cortou uma mecha do cabelo rosa dela.

Evangeline pulou para trás, de susto.

– Por que você fez isso? – perguntou.

– O cabelo é para quebrar as maldições que pairam sobre você e Apollo... Só espere aqui fora enquanto eu entro.

– Acho que Evangeline deveria simplesmente ir embora.

Dito isso, Jacks lançou um olhar injetado para a jovem.

Por alguns instantes, Evangeline ficou atordoada. *Será que esse comentário era a versão de Jacks para uma despedida?* E quando foi que os olhos do Arcano ficaram tão vermelhos? Ela tentou se convencer de que não precisava se preocupar. Mas, de repente, teve a sensação de que havia algo de muito errado e perguntou:

– Você está bem, Jacks?

– Não. – De repente, o Arcano espremeu os olhos vermelhos. Apertou bem os lábios e falou com um tom que era puro veneno. – Estou confuso. Não sei o que você ainda está fazendo aqui. Acha que ainda é necessária?

– Jacks...

– Sei qual é meu próprio nome. Não precisa ficar repetindo.

Evangeline se encolheu toda com o tom agressivo de Jacks.

Até Caos parecia surpreso. E, então, como se não quisesse fazer parte da última discussão entre os dois, passou pela porta da Valorosa.

Evangeline e o Príncipe de Copas ficaram a sós.

Um músculo do pescoço de Jacks pulsava, e ele continuou olhando a jovem nos olhos.

– O que você ainda está fazendo aqui, Evangeline? Por acaso esperava uma despedida regada a lágrimas? – Nessa hora, ele adotou um tom de desprezo. – Já te disse que você não passa de uma ferramenta para mim. Agora, sua função foi cumprida.

O rosto dela ardeu de tanta humilhação. Mas ela não conseguia criar coragem para se mexer. Não sabia o que estava esperando. Torcia para Jacks mudar de ideia. Mas, mesmo que não mudasse, não havia motivo para tratá-la daquela maneira, depois de terem passado por tanta coisa juntos.

– Por que você está sendo tão cruel?

– Porque você não quer ir embora! – gritou Jacks. – Se você ficar aqui, vai morrer. Caos não come há centenas de anos. Sei que esse vampiro acha que é capaz de controlar a fome, mas não é. É por isso que colocaram aquele elmo nele.

– Você poderia simplesmente ter dito isso. Se não quer que eu me despeça de você ou quer que eu vá embora, não precisa me magoar para me convencer a fazer isso.

– Eu não... eu...

O Príncipe de Copas parou de falar de repente. Seus olhos não estavam mais apenas vermelhos, estavam ardendo de medo. Evangeline nunca o vira tão apavorado. Fora envenenada, flechada, chicoteada nas costas, e Jacks sempre mantivera a calma – até agora.

Com muito esforço, o Arcano respirou fundo e, quando tornou a falar, foi com uma voz delicada, mas embargada.

– Desculpe, Raposinha. Não queria te magoar. Eu só...

De repente, Jacks deu a impressão de ter ficado sem palavras, como se tudo o que pudesse dizer fosse errado. Jamais havia olhado para Evangeline daquele jeito.

– Jacks, por favor, não use as pedras. Venha comigo.

A respiração do Arcano ficou um tanto ofegante. Por um segundo, o Príncipe de Copas ficou com uma expressão dividida. Passou a mão no cabelo, com movimentos sobressaltados.

Evangeline se aproximou.

Jacks fechou a cara e deu um passo para trás.

– Isso não muda nada. Continuo não podendo ter você em minha vida. Não nascemos para ficar juntos.

– E se você estiver enganado?

Jacks ficou mexendo o maxilar e cerrou os punhos.

Certa vez, Evangeline ouviu uma lenda sobre um casal de estrelas fadado ao fracasso. As duas estrelas atravessavam os céus, atraídas pela luz uma da outra, mesmo sabendo que, caso se aproximassem demais, seu desejo terminaria em uma explosão incendiária. Era desse jeito que Jacks olhava para ela agora. Como se nenhum dos dois fosse sobreviver, caso se aproximassem mais.

– Você precisa ir embora, Evangeline.

Ouviu-se um urro retumbante, vindo da Valorosa. Tão alto que sacudiu o arco, os anjos e o chão em que Evangeline pisava.

– Saia daqui – disse o Arcano.

A jovem olhou nos olhos do Príncipe de Copas pela última vez, desejando saber como fazê-lo mudar de ideia.

– Gostaria que nossa história pudesse ter um final diferente.

– Não quero um final diferente – disse Jacks, curto e grosso. – Só quero que você vá embora.

46

Tudo doía. Era o tipo de dor que dificultava a respiração. Evangeline só queria voltar correndo para Jacks. Mas se obrigou a continuar andando. Obrigou-se a sair da biblioteca e virar no corredor mais vazio que conseguiu encontrar, onde ninguém pudesse ouvi-la chorar.

Apertou as mãos contra os olhos, porque as lágrimas começaram a sair mais copiosamente. Não queria chorar. Mas tinha a sensação de que tudo realmente havia chegado ao fim. E isso doía. Doía tanto. Doía no peito e doía no coração. Porque Jacks não quis o coração dela. Só de pensar, chorou ainda mais. Chorou até não conseguir enxergar direito, até se ver em um corredor desconhecido, apertando a barriga e mordendo o braço, tentando silenciar os soluços enquanto ia descendo até o chão.

Talvez fosse melhor esquecê-lo. Até então, não queria o esquecimento, mas agora queria.

Queria que a dor passasse. Queria esquecer o sorriso e as covinhas de Jacks, os olhos azuis brilhantes, o jeito como ele a chamava de "Raposinha". Sentiu um aperto no peito ao pensar que talvez nunca mais ouvisse aquele apelido. E não queria esquecer. Não queria esquecer de jeito nenhum.

Não queria que suas lembranças fossem apagadas nem reescritas: queria novas lembranças.

Não queria se despedir. Ainda queria que Jacks mudasse de opinião. Que encontrasse o caminho que o levasse a outro verdadeiro amor.

E foi aí que Evangeline se deu conta de como poderia salvar Jacks. Era algo tão simples que se xingou por não ter pensado nisso antes. Ela o salvaria com amor. Evangeline não apenas se importava com Jacks ou desejava o Arcano. Ela o amava. E só precisava contar isso para o Príncipe de Copas.

O amor era a magia mais poderosa de todas. Se Jacks amasse Evangeline assim como ela o amava, os dois poderiam dar um jeito de fazer aquele relacionamento dar certo.

Não importava que o Príncipe de Copas ficasse amaldiçoado para sempre. Só importava que ele ficasse, que escolhesse Evangeline e não o medo.

A jovem começou a se dirigir ao arco novamente. Ela precisava encontrar Jacks, precisava contar para ele os seus sentimentos, antes que fosse tarde demais. Precisava fazer isso antes que o Príncipe de Copas usasse as pedras e antes que ela esquecesse que os dois tinham se conhecido.

O Arcano ainda não devia ter usado as pedras, porque Evangeline ainda se lembrava dele. Ela apressou o passo e começou a correr, com o peito arfante, batendo os sapatinhos com força no chão do castelo. Tinha se afastado do arco mais do que imaginara e se demorado ali mais do que percebera. O Paço dos Lobos estava despertando. Dava para ouvir os criados se movimentando por outros corredores e ver a chama bruxuleante de velas recém-acesas, que iluminaram seu trajeto de volta à biblioteca.

Teve a impressão de que se passou uma eternidade até chegar ao cômodo do arco.

O ar ainda rodopiava, carregado de magia e de pitadas de poder que mais pareciam uma tempestade. O arco não mudara desde que fora embora. A porta antiquíssima ainda estava ali, assim como todas as pedras.

Evangeline sentiu uma onda de alívio. Se Jacks não tinha pegado as pedras, talvez tivesse mudado de ideia. Entretanto... se o Arcano tivesse mudado de ideia, era estranho simplesmente ter deixado as pedras ali, correndo o risco de alguém as pegar.

Alguma coisa estava errada. Ela soube disso mesmo antes de reparar nas gotas de sangue com partículas douradas que manchavam as asas dos anjos guerreiros.

Um tremor de medo foi se apoderando de Evangeline. E se Caos tivesse transformado Jacks em comida? E se outra coisa, que estava dentro da Valorosa, tivesse ferido o Arcano? Evangeline ainda não sabia o que havia lá dentro.

A jovem esticou o braço para abrir a porta. Mas ela já estava se abrindo.

Deu um pulo para trás.

– Tudo bem – disse Apollo, que surgiu no meio do arco. Os ombros largos ocupavam quase todo o espaço.

Evangeline ficou tensa e deu mais um passo para trás.

Apollo baixou as mãos, bem devagar.

– Por favor, não tenha medo. Não vou te machucar. – O príncipe olhou para ela com ternura nos olhos castanhos. O vermelho havia sumido, assim como o sofrimento. – A maldição foi neutralizada, Evangeline.

– Como?

– Uma mulher... que não me disse seu nome, mas era uma espécie de curandeira. Ela me encontrou, cortou um chumaço do meu cabelo, disse algumas palavras que não compreendi e, na mesma hora, senti que a maldição havia se evaporado. – Apollo soltou um suspiro trêmulo. – Assim que a maldição foi neutralizada, falei para essa mulher que eu precisava te encontrar, e ela me fez passar por um arco antigo, que me trouxe até aqui.

O príncipe olhou em volta, examinando aquele recinto antiquíssimo. Deu a impressão de estar tentando entender onde estava, mas tornou a olhar para Evangeline.

Os olhos do príncipe realmente eram bonitos, intensos e castanhos. E, quando Apollo olhou para Evangeline, foi com tanta emoção que sentiu novamente uma dor no peito. Não sabia o que o marido queria dizer, mas sabia que não podia continuar ali. Precisava encontrar Jacks.

E, apesar disso, lhe pareceu uma atitude insensível simplesmente fugir de Apollo. O príncipe já tinha sido amaldiçoado três vezes. A jovem não sabia se ele tinha ideia das razões de tudo o que acontecera com ele. Não parecia assombrado nem desesperado, como da última vez que o vira. Mas havia algo de terrivelmente vulnerável no rapaz, que ficou parado perto da porta, com as mãos erguidas e o sorriso desvanecendo.

– Desculpe – disse Apollo. – Nunca quis te ferir.

– Não foi culpa sua... você estava amaldiçoado.

– Eu deveria ter resistido com mais afinco. – Apollo baixou as mãos lentamente. – E não deveria ter entrado no seu quarto ontem à noite. O certo teria sido fugir, para nunca te ferir.

O príncipe ficou sacudindo a cabeça, com um ar de remorso. O cabelo castanho-escuro estava mais comprido, caído na frente de um dos olhos – o que, de repente, o fez parecer mais jovem. Então falou:

– Tive muito tempo para pensar. Mas, em boa parte desse tempo, só pensei em você.

O coração de Evangeline se partiu, de leve. Semanas atrás, era isso que queria ouvir Apollo dizer, sem que estivesse amaldiçoado: que queria ficar com ela. E, em parte, ainda gostaria de poder querer tal coisa. Fazia muito mais sentido se apaixonar pelo príncipe do que pelo vilão. Mas Evangeline não queria que o amor fizesse sentido, queria que o amor a fizesse sentir, queria um amor que lhe desse vontade de lutar e de torcer pelo impossível.

– O que quer que você tenha pensado, foi só por causa da maldição do Arqueiro. Jacks falou...

– Você não pode acreditar em nada do que ele diz – disparou Apollo.

E, por um segundo, ficou com um ar assassino.

Evangeline deu um passo para trás.

O príncipe passou a mão no rosto. A raiva sumiu, substituída pela dor.

– Desculpe. Não quis descontar em você. Jacks fez tanto mal a nós dois. É óbvio que usou magia para fazer você confiar nele.

Evangeline quase não respondeu. Apollo tinha razão de estar com raiva. Mas não queria que o príncipe culpasse Jacks por crimes que o Arcano não tinha cometido.

– Sei que Jacks fez muitas coisas terríveis, mas não usou magia em mim. E, se não fosse por ele, nem eu nem você estaríamos vivos.

— Não, Evangeline. Se não fosse por Jacks, nem eu nem você teríamos corrido perigo. — Nessa hora, Apollo passou a mão no cabelo novamente e completou: — Eu não queria que ele tivesse esse controle sobre você.

— Eu também não queria — confessou Evangeline.

Ela poderia dizer para Apollo que realmente tentou amá-lo. Mas essa confissão quase lhe parecia tão maldosa quanto algumas das coisas que Jacks havia feito.

— Sinto muito, Apollo.

O príncipe olhou para a jovem com um olhar ferido.

— Também sinto muito.

Mas o jeito como disse isso tinha algo de estranho. Um alarme soou dentro de Evangeline, dizendo que precisava ir embora. Mas Apollo foi muito rápido. Ela tentou passar correndo pelo marido, mas ele a agarrou e a empurrou contra um dos anjos de pedra, prendendo-a ali com o peito e passando o braço com força em torno de sua cintura.

— Apollo... pare. Me solte!

Ela tentou empurrá-lo com o próprio corpo.

— *Shhh*, querida. — O príncipe, então, acariciou os cabelos da jovem, sem se abalar com seus protestos. — Não queria fazer isso, mas é pelo nosso bem.

Em seguida, roçou o dedão nas têmporas de Evangeline, de um jeito apavorante de tão delicado e terno, e ela sentiu que a resistência se esvaía de seus braços e de suas pernas.

— O que você acabou...

A cabeça de Evangeline estava tão pesada que ela não conseguiu terminar de fazer a pergunta.

— Tudo bem. Eu te seguro.

Dito isso, apertou mais o braço em volta da cintura dela.

Evangeline tentou, mais uma vez, se debater para se desvencilhar de Apollo, mas estava tão fraca que chegava a ser desesperador – mais parecia um novelo de lã tentando lutar contra um gato bem grande.

Apollo segurou o rosto de Evangeline com uma só de suas mãos grandes. Foi delicado, mas aquilo lhe pareceu errado, a impressão era de que o príncipe não estava apenas lhe acariciando. A impressão é que estava pondo a mão dentro dela, como se houvesse dedos invisíveis remexendo seus pensamentos, tirando coisas dali que não deveria tirar. *Lembranças.*

– Não! – exclamou Evangeline.

Ela tentou, em vão, resistir enquanto sentiu que o príncipe arrancava dela a noite em que se conheceram – a noite em que Evangeline beijou Apollo, no alto da árvore, depois que Jacks pintara seus lábios com o sangue dele. Entretanto... a lembrança disso também estava se apagando.

– Não! – gritou a jovem. – Pare!

Mas Apollo apenas a segurou com mais força e falou:

– Logo vai melhorar.

O príncipe então acariciou o rosto de Evangeline, e a lembrança da última vez em que os dois se encontraram, quando se beijaram em cima da cama, quando Apollo apertou o pescoço de Evangeline, quando Jacks entrou correndo no quarto e a levou dali no colo – tudo desapareceu.

Uma lacuna se formou na mente de Evangeline. Ela sabia que algo lhe fora roubado, mas não fazia ideia do que era.

Com o corpo enfraquecido, lutou para impedir o acesso de Apollo aos seus pensamentos, tentou esconder as lembranças que lhe restavam. Mas, uma por uma, o príncipe as arrancou.

A noite que passou na cripta com Jacks... *sumiu.*

O casamento com Apollo... *sumiu.*

A amizade com LaLa... *sumiu.*

Apollo contaminado pela maldição do Arqueiro... *sumiu.*

Pular do precipício com Jacks...

– Não! – gritou Evangeline.

... *sumiu.*

As maravilhas da Grota... *sumiram.*

Jacks enfaixando os ferimentos dela... *sumiu.*

Jacks confessando que era o Arqueiro... *sumiu.*

– Por favor, pare – implorou.

Evangeline se agarrou às lembranças que tinha dos pais, da loja de curiosidades, de todos os contos de fadas que a mãe já lhe contara na vida. Tentou se agarrar a essas lembranças, dentro de sua cabeça, como uma criança que se agarra ao seu precioso cobertor, como se essas lembranças pudessem protegê-la, já que ela, pelo jeito, não conseguia protegê-las.

– Por favor... pare! Por favor, pare! – gritou. – Por favor...

Evangeline gritou até ficar com dor na garganta. Até não ter sequer certeza de que era ela quem estava implorando.

Chorava tanto que mal conseguia enxergar.

Mas sabia que estava sozinha. Não apenas sozinha naquele lugar desconhecido, mas sozinha no mundo. E sentiu essa solidão até o fundo dos ossos.

Epílogo

As costas de Evangeline pressionavam algo duro, e os joelhos estavam grudados no peito. Ela estava toda encolhida em um pedaço de chão gelado e desconhecido.

Onde estava? Como foi parar ali? Só conseguia se lembrar de chorar até não saber mais por que estava chorando.

Tudo o que ela queria era voltar para casa. Queria um abraço da mãe e do pai. Mas então recordou: tanto o pai quanto a mãe tinham morrido. As lágrimas começaram a se derramar novamente.

Ainda tinha vontade de ir para casa, mas temia não ser capaz de voltar para aquele lugar. Entretanto, por mais que tentasse se lembrar, não conseguia recordar por que sua casa não era mais um local seguro. Só sabia que não podia ir para lá. Mas onde estava agora?

Olhou para cima e viu dois anjos de pedra, guerreiros que davam a impressão de estar cuidando dela, como se pudessem lhe dar algum tipo de explicação, apesar de os dois anjos darem a impressão de que também andaram chorando.

– Até que enfim te encontrei! – Nessa hora, um rapaz elegantemente trajado, com traços fortes e atraentes, de cabelo castanho escuro e olhar preocupado entrou correndo no recinto. – Fiquei tão preocupado.

Com um único movimento galante, ele a pegou no colo, apertando-a contra o peito, que estava vestido com um gibão de veludo muito requintado.

Evangeline ficou tensa nos braços do rapaz.

– Quem é você?

– Não se preocupe. Você está segura aqui comigo. – Ele não a soltou, mas parou de abraçá-la com tanta força. – Eu jamais te faria mal, Evangeline.

O rapaz pronunciou o nome da jovem com uma afeição terna. Evangeline ainda não conseguia reconhecer nenhuma característica dele. O desconhecido parecia ser alguns anos mais velho do que ela, mas algo em seu olhar a fez suspeitar de que aquele garoto havia enfrentado muita coisa. Os olhos castanhos pareciam magoados e um tanto assombrados, mas esse olhar se suavizava quando se dirigia a ela.

Evangeline gostaria de poder se lembrar daquele rapaz.

– Sinto muito – falou, com a voz rouca de tanto chorar –, mas não faço ideia de quem é você.

O rapaz alargou o sorriso, o que parecia uma reação estranha à confissão que Evangeline acabara de fazer. Mas seu tom de voz foi absolutamente tranquilizador quando disse:

– Sou seu marido. Você passou por uma situação terrível, mas agora está tudo bem. Estou aqui e nunca mais vou te soltar.

Agradecimentos

Meu coração está explodindo de gratidão enquanto escrevo estes agradecimentos. Continuo agradecendo a Deus por cada dia que posso passar escrevendo livros e por existirem pessoas que querem ler o que escrevo.

Para este livro, eu tinha uma visão bem específica de como queria que a história fosse e não teria conseguido concretizá-la sem a ajuda de diversas pessoas incríveis.

Sarah Barley, você é uma verdadeira apoiadora. Ainda não acredito que encontrou tempo para ler este livro na mesma semana em que teve bebê. Sou tão grata pela sua dedicação, pela compreensão que você tem de minhas histórias, por sempre me incentivar a ser uma contadora de histórias melhor e por sua amizade.

Obrigada, Caroline Bleeke, Kimberley Atkins e Sydney Jeon, por chegarem voando para acudir quando Sarah entrou em licença-maternidade. Eu não poderia pedir uma equipe melhor. Este livro ganhou tanta força porque vocês participaram dele e foi tão divertido trabalhar com todos vocês.

Jenny Bent, obrigada por ser uma ídola entre os agentes, por ler a primeira versão da narrativa e por todo o seu incrível apoio. Eu não teria feito nada disso sem você. Molly Ker Hawn, Victoria Cappello, Amelia Hodgson e todos da Agência Bent, continuo tendo muita sorte de poder contar com vocês.

Muito amor e muito obrigada à minha família fenomenal, à minha irmã, ao meu irmão, ao meu cunhado e aos meus pais incríveis. Mãe, Pai, amo tanto vocês e, sem vocês dois, eu não estaria fazendo isso, de jeito nenhum.

Um "obrigada" enorme para todos da Flatiron Books! Eu não poderia ter pedido uma editora melhor nem um grupo de pessoas mais sensacional para trabalhar comigo. Muito, muito obrigada, Bob Miller, Megan Lynch, Malati Chavali, Nancy Trypuc, Jordan Forney, Cat Kenney, Marlena Bittner e Donna Noetzel.

Muito, muito obrigada às pessoas maravilhosas da Macmillan Academic, Macmillan Library, Macmillan Sales e Macmillan Audio. Também quero mandar um "obrigada" enorme para a fantástica locutora dos meus audiolivros, Rebecca Solar, que sempre se sai muito bem ao dar vida às minhas histórias.

Muitíssimo obrigada a todo mundo na minha brilhante editora no Reino Unido, a Hodder and Stoughton, com um agradecimento especial a Kimberley Atkins: foi uma alegria tão grande ter você como editora, e sou tão grata por você querer trabalhar comigo e com os meus livros. Lydia Blagden, sou continuamente grata por seus dotes artísticos brilhantes! Callie Robertson, obrigada por todas as suas estupendas ações de *marketing*.

Obrigada, Erin Fitzsimmons e Keith Hayes, por mais uma capa fantástica! E muito obrigada, Virginia Allyn, por ter dedicado tanto amor a mais um fantástico mapa do Magnífico Norte.

Aos meus amigos fabulosos, maravilhosos, incríveis! Stacey Lee, obrigada por me apoiar ao longo de toda a jornada – este último ano foi particularmente tumultuado, e sou tão grata por poder contar com você e com sua amizade duradoura. Obrigada, Kristin Dwyer, por me ouvir falar deste livro sem parar. Sou tão grata pela sua amizade, por suas perguntas e por sua fé infinita em minhas histórias. Obrigada, Kerri Maniscalco, por ler algumas das minhas primeiras e bagunçadas versões e por todos os seus comentários brilhantes. Obrigada, Isabel Ibañez, por sua amizade incrível e por estar sempre ao meu lado, para praticamente tudo! Obrigada, Anissa de Gomery, por amar tanto Jacks. Jordan Gray, obrigada por ter se apaixonado por esta história e por ter me ajudado a tornar o romance ainda mais forte! Kristen Williams, obrigada por ser uma grande amiga, grande mesmo, e por ser um raio de alegria nesta comunidade. Obrigada, Adrienne Young, por sua amizade maravilhosa e indômita. Obrigada,

Jenny Lundquist e Shannon Dittemore, por todas as caminhadas e conversas maravilhosas. E obrigada, Jodi Picoult, por ter sido a primeira a ler o livro já pronto e pelo comentário mágico que você escreveu!

E, por fim, quero agradecer aos meus leitores! Fico tão feliz por amar escrever livros de fantasia para o público jovem adulto, porque acho que esse público é formado pelos leitores mais incríveis que existem. Obrigada a todos vocês por terem lido, comentado e amado meus livros.

Este livro foi composto com tipografia Adobe Garamond Pro e impresso em papel Off-White 70 g/m² na Formato Artes Gráficas.